永徽迷局

滿碧喬

【上】

高寶書版集團

◆目錄◆

引子

唐總章元年，秋。

長安城南，終南山脈綿延，青白色的霧靄在山間流動，映襯著掛了霜的紅楓，如遒勁的狼毫濡滿朱砂，在潑墨宣紙上揮毫一筆。

恰逢夕陽西下，這大片暈染的楓林便與夕陽絕色融為一體，煞是好看。薄霧間又隱隱透著淙淙之音，細聽還迴盪著不遠處東西兩市的駝鈴，極度的鼎盛喧沸與清脆潺湲在此處交匯，倒也不顯突兀。

晚風漸起，流嵐隨著山勢將塵世的悲歡離合從山頂上的觀星塔帶落山谷，一時間萬物都歸於崖谷下那方古樸的道觀之中。瞭望樓上的銅鈴在清風的吹拂下，發出悅耳的聲響，引得雀鳥駐聽。不多時，雀鳥似又受到驚擾，驀然搏飛，直上層雲。

此處名為觀星觀，雖是道觀，卻沒有終日打坐練功的道徒，只有當朝秘閣局丞李淳風以及幾名在此充當雜役的秘閣局生員候補。秘閣局這名字聽起來神祕，所做的卻不是什麼祕而不傳的勾當，而是掌管曆法演算，預測日月食等異常天文現象。

李淳風是何許人也？便是那長安城裡人人樂道的曠世之才。相傳他九歲拜至元道長為師，十七歲成為秦王府記事參軍，二十五歲時上書直陳當時通行的《戊寅元曆》中的十八條錯漏，被太宗授為秘閣局前身太史局的將仕郎，而他此生最得意之事，莫過於與當世神算袁天罡合著了舉世聞名的《推背圖》。

相傳袁天罡將八卦術數演算之法傳授給了李淳風，李淳風如獲至寶，算著算著入了迷，竟算出唐以後兩千多年的國祚，直到袁天罡推著他的背道「天機不可再泄」，方才甘休。眼下巨作已成，袁天罡駕鶴西去，時年六十六歲的李淳風乃當世唯一能解讀此書之人。

恢弘壯闊的落日緩緩沉下終南山去，自觀星觀轉過兩道坡嶺，就是弘文館別院的所在。十六年前，渭河發大水淹了長安城裡的弘文館，天皇李治下令在此處修築別院，用來修復在洪水中受損的書卷，這裡雖然比不上城中弘文館，卻保存著大量重要文獻，由重兵把守，曠世傑作《推背圖》現下便藏於館中。

快到宵禁時分，遠處長安城已沉入越來越重的暮色裡，萬籟俱寂，但餘山間的雀鳥咕咕。

夕陽餘暉下，一紅衣少女策馬翩然而至。來人正是李淳風唯一的徒弟樊寧，她年近及笄，已是窈窕初長成的年紀，小臉兒白皙細嫩、吹彈可破，秀眉纖長，一雙桃花眼如同沉著春日的明湖，瑰麗燦爛又清澈動人，桃花面兒上粉黛不施，如清水芙蕖，神情與裝束亦同長安城街坊中妝髮精緻的姑娘們截然不同，顯得美豔而又有英氣。

她尚在襁褓時，便被李淳風收養，兩人相伴多年，情如祖孫。但李淳風是個道士，日日又醉心於擺弄渾天儀，自己饑一頓、飽一頓，自然也沒工夫養育小娃娃，故而樊寧身量極其瘦弱。與此相悖的，則是她驚人的氣力，觀內擺放的純銅鑄渾儀，秘閣局的男生員們要兩、三個人才能抬動，她卻一人就能抬起，連李淳風都頗為感嘆，說她天生是練武奇才。

「我弘文館別院正門處，樊寧匆匆下馬，亮出傳符，以近乎命令的口吻中氣十足道：「我乃秘閣局丞李淳風之徒樊寧，奉師父之命，前來取《推背圖》抄本。」

守衛見傳符上朱紅色的印格外清晰，應屬東宮崇文館所有，不敢怠慢，立刻接過傳符，讓開一條路來。

一名牽馬卒走來，將樊寧的坐騎牽至一旁的拴馬樁。守衛長是個胡人，生得虎背熊腰，一笑滿臉的絡腮鬍鬚亂顫，見來的不是李淳風而是樊寧，鴉青的眼眸上下打量一番，打趣道：「妳師父又去平康坊吃酒了？」

樊寧怎會聽不出這守衛長在刻意刁難，她貼身收起符節，一撩搭在肩頭的紅絲髮帶，眼底閃過一絲促狹，故意以眾人都能聽到的音量大聲道：「我師父若不去平康坊，怎知曉官爺把人家歌伎肚子都搞大了，又如何能設計幫你說服尊夫人，促成這樁美事呢！」

守衛長這樁風流案本就是眾守衛背地裡茶餘飯後的談資，被樊寧驟然提起，他只覺極其窘迫，不敢再挑李淳風的理兒，清清嗓子打斷了周圍人的哄笑：「女娃，妳可千萬別覺得我是在刻意刁難，今天妳恐怕是取不成這抄本了……」

守衛長話音未落，樊寧的雙手便「啪」的一聲按上了附在背後那一雙竹棍的末端，霍地一下，竟拔出一對細劍來，驚得守衛長一趔趄，後退兩步後忙擺手解釋道：「都說了，莫怪我了……是抄書的師傅今日著了風寒，沒將書抄完。不信，不信妳隨我去看……」

「我可不去！」樊寧將劍插回背後那對細竹做的劍鞘裡，三分笑罵兩分唬道，「官爺應當知道，這活計是誰派下的，明日若還拿不到抄本，我可不替你們頂這個雷，直接去東宮找太子殿下領罰吧！」說完，樊寧便拂袖而去。

一名守衛湊上前來，操著手吸溜吸溜鼻涕，對守衛長低笑道：「秘閣局丞不過區區七品，即便奉太子之命，他的徒弟也太過乖張了，機靈詭辯的，不知道的，還以為她是個公主、郡主呢。」

「一看你便是外鄉剛調來的，不知深淺。長安城裡的混世魔王多如牛毛，唯獨這丫頭千萬別惹，你即便真得罪了公主、郡主，總還有地方評理，但若惹了這丫頭，就等著做劍下鬼吧！認識的都說她是紅衣夜叉轉世。莫看她現下還有個人樣，她若狠起來，就靠那雙桃眼，就能勾魂攝魄的。要是惹怒了她，只消雙目一瞪便可讓你神志錯亂，變成廢人。去歲啊，她就曾逼瘋了員外郎的夫人……」

樊寧想都不用想，便能猜出這些人嘁嘁喳喳在說些什麼，她驀地一轉頭，故作凶態，果然嚇得那幾人同時向後一趔趄。

樊寧忍笑回過頭，心想去年那事，明明是員外郎家的當家主母虐殺繼子，還逼死了丫鬟頂罪，銷毀證據，她看不下去，才披頭散髮裝夜叉鬼嚇她，誰知這人不怕良心譴責，卻怕極了鬼神，登時就嚇出了失心瘋，把所有事情都招了。案子是破了，犯人也緝拿歸案了，而她這終南山紅衣女夜叉的傳說，是跳進渭河也洗不清了。

若這世上惡人皆怕鬼，多她一個女鬼又何妨，樊寧想著，聳肩一笑，上馬掉頭，向觀星觀方向馳去。

觀星觀裡，李淳風正坐在古槐下自弈。這青牆烏瓦的道觀已有二、三百年歷史，看慣了戰亂風雨，卻毅然挺立，似是彰顯著主人的風骨。而道觀初建時，這古槐便已蔚然成蔭，無人知曉它是何人所種，抑或是何處飄來的風種，只遙遙看到這參天古槐，便已知曉了李淳風的居所。

樊寧從弘文館別院趕回此處時，天已經完全暗了下來。

李淳風已辨不清棋盤上的黑白子，嘴裡卻不住地嘟囔著：「知其白，守其黑，為天下式……為天下式，常德不忒，復歸於無極……」

「無極不無極我是不知道，天暗成這樣了，黑白都看不見了，再下下去可要成烏眼雞了。」樊寧從側門進觀，將馬匹牽入棚裡，從桔槔[1]汲出的清水裡舀了一瓢，邊喝邊嗔道，「方才那一趟算是白跑了，那守衛長只顧著吃喝嫖，你要的《推背圖》抄本，竟沒有抄完，明天還得去。師父不是神機妙算嗎？怎的連這點小事也算不出來，平日裡嘟嘟囔囔那些，是不是都是騙人的？」

李淳風依然摸黑看著棋盤，嘴裡絮絮叨叨不知所云，樊寧又好氣又好笑，大步走上前，將符節撂在了案上，攪亂了棋局：「死局了！師父還裝模作樣下什麼呀？明日師父自己去找

1 桔槔：汲水工具，將繩子懸在橫木上，一端繫水桶，一端繫重物，便可節省取水的氣力。

他們拿吧，我可不伺候了！」

李淳風號黃冠子，是個清臒瘦削的小老頭，年近七旬，華髮滿頭，卻精神矍鑠。他雖為道士，亦是博士，精通天文、曆法、陰陽、算數等多門學科，為人瀟灑不羈、不拘小節。上自天皇天后，下至鄉野黎民，他都能與之暢談不休。

眼看樊寧這逾規越矩的賴樣兒，他毫不生氣，起身捋鬚笑道：「我說妳這丫頭越發賊了，只看一眼，就能斷出是死局了？不過是多跑一趟腿，就當消消積食吧，莫要那般偷奸耍滑。再者說，誰說為師掐算不準的？妳看那西邊有彩雲飄忽，只怕不出一炷香的工夫，便會有貴人來此造訪為師。」

樊寧不理會李淳風的說辭，繞著圈看著他，一副嫌惡之色：「嘖嘖嘖，師父今日又去哪轉悠了，身上的汙漬像被尿上了似的，真是腌臢……」

樊寧話音還沒落，大門處忽傳來一陣馬蹄聲，師徒兩人同時伸長脖子向外張望，只見來人是個清秀的白面少年。他身量修長，約莫八尺上下，瘦削文秀，身著連珠紋錦緞圓領袍，頭配子午簪玉冠，即便隔著數十丈開外，亦能覺出此人身分顯赫。

樊寧瞪大眼睛望著來人，倒不是不認識此人，而是驚訝於為何他會在此時來到此地。而這男子見樊寧望著他，竟起了幾分羞赧之意，不由得輕咳一聲，眼神有些遊離。

及至道觀門前，他翻身下馬來，同其他秘閣局生員一般上前對李淳風插手一禮道：「李師父，太子殿下有令，明日一早，請李師父入宮，聖人與天后相召。」

樊寧乜斜了李淳風一眼，一叉柳腰，雖然穿著時興的男裝，動作也大刀闊斧，一舉一動卻免不了女兒家的嬌柔：「所以師父算出要來的『貴人』，就是這薛大傻子呀？」

「薛大傻子」本名薛訥，字慎言，今年十九歲，其父正是沙場上威名赫赫的右威衛大將軍兼檢校安東都護薛仁貴。年初，薛仁貴因平定高麗被天皇、天后封為平陽郡公，雖然他仍率領大軍遠在遼東，但薛家在長安城裡風光無限，薛訥也深沐皇恩，被徵辟為「城門郎」，掌管皇宮各門衛禁。雖只是個從六品上的閒職，卻也體現出天皇、天后對薛家的信任優待，現下他人在太子李弘門下聽差，襄助太子偵破一些積年大案、要案，頗受太子賞識。

樊寧與薛訥自小相識，性情投契卻又大相徑庭：樊寧常隨李淳風出入顯貴府邸，布道或做法事，慣看人性善惡，機敏果敢，精於話術，乃是十里八鄉聞名的鬼精靈；而薛訥，傳說尚在襁褓時便被其父掉落馬下，摔得兩、三日裡只會瞪眼，連奶都不會吃了，及至七、八歲，說話也吭吭哧哧，時常磕巴，呆呆傻傻的，故而從小被坊間鄉親們稱為「薛大傻子」。

眼下薛訥迫近及冠之年，風度比幼年進益了許多，模樣也越發清俊，雖依舊不善言辭，但頭腦靈透，尤其擅長斷案，去歲員外郎夫人毒殺繼子之案，便是他從中看出了破綻，再由樊寧設計逼使犯人認了罪。

今日薛訥本應在城門局當值，怎的來了這裡？能讓他親自來通傳的事，想必不是什麼小事，樊寧蹙眉問道：「出什麼事了嗎？怎的還要你來說？」

薛訥撓頭回道：「太子殿下未言明，應當無事。此地路遠，旁人不愛來，我是主動要求來的。」

薛訥這點小心思，逃不過李淳風的法眼，他的目光在薛訥面龐上遊移了一圈，笑容裡帶著幾分別樣意味，又將去弘文館別院的傳符交回了樊寧手中。

樊寧只當李淳風笑她明日還得去弘文館別院，一臉無奈地轉向薛訥：「快到宵禁了，你還不回家去？仔細你弟弟又做文章，等你爹回來告你的狀。」

「今日是太子殿下派的差事，旁人是無從責難的。」薛訥說著，復翻身上了馬，趁李淳風在樹下收棋盤，低聲對樊寧道，「後日我家喬遷新居，妳……來嗎？」

少年的心事隨著這一問昭然若揭，樊寧卻沒了往日的機敏，壓根沒看出他的心意，小嘴一噘回道：「我去做什麼？滿桌人盡是說著假話，拍你弟弟的馬屁，若是我忍不住嗆他們可怎麼辦，你娘不得氣病了。」

薛訥清潭般沉靜的眸底流露出幾絲憾色，卻也沒勉強：「那也不妨，改日我單獨請妳，去東……東麟閣。」

樊寧點頭算作答應，一邊輕推著薛訥，一邊送他出了道觀大門：「我知道了，你快回去吧。便是不怕那些巡山的武侯，山間的狐妖女鬼總要畏懼幾分的，快走吧。」

薛訥心裡想著他倒真不怕什麼狐妖女鬼，怕的唯有樊寧，可樊寧放在他肩頭的手讓他樂於順從。他跨上馬鞍，垂眼對向他擺手的樊寧一笑，隨即揚鞭打馬，很快便消失在山間林蔭道的盡頭。

樊寧回身跨過門檻，回到觀中。古槐樹下，李淳風套好了車駕，捋鬚望著東方若有似無的積雨雲，對樊寧道：「住在觀裡恐怕耽擱明日一早面聖，為師現下就出發往長安去了。今夜有雨，往後天氣怕是要轉寒，妳多穿些，莫要仗著年少貪涼。」

李淳風說得不錯，此地雖在京畿，但山路難行，怕是三、五個時辰不得入宮。

樊寧點頭答允，一甩紅纓，一把攬住了李淳風的臂彎，語氣裡帶了幾分威脅的意味：「進城後，師父就找個客棧速速睡了吧，就算要去看望紅蓮姐姐，也莫要在平康坊逗留，若是再去吃酒，莫怪我……」

樊寧說著，攬著李淳風的手加力兩分，令這小老頭吃痛不已：「哎，哎，妳這丫頭可莫渾說……快快鬆手，莫耽誤了時辰，為師這便出發了！」

樊寧這才接過他手裡的包袱，麻利地放進車廂中。李淳風坐上車橫，抓穩馬轡，又叮囑了樊寧幾句，駕車向山下趕去。

夜半時，果然如李淳風所料，下起了淋漓的雨。

樊寧守著渾天儀，少不得想起了白日裡薛訥所說讓她去赴宴之事。作為薛訥從小到大的摯友，按理說她是當去的，可這兩年薛家越發顯赫，有她這樣的江湖混子朋友，於他而言毫無裨益，還會添人笑柄。全天下怕是只有薛訥這樣的實心眼，才會不去努力結交權貴，只守著她這樣撒尿和泥一起長大的青梅竹馬。樊寧為薛訥好，自覺應當主動與他疏遠才對。

翌日，清晨微光，下了一夜的雨終於停歇。恰逢休沐，幾名生員候補結伴回長安探望親友，偌大的道觀裡只剩下樊寧一人，她惦記著傍晚仍要去弘文館別院取《推背圖》的抄本，便守在院裡盯著日晷算時辰。

日昃時，越發無聊的樊寧在槐樹下練起劍來。

昨日令守衛長等人見之心驚的那一對細劍名為「易劍」，平時各自插於竹鞘中負在背後，看起來就像是用來擔行囊的竹棍。如是的好處，便是不至於在過關進城或遇到巡邏武侯時被以「私藏利器」的罪名抓捕，但一旦出鞘，這尋常的竹棍就會顯露出一對既細且堅的雙刃劍。一柄是銀白色的，由百煉精鋼打造，鋒利無比；另一柄是玄漆色的，由北冥玄鐵鑄成，硬度奇高。左右兩手各執一柄，一黑一白，雙劍四刃，正合《易經》裡「易有太極，是生兩儀，兩儀生四象」之意。而樊寧亦以自身對太極劍的領悟，精進出一套最適合這對細劍的劍法，取名「兩儀劍法」，自她練成這套劍法以來，還不曾在白刃戰中落過下風。

此刻她雙手執劍，揮舞如飛，劍鋒寒光所到之處，院外飛來的霜葉皆被一斬為二。隨著劍刃帶動氣流飛舞，霜葉時上時下，越聚越多，如彩練般縈繞在樊寧身側，又隨著雙劍向天一指，殘葉驟然四散，緩緩墜落。

日光映在黑白雙劍上，惹得樊寧一時有些眼暈，她霍地收劍，轉身欲回屋內，絳紅色的束髮帶隨風飛舞。不遠處，忽傳來一陣拊掌聲，樊寧回首抬眼，只見秋色裡，薛訥坐在房頂上，帶著溫暖的笑意。

樊寧見這小子又來，轉身上前兩步，瞇眼叉腰望著他，諷刺道：「你是想做道士了嗎？怎的天天來我們這裡。」

「李、李師父呢？」薛訥最近武功進益了不少，想在樊寧跟前露一手，只見他縱身一躍，跳下一丈半高的屋頂，雙腳登時被震得發麻，踉蹌了兩步才站住，嘴也跟著瓢了一下。好在樊寧沒留意，只顧記掛著李淳風，「昨晚不是你說，聖人與天后召見師父嗎？他昨晚就出發去長安了啊。」

「這便奇了，」薛訥撓了撓頭，神色迷濛，緩緩說道，「原是李師父沒有按時入宮，太子殿下才命我來問問。」

李淳風竟然沒有奉詔入宮去？樊寧眉心微蹙，暗想自家師父雖然懶散慣了，但總不至於連命也不要，連聖人的徵召也敢耽擱。難道是遭人綁架了？可以自己師父的身手，一般的惡霸根本不是對手，總不能是去平康坊喝酒醉死在桌案上了吧？

薛訥看出樊寧心思，寬慰道：「李師父一向瀟灑，雖然貪酒，但從未誤事，或許是在何處看到了新鮮事，一時連進宮面聖也忘了……」

薛訥這麼說並非毫無依據。幼時他在觀裡清修，為父親贖業，某次李淳風出門去十七、八日才回來，餓得薛樊兩人差點扒樹皮，若非薛母柳夫人前來探望，只怕他二人早已沒命。

提起從前的事，樊寧鬆了口氣，忍不住低聲嗔道：「從前貪新鮮也罷，今日這是連命也不要了！聖人、天后若是惱了師父瀆職，這小老兒豈不要去刑部吃牢飯……」

「這點妳放心，除了李師父外，太子殿下還請了法門寺的高僧，已為聖人答疑解惑。只是此事事關朝廷命官的行蹤，雖說李師父一向閒雲野鶴，但無來由地行蹤不明，總是讓太子殿下掛心……」

「怎的連法門寺的僧人都叫來了？宮裡是出了什麼事嗎？」樊寧好奇地問道。

薛訥雙手一攤，聳聳肩，表示自己也不知道。

「太子待你如把兄弟一般，你竟連點事也打聽不出來？」樊寧抬手給了薛訥兩下頭槌，心煩地擺擺手，「你快回去吧，我還要去藍田的弘文館別院，幫師父再去取《推背圖》抄本。待師父回來，我即刻遣書童去你家送信，他日再向太子殿下請罪。」樊寧說著，抬腳往馬棚處走。

薛訥臉上露出幾分侷促，似是想關心樊寧，囁喏道：「這裡往藍田，至少要半個時辰的馬程……」

「師父不在，若真過了宵禁時分，我就只能說自己是薛大官人府上的人了，你來交贖金領我唄。」樊寧明白薛訥所指，笑得淘氣乖張，言說後俐落地從馬棚裡牽出坐騎，翻身而上，飛一般地向弘文館別院方向駛去。

聽樊寧說是自己府上之人，薛訥愣怔片刻，偏頭一笑道：「那樣我可是要被罰俸的！」語氣中卻絲毫聽不出責怪之意，反而帶著幾分欣喜和赧然，清澈明亮的雙眼毫不避忌地鎖定著樊寧漸行漸遠的身影。

自從八歲起，他在父親薛仁貴的安排下，來李淳風處修道贖業，認識樊寧已有十載，她一直是這樣膽大無畏，好似天塌下來都只是稀鬆平常的事一般，這與一向克己謹慎的薛訥正相反，而這也足以令出身高門宅第的他無限嚮往。

薛訥嘴角的笑意漸漸漫散開，待樊寧的紅衣身影漸漸融入一片楓林中，看不真切了，他方斂回目光，揚鞭馳馬，向反方向的長安城駛去。

樊寧馳騁在終南山深澗中，山裡紅葉簌簌，她無心觀景，腦海中憶起前幾日的一個清早，李淳風宿醉初醒，不知怎的忽然想起《推背圖》有一處要緊疏漏需重新修訂，鬧著讓她去向太子彙報。太子李弘請示了聖人與武后之後，答應將弘文館別院裡的那一套《推背圖》拓出一份交與李淳風，以供參考。

昨日取抄本不成推遲至今日，誰知李淳風又不知哪裡去了，樊寧把牙咬得咯吱作響，心想一會子拿到抄本，她就即刻進城去找師父，若是他又去平康坊吃酒、看歌舞，今日她便一定要擰掉這臭老頭的耳朵。

一路策馬飛馳，樊寧再度來到弘文館別院大門處，眼見六個僧人擁著一輛載著若干木箱的馬車駛出院門。樊寧頗為好奇，問守衛道：「這是誰家的車馬？箱子裡裝的是什麼？」

「是法門寺的馬車，來運經書的。」

樊寧癟了癟嘴道：「什麼經這麼長？竟要這麼多箱子來裝？這些大光頭背得下來嗎？」

守衛尷尬地笑了笑，不知道該如何接話。正當這時，昨日那守衛長走了過來。樊寧頓時起了捉弄的心思，忽地將手中的竹劍橫過去，嚇唬道：「時辰到了，是交出抄本，還是隨我去東宮受罰？」

守衛長愣了一瞬，立刻抱頭囁喏道：「抄本都備好了，就在藏寶閣二樓……」

樊寧這才收了竹劍，輕笑著道一聲「多謝」，正欲往樓上去，誰知那守衛長又拉住樊寧的衣袖，央求著低語道：「女俠呀，妳莫要再提我側室之事，若是這話再透過館內人傳到我夫人耳朵裡，她定會要了我的小命的……」說完，那守衛長向後彈出三、四丈去，似是對樊寧畏懼頗深，樊寧「嘁」了一聲，大步朝藏寶閣走去。

藏寶閣乃是一個三層閣樓，由松木打造，寬闊的歇山頂加上方形木柱，外觀雍容典雅，盡顯書香本色。東、西兩側坐落著雙閣，與主閣之間以空中迴廊相連接，若不經過主閣則無法到達兩側的閣樓，此地存放的皆是稀世珍寶或孤本古籍，《推背圖》也屬其中之一。

雖然李淳風尚在人世，可像這般預測後兩千年國祚之巨著，若是落入欲顛覆大唐的歹人手中，後果不堪設想，故而現存唯有這一部。李淳風曾告訴過樊寧，當年寫作《推背圖》時，兵部尚書英國公李勣親自帶兵監察，定稿後的餘稿皆放入火中付之一炬，可見此書記載之內容非同小可。

樊寧正回想著，那守衛長已走進藏寶閣二樓，她跨步跟了上去，不知何處忽傳來一縷胡餅的香氣。這是樊寧最喜歡的小吃食，她舔舔薄唇，臉上浮現出幾分少女的紅暈，又不覺猶疑——守衛的例餐裡沒有胡餅這一樣，此處怎會有胡餅的味道？

樊寧還沒回過神，忽聽得「唰」的一聲，二樓廂房內竟燃起了熊熊的火光。她大喊一聲「糟了」，一個魚躍接前滾翻，衝進了大火中的藏寶閣二樓。

火勢趁著西風已經迅速蔓延至整個閣樓，一時間火光沖天，直燒得半個天幕都是酡紅色。方才還在說說笑笑的守衛們見此情形登時傻在了原地，直到不知是誰喊了一聲「走水了，快救火！」才回過神來，爭先恐後地跑向水井，可火勢轉眼已成百尺之高，閣中守衛忙招呼門口的守兵道：「快！快去通報附近的武侯！讓他們提水來救火！」

二樓的藏寶閣中已是一片火海，烈火之中，一雙人影拔劍佇立，試探著彼此。其中一人是樊寧，另一人不是別人，看身形特徵竟是守衛長，而他身後原本應當鋪開著《推背圖》的木臺上，已空無一物。

這弘文館別院裡收藏不少名作孤本，多是從高祖、太宗時流傳下來的，此人不偷別的，為何偏生偷這《推背圖》？樊寧不解，卻未被疑惑奪去全部注意力，嘴上說道：「你這廝，貓尿水喝多泡腦袋了？身為守衛長竟然監守自盜，還放火燒閣，你可知我大唐《永徽律》的嚴苛？」

守衛長未理樊寧，而是雙手持劍，擺好了進攻的架勢。

樊寧失笑道：「當真皮癢了？看來今日不交手是不行了啊！」

話音剛落，兩人同時箭步衝向對方。樊寧身輕如燕，劍亦極快，但見她以黑劍如流水般化解掉對方揮劍的力道，而白劍則猛地刺向了守衛長。誰知守衛長突然將劍立起，劍身一擋，便是一聲鏗鏘巨響，一股極強的震力順著樊寧的劍鋒傳至劍柄，她頓時被震得退後三兩步，右手麻得直顫，險些握劍不住。

樊寧重新審視著眼前之人，突然有一種十分陌生之感。她自小常與薛訥往薛仁貴軍營裡看練兵，大唐虎狼之師中，都難見有如此臂力之人，這守衛長怎會如此厲害呢？自己與他相識多年，平素裡也是自己只要稍稍用強他便怕得要死，今日又怎會有如此武功？難道一直以來的唯唯諾諾都是裝出來的，一切都只為了這一天作案？

樊寧顧不得深思，她十分清楚，自家師父不知哪裡閒逛去了，本就誤了入宮的事，若再在自己面前丟了《推背圖》，天皇、天后勢必震怒。可守衛長身高九尺，體型健碩，今日又像是吃藥似的反應極其機敏，強攻必然無用，樊寧橫劍與他僵持，腦中飛速思忖著破敵之法。

炎炎烈焰將兩人面前的光影扭曲，如同墮入阿鼻地獄，而劍刃相交的兩人似乎忘記了自己正身處火海，如修羅般廝殺不止。樊寧從未遇到過這樣同自己勢均力敵的對手，對方憑藉著高大的身軀和強健的臂膀，一招一式都讓樊寧用盡全力招架，可她絲毫沒有退縮，揮劍越來越快，意圖依靠速度將對手壓制。

趁著雙方三劍相抵角力之際，樊寧厲聲問道：「你這是哪練的功夫？去歲被你婆姨追著在朱雀大街亂跑時，也不見你敢還手啊！」

守衛長明顯一愣，樊寧怎會放過這樣的機會，她雙足蹬地翻騰而起，將整個身子的重量都壓在對方的劍身上，趁著守衛長手中的劍被壓下去的一瞬，抬起白劍重重刺向守衛長的心口。

守衛長不得不偏身一躲，撤開力道，在千鈞一髮之際立劍擋住了樊寧意料之外的突擊。誰知樊寧還有後手，但見她頭墜向地面之際將黑劍刺向地面撐住，隨後借反彈之力，飛身一腳踢向守衛長，令其失去平衡，向後倒去。

樊寧瞅準時機，趁守衛長無法躲閃的這一刻，右手將白劍拋起，緊跟著袖籠一揮，「嗖嗖」兩聲飛出袖裡劍來，直飛向守衛長的頭部。守衛長心下一驚，雖偏頭躲閃，卻還是被袖劍擦中耳根，滴下血來。他反應奇快，在後退站穩後立即揮劍砍向屋旁著火的書架，書架轟然倒地，騰起巨大的煙，將他包圍，四下裡頓時濃煙與灰塵密布，什麼都看不真切了。

樊寧趕忙抬手掩住口鼻，欲追上去時，卻被濃煙嗆得咳個不停，只能待在原地。待濃煙稍稍散去，她隱約看到那人正站在窗邊回頭看著她。

這廝要跳窗而逃！

樊寧心下大叫糟糕，果然見那守衛長朝她揮了揮手，隨即頭也不回地撐窗跳下。樊寧快步去追，誰知頭頂卻發出一聲瘆人的巨響，三樓的樓板承受不住壓力率先垮塌，青銅鼎伴隨著燃燒的木片傾瀉而下，如同天降火流般砸向樊寧。

樊寧閃身躲過，誰料地板被落下來的青銅鼎砸了個大窟窿，直摔到了一樓，地面砸出了個一丈見方的大坑來。樊寧一抬頭，這全木質的藏寶閣屋頂已經搖搖欲墜，與此同時，整棟建築隨著低沉的吱吱聲如摧枯拉朽般開始傾斜垮塌，無數火球呼嘯著從天頂飛落。

樊寧顧不得渾身已被灼熱的氣流灼傷，大喝一聲，用盡最後的力氣從地板那被砸開的大窟窿上奮力躍了過去……

長安城裡，將至宵禁，數名門僕將長安城十二道城門的鎖鑰送回城門局，當值的薛訥檢查罷收起，準備打道回府。

所謂的「城門郎」即是城門局的頭領，隸屬門下省，雖有門僕八百，且能夠出入皇城宮禁要地，日常最主要的工作卻不過是管理各宮城門的鑰匙不遺失罷了。故而薛訥平日裡需要打起精神的時間只有早上開城門和晚上關城門這兩個時刻，其他時候大可高枕無憂。

現下他正拿著一本名為《括地誌》的地理書卷，坐在城門局大堂的梨花木長凳上看得出神。

忽有人飛奔入大堂來，乃是太子李弘手下的侍衛張順。

「薛郎！」張順氣還沒喘勻，便大聲高喊著。

薛訥卻已沉入書籍中，像是全瞎全聾了一樣，根本聽不見張順的話。

張順無法，也顧不得什麼尊卑之序，上前沖著薛訥的耳朵大喊道：「薛郎！出事了！弘文館別院大火，太子命你快去查看一番！」

薛訥嚇得一激靈，差點從凳子上出溜下來，他迷迷糊糊地站起身，就要往外走，忽然回轉過來，像變了個人似的，原本溫潤如水的眼眸裡利光陡聚，雙手抓住張順的衣領：「你說哪裡失火了？」

第一章　潑天之冤

劫後的弘文館別院，除了遠離火災現場的大門外，盡是燒焦的廢墟。倖存的守衛們累得癱坐在地，身邊還放著許多或立著或翻倒的水桶，每個人身上都覆蓋著厚厚的泥灰，從頭到腳黑黢黢的，幾乎認不出來誰是誰。趕來滅火的武侯則進進出出，兩、三人一組，抓緊將傷患和倖存的館藏從廢墟中搬出。

從城門局馳馬來到弘文館別院，這一路儘管只用了不到半個時辰，可薛訥內心感覺像是過了三生三世。

夜色中他急急打馬，幾乎要將馬屁股打得皮開肉綻了，卻仍壓不住內心的焦躁。門口的守衛們和武侯們見是薛訥來了，紛紛向他插手行禮，可薛訥頭腦嗡然，對於他們說了什麼、自己說了什麼，幾乎完全無意識了。他踉蹌地翻身下馬，被地面上的石塊絆倒，又爬起來，踉踉蹌蹌地跑到空地上橫陳著的屍體之間，一個一個地掀起覆屍的白布，藉著燈火，俯下身子，查看他們的面容，想要知道裡面是否有她。

這一具具屍體焦黑又血肉模糊，沒有一個似她的模樣，薛訥癱坐在地，心想，難道她並沒有來弘文館？難道是自己多心了？他還沒來得及鬆口氣，便見一名武侯走過來道：「煩請薛郎辨一辨，此物究竟是個啥……」

薛訥轉頭一看，登時如遭晴天霹靂一般，但見那名武侯手中握著的，正是樊寧的紅絲髮帶，只是末端被燒焦了一截，他趕忙一把搶過，緊緊地攥在手心裡。

「這裡遺體算是完好的，還有幾具還在原地，由於燒焦得太厲害，已經不成人形……」

薛訥本就木然無措，此時更是心有重鼓敲捶，行將窒息，整個人比死了還難受，待稍尋回一絲意識，隨之而來的便是山呼海嘯般的悔恨。

若是下午他多一個心眼，跟樊寧一起來到弘文館，或者乾脆替她來取東西，她又怎會遭此橫禍？

不，活未見人，死未見屍，薛訥不肯相信，那個機敏如火狐一樣的丫頭會這樣不明不白地死在這廢墟中。如有醍醐灌入薛訥的腦頂，令他混沌的腦海突然變得清晰明澈。與之相對的，則是周遭一切似乎都變得極其緩慢，鳥鳴、花香以及空氣中的焦糊味，一絲一縷都萬般明晰。

沒有看到現場，一切還不能確定。薛訥如是想著，緩慢撐地站起身來，神情像是完全換了個人，清澈的眸底寒光四射，他不顧勸阻他的武侯，提著燈，扒開四周的廢墟走入還未完全燃盡的藏寶閣中。

登時，目之所及、耳之所聞、鼻之所嗅、手之所觸，各種線索如同錢塘江潮水般向他湧來。儘管藏寶閣已經燒成廢墟，薛訥依舊借助從前造訪藏寶閣時的印象，飛快地將它在腦海中重構成了倒塌前的模樣。

薛訥走進這僅存在於自己想像中的藏寶閣，首先映入眼簾的是一樓的兩具遺體。其中一具被壓在青銅鼎之下，一隻手向外伸著，另一隻手則蜷縮著，嘴巴大張，裡面盡是黑灰。而另一具屍身則蜷縮在離青銅鼎不遠處，一隻手捣著頭後，另一隻胳膊則失了前臂。

薛訥走到黢黑的柱下，在地上的炭灰中發現了一隻殘缺的前臂，旁邊掉落著一把長劍，看刻紋乃守衛所有，再細看兩具遺體皆身著皮甲，薛訥估摸這兩人應當是弘文館別院的守衛，其中一人被砸下來的青銅鼎壓得動彈不得，另一人想要搬起青銅鼎營救此人，反被其壓住手臂，危急之下，不得已揮劍砍斷胳膊，卻未能逃出生天，被濃煙嗆死。

除了這兩具屍體外，一樓盡是摔碎的瓷片、瓦片和被火燒得熔融的錫器，甚至有一尊金佛亦在高溫下被燒融了一塊。薛訥沿著晃動的階梯來到了事發的藏寶閣二樓，一具燒焦的屍體倒在進門立柱後，其雙手雙腳成蜷縮狀側臥在地上，身上也穿著皮甲。

薛訥上前，伸手拉開屍體的嘴，卻見裡面咽喉處並未燒焦，亦不像方才那兩具屍體一樣有明顯的煙灰痕跡。薛訥將其翻過來，卻見皮甲背後有十分顯眼的切口，約莫一寸長短。顯然，此人並非被火燒死的，而是在歹人縱火前已然死亡，致命傷就是背後這傷，想來歹人想要縱火時被上來的守衛發現，故而將其刺死。

又往裡走幾步，地上倒著的一件金銅器皿引起了薛訥的注意。

薛訥將它拾起，仔細端詳，上面有被刀刃劈砍過的痕跡。薛訥立即環顧四周，發現一塊被燒過的書架板明顯被刀劍劈成了兩半，且劈開處較其他各處顏色較淺。

薛訥有些疑惑了：是起火之後發生的搏鬥？又是誰在同誰戰鬥呢？

薛訥正準備往更高層去時，卻瞥見通往三樓的樓梯處還躺著一具屍體。薛訥來到屍體旁邊，但見這屍身同樣蜷縮著，口中喉嚨處亦沒有黑灰，身上也穿著皮甲，旁邊橫著燒黑的佩劍，而以其偏大的頭顱和隨身攜帶的西域珠翠判斷，此人應當不是漢人，而是一名胡人。

胡人？若說弘文館別院的胡人，便只有那名喚阿努汗的守衛長了。難道他……薛訥又搖了搖頭，好容易覺得找到些許線索，如今卻又模糊了。

薛訥起身，又將整個廢墟翻了個遍，能找的地方全都找了，卻沒有發現一具可能是樊寧的屍體。他略微放心了些，想來樊寧平日裡武功不是白練的，定是趁著著火垮塌前便跑了出去，慌亂中把髮帶落到了地上。

薛訥回過神，還未舒口氣，臉色又暗了下來。

他雙眸直盯著門口前來增援的武侯，但見他手裡拿著一張通緝令，上面畫著的人不是別人，正是樊寧。

薛訥為人性情溫良，從不與人爭鋒，此時卻大為憤怒，又如小時候那般期期艾艾起來：「你、你們這通緝令，畫得倒是快！」

那人沒聽出薛訥語中帶刺兒，忙笑道：「薛郎謬讚了，官府給的，法曹已經同幾個仵作一道來查驗過了，當時起火時在館內的人中，唯有這個女娃下落不明，想來必然是凶……」

「活命就是凶手了？」薛訥一把奪過那人手中的通緝令，當場撕了個粉碎。

那人呆立半晌，憒惑道：「薛郎，你這是做什麼呀？」

「她不是凶手，我會證明給天下人看！」薛訥翻身上馬，迎著眾人詫異的目光，調轉馬頭，朝夜色中的長安城馳去了。

平陽郡公府位於長安城東北的崇仁坊，自太宗年間，薛仁貴從田舍郎發跡，直至近日平遼東加官晉爵，成了平陽郡公，薛家亦恢復了六世祖北魏名將薛安都時的鐘鳴鼎食之盛，風光無限。同一坊內，還有淩煙閣二十四功臣、英國公李勣的府邸，這兩戶人家便將整個坊區占得滿滿當當，餘下的都是些尋常官宦的小宅，在這兩座簪纓的大戶門前顯得十足寥落。

論理，薛訥是王侯之家的長子，出門護衛車馬相隨，僕人前呼後擁，本是無可厚非，可他偏生不喜歡這樣，向來獨往獨來，沒有絲毫王公貴族的氣派。別的貴族子弟多愛好打獵、馬球，偶爾去平康坊千金買笑，而薛訥不僅三樣都不會，居然偏生好查案，做那三百六十行裡最被人看低的仵作所行之事。就算是布衣百姓尚且忌諱，對凶事避之唯恐不及，他卻毫不在乎，也難怪世人要叫他「傻子」了。

從弘文館別院回來的這一路，薛訥心裡想的滿是樊寧被通緝之事。弘文館別院雖不比皇宮禁衛森嚴，到底也是重兵把守，不可能像夜盜那樣翻牆進入。如今所有在場之人中唯獨樊寧下落不明，其他非死即傷，按尋常邏輯，凶手除了樊寧不會有其他人。

出了這麼大的事，定然連聖人都要驚動的，京兆郡、刑部和大理寺肯定都像熱鍋上的螞蟻一般催著，絕不可能耐心地等到真相水落石出，故而不管是對是錯，藍田縣衙都肯定要馬上給個交代，否則御史臺那彈劾太子李弘治京不力的奏本就要堆成山了。

若說是自然起火亦不可行，弘文館別院本就是太子李弘親自督建，若是設計有問題，那太子豈不更要被彈劾了？因此，如今藍田縣衙將樊寧當作真凶先行通緝搜捕，起碼能夠做出案件正在查辦的姿態，從而穩住太子的風評。

當然，薛訥很清楚樊寧不可能是此案的真凶，因為她沒有作案動機。他二人從小相識，樊寧的確武功了得，有時也粗暴了點，但她疾惡如仇，絕不是濫殺無辜之輩，更何況此事事關李淳風。樊寧平日裡雖然會揶揄李淳風，卻絕對不會做出對他不敬的事來。薛訥少時曾不慎擺弄壞了李淳風的沙盤，被樊寧追著一頓毒打，這樣的樊寧，又怎麼會將存放著她師父畢生心血《推背圖》的弘文館別院付之一炬呢？

但薛訥亦清楚，刑部和大理寺不是講情面的地方，在找到樊寧之前，他只能祈求上天仁慈，不要讓樊寧這麼快就被捕。

薛訥面上巋然不動，心底卻喧囂如山呼海嘯，方才他在岔路上幾次徘徊，數度抑制不住，想直奔觀星觀，看看樊寧究竟有沒有回到觀裡，但考慮到如今通緝令已發出，武侯們肯定會在觀星觀四周設伏，若自己貿然前去，被當作樊寧的幫凶，就更難幫她洗清冤屈了。

可若放任不管，此案多半會以處決樊寧結案。不單是幾條人命，更有弘文館別院毀滅的重罪，依照《永徽律》，毀壞皇家園林乃是「十惡」之罪，而凡屬「十惡」必判死刑，不得假釋亦不可減刑，所謂「十惡不赦」便是由此而來。尤其越是這種聳人聽聞、物議如沸的案子，越可能從重處罰，迫於壓力出現冤假錯案的可能性便也越大。

薛訥深呼幾口氣，警告自己，若要為樊寧洗冤，務必要保證自己不被攪擾入局，若是自己也被牽扯入局，不單救不了樊寧，甚至可能會連累父母家族。雖然時辰已晚，但眼下最要緊的，還是趕緊去找太子李弘一趟。若是不能在明日早朝前將自己發現的一切告訴太子，恐怕就再也無力回天了。

不過為了進東宮謁見太子，薛訥需要更衣準備一番，換上公服圓領袍，戴上襆頭，否則無論是天大的事要奏稟，也會被那些宦官、御史們趕出來。薛訥可不想在這麼緊要的關頭跟那些說不清道理的傢伙們糾纏。

薛訥從後門進了府，快步穿過後花園，回到了自己居住的小園子。雖然父親征戰遼東還未回還，但胞弟薛楚玉是個事兒精，薛訥是能躲就躲，否則等父親回京，還不知他會編造些什麼罪名安給自己。

細碎卵石鋪成的小徑盡頭，是一間青瓦飛簷的精緻屋舍，其後種有一片修竹茂林，其前則是兩顆葳蕤高大的梨樹。薛訥行至梨樹下一個小池前，掀開竹蓋，只見這池子竟通著不知何地的溫泉，清澈的泉水淙琤流淌，冒著濛濛的白霧。薛訥用竹筒打了熱水回到了廂房，隨手把佩劍放在桂花雕飾木淨手臺上，將熱水注入銅盆，輕漂了漂雙手，用淨布擦乾後，站在衣架旁褪了衣褲，露出一身緊實的細皮白肉來。

驀地，薛訥聽到自己面前的衣櫃裡發出了「呀」的一聲，雖然很輕、很短，卻還是被薛訥如犬般敏銳的雙耳捕捉到了。

薛訥一怔，佯裝有東西忘在衣服裡，手在身體的掩護下從背後悄然拎起佩劍的劍穗，隨後走到衣櫃側面，從衣櫃外的死角攀上了櫃門的把手。

「哐當」一聲，衣櫃大門中開，一個紅衣身影從衣櫃中躥了出來，嚇得薛訥一哆嗦。下一瞬，薛訥就被那人撲倒，一把利劍橫在他的喉頭。只見滿身泥汙的樊寧趴在只穿了一條褻褲、躺在地上的薛訥身上，持劍抵著薛訥的喉嚨，臉上卻禁不住地泛著紅暈，眼睛亦直勾勾地盯著薛訥，像是怕亂瞟之後看到什麼不該看的東西。

打小便覺得這小子瘦得像杆兒，終日不是頭疼就是腦熱，咳喘不休，好像一巴掌就能把他呼死，一點也不像個大將之後，不知何時他已長成了身量修長緊實的俊秀少年。樊寧低聲嗔道：「你這憨人，難道發現房中有人不該先穿上衣服嗎？」

薛訥吃痛得要命，卻也不敢喊出聲，只吭吭回道：「房中若有賊人欲取我性命，當先拿起武器防身，否則……否則賊人趁我換衣服時一劍捅了我該如何是好？」

樊寧收回劍鋒，閉眼抬手給了薛訥兩拳，手上傳來的觸感非同尋常，正是薛訥的細皮嫩肉，搞得樊寧越加尴尬，團身背了過去：「現在你既然知道是我了，還不趕緊穿上衣服，晾著你這破身子給誰看呢！」

薛訥吃力地向前爬了兩步站起，拿下搭在衣架上的衣服，三下五除二地換上，感覺心裡的一塊大石頭也落了地。畢竟看到樊寧好好地站在自己面前，身上也沒有什麼嚴重的傷，比什麼證據都更讓他安心。

薛訥繞至樊寧身前，上下打量一番，輕緩語氣低聲問道：「妳可知自己成了滿長安通緝的逃犯了？這新宅子妳沒來過，怎猜出這一間園舍是我的？」

「平陽郡公府無人不知，趁著挑菜的來你們府上，給後廚送明天宴會的吃食，我溜進來的，看見這園子門前寫著『慎思』，心想師父曾教我，『慎於思，敏於行，訥於言』，你不是叫薛訥嗎，我就猜這裡應當是你的居所。總之我沒被人瞧見，連累不到你。」樊寧撐起身子，用方才薛訥淨手的水胡亂抹了把臉，露出少女白皙紅潤的面頰，儘管她一副滿不在乎的模樣，聲線卻忍不住地顫抖，「有人在弘文館別院縱火之事你都知道了吧……不知是何人要害我，陷我進入此局，我回觀星觀看了，師父還沒有回來，此事並不簡單，會不會師父也遭遇什麼不測……」

「妳可別胡思亂想，行凶的若不是妳，李師父便是第一大嫌犯……」薛訥話未說完，又被樊寧劈手揍了兩下，打得他吱哇亂叫，連連告饒，「我說的只是尋常情況，尋常……並未說人一定是李師父殺的……」

「再胡說八道，我就一劍閹……」

話未說完，薛訥忽然一把摀住了樊寧的嘴，將她摟在懷裡，樊寧不明所以，抬手欲將薛訥推飛，敲門聲忽然響起，傳來管家劉玉的聲音：「大郎，夫人讓我給你送晚飯來。」

今日薛訥外出查案，錯過了與母親柳氏和胞弟薛楚玉一道用晚膳的時間，故而會由管家單獨送飯過來。薛訥語調平靜地應了一聲，示意樊寧重新躲回櫃子裡，隨後自己按照平日裡出來應門的速度，不徐不緩地走出廂房，打開了屋門。

今日晚餐恰是羊肉湯餅，尋常人家難得吃到此物，樊寧亦不例外。待管家放下飯食退出去之後，又停了半炷香的工夫，薛訥才打開衣櫃，示意樊寧出來：「餓了吧，吃點東西，再把弘文館別院的事仔細告訴我……」

羊肉湯餅著實不錯，香氣撲鼻，令早已餓得前胸貼後背的樊寧無法拒絕，上前直接抄起筷子，捧起湯餅兀自吃了起來。

在等待樊寧吃完的時間裡，薛訥又將在弘文館別院看到的線索捋了一遍。看到樊寧襟袖上的汙漬與肩背處的黑灰，即便樊寧不說，薛訥也能猜出昨晚她一定經歷了一場惡戰，只是不知對方是否有同夥。

薛訥單手撐頭，眉目間的困惑裡透著幾分呆氣，配上這張煞是俊秀的臉兒，看起來當真是極不聰明的樣子，但他的腦子在飛速地旋轉，人事物交織，邏輯極其清晰。

樊寧吃完湯餅，放下碗筷，見薛訥若有所思，以為他已有了神斷，問道：「所以你猜出是何人所為了嗎？」

薛訥放下撐頭的手，轉身望向樊寧，忍不住起了捉弄的心思，故意裝出一副不懂的樣子道：「難道真的不是李師……」

啪啪！

樊寧對著薛訥一頓拳打腳踢：「再敢提我師父，看我不弄死你！」

「好了、好了、好了！」薛訥邊躲邊告饒，「我說的不過是尋常斷案的猜測罷了……對了，想必在藏寶閣二樓與人廝殺的便是妳了吧？」

雖然成功逃脫火場，但回想起幾個時辰前的經過，樊寧還是心驚，可她如何能在薛訥面前露怯，她雙手環膝抱著，低低說道：「與我廝殺那人，乃是你我都認識的，那個獐頭鼠目的守衛長。」

「守衛長？」

薛訥登時愣了好久，還未回應，樊寧又說道：「守衛長曾於大門口來接我，但不知為何在他進了藏寶閣後，裡面馬上起了大火。待我衝進去時，他就立在放置《推背圖》的木櫃前，櫃中已經空無一物。我與他廝殺了幾回合，沒討到任何便宜，想著至少能傷他雙目將他逮住，便趁他不備時對他放了袖箭，誰知他還是躲了過去，然後立刻揮劍砍斷周遭的書架，激起揚塵，趁著我看不清的時候從窗戶逃了。」

「妳的確看清那人是守衛長嗎？可有蒙面？」

「蒙了口鼻，但還能看出是他，那副噁心樣子斷不會錯的。」

「周身裝扮可有不同尋常之處？」

樊寧抬頭仔細想了想，回道：「衣服是尋常的官服，也穿著皮甲，實在沒覺得有何不同。」

薛訥臉上的困惑又加重了幾分，低下頭自言自語般慢慢說道：「我方才去了現場，守衛長已經死了，並且有跡象表明，他是在著火前就死了的。」

樊寧驚得瞪大雙眼，磕磕巴巴道：「這……這怎麼可能，當時我跟他乃是前後腳進的藏寶閣，除了我與他之外，沒有旁人啊。」

「會不會根本就不是守衛長，而是其他人假扮的？」

樊寧尋思了片刻，擺了擺手道：「應當不會。昨日我不是還去過，今日他來門口接我時，確實記得我昨天來時的情景。只是……」

「只是什麼？」薛訥追問著，不放過樊寧的每一個字、每一個表情，甚至每一次眨眼。

樊寧陷入了沉思，卻也不甚確定，搖頭道：「只是當時我雖然與他前後腳進去，但我走到樓梯半道上時聞到了一股胡餅香，便頓了一瞬，但真的只有一瞬。再回過神時，就發現藏寶閣裡起火了，我就趕緊衝進去。沒想到等在那裡的竟然是他，《推背圖》也不見了，然後他就跟我動起手來。打起來以後，他竟然一點都不落我下風，甚至在你爹軍營裡那些偏將軍之上。以他平時的那點三腳貓功夫，著實太過厲害了一些，平日裡我只要稍有怒意，他便跟耗子見了貓一樣……」

薛訥啞然一笑，心想原來不單是自己，竟然旁人也這麼怕這丫頭。如是說來，這守衛長極大機率有詐，這樣便能夠解釋為何現場發現的守衛長屍體顯示其死在著火之前。只是空口無憑，若要洗清樊寧身上的冤屈，光靠這些還差得太遠了。

薛訥定了定神，嘴角漫起了一絲淺淺的笑意，似是想安穩樊寧混亂的心神：「我去東宮，找一趟太子殿下。」

語罷，他轉身便要走，被樊寧眼疾手快一把擰住。她自覺下手重了，趕忙鬆了力道，拽著他的襟袖，晃個不住道：「你要去東宮，我怎麼辦？滿街都是我的通緝令，道觀也被封了，師父還不知道哪去了，一旦被抓進了刑部，像我這樣的重犯，必是死罪，你就忍心見我如此嗎！」

樊寧力道大，薛訥的身子被她晃得直顫，頭暈眼花什麼也看不真切了，他試圖掙脫她雙手的鉗制，未果，只好回道：「我知道了……現在所有證據都對妳不利，若是真的被抓到，只怕過不了幾日我就要去西市獨柳下給妳收腦袋。妳就躲在這慎思園裡吧，我先趕快進宮向太子彙報一下案情，盡快破案洗清妳的冤屈，妳若還能想起什麼事，無論多細枝末節都要告訴我。」

樊寧轉瞬一改冷冰冰的面龐，含笑向薛訥行了個叉手禮算作謝過。

看到樊寧的笑臉，薛訥高懸了一夜的心驀地放下，輕笑了一下，將院門拉開一條小縫，見四下無人，方快步走了出去。

才轉上慎思園外的大路，便見兩盞六角燈籠迎面而來，薛訥抬頭一看，跟在兩個提燈籠的僕人後大搖大擺走來的不是旁人，正是他的胞弟薛楚玉。

薛家這兩子，雖然都相貌堂堂，但薛訥過於俊秀，薛楚玉卻在俊秀之餘，有幾分其父薛仁貴的風采。加之薛楚玉天資聰穎，文武雙全，薛仁貴頗為疼愛他，甚至一度想把爵位傳給他。薛楚玉也的確不負薛仁貴期望，去年在崇文館生的馬球比賽中一球定乾坤，箭術亦不遜於他以武神聞名的父親，年紀輕輕就在京城高官將門子弟中為薛家打響了名號，掙足了面子。即便面上按下不表，府中的下人們也皆知薛仁貴對薛楚玉的器重並非僅僅出於對幼子的溺愛，故而都爭相為其鞍前馬後地效力，倒是對薛訥這個嫡長子有些疏忽怠慢了。

薛楚玉見薛訥一身盛裝，笑著行禮道：「阿兄這麼晚了還要出門？有何貴幹哪？」

薛訥明白自己的行為從尋常來講的確是有些異常，不得不解釋道：「城門局的差事無論早晚，今日宮中有需求，我便得立即趕去。」

薛楚玉呵呵一笑，眸底散發出幾絲不同尋常的光：「夜裡聽坊內的武侯傳令，說與阿兄自幼相熟的那個道士的女徒弟被通緝了，長安城各坊都在全力搜捕，阿兄可知道了？」

薛訥一驚，心想這小子刻意提起這事，必定是想要看他的反應來判斷他是否置身其中，他強攝心神，顯得既鎮定又惋惜：「為兄知道了，方才回家路上，看到有武侯張貼畫像，怎麼說呢，一時有些難以接受。」

薛訥從小到大撒謊的經歷幾乎全是為了樊寧，他並不擅長此道，此刻這番消沉惶惑的樣子已經是他演技的極限。

薛楚玉盯了他好一陣，方鬆了口氣，回道：「那便好，知道阿兄沒有牽涉其中，楚玉便寬心多了。楚玉知道兄長一向好涉懸案，尋常過家家查一查便算了，此事牽扯甚廣，阿兄可別傻到起了包庇縱容之心，禍及薛府才是……」

薛楚玉話未說完，便被薛訥打斷，只見他的神情是從未有過的肅然冷峻，語速依然是低緩的，卻透著決絕：「為兄別的事情皆不如你，但若論斷案，自然在你之上。若是為兄真有機會接手這個案子，一旦證據指向的確是樊寧所為，為兄定如實上報；但若證據表明不是樊寧所為，為兄縱死亦不會讓她蒙冤……時辰不早了，為兄先行一步。」說著，薛訥行了個微禮，拂袖而去。

薛楚玉滿臉難掩的驚訝，這麼多年來薛訥在家中一向克己，和自己說話如此堅決還是頭一次。他望著薛訥遠走的背影，問一旁的管家劉玉道：「長兄方才是不是生氣了？我說什麼刺激他的話了嗎？」

劉玉笑著拱手回道：「不曾，郎君也是關心大郎罷了，朝廷滿城緝拿要犯，任誰家都會互相提醒。若大郎他果真生氣了，那也只能怪他自己氣量太小。」

「算了，大人不計小人過。」薛楚玉無奈地聳聳肩，「對了，姨娘那裡我還未問晚安，你帶我去吧。」

「郎君請——」說著，兩人一道朝內院走去，消失在公府後院朦朧的夜色裡。

東宮位於太極宮以東，與平陽郡公府所在的崇仁坊有一段距離，薛訥出了坊門便往北邊的至德門趕去。

待到下馬出示魚符，與守門將領合符後，兩名禁衛開始對薛訥上上下下搜身。如今二聖正準備前往東都洛陽，長安城內的軍國大事都送到東宮崇文館處理。此地既是太子讀書和處理政務之所，又是皇族四代以內親屬之子及京城三品以上大員之子的貴族書院，亦是存放宮內祕檔機要之處，禁衛們如此小心並不奇怪。

搜完身後，薛訥重整了整衣袖，被帶到一處偏殿等候。

過了約莫兩炷香的時間，一名禁衛走入殿中，將薛訥一路帶至崇文館太子書房，年僅十七歲的太子李弘正在房中批閱奏摺。

身為天皇與武后的長子，李弘生得長眉入鬢，目若秋水，五官疏闊好看，如同美玉琢成，俊逸威儀裡帶著幾分少年的稚氣，在他身側，兩名中書省文官躬身下階，將奏摺一份份呈至他面前。

侍衛抱來一個蒲團，置於殿下，讓薛訥就座。

薛訥撩開衣裾，跪坐在蒲團上，低頭叩拜。

太子李弘未理他，直到批閱完這一疊奏摺之後，才放下沾著朱砂墨的毛筆，揮手示意旁人退下。

待眾人離去，重重關上殿門後，李弘開口道：「起來吧，只有你我二人，不必拘禮。漏夜前來，可是有什麼線索了？」

事關斷案，薛訥一改往日的溫暾，急道：「此案大有蹊蹺，凶手絕非樊寧，臣想向殿下請求弘文館別院所在地藍田縣縣令一職，三個月內，可令真凶認罪伏法！」

李弘並不驚訝於薛訥所求，他微微一笑道：「我早料到你會如此說。只是三個月太久，父皇與母后那邊怕是交代不過去，故而樊寧必得落網。」

「殿下，這……」

薛訥剛要申辯，就被李弘抬手制止：「笨嘴拙舌的，才開了一句玩笑，你便按捺不住了？旁人未必知曉你的舊事，本宮可是心知肚明，你與那樊寧自幼相識，算是總角之好吧？本宮看她模樣生得甚是不錯，你老實交代，與她可有私情？」

看著李弘一臉饒有興味包打聽的模樣，薛訥頓感哭笑不得：「人命關天，殿下莫要再玩笑了……何況殿下未曾見過她，又、又怎知她模樣不錯？」

李弘卻沒有罷手的意思，邊把弄著手上的如意，邊挑眉笑道：「通緝令上畫著呢……不過說真的，若要任命你當藍田縣令，本宮須得將此事考慮進去。當初在長樂坊一案與你相識，本宮便看中你對懸案的執著無私，若你因為私心壞了規矩，本宮豈不負了天下人？男子漢大丈夫有什麼可忸怩的，你只需說，對那丫頭到底有意無意？」

第二章　繞床青梅

薛訥張了張口，忽而發現李弘這問題竟是個兩難：若說對樊寧沒有私心，雖能得到藍田縣令一職，但萬一需要樊寧作為人證對簿公堂，難保她不會被收監，如是這般她在牢內的待遇就無法保障；但若說有，薛訥又難以證明自己當縣令不會偏私，他支支吾吾半天，才磕磕巴巴道：「臣……臣現下是沒有，但不能保證以後，若是哪日臨時起意，也未可知……」

李弘一怔，旋即「噗哧」一聲，大笑不止。薛訥這一答看似笨拙，倒是把他問題裡設下的陷阱都避開了，他抬袖揾淚道：「誰說我們薛郎傻？這不是很知進退嗎？你這般會說笑，求做什麼藍田縣令，真是屈才了，應當讓你去平康坊，當個說書伎才是啊。」

薛訥瞭解李弘的性子，知道他如是玩笑並非不將此事放在心上，而是因為太過在意，才不肯輕易答允他所求，畢竟此事牽扯太廣，李弘又是首當其衝。

他想起臨出門前，樊寧特意在他耳邊低語了幾句，忙依照著她所教授，徐徐說道：「殿下憂國憂民，本已在朝中動了不少人的命脈，此一事正值殿下監國期間，必然會有人以此為由，打擊殿下。比如殿下那位風流倜儻的表兄賀蘭敏之，現下一定燒了一壺好酒，研了一池好墨，下筆如有神助，編排著殿下的種種不是。加之賀蘭大學士的文辭修飾，明日朝會上，臣只怕，會有人意圖對殿下不利。只是若以拘捕樊寧結案，雖可暫且堵住悠悠之口，但臣已有把握此事絕非樊寧所為，若這件事本身就是賀蘭敏之給殿下下的套兒，如若我們果真把樊寧收押了，豈不落入對方的圈套？訥雖不才，又與樊寧有舊，猛一看，似乎，似乎著實不是查理此案的良人，但眼下除了臣，恐怕大唐不會有第二個人，既有能力偵破此案，殿下亦可信得過。」

這位賀蘭敏之是天后武則天的胞姐之子，李弘的表兄，時任弘文館大學士，他因為自己妹妹賀蘭敏月的莫名之死憎惡李氏，又因李弘整頓吏治，對宗室貴族子弟多加管束而氣惱，暗地裡籠絡了諸多大臣，尤其是蠢蠢欲動的武氏子弟，屢次在朝堂上與李弘為敵。此時等到這個良機，又是職責範圍所在，賀蘭敏之必然不會放過，定然會卯足全力打擊李弘。

果然，被戳中了脊梁的李弘登時斂了調笑，抬手將如意放在了桌案上，微微蹙起了眉頭。

薛訥聽到翡翠質地的如意與桌案迸發出清脆的聲響，喉結一滾，俯首跪地，不再言聲。他再不懂人情世故，亦知自己剛才的話僭越又無禮，可若不將利害挑明，李弘稍有猶疑，樊寧便可能腦袋落地，薛訥不願冒這個險。

書房裡靜謐非常，針落可聞，跪地俯首的薛訥，僵著身子不敢動彈。

不知過了多久，李弘才終於應聲，打破了屋內的寂靜：「本宮真是有些好奇了，這名叫樊寧的丫頭到底何德何能，竟然讓你這對朝堂事一問三不知，只愛看些偏門雜目書籍的人關心起了朝政來……你說的不錯，眼下對於本宮最惠而不費的方式，便是將樊寧繩之以法。」

薛訥身子一震，還沒緩過神來，便聽李弘又道：「但本宮不願如此。授人以柄事小，心中實在難安。薛卿啊，你可還記得，你我少時一道讀書，那句『棄身鋒刃端，性命安可懷』？」

「『父母且不顧，何言子與妻』，殿下一心為國，一心為公，臣敬佩不已。臣雖駑鈍，但也是個不達真相不肯甘休的性子，若真是那丫頭殺人，臣……臣一定親自把她綁去伏法，再以死謝罪……」

「說得倒像殉情似的，你不會當真對這丫頭有意吧，本宮記得英國公家的郡主亦對你很中意啊。」李弘心結開解，復與薛訥玩笑起來，後又肅然道，「藍田縣令的事，本宮可為你向聖人那裡求得。不過往來公函與任職文書總需要時間，怕是不會很快送到你手裡。案情緊迫，所以我打算先給刑部和大理寺發一份文書，命你為此案的特設監察御史，這樣一來，凡是與此案有關的案卷你均可調取，證人也均可傳喚，案發現場也可憑這塊魚符自由出入，只是去了哪裡，都查了些什麼，是否有涉案官員存在一些可疑舉動，凡此種種，需要每三日進宮向本宮彙報一次，要緊時則不分十二時辰皆可來報。另外，本宮還可為你安排兩名助手之位，只是人要你自己找，若需俸祿也得你自己發。」

薛訥心下一喜，亦明白了李弘做此安排的周到之處：監察御史本就可在太子監國時由太子親自派出，長安城附近出了如此大案，派特設御史也在情理之中。這樣安排並不剝奪刑部和大理寺的執法職權，卻能以監察之名同樣行使查案之實。至於御史所需的資歷，薛訥畢竟是掌管長安宮城衛禁的城門郎，即是表明聖人、天后對其信任非同一般，關於緝盜亦屬專業人士，朝廷也不需撥半兩銀錢，可謂有百利而無一害。那些負責彈劾人事的御史們，恐怕就算想破腦袋，也必挑不出什麼毛病。

「謝太子殿下！」薛訥後退一步，拜倒在地。

李弘上前將其扶起，語重心長道：「本宮知道，這些年來你過得並不算舒心。你父親強勢，總嫌你性子溫暾不似他，你那胞弟又抓尖賣乖，凡事與你爭鋒，但本宮知道，你是個有傲骨之人，亦是個至善之人，是真正將大唐社稷和百姓放在心裡的人，幼年那幾分呆氣只是你的偽裝罷了……本宮曾與你說過，心中唯有三願，一願天皇、天后長樂無疾；二願四境安穩，百姓安居；第三願便是要杜絕天下所有冤案，讓作奸犯科者無處遁形，良民守法者不被冤枉。今天這個理想依然沒有改變，有薛郎在，本宮大志可圖，不論旁人如何看你，本宮始終視你為左膀右臂，你可明白？」

「臣，定不負殿下所托！」薛訥內心早已澎湃激昂，嘴上卻不緊不慢。

李弘笑著拍了拍薛訥的肩背，看著外面黑涔涔的天幕道：「時辰不早了，本宮還有不少奏承要批閱，你先回去吧，文書第二天一早便會到你府上。城門局那邊，本宮會暫時找人代管。」

「多謝殿下！」

「不過……待此案結了，本宮還有一樁緊要大案要委託你去查，你要謹記於心，速速將此案辦好。」

大案？弘文館一案已算石破天驚，難道李弘還有更難、更棘手的案子壓在手中嗎？薛訥本想問，但見李弘眉宇間如同壓著黑雲，應似有難言之隱，便只插手應道：「是……」

回到平陽郡公府時，已是亥盡。

薛訥步履匆匆走進慎思園，才關上房門，就聽見呼啦一聲，樊寧從房梁上飛了下來。

「我不在這段時間如何，可有人進過我房間？」

樊寧聳肩攤手：「有個賊眉鼠眼的管家進來，搜你的包袱呢。把你的《括地誌》從頭到尾翻了一遍，還母雞下蛋似的在屋裡兜了好幾圈，不過我躲得高，他絕對沒看著。」

薛訥嘆了口氣，心想薛楚玉那小子果然不可小覷，自己好歹是薛家長子，若沒有他同意，劉玉就算有八個膽也不敢擅自進入自己的屋舍，好在他素來警覺，從不將要緊的物件放在包袱，亦不在自己看的書裡做任何筆記。

薛訥撿起包袱，隨手放在一邊，一抬眼才發覺樊寧已經洗去了臉上的焦烏，散著青絲，膚光如雪般晃得他眼直暈：「妳何時沐浴了，沒被那廝瞧見吧？」

樊寧一笑，桃花眼彎彎如月，露出一口細白牙，滿不在乎道：「不過是在你家院子裡的溫泉水裡洗了頭和臉，若是中途讓誰瞧見，他早就沒命了。還是說你又在想什麼淫邪之事？嗯？」

樊寧說著，用竹棍戳薛訥，戳得薛訥連連後退，可這副蠻不講理的模樣，在薛訥看來甚是可愛。他偏頭笑得極其寵溺，走到壁櫃旁，拉開拉門，取出被褥鋪在了榻上。

雖然出了天大的事，但夜已極深，兩人亦都有了倦意，看著那獨一床錦被，樊寧立即抗議道：「你怎的就拿一套被褥？我怎麼辦？」

薛訥骨節分明的手指向房頂，示意她可以睡在梁上。樊寧旋即領會，飛起一腳踹在薛訥腹上，疼得他蹲在地上咬著牙卻不能做聲。

樊寧才不管這些，一把擰了薛訥的耳朵，忿然道：「我看你是俠盜野史看多了吧？我又不是梁上君子，如何睡在房梁上？」

薛訥顯得頗為為難，俊秀白面上逐漸染上紅暈：「可我這裡只有一套被褥，又不能找管家要，咱倆總不能睡……睡一起吧？」

「為何不能睡一起？你的榻挺寬敞的，」樊寧拿起繡枕放在正中，「還像小時候一樣，一人睡一頭不就行了？」

「那被子呢？」

樊寧啞然，頓時語塞。

不管是不是各睡一頭，同蓋一床被，實在是有些羞人。她眼一閉、心一橫，奪過被褥裹在身上，直挺挺躺下，蠻道：「橫豎我要蓋被子，管你那麼多。」

看著樊寧躺在自己的床榻上，側著身子，少女的身段玲瓏正好，髮絲輕擺，暈著鴉青色的光澤，薛訥不由得心猿意馬，整顆心突突跳動，好似隨時能跳出嗓子眼來。

可入秋天寒，若他真睡地板，極有可能傷風生病，若是耽誤了查案豈還了得？薛訥沒有別的辦法，只好和衣躺在了樊寧的身旁，面對著房門的方向，與她背對背側臥著。

今日真是比話本還緊張刺激的一天，薛訥壓滅了油燈靜躺許久，依然無法平靜，他又將線索在頭腦中梳理一遍，思索著從何處突破，就這樣過了許久。

忽然，一床溫暖的錦被從身後覆在了薛訥身上，他一回頭，只見樊寧依舊側臥著，身子隨著輕軟的呼吸微微顫動，看起來像是已經睡著了。

不知是真睡著了踢被子，還是羞於邀請自己進被窩故而裝睡，總之薛訥心中一暖，正要繼續思考時，卻隱約聞到樊寧髮絲間隱隱飄散來幾分幽香，是皂角粉的味道，清香裡帶著兩絲甜辣，倒合她的性子。

香氣縈繞下，薛訥有點後悔自己與樊寧躺進同一床被子裡了。這樣孤男寡女共處幽室之中，他雖目不能視，嗅覺卻很靈敏。再這樣下去，薛訥生怕自己做出什麼不智之舉，他趕忙將注意力轉回到案情上，心想今日幸得第一時間向太子覆命，任命自己做特設監察御史的文書明日一早便會到。

這兩日聖人與天后準備離京去神都洛陽，讓太子監國，顯然也有考驗之意，如今好死不死出了弘文館別院的大案，薛訥不由得替太子擔心起來。雖說聖人與武后都對李弘極為疼愛，但天家之事，先君臣後父子，李弘有過，聖人與天后的責難也會更加嚴苛。

若論查案的能力，薛訥自負不在任何人之下，李弘對他也是百般信賴。可落在旁人眼中，便是任人唯親，成為太子收納羽翼的證據。朝堂之上，人心叵測，即便貴為太子亦不能置身事外。但薛訥知道，自己能為太子做的，唯有盡一切可能將這幕後真凶揪出來，還長安、還大唐一個平安。李淳風不明行蹤，尚不知是否為奸人所害，而如今他的青梅竹馬樊寧身後，亦只剩下他，若是他再不拚盡全力，她還能依靠誰呢？

第三章　君家何處

刑部衙門一向是皇城六部裡煞氣最重的地方，今日尤甚。一大早天還未亮，此處就人來人往，頭配進賢冠、身著襴衫的大小官吏皆一臉肅殺，像凝著霜茄子似的，同僚相見也不過匆匆插手一禮，顧不上半句攀談。

容貌酷似神荼的司獄領著個瘦弱的少年疾步走來，找司門郎中拿了鎖鑰，又快步離去，繞過辦公的區域，穿過長長的迴廊，來到陰冷的地窖處。

地窖裡極暗，少年抬起頭，露出一張秀氣但略顯疲憊的臉，定睛望著門楣上「永寧」兩字，雙眼微微一瞇。此人不是別個，正是薛訥。

昨夜有樊寧在，薛訥幾乎一夜未合眼。未到寅時，薛訥便起了身，更衣方畢，太子監國的敕書就到了平陽郡公府外，任命他為弘文館一案特設監察御史，這便是讓他趕在刑部之前火速開始查案的意思。薛訥自然明白，於是接下敕旨便馬不停蹄地趕來此處，意圖趕在點卯之前便開始調查。

今日是九月十五，亦是天皇移駕往神都洛陽前的最後一次望日朝參，百官就班，賀蘭敏之身為弘文館大學士，必然不會放過此次上表參奏太子李弘監國不力的機會。薛訥無法在朝堂上為太子舌戰群雄，能做的便是盡早破案而已。

冷面司獄打開了鐵質的沉重大門，長滿絡腮鬍的面龐上神情甚不明朗，聲音又低又沉道：「證人們已經到了，薛御史隨我來。」

黝黑的地窖裡點著一排橙橘色的油燈，越是燈火通明，越顯得幽暗可怖。此地分隔著七、八間密室，東側的負責刑訊問話，西側的則是停屍房。薛訥走進東側打頭的一間，拉開條凳，坐在木案前，不過片刻，一名負責記錄的書官便匆匆走了進來，沖薛訥插手一禮後，坐在了條凳另一端，緊接著一個叫馮二的守衛被帶了進來。

趁著薛訥端詳那證人的空檔，門口兩名掌固低聲議論道：

「這年輕的後生是誰？怎的看著這樣眼生？」

「你不識得他？他是薛大將軍的長子薛訥……」

「平了高句麗的薛仁貴大將軍嗎？如此驍勇之人，怎的生了個小白臉兒子？再者說這案子不是通報與太子了嗎？怎的來的不是東宮屬官，而是他呢？」

「你可小聲些吧，太子殿下可是很器重這薛大傻子的，已命他為御史監察此案，往後他往來此處的次數只會多不會少……」

「可我聽說，嫌犯不是已經確定了嗎？太子怎的還要派御史來？」

「定是定了，可還未曾捉住，而且此人凶煞，怕是不好捉，太子才派了御史來。」

「哦？是何人呀？」

「秘閣局丞李淳風的女徒弟……」

「一個小娘子竟能闖出這樣大的禍來？竟害那麼多人都燒死了？」

「呵，那丫頭可不是什麼尋常的小娘子，那可是個紅衣夜叉……」

走廊裡回聲嗡嗡然，聲音甚不明晰，但室內的薛訥還是敏銳地捕捉到了「紅衣夜叉」四字，他輕咳一聲算作提點，那兩個掌固登時不敢再說話了，佯裝沒什麼事一般守在門外。

證人驗明正身後，薛訥開始問話，雖說他平時不善言辭，但唯獨推理和審問時條理清晰，從不結巴：「堂下可是馮二？起火時你在何處？」

馮二答道：「回官爺，小的當時就在大門口，眼看著藏寶閣裡面燒起來的。」

「當時你與何人一處？可有證明？」

「回官爺，小的與王五一處，都在大門口執勤。事發當天自辰時開始，直到酉初換崗，都是我們兩個當值。」

大門執勤的士兵可以說是本案的關鍵，因為薛訥雖然知道守衛長可能被調包，但並不知道凶手究竟是何時自何處進的藏寶閣，更不知道調包究竟是在何時進行的。他坐正了身子，肅然問道：「在你們執勤的這幾個時辰裡，都有哪些人進出過了大門？」

馮二撓了撓頭道：「這哪記得清，大概來了三、五撥人吧。那個叫樊寧的小娘子是最後一個來的。」

「守衛長在何處？是否有外出過？」

馮二又撓了撓頭，翻著白眼，似是在拚命回想：「老大自我們執勤開始就一直跟我們在一起啊。中間雖然因接送這些客人往藏寶閣裡去過，但是從來沒有出過院子的大門。」

『這便奇了。』薛訥心想，他本以為守衛長定然有外出過，才給了凶手調包的機會。

難道凶手早就潛入了弘文館內部，或者乾脆是弘文館內部的人？

薛訥又問了幾個旁的問題，書官做過筆錄後，馮二畫了押，薛訥便命人將他帶了下去，又傳另一名人證王五上來，問道：「昨日從接班至起火，你人在何處，與何人在一起？」

「回官爺，小人一直與馮二守在大門口，直到裡面著火的時候，連茅房都沒去。」

「你可記得你們執勤這段時間都有誰來過？」

王五邊回憶邊道：「我想想啊……先是辰正時分，弘文館本院來人取走了《大學》的原本，隨後巳初三刻左右有內侍來取《凌煙閣二十四功臣圖》的修復稿，之後便一直無事，直到申初時來了法門寺的一眾僧人，是為了把《法華經》借走抄錄來著，然後他們剛走，那個小娘子就來了。」

薛訥腦海中閃過一個念頭，徐徐問道：「方才你說的這些人，有沒有來時與走時人數不一致的？」

王五撓了撓頭道：「這我就不清楚了，畢竟一直都有老大跟著，就沒在意。」

『怕就怕守衛長是共犯啊。』薛訥緊緊握拳，克制不住地焦躁。不過這些人也是照章辦事，所作所為無可厚非，誰能想到他們的守衛長可能已經被暗中替換了呢？

待薛訥回過神來，問話對象已經被換成了第三個人，仔細一看，竟是個十三、四歲的孩子。「你叫什麼？事發時你在何處？」薛訥問。

那孩子怯怯的，似乎有些害怕薛訥，不敢直視他的眼睛，只低著頭道：「我叫沈七，當時我……我在後院巡邏。」

「何人能為你作證？」薛訥又問。

「就……就我一個人。」沈七將頭埋得更低，聲音也越加微小。

「沒有人證嗎？」薛訥看著沈七侷促不安的模樣，顯然正是覺得自己可能會被懷疑，才越加害怕起來。

要說巡邏的確也沒有兩個人一起的，薛訥控制住聲線，盡量語氣舒緩地說道：「你放心，我不會因為沒有人證就懷疑於你，你只需要告訴我你看到的一切，待聽聞你們所有人的供述後，我自有定奪。」

聽了這話，沈七安心了幾分，立即像是要為自己申辯一樣，急切道：「我從未時開始就一直繞著後院執勤，其間透過一樓藏寶閣朝後院開的窗戶，看見過上樓的人。」

薛訥立刻來了精神，身子明顯前傾，語速也難得加快了幾分：「你都看見誰了？」

少年咽了咽口水，怯怯地對薛訥道：「先是看到我們守衛長領著六個僧人把箱子一個個抬著上了樓，然後我轉了一圈回來時什麼也沒看到，又轉了一圈回來時，看到龍四急匆匆地往樓梯上去，似乎是去叫守衛長的。然後又轉了一圈回來，看到守衛長領著一個紅衣服的小娘子上樓去了。」

「你確定是六個僧人？沒有看走眼或者數錯？」薛訥追問道。

「的確是六個僧人……我一個人在後牆巡邏無聊，看到有人上樓都會停下來。」

這孩子雖然沒有人證，但他看到的情況，跟樊寧告訴他的以及大門口王五說的情況基本是一致的，所以這個孩子的話應該可以相信。

薛訥正思忖著，那孩子又道：「之後當我轉了半圈到後牆的時候，二樓突然就起了火。我當時嚇癱了，本想要趕到正門那邊，跟大家一起打水救火，結果還沒來得及站起來，通往前院的通路就被燃燒著落下來的木頭給堵塞了。我只能一直待在後院，就這樣看它燒著。直到整幢閣樓倒塌前，那個紅衣服的小娘子持劍從二樓直接跳下來，然後翻牆逃走了。」

薛訥立刻察覺出其中的異樣，連忙追問道：「你的意思是，樊……那紅衣娘子逃出來之前，沒有任何人從後院翻牆逃離？」

沈七呆呆地點點頭，似是不懂薛訥為何會反口一問。

薛訥陷入了沉默，按樊寧所說，她是緊跟在跳窗的犯人之後從同一個窗戶逃出來的。這和沈七所說的明顯矛盾，難道沈七在說謊？

接下來被帶進來的是一名老者，薛訥重又將思緒拉回，問道：「老人家貴姓？敢問事發時你在何處？」

那老者咳嗽了一聲，對薛訥道：「老夫免貴姓田，這裡人都叫我田老漢。老夫沒什麼別的本事，只是字寫得還不錯，畢竟以前當過教書先生嘛，如今來這裡便是負責謄抄經書典籍罷了。事發之時，我正在回家路上，約莫酉初到的家。不過才到沒多久，就聽附近的武侯鋪吵吵，說是走水了。」

「敢問尊家住在何地？距離弘文館別院多遠？」薛訥問道。

「在藍田縣東，距離那大概十里地吧。別看我這把年紀，走路還是可以的，只是走不快就是了……」說罷，他又咳嗽了兩聲。

此人就是為樊寧謄抄《推背圖》之人，雖然沒有確切的人證證明當時他不在現場，但看他這副年老體衰的樣子，若是能在酉初到家，至少得在未盡左右出發，若沒有人從旁輔助，中間是不可能往返的，如是說來，他應當不是縱火之人。

不過聽之前三個人的供述，似乎並沒有提到這田老漢出去的事，許是習慣性只講了外來者，而沒有將自己人算在內。以防萬一，薛訥又問道：「你不是本該在前日就該將稿子謄抄好嗎？怎的又往後延了一天？」

「不瞞官爺，我這咳嗽便是前日染風寒得的。若非實在是力有不逮，我也絕不會有所延誤啊。」

「你這病，可有去找郎中瞧瞧？」

「官爺還是不瞭解我們這些平頭百姓的苦啊，小小風寒，哪裡有錢去瞧郎中？」

薛訥頗感慚愧，見沒有旁的可問，也無甚嫌疑，便自出腰包，給了那老者兩塊銀子，招呼他早些回家休養身體。

最後一個進來的是個八尺餘高的魁梧壯漢。薛訥見其人高馬大，與那守衛長頗有些相似之處，不由提高了警覺，問道：「你是何人？在館中做何營生？」

那人瞥了一眼薛訥，反問道：「你又是何人？細皮白肉看上去不似刑部的官爺，我為何要聽你問話？」

證人倨傲不配合並非什麼稀罕的事，既然想得到更多線索，便要耐心溝通。

薛訥一本正經地做起了自我介紹：「城門郎薛訥，奉太子之命，前來督查此案，乃是本案的特設監察御史……」

誰知那人卻「哼」了一聲，一臉不屑道：「特設的御史，也就是說案子結了就會撤職咯？那我還陪你說個啥。」

說罷，他起身要走，卻被門口那兩個衛卒攔住道：「沒有御史同意，不得擅自離開！」見沒法逃離，那人只好聳聳肩，哂笑地睨著薛訥：「好吧，就陪你這娃玩玩這不良人的童戲吧。」

『好囂張的態度。』薛訥神色如故，把方才的問題又問了一遍道：「姓甚名誰？是何職務？事發時人在何處？」

「張三，在館內負責管理武庫，整備刀劍皮甲。事發時我正在倉庫，發現著火後我第一時間逃了出來，後來便跟著一起滅火了。」

「在倉庫中時可有人同在？」

「怎可能還有旁人，就我一個。」

「那便是說，即便你當時並不在倉庫內，也無人知曉了？」

「武庫只設一名看守，是天皇、天后定下的規矩。你若有疑問，不妨去問那些刀叉劍戟，說不定它們會說話，還能告訴你，凶手究竟是誰呢！」大漢攤手笑道，完全不拿薛訥的問話當回事。

若換尋常人處在薛訥的位置上，可能早就被激怒，直接斷定這張三就是凶手。可薛訥只瞟了一眼張三兩耳的耳根，便知凶手不是他。

之前樊寧曾提到過她與守衛長交手時用袖劍射傷了那人的耳根，但張三兩耳完好，並未受傷。如今才過了一日，恐怕要長好亦不會如此快。

「你既是管理兵器甲胄的，事發前幾日可有發現遺失皮甲和佩劍？」

這是一個關鍵問題。若有兵器甲胄遺失，便可證明有外部犯，畢竟守衛長的屍體是穿著皮甲的。可那人橫肉一顫，厲聲駁道：「怎麼可能！我張三可不是吃素的，自我五年前到弘文館別院以來，這裡就從來沒丟過一兵一甲！」

薛訥大為意外，又再一次確認道：「事發之前，你一步也未離開過倉庫，亦未在倉庫裡遇見過任何其他人，對嗎？」

「正是！」此人打了個哈欠，揉揉眼角，似是對一早喚他來問訊十分不滿。

這便奇了，若此人不是凶手，那麼他的話就等於活生生地杜絕了存在外部犯的可能，怎會有兩個一模一樣身著皮甲、帶著佩刀的守衛長，其中必定會有一個有而另一個沒有才對，而這又使得樊寧的供述和現場的情況存在出入。

難不成凶手脫下了守衛長屍體上的皮甲，穿上與樊寧決鬥後又趁亂脫下來給屍體穿了回去？可從樊寧的描述來看，留給凶手的時間不過眨眼的工夫，怎麼也不像有機會這樣做啊！

見問不出更多的內容，薛訥只得讓張三離開。本以為經過問訊能夠讓樊寧身上的嫌疑減輕一些，誰知卻更加重了她的嫌疑，尤其是那少年沈七所說，只看到樊寧從後院逃離，以及壯漢張三說從未有鎧甲兵刃遺失，最是對樊寧不利。若樊寧真的落網，她的嫌疑怕是很難洗清了。

不對，凶手一定有什麼辦法，能夠化不可能為可能，只是自己還沒有發現而已。薛訥這樣想著，輕輕慨嘆一聲，起身走出了刑部大門。

「胡餅，茶湯，菰米飯！胡餅，茶湯，菰米飯！」

巳正一刻，長安城西市熱鬧喧騰，胡商趕著駱駝，運送著西域的珍奇穿街過巷，四處可見販賣茶餅與櫻桃饆饠的攤販。一個瘦削俊逸的「少年」四處看、四處尋，不知是哪家富戶裡的富貴閒人，一雙清目裡卻藏著幾分警醒，過於白皙的面龐上留著兩撇八字鬍，看起來頗為扎眼。

此人不是別個，正是樊寧，今日一早起來，見薛訥已經出門，她便換裝溜出了薛府，想要尋一尋李淳風的蹤跡。

李淳風為人興趣廣博，不單喜愛天文曆法、推演精算，亦愛歌舞說書，這長安城裡的酒肆歌樓便是他流連忘返之所在。

時辰尚早，平康坊的歌舞館尚未開張，此時過去太過惹眼，樊寧決計先去西市那幾個師父喜歡的飯館酒肆附近看看。這一大圈子轉下來，依然沒有尋到李淳風的蹤跡，她不覺有些氣餒，這偌大的長安城，師父究竟在何處？難道也與她一樣，被奸人所害躲避起來了嗎？

西市的正中心是平准局，便是為了防止有商販缺斤短兩而設定的，今日平准局的兩側都張貼著通緝樊寧的布告，她那張冷豔絕倫的面龐配上兩側的懸賞文字，頗有幾分十惡不赦的意味。

樊寧瞥了一眼，壓低襆頭匆匆而過，很快便混入了人群之中。

長安城的坊市永遠這般熱鬧，只是街頭巷尾的談資已由前些日的「薛仁貴大破高句麗」變作了「紅衣夜叉逞凶弘文別館」，其間還摻雜著關於今日朝會太子李弘與弘文館大學士賀蘭敏之鬥法的種種傳聞。

樊寧回憶起自己曾聽師父提起，天后的外甥賀蘭敏之雖有才識，卻為人荒唐無道，又與太子李弘不睦，時常在朝堂上與李弘公然作對，難道這弘文館別院大案是他設下局，有意透過此事打擊太子李弘嗎？

可他若真的想打擊太子，大可以有其他更直接的方式，如此實在是南轅北轍，樊寧否定了自己的想法，繼續沿路去往李淳風愛去的酒肆。剛走出三、五丈開外，她忽而腳步一滯，抬眼看著道旁的木樓酒肆，眼底湧動著難以名狀的波瀾。

樊寧不知道的是，這間酒肆的二樓上，有一刑部小吏亦在關注著這弘文館別院大案。

此人名為高敏，二十歲上下，冗長臉兒，修眉俊眼，面色微黑，身量高挑緊實，看似出身不顯，應是考科舉出來的落魄貴族。今日是他放衙之日，可他並未歇息，翻閱著薛訥的訊問記錄，一頁頁看得極為仔細。方才為薛訥記檔的刑部書官則站在高敏身側，向他繪聲繪色地描述著薛訥審問時的細節，甚至連薛訥的面部表情都沒有放過。

高敏合上了卷宗側過身來，對那書官說了句：「辛苦了。」

書官低頭一禮算是謝過，又問：「高主事，要把卷宗給李司刑過目嗎？」

「去吧。」高敏說著，將卷宗還與書官，兀自憑欄遠眺，但見長安城內的樓宇如迷宮一般，高低錯落，似乎沒有盡頭。

有些人一出生便是高門大戶，前呼後擁，高敏從不羨慕，他十分明白，棋局已然開場，而他的子只握在自己手中。

今日乃平陽郡公府設宴賀喬遷之喜之日，方過晌午，便有京中諸多達官貴人來此恭賀。薛訥才從刑部回來，就被管家劉玉請來大門處，與薛楚玉一道在石獅鎮守、氣派不凡的大門外迎接賓客。

薛訥方被太子李弘任命為特設監察御史，他自己並未覺得有什麼了不得，可往來的賓客明顯對他熱絡了幾分，這不禁讓素來眾星捧月般的薛楚玉有些不快，言語中帶了幾分譏誚：「阿兄方從刑部回來，身上還帶著煞氣，如是只怕有些衝撞，怎的不換了衣裳再來。」

薛訥記掛著案子與樊寧，應了一聲，扭頭便走，誰知背後忽而墜上了不輕的重量，他回頭一看，只見一身著齊胸襦裙的少女正趴在他背上，笑得十分嬌媚：「怎的我才來，你便要走了？」

這齊胸襦裙少女乃是英國公李勣之曾孫女李媛嬡，與薛訥自幼相識。據說當時兩人都還在娘胎裡時，雙方的母親就曾在宴會時互相指著對方的肚子，半開玩笑地約定，若都是男孩便結拜兄弟，是女孩便結拜姐妹，是一男一女便結為夫妻。

其後薛訥出生時早產，比李媛嬡早一個月生出來，整個小身子皺巴巴的，所幸並無大礙；而李媛嬡則是足月出生，比薛訥還要重個兩斤，兩個放到一起，只看個頭，倒是分不清男女來。

如今兩人同為名將之後，又都尚未婚配，不少人不禁猜測，待薛訥稍有作為，他二人便會定親成婚。今日李媛嬡盛裝來此，塗著桃花靨，嬌媚動人，舉手投足間頗有幾分未來主母的風範，更是引得旁人矚目。

薛訥打小不善言辭，尤以看到姑娘時嚴重，長大後才稍好了幾分，但今日李媛嬡趴在他後背上，還是把他嚇了一跳，「郡主，妳、妳快下、下來！」

李媛嬡是英國公李勣的曾孫女，亦是李府上下的掌上明珠，若她家嫁給薛訥，自然會讓薛訥在府中的地位提升，加上他是長子，立長立嫡乃是慣例，襲爵也就順理成章。故而今日見李媛嬡對薛訥毫不避諱地青睞，薛楚玉心裡別提多不是滋味了。

『只因你比我早出生個三年，難道就比我賢德不成？』薛楚玉暗暗咬牙，面上卻笑得如沐春風，上前招呼道：「郡主來此，真是令我薛家蓬蓽生輝啊！母親這兩日還念著妳，不妨讓楚玉帶妳去佛堂……」

誰知李媛嬡竟根本不理會薛楚玉，從薛訥的背上爬下來，挽著他徑直向前走，「你可有好多日都不找我了，聽說太子殿下派你辦弘文館的案子？真是沒想到，殺人的竟是那個樊寧，我早就說過，那丫頭看著狠絕，不是你能駕馭的……」

「樊寧不是凶手，」薛訥此時倒是一點也不磕巴了，徑直打斷了李媛嬡的話，帶著她向母親供佛的暖閣走去，低聲道，「不過郡主，這次我當真是有要事請妳幫忙。」

「可是要借什麼兵器嗎？」

「不是借兵器，是借人。風影近日可忙嗎？妳父親沒給他派差事吧？」薛訥徐緩問著，語氣裡卻帶著幾分難得的焦急。

「倒是沒有什麼頂要緊的差事，只是聽我阿爺說起，最近有一小撮胡人正在密謀潛入長安，伺機製造事端。據說他們不屬於『十箭部落』的任何一支，不守我們大唐與他們定下的規矩，還一心想在這長安城內造成死傷。風影有時會受我父親指派去偵察此事，不過最近並無動向。」

「可有人證、物證？」薛訥聽了這事，忽而有些激動，一把握住李媛嬡的肩，一雙眼眸定定地望著她，惹得李媛嬡臉一紅，腦中一片空白，倒是忘了該如何回答。

忽然間，不知何處飛來一塊石子，「啪」的一聲正直擊中了薛訥的腦門，他只覺眼前一黑，登時像軟麵條似的歪在了地上。

再度醒來時，薛訥已在自己的房中。

應付了母親與李媛媛的幾番探望，已是開宴的時間，薛訥將她們打發走，終於尋回了幾絲清淨，扶額撐著身子坐起來，低聲道：「出來吧。」

想也不用想，就知道方才飛石擊中他的一定是樊寧，打從相識那一日，她就與李媛媛不睦，方才定是不知從哪個角落看見他二人說話，便飛出石頭打他。

他挨揍事小，可那薛楚玉上躥下跳的，帶著下人四處去尋刺客，得虧樊寧功夫好，躲得快，這才沒被發現，否則還不知會生出什麼亂子。

聽得薛訥召喚，樊寧從櫃中團身而出，飄然坐在了他身側，看著他額上腫起的大包，叉腰笑道：「這樣子比平時還傻上兩分，也不知道那什麼郡主喜不喜歡你這樣？」

薛訥一把攥住她欲戳自己額頭的纖細指頭，無奈笑道：「我與郡主說幾句話，妳便發飛石打我？我倒是不疼，萬一妳被人看見了可怎麼是好？」

樊寧一聳肩，一副滿不在乎的模樣，好似即便真的被人發現了，她也不怕。

薛訥深邃如寒潭的眸底泛著無奈，他撫著腫痛的額頭，嘆道：「也不知妳和她是怎麼回事，好似從第一次見面就吵個不停……」

「我哪裡稀罕跟她吵，明明是她，打從小時候來道觀看你，就一直看我不順眼，那日還想對我惡作劇，誰知道沒把我坑了，反而把自己埋了……往後等你娶了她，我可不敢與你來往了……」

說者無心、聽者有意，薛訥一怔，眸光陡然黯淡，像無星無月的夜一般，「誰、誰說我要娶李媛媛？」

樊寧正搖頭晃腦的，舒活著久悶於木櫃裡的身子，聽到薛訥這般說，她詫異低回過頭，望著薛訥，只見他嘴角掛著淺笑，眸底卻藏著說不清、道不明的哀傷。

迎著樊寧茫然的目光，儘管嘴仍控制不住地打架，但薛訥還是十二分努力地說道：「我、我有喜歡的人……只、只會娶她，為妻。」

第四章 金屋藏嬌

樊寧怔怔地看著薛訥，忽而感覺眼前這俊秀的少年有些陌生，她一直以為自己瞭解他的一切，誰承想竟連他有心上人了都不知道。既然不是李媛嬡，一定是其他的王公貴女，橫豎她不認識便是了。樊寧不想做個包打聽，整了整情緒，努力將對話引向正題：「你今天一早不是去刑部了嗎？可查出什麼來了？」

見樊寧沒有追問，薛訥有些失落：「一早我在刑部提審了此案的全部證人，根據他們的口供，只能確定一件事……」

「什麼？」樊寧瞪大清澈的雙眸，一瞬不瞬地望著薛訥，櫻紅的小嘴輕輕抿著，看似頗有些緊張。

樊寧的容顏近在咫尺，好看的桃花眼清亮如水，黑黑的眸子靈活又俏皮，薛訥在她的注視下面色微赧，低頭輕聲道：「能確定的就是，妳的嫌疑最大……」

樊寧登時暴起，對著薛訥一頓拳打腳踢：「再說廢話，看我不打死你！」

薛訥抱著吃痛的身子告饒：「哎哎，我重新說，我重新說！」

樊寧這才停了手，捋了捋撥亂的頭髮，抬抬下巴，示意薛訥有屁快放。

薛訥一副驚魂甫定的模樣，徐緩地講述了自己提審證人的過程，而後推斷道：「首先，既然妳是無辜的，我們就要搞清楚，凶手是用了什麼辦法混進了弘文館別院，殺掉守衛長，然後自己假扮成守衛長與妳動武的，又用了什麼方法讓自己逃離時沒有被在後院巡邏的沈七發現。抑或者沈七，也就是打掃後院那個孩子，是在作偽證，在配合凶手說謊，畢竟像他那樣性格偏弱的孩子，很有可能被凶手威逼脅迫。」

樊寧突然一拊掌，像是想起什麼了不得的大事，驚得薛訥向後一趔趄，差點跌下榻去。

「對了，今日我出門去，雖沒找到我師父，但想起了一件事，就是那個我在閣樓一、二層之間聞到的胡餅香，與平素裡坊間賣的味道不同，上午我路過西市巷口的興城閣，亦聞到了相同的味道！」

興城閣？薛訥很清楚，興城閣是胡人常愛去聚餐之所，那裡做的飯食的味道，向來與漢人的不同。這些守衛們每五日一交班，無事不能離職，例餐中沒有興城閣的胡餅，像樊寧或是那些來取經書的僧人，亦無必要在這短短的時間內在用飯。這也能從側面證明，弘文館別院確實曾被外人入侵，但能做此大案的人，當真會嘴饞到這個地步，忍不住偷吃胡餅嗎？薛訥如是想著，忽而轉過神來，看到樊寧身上穿的原是他的衣衫，頭上戴的亦是他的襆頭，低聲問道：「妳今日出府去了？」

樊寧自知行為有些魯莽，趕忙從衣襟裡摸出那兩撇鬍鬚，貼在鼻翼之下，噘嘴卡著它們，從牙縫裡擠字道：「我變裝了，無人發現，今日你們府上設宴，本就亂糟糟的，根本無人注意到我。」

薛訥拿起樊寧的假鬍子，上下端詳著：「這是什麼？」

「頭髮，我剪了頭髮，用你的米糊黏的。」

「身體髮膚受之父母，不可毀傷，妳怎的……」

「反正我沒爹沒娘的，才不管這些。」樊寧如是答著，桃花眼裡有一絲落寞轉瞬即逝，「這兩日你得空，幫我去平康坊看看吧，問問那幾個歌舞伎，到底看見我師父沒？」

薛家家教森嚴，薛訥從不敢去平康坊喝酒作樂，但見樊寧如是緊張李淳風，他一口應承下來，旋即又露了怯：「我托個可信之人幫妳打聽……」

樊寧瞭解薛訥為人，知道他見了鴇母只怕也問不出什麼來，點點頭未難為他：「你囑咐那人，定問仔細就是了。」

「放心吧，李師父一定會平安的。至於案子的事，眼下亦非毫無眉目。」薛訥寬慰著樊寧，對她講解著自己的發現，「兩個突破點：一個是在如此森嚴的防備下，凶手如何進入弘文館別院內；另一個則是在沒有一兵一甲遺失的情況下，凶手如何得到同守衛長身上一模一樣的裝備。不過還有另一種可能，即凶手有共犯，而共犯就在別院守衛之中。」

「可你不是已經提審過他們了，他們一個個都把自己摘得乾淨，若是過了這幾日，證據只怕更難收集了……你這御史可否找人盯著他們，通常看來，人做了錯事，總會顯露出與平日不同的樣子，更何況他們手中還有《推背圖》，那麼多金箔古籍不偷，單偷此物，肯定是要行什麼祕而不宣的壞事！」

看樊寧張牙舞爪，像個小野貓似的厲害，薛訥忍不住笑著撫了撫她的腦瓜：「妳與我想到一處去了，方才我問了李媛嬡，她父親軍中的捉生將風影，近來無要事忙，我打算將盯梢武庫守衛張三的任務交予他，讓他看看張三是否會與可疑之人碰面，是否有可疑舉動。而另一個跟蹤沈七的任務，我暫且還未……」

「我啊！」樊寧指著自己的鼻尖，急於向薛訥自薦，「我的輕功與劍術，不是大唐第一也能排上前五，跟蹤個小屁孩有何難的？」樊寧說著，起身拔出負在身後的易劍，舞了兩圈又雙雙插回背後。

「我是要找人觀察他的行蹤，又不是要逼迫人家改口供，妳劍術再高又有何用？」

「我總藏在你房裡也不是事兒啊，再者說，除了那風影與你有幾分舊交情外，你還能用誰啊？」樊寧為人機敏，對薛訥的七寸更是掐得極準，她先擺事實，再使無賴之計，「聽你說那個叫沈七的孩子這幾日回鳳翔府老家了，那裡比長安地偏，亦不會有法曹、武侯在旁設伏，比你府上還安全些。你看看你眼底的烏青，肯定是因為昨夜我在沒睡好吧？看著如此倜儻的一個美男子因為我而憔悴容顏，我心裡也不是滋味啊。」

薛訥面皮薄，哪裡經得起樊寧這般調戲，更何況昨夜他確實是因為樊寧的存在而輾轉難眠。他面色漲紅，趕忙垂眼偏過頭去，忖了半晌後，他起身從帶回的包裹裡拿出一副儺面與一套長褐麻衫，遞給了樊寧：「這一套衣物原是想給妳平時用的，哪怕是在府中，多一層偽裝亦是好的，明日一早……妳就穿上它去跟著沈七吧。」

樊寧接過儺面與長衫，見這裝扮極像東、西兩市隨處可見的崑崙奴雜耍藝人，暗暗感嘆薛訥心細如髮。她拿起儺面翻看，發現除了腦後的牛筋繩，嘴上還有個銜枚，須得含住了才戴得穩，不由笑道：「你可是怕我出去亂說話，連累了你們薛家？」

「武人飛簷走壁，若是運氣不好還得與人短兵相接，這銜枚乃是為了讓這面保證不會脫落，否則光靠一根牛筋，哪裡能保證不掉下來。」

「也有道理。」樊寧莞爾，戴上儺面，搖頭晃腦地問薛訥，「醜不醜？怕不怕？夜裡我要是戴上這個睡覺，你會不會嚇得睡不著？」

薛訥忍不住輕笑起來，抬手按著儺面，低聲嘟囔道：「那……那倒是還別有意趣。」

正說話間，門外隱隱傳來了管家劉玉的聲音：「大郎，開宴了，賓客們都在問你。夫人的意思說，大郎即便身子不適，也要出來敬一輪酒，這才是宴客之道啊……」

薛訥高聲一應，又壓低嗓音對樊寧道：「我先出去了，一會子偷點吃食回來給妳。」

「不必了，我今日在西市吃了櫻桃饆饠。」樊寧如是說著，抱頭舒舒服服地躺在了榻上，「你快去應酬吧，再不去只怕你那胞弟要飛上天了，我說你可真是的，辦案時那麼聰明，怎的家裡的事就這麼糊塗，總讓那小子欺負。」

薛訥只是笑，對樊寧的話一句也沒有反駁。

樊寧不好再說什麼，只低嗔了一句：「大傻子。罷了，你快去吧。」

薛訥一頷首，抬手為樊寧拉開被褥蓋在身上，撫著額大步走出了屋子。

夜幕已垂籠在整個長安城上，樊寧透過微開的小窗，看著渺遠的星，一顆心沉甸甸的，溢滿了茫然無措。

不過一、兩日間，天旋地轉，她竟成了長安城裡十惡不赦的通緝犯人，師父李淳風亦不知所蹤，一想到那清瘦的小老頭生死未卜，樊寧的心就一陣陣地疼，而她自己雖尚無性命之憂，但多留一日便會給薛訥多增添一分危機。普天之下，大唐萬里疆域，竟無方丈地可以供她容身。

但也不過須臾的傷懷，樊寧吸吸鼻尖，強力忍住眼眶的酸澀，微微握緊小拳。她相信薛訥亦相信自己，這潑天的冤屈一定能洗清，她終會有重見天日的那一刻。

長安城的秋日尤以終南山的霜花為勝，前兩日因為弘文館別院失火大案，往山裡去的道路被京兆府封鎖，是日才解禁，便有不少膽大的達官顯貴拖家帶口往山林間賞楓去。

天方擦亮，薛訥便策馬沿著朱雀大街往南一路疾馳，穿過車水馬龍的街市，來到了城南李勣代管的龍虎軍偵探營，才拿出李媛嬡的手信，那名叫風影的皂衣捉生將就從營房裡躥了出來，快步上前，對薛訥禮道：「郡馬爺！」

薛訥連連擺手不敢應承：「哎哎，你混叫，諷了我便罷了，毀了你家郡主的清譽，可還了得……」

因曾在城門局效力，風影與薛訥極為熟稔，也不管他的道理，笑嘻嘻道：「郡主已經將事情告知我了，我便是去跟著那名叫張三的武庫看守嗎？」

「此人身健體壯，勢大力沉，並不那般好對付，你跟著他，多加留心，千萬不要被發現了。一旦見此人有異動，即刻前來報之於我，莫打草驚蛇，更莫要與他交手。」

風影到底是訓練有素的捉生將，行動力極強，往營房去領了一匹戰馬，立即按照薛訥指示跟蹤那張三去了。

薛訥目送風影離開，見太陽已升至樹梢頭，打算去東宮看看李弘。昨日的朝會，弘文館別院大案必然在議事日程中，李弘與賀蘭敏之不知有怎樣的爭鋒。薛訥先找了東宮相熟的屬官，得知賀蘭敏之果然與幕僚連夜編纂出了十餘條罪名，於朝堂上大肆攻擊李弘。

不過也難怪，這弘文館別院的選址是李弘委託李淳風按照《黃帝堪輿圖》所定，閣樓結構是李弘拜託右丞相閻立本繪畫設計，又焚毀在李弘太子監國期間，凡此種種李弘皆難辭其咎。按理說，他們參奏李弘疏於謀算，疲於管束，實屬無可厚非，可若說什麼天降災厄，國祚危殆，實在是小題大做了。

薛訥焦急求見李弘，卻聽說太子一早便微服出門，薛訥大致猜出他人在何處，便馳馬向城外趕去。

明日聖人與天后將移駕神都洛陽，好讓聖人安心休養。聖駕將從丹鳳門出後，沿外城郭走官道一直向東行進。太子仁孝，必然要提前去查看，以確保聖人與天后的安全。薛訥策馬前往，出城後很快在官道旁的一方小亭外遇見了一身尋常公子裝扮的李弘。

薛訥下馬，沖李弘插手一禮。李弘不願道旁行人辨出他的身分，似模似樣地對薛訥回了個微禮：「薛卿倒是比我想像中來得更快，可是案子有進展了？」

「臣昨日已在刑部提審了本案的全部人證，已有了大致的追查方向，三、五日內，應當會有進展。」

「刑部如何？那起子人可還算配合？」

「有殿下手諭，自然配合，只是物證皆存於藍田縣衙內，不便調查，若是能早獲藍田縣令一職，必然對查案大有裨益。」

李弘微一頷首，笑嘆一聲，十足的無奈道：「薛大御史吩咐得輕巧，怎知本宮的為難。父皇與母后比我想像中更為震怒，為你求藍田縣令之職，怕是不易。昨日本宮才提了一句，便有御史中丞上表本宮任人唯親，好在你先前斷的案子，父皇也有耳聞，只是若那樊寧再不伏法，不單是我，連同整個京兆府的武侯都要受牽連……罷了，本宮既然允你三個月，便是拚死也要撐到三個月，畢竟本宮也不願以犧牲無辜之人的性命，來保取自身的地位。可若此事危及大唐安危，薛卿，本宮難免會有取捨。那女子現下人在何處？」

薛訥一怔，與李弘四目相視，不知該如何回答。

以李弘的聰慧，一定明白，滿長安的武侯都抓不到樊寧，她必然躲在武侯能力範圍之外的地方。旁人不知薛訥與樊寧的親近，李弘卻是知曉的，只怕他已經猜出樊寧身在何處，只是出於對薛訥的保護，僅僅提點一下他，卻沒有拆穿。

見薛訥沉吟不語，李弘輕嘆一聲，拿起手邊的斗笠戴在了頭頂。

薛訥這才發現不知何時天色轉陰，已下起了淅淅瀝瀝的秋雨，他牽著馬，隨李弘走在逐漸泥濘的長路上，片刻便濕了青衫。

李弘驀地駐步回身，瞥了一眼薛訥肩頭鴉青的雨漬，翹首望向無邊無際的雨幕，似是別有所指般嘆道：「變天了……若想兼濟天下，須得先保全自身啊。」

第五章　莫道別離

接連三、四日，樊寧都沒有現身，風影亦沒有回來，薛訥每日都去刑部點卯，只為翻閱藍田縣衙送來刑部的調查卷宗。

很快，藍田縣衙的法曹從已燒成焦炭的廢墟裡清理出兩柄袖劍，經平日裡在秘閣局的生員辨認，確為樊寧所有，這成了她縱火殺人的有力證據。有了物證，樊寧通緝令上的字樣便從「凶嫌」變作了「凶頑」，藍田縣衙下結論，稱樊寧施計先於守衛長上了藏寶閣二樓，盜取《推背圖》，隨後守衛長上樓發現，兩人纏鬥，樊寧飛出袖劍，守衛長躲閃不及中劍，掙扎欲下樓呼救，半路因失血過多而喪命，樊寧縱火後跳窗逃離，至今下落不明，這也就能清楚解釋為何守衛長在縱火前就已死亡。

薛訥聽了這推斷只覺得又好氣又好笑，若是全天下的刑官判吏都這樣自說自話，錯案、冤案就永遠不會停止。可薛訥心中縱有萬般不滿，亦知眼下不能逞一時言語之快，授人以柄，何況他素來不擅激辯，只是起身離開了刑部，繼續探取關鍵證據。

思來想去，法門寺那六名僧眾總是讓他覺得如鯁在喉，若是他猜想的沒錯，這些與本案看似毫無瓜葛的僧人，很可能會成為他尋到突破的關節點。可他既聽了樊寧的敘述，又在那日訊問了沈七，得出的結論竟是他們來別院時與離去時人數一個不差，這令薛訥感到震驚又惶惑。

得閒時，薛訥按照樊寧提供的線索去了興城閣，調查胡餅之事，此處的胡餅油是由盛產於西域的椒麻胡油調製，與長安別處酒肆均不同，樊寧聞到的所謂胡餅香，想來應當就是這椒麻胡油的味道，也難怪她分辨得出。可除此外，並無任何證據指向他們與此案有關聯。

薛訥自然也沒有為難這些庖丁，買了幾張胡餅便離開了此地。隨後他又去那守衛長家中弔唁一番，探問了他的遺孀與兒子，他們告訴薛訥，守衛長近來一切如故，並無異常，也沒去過那興城閣。薛訥見他們孤兒寡母在京中別無依靠，心下堪憐，少不得又留下些銀錢，方才離去。

是夜，風清氣爽，薛訥躺在床榻上，久久不能入眠。

算起來樊寧已出門四、五日了，為了避免僕從察覺，他特意將李媛嬡送的葡萄花鳥紋銀香囊放在了桌案上，香囊裡塞滿了桂花與香蘭葉，馥鬱濃厚，藉以遮蓋樊寧殘留下的髮香。估摸著即便武侯派獵犬來，也難以辨別，但他依然從這濃郁的幽香中分辨出了樊寧的氣息，縈縈繞繞，揮之不去。

不知怎的，這幾日薛訥總是想起他們自小相識以來的種種。她自小靈透，擅長察言觀色，見人說人話，見鬼說鬼話，連薛訥的母親柳氏都很喜歡她。

可薛訥明白這聰明靈透背後，是她那顆敏感的心。雖然樊寧從不提起，但薛訥依然理解她的孤苦，李淳風的疼愛無法彌補她自幼無父無母的傷感，故而從七、八歲開始，薛訥就盡力陪伴在她身邊，無論如何被她欺負揶揄，他都甘之如飴。近來大半年間他獲升城門郎，不得日日與她相見，他就隔三岔五往觀星觀跑，這幾日她橫遭變故，他更是牽腸掛肚，無時無刻不在擔心她。

正想著，屋頂上隱隱約約傳來一陣窸窣的瓦礫聲，薛訥敏銳地捕捉到了，他還未撐起身子，就見支摘窗一頂，一個儺面麻衫的身影飛撲進來，穩穩落在地上。這身影不是別個，正是樊寧。

她風塵僕僕的，髮絲微亂，拿掉儺面露出小臉兒，端起桌上的茶壺，直接對著壺嘴喝起了水，旋即又呸呸吐出，嗔道：「這麼燙……」

薛訥趕忙接過青花瓷壺，順手從一旁梨花木架上抽出芭蕉蒲扇，打開壺蓋扇風散涼：「不知道妳要回來，沒來得及晾水，妳這幾日怎麼樣？跟著沈七可有什麼收穫嗎？」

「那小子嚇著了，這幾日放衙回他鳳翔的家裡，拉拽著他七、八歲的弟弟同吃同睡，一夜還換了兩次鋪蓋，好像是尿床了……」

想起那日沈七顫顫巍巍、戰戰兢兢的模樣，如此作為倒也不足為奇，真不知他究竟是生性膽小，還是被何人脅迫。薛訥偏頭一笑，問道：「這幾日他可有外出？抑或說，有沒有人來找他？」

「他家裡就是普通的農戶，這幾日秋收，父母兄長每日都要下地幹活，他這幾日就賴在家裡大門不出、二門不邁，除了洗自己尿濕的鋪蓋以外什麼也不幹……」樊寧說著，肚子忽然咕咕叫了起來，她一把按住自己腹部，雙眼滴溜溜亂轉，似是有些不好意思。

「妳這幾日都沒顧得上好好吃飯吧，」薛訥拿起鑲裘斗篷，打算出門去，「我給妳買些吃的去，聽郡主說起坊間的後門開了一家賣菰米飯、清炒菜的小店……」

樊寧怎會稀罕吃李媛嫒推薦的吃食，她一把拉住薛訥的衣領，將他拽得一屁股坐在了榻上，小腦袋毫不避忌地歪在了他的肩上，似是累極了。

「你先聽我說完……那沈七雖然沒有出門，但我這幾日聽牆根，聽鄉里人說，沈七在別院時常受年紀大些的守衛欺負，不知是不是守衛長……」

樊寧話未說完，卻打了一個大大的哈欠，薛訥望著靠在自己肩頭那疲憊不堪的小人兒，眉間生出無限心疼，轉言道：「這些待會子再細說，我先去給妳買吃的。」

「天晚了，我不想吃了，我想……洗澡……」樊寧的長睫顫了顫，聲音漸漸弱了下去。

晝夜跟蹤沈七這三、五日，她都沒有沐浴洗澡，這素來愛乾淨的姑娘已有些扛不住了。難得見她流露幾分女兒家的茫然羞澀，薛訥面皮更薄，一張俊秀的臉兒從額角紅到了脖子根，偏頭低聲道：「園、園子裡的溫泉水不夠熱，我讓下人備水，妳先躲起來。」

約莫一盞茶的工夫，兩個小廝用橫條擔著竹筒，送了熱水來，注入雲母屏風後的象牙木澡盆中。幾名小丫頭向盆中撒了皂粉與香片，見薛訥無甚旁的要求，便隨小廝一道離去了。

薛訥才要關上屋門，忽見暗影裡閃出了一個老太太，驚得他身子一震，還沒來得及反應，便被那黑影拉入了園子裡。

薛訥定睛一看，來人原是他的乳母劉氏，扶額道：「原來是乳母，妳怎的還偷偷來，我差點出拳打傷妳……」

「拉倒吧，大郎若是有這個本事，你爹還能不疼你？」劉氏已年近六旬，滿嘴的牙掉了一小半，說起話來直跑風，確認過四下無人後，她從袖口抖落出兩個桃，塞在了薛訥手中。

薛訥一臉茫然，清澈的眼底寫滿困惑，似是想不通乳母為何大晚上給他送兩個桃來。

劉氏扁了扁皺巴巴的嘴，抬眼看著已比她高一頭又半的薛訥，費力地舉起手，想撫一撫他的臉：「郎君吃吧，這是老身從佛堂供果裡拿的，楚玉郎君什麼好的都占了，我們大郎卻什麼都沒有……」

乳母護犢，說著又要哽咽，薛訥忙安慰她：「我平日裡都吃得飽、穿得暖，楚玉也沒有欺負我，乳母放心。」

劉氏欲言又止，沉吟著，眼眶陡然蓄了淚，乾巴巴的大手緊緊握著薛訥的雙手：「今日得了夫人恩惠，讓老身回絳州龍門的老家養老，還賞了幾畝良田……老身明日一早，便要動身了。」

此事來得突然，但劉氏年事已高，確實也到了得賞歸家、頤養天年的年紀。薛訥縱萬般不捨，亦不能挽留。他解下腰間佩玉，放在了劉氏瘦枯粗糙的掌心裡：「往後無論什麼時候，但凡乳母有事，大可命人拿這佩玉來尋我……」

劉氏泫然泣涕，半晌方止：「老身唯一的遺憾，便是未見大郎成親了。」

薛訥心底掠過一絲衝動，他多想將樊寧從衣櫃裡放出來，告訴這個從小將他拉扯大的善良農婦，這就是他想要共度一生的人。可理智令他明白，這麼做只能將他們三人皆置於炭火之上，何況樊寧還不知他的心意。他最終只是淺笑著，徐緩寬慰道：「等我娶了妻，一定帶她去看妳。乳母明日何時出發？我送妳出城……」

「可使不得，」劉氏趕忙阻止，「哪有郎君送下人的道理，你可莫要讓旁人看了笑話，等你爹回來，有人又要告你。大郎快沐浴休息吧，待會子水要涼了，老身也回去了。」

薛訥張張口，還沒來得及說話，劉氏就已佝僂著身子，快速往門外挪去。薛訥明白劉氏都是為著自己好，忍著眼眶的酸澀，送她出了園去。

樊寧一直躲在櫃中聽動靜，劉氏離開片刻後，她悄然無聲地鑽了出來。

松竹雕飾的鏤空木門外，薛訥獨自站在月色清暉中的梨樹下，晚風拂過，在月白色的圓領袍上吹出流光般的波瀾，他瘦削頎長的身影卻巋然如松柏，一動也不動。

樊寧看不清他的神情，卻依然能感受到他的寂落。劉氏在薛家為奴為婢二十餘年，既有功勞又有苦勞，連薛仁貴都十分尊重她。趁著薛仁貴征高麗未還，有心人便以她年事已高為由頭，攛掇夫人柳氏賜她衣錦還鄉，明裡是敬老愛老，暗中是想讓薛訥在府中無親信之人可用。樊寧先前以為薛訥不懂，今日見他這般，卻陡然明白，他並非不懂，只是不屑於淪入這等紛爭之中，可那些心思齷齪的人又哪裡配得起他的寬仁善良。

樊寧走上前，輕輕拉扯住他的袖裾，薛訥回轉過身，望向她，一絲淺笑緩緩在嘴角蕩漾開，似是透著對那些難以追溯的舊時光的依戀，眼眶卻依舊是通紅的。他抬起骨節分明的大手，將兩個桃放在了她的手心裡，慢慢說道：「洗完澡，把這個吃了吧。」

樊寧偏頭莞爾，語氣不復平時那般蠻賴：「兩個我可吃不下，待會子一起吃吧。」

樊寧就是這樣，總是能看透他的心思，雖然看透，卻也從不多語，總能給他恰如其分的寬慰。薛訥心底難以釋懷的傷感如煙霧般散去了兩分，屈身坐在園裡溫泉眼旁的石凳上，清亮的眼波映著漫天的星：「妳快去沐浴吧，我在這裡給妳看門。」

樊寧見他情緒好了幾分，略略放下心來，微一頷首，返身回到房中，走入了雲母屏風之後。

薛訥靠著梨樹，望著咕嘟嘟冒熱氣的泉眼，忍不住又想起方才與乳母道別的場景，心裡有說不出的不捨與難受。

他還未出生時，這個樸實善良的農婦便已開始在薛家做活，隨薛仁貴夫婦輾轉多地，直至長安，迄今已有二十餘載。小時候他被父親捧出襁褓，墜下戰馬，生命垂危，亦是她不分白晝黑夜，抱著他、哄著他，一點點餵他喝水、吃米糊糊，將他從鬼門關拉了回來。按道理說，他實在應該親自送她回絳州去，但手頭的案子又令他脫不開身。

聚散苦匆匆，到底是不錯的，薛訥以手撐頭，傷感之意正濃，雙耳卻捕捉到了房中布料滑落的簌簌聲和清脆的撩水聲，他登時面紅耳赤，思緒陡然混沌雜亂了起來。

當真是只要樊寧在，他便極難集中注意力。薛訥心裡說不出的無奈，如此他又要如何查案，如何為她洗冤啊！

翌日寅時初刻，微光未明，長安城八街九陌還陷在一片昏沉睡意中，風影飛上平陽郡公府的外牆頂，趁著守院家丁正睏意朦朧，快速躥入了內院裡。

淺眠裡的薛訥聽到幾聲布谷鳥啼鳴，悄無聲息地披上衣衫，出了園子，去了柴房後門，叩動柴門三兩聲，風影就如一道疾風一般出現，對薛訥一禮：「郡馬爺……」

薛訥來不及計較稱謂，問道：「風影辛苦，這幾日你可有牢牢跟住那張三？他可有何異動嗎？」

「別院燒毀後，張三等人被刑部要求隨時聽傳，他便沒有回藍田，也沒回仙掌的家裡，而是一直流連在平康坊吃酒買醉……」

「平康坊？」薛訥應了一聲，又陷入了思索中。這張三身為武庫看守，俸銀不多，還要養活一家老小，哪裡有銀錢成日去平康坊吃酒。

「此人不光愛嫖還愛賭，在賭檔一帶很有名頭。」

薛訥回過神來，抓住風影的肩，小聲道：「這幾日辛苦你了，勞煩你再盯他兩日，最近刑部未再傳召人證，賊人定會逐漸有所鬆弛，看看他不防備時，可會露出破綻。」

風影插手領命，一陣風似的旋上飛簷，眨眼不見了蹤影。薛訥估摸他已順利離開了薛府，這才悄然返身回到園裡。

天色漸明，臥房裡不復方才那般黢黑一片。薛訥想著風影的話，呆頭向前走著，目光觸及樊寧的睡顏時，倏爾一頓。他鬼使神差般走到榻旁，望著她的小臉兒，緊繃的下頜微緩，清澈見底的眼波亦軟了下來。

她總是這樣，睡覺時瘦削的身子縮成一團，小腦袋半埋在臂彎裡，十足十沒有安全感。記憶中，十年前那個掛著淚痕的睡顏與眼前之人逐漸重合，薛訥輕輕發出一聲喟嘆，又戛然而止，似是怕攪擾了她的清夢。

好在榻上之人未醒，蒲扇似的長睫隨著均勻綿軟的呼吸而微微顫動，小巧堅挺的瓊鼻極好地修飾了側顏，櫻唇一點紅甚是嬌嫩，偶然咂咂嘴，似是在夢中品味什麼佳餚美食。

薛訥笑得寵溺又無奈，抬手輕輕為她拉上散落身側的被毯，孰料睡夢中的樊寧忽而伸了個懶腰，好死不死一拳悶在了薛訥高挺的鼻尖上，他只覺吃痛非常，向後一仰，兩滴血陡然落在了手臂上。

樊寧從夢中轉醒，見薛訥臉上有血，驚詫地跳了起來，團身飛旋兩步，抄起梨花水臺上的絹帕塞在他手中：「天哪，你這是怎的了？薛楚玉打你了？」

薛訥吃痛不已，聽了樊寧這話更不知是哭是笑，邊止血邊道：「妳……唉，算了，忽然就出血的，許是上火了吧……」

「這一大早的這麼血氣方剛，你是不是……是不是做了什麼不得了的夢啊？」樊寧嬉笑著望著薛訥，語帶揶揄，桃花眼彎成了月牙，「我們『慎言』腎經有炎火，可不能太放縱自己。」

果然不出樊寧所料，薛訥俊俏的臉兒直紅到了脖根，但他的目光卻沒有閃避，眼神甚至比平日更篤定三分：「我、我身子好得很，也沒有『腎炎』，不信妳……」

誰知樊寧笑得更厲害，捶著軟榻，似是已岔了氣。薛訥明明有些不痛快，看見她笑，竟也鬼使神差地跟著笑了起來，末了，他揉揉樊寧的腦袋算作解氣，起身正正衣衫道：「太子尋我，我去東宮一趟，今日楚玉休沐在家，妳千萬注意，莫要讓他發現了。」

樊寧扁嘴點點頭，似是很將薛訥的話放在心上，但薛訥依舊不放心地看了她幾眼，頓了幾頓，方轉頭出了房門。待他的腳步聲遠離，已細不可聞，樊寧立馬起身洗漱，換好衣衫、戴上儺面，飛也似的躥上房頂，踏著青瓦，悄無聲息地遊走在重重院落間。

東邊富麗堂皇的小園子裡，薛楚玉正裝模作樣地舞劍；頭前正堂後的佛堂外，薛訥與薛楚玉的母親柳夫人正在請香；再往外間去，越過兩小門就出了後院，外部盡是婆婦小廝的住處與高大又寬敞的廚房。廚房連著糧庫、磨碓棚、柴草堆與蓄養牲畜的窩棚馬圈，庖廚的木梁上吊著熏雞臘肉，簷下擺著醋翁醬缸，一大早一群廚娘、庖丁就舉著鋥亮的鐵刀站在桌案前切剁不休，發出「噹噹噹」的聲響。

樊寧聞到風箱散出的煙火氣與飯食的清香，腿上險些一軟，看著掛在那裡似是唾手可得的飯食，她猶豫再三，最終還是絕了「富貴險中求」的心思，團身躍出了平陽郡公府，迎著長安城清晨的微光向藍田縣趕去。

薛訥出府後，遠遠目送乳母上了回鄉的馬車，隨後調轉馬頭，策馬趕向東宮。

昨日夜半太子傳信，讓他今日一早速來，薛訥不知有何要事，很是掛心，打馬如飛。誰知才出了崇仁坊門，就見一貴公子模樣之人身著淺青圓領袍，內著月白小衫，頭配玉冠，揮著一把骨扇站在道旁，看到駿馬奔來，他非但不躲，反而橫跨兩步，站在了道路之中。

薛訥急急勒馬，胯下玉驄揚蹄嘶鳴，險些踢傷那人。他趕忙翻身下馬，確認他無事後，長長舒了口氣，無奈笑道：「殿下怎的來這裡等我，可是有什麼要緊事嗎？」

李弘「嘩啦」搖開骨扇，迎風笑得恣意倜儻：「今日我不是太子，而是隴西李氏李公子，你不是要去平康坊打探李淳風的下落嗎？今日李某就陪你同去，如何？」

薛訥驚得目瞪口呆，磕磕巴巴道：「這……如此小事，殿下命張順去問一趟即可，實不必親自……」

「張順等人內可緝盜剿匪，外可禦敵平亂，唯獨看不透人心，派他去平康坊問話，不論看到鴇母、姑娘，一應皆是橫了刀比劃在喉頭，逼問一句『妳可有見過李淳風』，如是見沒見過都要嚇得兩股戰戰，哪裡還會與他說實話。」

薛訥一聽，此話真是有理，躬身長揖道：「臣與張順一樣，不擅長此道，恐怕嚇著坊中人，如是就勞煩殿下進去探問了。」

李弘只覺好氣又好笑，後撤一步，難以置信般上下打量著薛訥：「平時本宮微服外出，去酒肆賭檔等地，你不也與本宮同的去嗎？怎的就不能去平康坊？總不成你還要為那丫頭守身，怕她傷心吃醋？」

提起樊寧，薛訥垂頭輕笑，滿臉盡是少年人癡情的模樣，溫潤如水的眼眸中泛著閃耀如星的光輝。

李弘看得一陣惡寒，索性不再與他講道理，威脅道：「你如是公私不分，如何還能查好這個案？若連平康坊都不敢去，你便莫要做什麼藍田縣令了。」

第六章 初探平康

平康坊位於長安城東側，毗鄰東市，北與崇仁坊隔春明大道相望，南鄰宣陽坊，坊中滿是歌舞伎館，不少胡商揹客征途萬里遠道而來，進了長安城的頭等要事便是去平康坊買醉。

是日，天光甚早，教坊大多沒有開門，只有街口的妓館還點著排排晝夜未熄的紅燈籠，迎著初升的朝霞，甚是瑰麗堂皇。京中的達官顯貴、五陵少年對此處簡直比自家後花園還要熟悉，而薛訥卻是十九年來頭一遭進坊來，不單手足無措，雙眼亦不知該往何處去看。

「李生來了！李生來了！」閣樓上學習曲樂的孩子們看到李弘，都爭先恐後地跑下閣樓來，圍繞在他身側，一個個仰著純淨無瑕的小臉兒，眉眼彎彎盡是期待。

李弘與薛訥不同，每月總會有一、兩日在西市的酒肆或平康坊的花街上流連，但他不單是為了戲耍，更是為了多瞭解長安城的官場與民情。與朝堂上的謹慎克己截然相反，此間的李弘化名隴西李璧，是來京城考功名的地方大族家的公子哥，為人樂善好施、大度豁達，而且廣結良緣，千杯不醉，可算得上數一數二的風流人物。

「李生、李生，給我們帶膠牙糖了嗎？」孩子們拉住李弘的袖籠甚至衣帶。

薛訥見這些小孩子們吵吵嚷嚷，甚至還敢對李弘上下其手，支支吾吾就要上前勸導，誰知李弘毫不驚慌，立即從行囊裡掏出裝滿銅板的錢袋：「膠牙糖沒有，開元通寶倒是不少，可以自己拿去買……」

孩子們聽了這話，伸手就要去搶，李弘卻倏地將錢袋收回衣襟內兜揣好，笑著蹲下身，對孩子們道：「飴糖不能白吃，錢也不能白拿，照例須得告訴我值錢的消息。只是若是我已經知道的，或是並非我關心之人或關心之事，這飴糖可就飛了。」

李弘如此說，薛訥本以為對於這些樂坊的孩子們過於苛刻了，估摸著他們要一哄而散，誰知孩子們竟爭先恐後地舉手要講，李弘便挨個讓他們上前，在自己耳邊說起了悄悄話。

「哦？此事當真……原來如此，他們倆居然會一起出現……什麼什麼？此人竟也來過？這可是個大消息。」

李弘根據聽到的內容每人給一枚到五枚不等的銅板，其間不時點點頭，彷彿真知道了什麼不得了的要緊事。待所有小孩都領完賞錢，李弘將錢袋收回內兜裡，對傻愣在旁的薛訥道：「樂坊學藝的孩子，要麼家境貧寒需反哺雙親，要麼乾脆無父無母流落街頭，無論哪種，生活上都極為窘迫，給些銀錢自是情理之中。只是若就這樣白給他們，倒讓他們生出不勞而獲的妄念。不過話說回來，薛郎莫要看扁這些孩子，他們看到的、聽到的，有時要比我案頭堆積成山的廢話有用多了。」

薛訥正要拱手稱讚，誰知半路殺出個程咬金，一身材姣好的胭脂女子土地爺似的鑽了出來，霍然插在了薛訥與李弘之間，上前一把環住了薛訥的臂彎，嬌滴滴招呼道：「這是誰家的郎君，生得這樣好，我竟從未見過，可是外地來玩的？」

感受到臂彎處傳來若有若無的綿綿觸感，薛訥像是受了驚的兔子，彈出近丈遠，慌亂間就要摸出監察御史的魚符，似是要將其當街緝拿。李弘嚇得趕忙上前穩住他，一手插入他胸前的口袋，將魚符塞了回去，動作頗為曖昧，然後轉身賠笑對那鴇母道：「這位薛兄初來乍到，人生地不熟，得罪得罪，王媽媽可莫要生氣啊。」

此人原是這樂坊的鴇母，見慣風月場，看薛訥的衣著氣度，便知是官宦之後，加上這掏魚符的動作，若非刑部主事就是大理寺的要員，何況是這樂坊第一風流的李公子帶來的，即便不看僧面亦當看佛面不是？

王媽媽笑得極其諂媚，臉上塗的厚粉堆了好幾疊：「好說、好說，誰人沒有第一次？一回生、二回熟嘛！敢問薛郎哪裡人？喜好哪種女子？我們這裡什麼樣的女子皆有。是要身長苗條的？還是嬌小可愛的？又或是珠圓玉潤的？」

王媽媽越湊越近，薛訥被逼得連連退後，嘴裡「我我我」地磕巴不停。李弘知道薛訥自小便不習慣與陌生女子多言，忙抬手用袖籠護住薛訥，對王媽媽道：「抱歉，失禮了，我這位兄弟不喜歡女子。」

誰知此話被王媽媽聽到，卻曲解成了另一番意味，見李弘對薛訥袒護有加，甚至將手伸進他的衣襟內，立刻識趣地笑道：「不然媽媽我給他安排些男風如何？我們這裡新來了幾個西域的小夥子，身板子生得可好了，要不要……」

李弘清清嗓子，搖著骨扇尷尬笑道：「媽媽說笑了，我這位兄弟不愛男風，只是遇到女子便會有些緊張。慎言啊，你自己來說，你想要什麼樣的姑娘，別害羞，讓媽媽給你踅摸一個。」

薛訥已嚇得快斷氣，但看李弘一個勁兒沖他使眼色，又不停比劃出三的手勢，登時明白了兩分，磕磕巴巴道：「你這裡……有沒有官、官爺……」

「嚇！」這鴇母驚得用紗絹掩了口，低聲道，「哪裡會有官爺來我們這裡討營生，即便是偷偷地也不敢，但你若實在想要，找個人扮一扮也使得……」

薛訥不知是生氣還是著急，俊俏的臉兒憋得更紅了，卯足勁辯解道：「官爺愛、愛點的小娘子……」

「啊，這個啊，有有有。」鴇母舒了口氣，招呼著李弘與薛訥往堂子裡走，「店裡新得了江南來的茶，兩位快來嘗嘗，小娘子啊，我們慢慢挑。」

薛訥感覺自己被這鴇母像趕豬似的轟進了這燈紅酒綠的堂子裡。只見堂中別有洞天，約莫百丈長、八十丈寬，規模駭人，鑲金線紅毯鋪地，正中一座高臺，其外擺著近百桌席案。雖是清晨一早，依然有歌舞表演，不少席案前還坐著些紅頭漲臉的紈褲子弟，不知是方才來喝得盡了興，還是宿醉未歸。

薛訥緊張不已，依著李弘在一張席案前坐下，四處看得直咋舌。

李弘隨手摸出了懷中的小金粒扔進了打賞的竹編盆內，惹得那鴇母越加殷勤：「方才這位郎君說，想要什麼樣的姑娘來的？」

「伺、伺候過官爺的，懂規矩的……」

李弘邊吃茶，邊賴笑著補充道：「我這兄弟前幾日與一官爺置氣來著，想看看他平日裡找的姑娘，有多麼了不得。那人名叫張三，聽說是弘文館別院的守衛，妳可識得？」

鴇母笑得十分諂媚：「哎喲，原來是張三啊。不瞞二位說，他雖然會賭，也能撈上一些錢，但畢竟只是個末流，所以點的姑娘啊，都比較便宜，怕是入不了這位郎君的眼。」

「好的賴的，我這兄弟都不嫌，做人嘛，不爭炊餅爭口氣，妳只管喊她們來吧。」李弘說著，又扔了一塊金粒到鴇母的手心裡。

鴇母偏頭偷偷咬了，確定是真金無疑後，歡喜得恨不能抱著李弘親上兩口，嗓音顫抖著高聲應道：「好嘞！兩位稍等，李璧公子還去白玉堂歇息嗎？這位郎君是否單開一間？」

「不必單開了，兄弟玩得痛快，我李某也有面子不是？一道去白玉堂吧！」

薛訥還沒搞明白「白玉堂」是個什麼東西，就被兩個滿身珠翠、濃妝豔抹的女子架起了身子，簇擁著隨著李弘向後走去。

李弘顯然是此地的熟客，所到之處皆有姑娘前呼後擁。李弘一邊搖著骨扇與對方招呼，一邊接過周圍人遞來的薄酒，在眾人的哄笑聲中用手輕擊著身側姑娘的下巴餵她飲下，而後左擁右抱地，完全變了個人似的。薛訥從未見過這樣的李弘，驚得下巴都要落在地上了。

就這樣，百餘步的路，兩人足足走了一炷香的工夫，最終在一片哄鬧聲中出了堂屋。隨行的姑娘登時散了，復有一小廝上前帶路，穿過迴廊，就出了這間妓館，兩人又走過數間教坊，來到一座小院前。

李弘復賞了這小廝一顆金粒，輕叩了門扉，須臾就有個閽者[2]應門，看到李弘，他躬身

2 閽者：負責看守門戶的人。

打開了房門，禮道：「李公子請。」

薛訥知道，京中不少有頭臉的貴族子弟皆在此處置辦有府邸，用來尋歡作樂或收養外室，李弘既然化名李璧，是出自五姓七望的富貴閒人，那這樣的排場自然少不了，此地應當就是鴇母所說的「白玉堂」了。

薛訥隨李弘一道走入院中，只見此間舞榭歌臺，落紅流水，一花一木皆如江南小院般錯落精巧。兩人行至一座閣樓前，簷下掛著「希聲」兩字牌匾，李弘也不叩門，徑直走了進去。迎門正對是一條花徑迴廊，迴廊盡頭連著前堂，堂中籠著清香，由杜衡、蘇合等調製，自有一派悠然渺遠之感。

如此清雅淡然之地，才像李弘的品位，而不是方才那般吵鬧，猶如養雞窩棚似的喊喊喳喳。薛訥鬆了口氣，方要問李弘，何時能提審與張三交好的妓女，眼前的簾帳忽被清風吹起，霧靄般的輕紗散落後，有一傾國佳人步態嫋娜，如仙雲出岫般從後堂走來。

她穿著一身淺水碧紗糯裙，一根青玉簪綰成墮馬髻，雖相隔三兩丈看不清容顏，亦覺得她慵懶嫵媚，膚若凝雪，豔光四射，不可直視。及至近前，但見她不過二八年歲，光潤玉顏，朱唇一點，眉目竟比畫上美人還俏麗三分，直叫人只顧癡望於她，甚至忘卻身在何處，自己又是何許人。

薛訥卻對她無動於衷，心裡只想著，難道此人就是張三的相好嗎？他才要開口問，只見這女子上前對李弘一禮，其聲宛如天籟低吟：「今日煮了酪酒，知道郎君不喜油膩，特意蒸了桂花餅，郎君可要嘗嘗？」

薛訥看看李弘，又看看那女子，恍惚間覺出原來她不是什麼張三的姘頭，而是李弘的紅顏知己。李弘則一改方才吊兒郎當、揮金如土的模樣，隔著袖籠輕扶起那女子，向薛訥介紹道：「這位是紅蓮姑娘。」

薛訥素來兩耳不聞窗外事，卻也聽過「紅蓮」的名號。作為長安花魁，她年方十四便以一曲琵琶名滿京城，坊間街巷上對於她美貌的傳言更是神乎其神，彷彿《詩經》、《樂府》皆歌詠不盡，引得無數貴冑王孫追捧。京畿之內皆以聽過她的琵琶曲、看過她的傾城貌為驕傲。孰料去歲她年芳十五，便被一位顯赫恩客買下，從此不再拋頭露面，令整座長安城為之遺憾，照如今看來，難道這恩客就是李弘嗎？

感受到薛訥投來的目光，李弘偏頭一笑，未置可否。薛訥張張口，還不知如何與紅蓮見禮，堂屋的門忽然大開，兩個濃妝嬌豔、玉脯蜂腰的西域女子嬌嗔著走來，用音調奇怪的官話道：「哪位是薛公子？」

李弘笑著用骨扇指了指薛訥，又指了指一旁的空房，兩個女子頃刻間如虎狼般撲了上來，環住薛訥左右道：「薛公子，咱們移步別間，不要打擾李公子與紅蓮姑娘清淨……」話未說完便將薛訥連拉帶架地拖進了旁邊的房間，「砰」的一聲合上了拉門。

李弘看得目瞪口呆，心想著張三到底是個武人，喜歡的都是些西域妖姬之類。聽著隔壁地動山搖的動靜，李弘不由汗顏，對紅蓮道：「抱歉，叨擾了。」

紅蓮姑娘倒是很淡定地沖李弘一笑：「本就是郎君為我置的宅子，郎君自然可以隨意使用。」

兩人一同起身上了二樓，餐飯早已準備得當。紅蓮抱起琴架上的琵琶，坐在一側的蒲團上彈奏起來，樂聲如珠翠落盤，剔透晶瑩。李弘則在窗邊的軟席上坐下，拿起玉箸夾起案上盤中的一塊蜜藕放入口中，不由由衷讚嘆道：「妳的手藝真是越來越好了。」

「昨日知道郎君要來，特意去東麟閣買的，我哪會做這個。」紅蓮邊彈邊嬌笑著，明豔動人，直叫人移不開眼，「樓下那位，就是殿下常提起的薛家大公子薛慎言嗎？」

「是啊，今日我們來此，乃是為著查李局丞的案子。」

「他看起來呆頭呆腦的，真的會查案嗎？」

「莫要小覷他，薛卿可是長安城裡數得著的聰明人，只不過是有些怕女子罷了。」李弘如是說著，偏頭望向紅蓮，「對了，這幾日李局丞可有來找過妳？」

紅蓮搖搖頭：「未曾。」

李弘嘆了口氣，又問道：「那妳上次見李局丞是何時？最近可有聽到他行蹤的消息？」

「八月十四，因為翌日有追月節排奏，幾名樂師的琴弦卻怎麼也撥調不準，我們就特意遣人請了李師父。他精通算數，調弦音是最準的。」

「日子那樣久了，難為妳還記得清楚。」

「因為那日殿下會來，所以記得。」紅蓮回得自然，玉手轉軸撥弦，應對自如。

李弘卻微微羞赧，端起茶盞輕呷一口，努力攝回了神思。

這李淳風不但擅長天文曆法、陰陽算術，對樂理亦有涉獵，調弦校音分毫不差，故而追月節這樣上到皇室成員都會參加的慶典前請他來校音並不奇怪。想到這裡，李弘又問：「那一日李局丞可有與妳說過什麼非常之事，比如他要出遠門之類的？」

琵琶樂聲隨之一滯，紅蓮微偏偏頭，回憶道：「倒不曾有說要出遠門，只是那天他向王媽媽那裡交了不少銀錢，擱往常足夠好幾個月的了。」

李弘知道，紅蓮自幼是李淳風救下送到樂坊裡來的，為了不讓她受委屈，李淳風每個月都要交一定的賞錢給王媽媽，稱作「月錢」。一晃十五年過去，紅蓮雖已被贖身，李淳風這傳統卻沒有偏廢，為的便是平日裡王媽媽能多照顧紅蓮幾分。若說他會提前交好幾個月的銀錢，便說明李淳風早有離開的計畫，而非出於什麼意外。

可究竟是什麼事，會讓他這個七品閒官遁世而逃？與《推背圖》的失竊和弘文館別院的火災又有什麼關聯？李弘百思不得其解，一切恐怕還得仰仗薛訥的神斷。

李弘放下筷箸，無意間瞟見紅蓮瑩白的皓腕上竟有一圈紅指印，他秋水般的眼波裡閃過幾絲波瀾，沉沉著：「他又來找妳了？」

紅蓮忙縮了凝脂般的小手，垂眸淺笑道：「無妨，還不要緊……」

紅蓮清澈如水的眼波裡寫著幾分決絕倔強，令李弘想起一年前，他初入平康坊不久，恰好趕上教坊媽媽要尋一位恩客將她這花魁賣個好價錢。李弘本只是看熱鬧，但不知道怎的，他看到她那倔強傲世的眼神，就覺得她不當陷在這汙泥之中，揮灑萬金將她買下，卻從未輕薄低看過她。打從那時，她便不再是樂坊的歌伎。李弘不來時，除見李淳風外，她只獨自在此清玩賞樂。可這大半年來賀蘭敏之那好色之徒盯上了她，隔三岔五就到樂坊吆喝著要聽紅蓮姑娘喝酒聽曲，目的昭然若揭。

紅蓮知曉李弘的身分，亦知道他與賀蘭敏之在朝堂的爭鬥，欲藉此時機，從賀蘭敏之口中獲取一些對李弘有用的訊息，從而幫助李弘扳倒賀蘭敏之。只是以她一個柔弱的姑娘，想要全身而退，談何容易。三兩日間賀蘭敏之輕薄之意更濃，耐心漸被磨去，凶相漸露，令紅蓮頗難招架。

李弘瞭解紅蓮的性子，沒有直說，轉言道：「『美人贈我琴琅玕，何以報之雙玉盤。』今日姑娘曲中有愁雲淡雨，似道蕭蕭郎不歸……那賀蘭敏之虎狼之人，怎配聽姑娘輕彈一曲。」

「此曲我只彈給殿下聽。」紅蓮這話接得篤定又快速，小臉兒飛紅如牡丹絕豔，目光卻直視著李弘未曾閃避。她知曉與他的身世別如雲泥，卻如飛蛾撲火，此生無悔：「有殿下知音，余願足矣。」

李弘何嘗不知紅蓮的心意，可他無法許她未來，只能壓抑著自己的情思，希望她能覓得一位真正的知心人。但情字當頭，面對如此妙人，他實在很難無動於衷，李弘走上前去，拉過紅蓮的手，細細查看了她皓白手腕上的傷勢：「此事萬萬不要逞強，我……不想妳有任何閃失。」

紅蓮怔忡忡望著李弘。他一向克己，很少對她說這樣直接關懷的話，今日這是怎的了？下一瞬，李弘自覺唐突，硬生生加了一句：「既然是為我做事，我自當護妳周全的。」

明明很簡單的一句話，卻令紅蓮紅了眼眶，他的克制尊重，都是為了她，可有他的千般好，她又怎可能會對旁人動心。紅蓮看著握在自己小手上的修長指節，不自在地想抽出手，誰知李弘竟先鬆開了。他在房中尋了一圈，從小竹筐裡取了藥酒，返身回來，仔細又笨拙地為她上藥，動作極輕緩，應是怕弄疼了她。

看到李弘這認真專注的神情，紅蓮心中酸甜摻半，辨不清哪一味占得更多。待李弘為她上完藥，兩人相對站著，她微微一抬頭，鼻尖差點擦過他的薄唇。

兩人都羞澀尷尬地後退了一步，又過了良久，紅蓮才想出話來化解此時的寂靜：「那位薛御史獨自在樓下，當真無事嗎？我看方才他像是抓出水的魚般掙扎，要死了似的……」

提起薛訥，李弘嘴角泛起一絲壞笑，恢復了平日裡調侃的語氣：「那兩個女子是奈何不了他的，不信我們打個賭。」

紅蓮將信將疑地隨李弘下了樓，拉開側間房門，果然見那兩個西域妖姬被不知哪來的細繩綁得結結實實，正規規矩矩坐在桌案那頭，而薛訥手握鎮紙當作驚堂木，一板一眼地在問問題。

原來，薛訥由於慣於辦案，早已是結繩高手，平時身上總隨身攜帶著綁人的繩索。

薛訥趕在被她們壓死之前，誆騙她們要用繩索玩點新鮮的，趁機將二人綁了起來問話。

紅蓮大開眼界，佇立看了半晌，李弘方忍不住笑出聲道：「薛大官人，問得差不多了吧？時辰不早了，我們也該回去了。」

樊寧出了薛府後，馳馬趕向終南山，但這一次，她沒有走尋常上山的路，而是下了馬，沿著樵夫砍樵的崎嶇小道，披荊斬棘攀山而上。

山間秋色如許，紅黃落葉夾雜飄落，翩翩然如蝶舞，映著湛藍如洗的碧空，煞是好看。樊寧卻沒有一點秋遊觀景的心思，奮力攀爬，約莫一個時辰後，終於登上了觀星觀東南方的一座丘頂。

此地距離觀星觀極近，又沒有高大樹木遮擋，樊寧可以清楚地看到觀內的情形：四方大門被武侯把守著，觀內的廂房樓閣皆被貼上了白色的封條，從前總在前院、後院來回行走辦公的生員後補亦不知去了何處，數日間，道觀就已蕭條得如同破敗百年。看樣子李淳風並未回來，此地業已被刑部查封，樊寧看在眼裡、急在心上，卻又一時無法自證清白，心下如有千萬螻蟻啃噬，異常難受。

倏忽間，叢林裡傳來武侯巡山的聲響，樊寧趕忙收了神，踏地一躍，攀上高大的銀杏樹，悄然無聲地鑽入了密密的黃葉裡，躲過了武侯的追查。

待武侯離去，山林間又恢復了平和靜謐，只剩下秋風拂過的沙沙聲響。樊寧抬袖拭汗，抿了抿乾涸的櫻唇，喉頭間乾辣辣地疼。她想起北面深澗裡有條小溪，清泉流於碧石上，清冽微甜，名為輞川，小時候她與薛訥砍柴時曾路過那裡，在溪邊嬉戲玩鬧好不愉快。樊寧拍了拍乾癟的水袋子，打算去灌個飽，她躍過一棵棵葳蕤高大的樹木，向北麓山下趕去。

直達山底後，兩側是碎石小路，不知是何年所修築，看樣子已廢棄許久，再穿過前面的小樹林，就到輞川了。樊寧摘了儺面，坐在道旁堆滿落葉的破落石凳上，打算喘口氣再動身，目光卻忽然被道路左前方叢林深處的異象吸引。

視線盡頭，落木蕭蕭間，一駕馬車不聲不響地停在林子深處，車身上落滿紅黃相間的枯葉，在其周圍竟有數十隻烏鴉，或於天空盤旋，或於枝頭矗立，在這樣幽謐的深山裡顯得極為詭異。

樊寧悄無聲息地戴好儺面，拔出背後的擔棍拆一為二，露出雙劍的鋒刃，徐緩地向馬車處走去。

山間谷風大作，吹起樊寧絳紅色的衣袂，烏鴉們也被不期而至的樊寧驚擾，鴉聲大作。越迫近馬車，她越是清晰地聞到了一股強烈的惡臭混雜著焦炭的氣味。樊寧的視線被儺面的眼孔局限，只看到馬車前倒著個東西，被地上的紅葉覆蓋，分不清是什麼。

她小心翼翼地挪上前去，用劍撥開落葉，卻見一隻腐敗的駿馬屍首浮現眼前，樊寧一個踉蹌，抬起左臂掩面，試圖阻隔這難聞的氣息。

終南山裡竟有匹死馬，還拉著這樣一架車，樊寧上下打量這死馬後的車廂，莫名覺得有些面熟。可她還沒來得及去想自己在何處見過這輛馬車，腳下忽被一絆，她猝然倒地，烏鴉被驚飛起，團起了一陣小旋風，但見一顆焦爛人頭滾落而出，重重落葉霍然潰散，露出一片僧袍衣角與另一具屍體來。

日中時，薛訥終於隨李弘出了樂坊，望著熙熙攘攘的人群，他緩緩吐了口氣，好似在慶賀自己的劫後餘生。

李弘攬住他的肩頭，笑問道：「怎麼樣，一來一回也沒什麼大不了的吧？」

「是是是，張三的事問完了，殿下以後可莫再帶我來了。」

李弘啞然失笑，這滿長安城裡如此坐懷不亂的，恐怕真的只有薛訥一人。他背手打趣道：「你別說，現下我對這位滿長安城武侯都抓不住的逃犯，真是越來越好奇了，你可一定要帶她來見見我才是啊。」

薛訥不明白李弘究竟何意，心下一急，嘴上直打絆：「還不到三、三個月，殿下要食言嗎？」

李弘長眉一挑，揶揄道：「倒也不是，我只是想知道，什麼樣的女子能把你迷成這樣。怕是此案結了後，就要吃你的喜酒了吧？」

「八字還沒一撇呢，」薛訥赧然一笑，撓頭道，「她……她還不知我的心意。」

「看你這麼護著，原來還沒定下來啊。」李弘今日心情不錯，敞開了與薛訥玩笑，「那你可得抓緊些，這個年紀的小娘子，心思正活絡，你若再不抓緊，當心她……」

李弘話未說完，但見坊門處匆匆跑來個小廝，上氣不接下氣地對薛訥道：「郎君，藍田縣出大事了……」

第七章　輞川風雨

薛訥尋聲望去，只見迎面奔來這小廝模樣甚是俊俏，長眉下是一雙桃花眼，面頰清瘦，高鼻薄唇，身穿連珠團花紋錦，腰間配著一把鴉九劍，除了個頭偏小外，可算得上是一等一的風流人物。

薛訥從未見過此人，卻覺得他有些莫名地眼熟，還沒來得及問話，李弘便一揮骨扇，將此人推開半步：「你是何人，看似不是薛府的家丁，怎知藍田縣出事了？」

來人本十分焦躁，聽到李弘的問話後反而平靜了幾分，一把搶過他的骨扇，左手叉腰，右手將扇子敲在李弘心口處，神氣活現地反問道：「你又是何人？為何一大早帶我們郎君來逛窯子！我可是太子殿下親派給郎君的屬官，你這油頭粉面的，是誰家的浪蕩子？不知京畿出了大案要案嗎？我們郎君身為監察御史，每日查巡證物，翻閱卷宗尚且不及，哪裡有空來這裡吃花酒？你若再不走，本官就……就以妨害公務之罪將你綁了！」

說話時微微上揚的語調，皓白手背上淺淺又飽滿的青色血管，左腿微曲、右腿繃直的站姿以及囂張得不畏天地的氣勢，即便容貌不對，嗓音也刻意做粗，薛訥還是認出了此人，在他煞有介事要抓捕李弘的一瞬，薛訥一把拉住他的手，拉著他一溜煙跑開了。

那人「哎、哎」兩聲，踉蹌了幾步，皂靴打纏，差點甩飛去天上。薛訥卻一步也沒停，待跑出三、五丈遠，方回頭對傻在原地的李弘道：「李兄，衙門有事，我先行一步，改日再來看你！」

金風拂面，卻吹不盡李弘的一臉茫然，看著一反常態的薛訥，他狐疑之情更甚，但也不過剎那，他便面露了然之態，揚起嘴角，撿拾起掉落在地的骨扇，故作風流浪蕩一般向坊門走去。

出了平康坊往北，是一條寬闊的大街，車如流水馬如龍，行人甚多。薛訥拽著那人穿過街巷人流，跑了數十丈遠，待到崇仁坊附近，則變作那人拽著薛訥狂奔。

狼躥百丈後，薛訥體力漸漸不支，將那人拉進背街小巷，按在牆上：「你別跑了，我跟不上……我要累死了……」

那人不是別個，正是變了裝的樊寧，只見她一把擰上薛訥的耳朵，怒道：「好的不學，學我師父逛窯子？我找你辦案都尋不來人！」

「事出有因，事出有因，我是去查案的。」薛訥最怕就是被樊寧撞見誤會，焦急地解釋著，轉念又覺得不妥，「等下，妳可是又去找李師父那些江湖混子朋友了？臉上這變裝是那畫皮仙給妳弄的？」

畫皮仙是長安鬼市上的一位神人，早先從事皮影行當，一雙手極巧，做出的人物栩栩如生，無論怪力亂神還是才子佳人，皆有筋骨，在教坊演出時場場爆滿，頗受觀眾喜愛。誰知後來因為家中有人牽連進宗族官司，他前去幫其易容逃脫，導致自己鋃鐺入獄，刑滿釋放後再無教坊敢用，只能淪落入鬼市討生活。偏生李淳風交友不看出身，真心實意地欣賞此人的本事，連帶著樊寧也與其結成了忘年交。憑藉著幾張磨光驢皮和手中的小磨刀，他就可以將眼前之人完全變作另一個人，一般人極難識破。

「我也是沒辦法才去尋他的，不然你當我愛糊著驢皮滿長安城跑？」樊寧低聲沉沉道，「藍田出大事了。」

薛訥見街口處不時有人望向他們，起了警惕之心：「人多眼雜，不管多大的事，還是先回家再說。」

樊寧心裡雖急，卻也知道薛訥的話有理，趁無人注意飛身一躍攀上牆頭，悄無聲息地向薛府趕去。

薛訥又停了片刻，方起身往家走，後不緊不慢地回到了房中。

樊寧已先一步回來，躲在了房梁上。

薛訥仰頭看著她從天而降，問道：「妳上午去何處了？怎知道我去了平康坊？」

「我回終南山了，想看看師父回道觀沒有，方才著急回來找你，抄近路從平康坊過來，看到你的馬拴在妓館門口……不說這些了，出大事了，藍田輞川那邊有六具死屍，若是我沒看錯，就是那日去弘文館別院拉經書的那夥人……」

「什麼？」這幾日查案進入死胡同，方才去平康坊的問話又令張三少了幾分嫌疑，薛訥正頭疼，聽說又有了新線索，不由得抬高了聲調，「他們是如何死的？屍體狀態如何？周圍可有可疑的人？妳暴露了沒有？」

「去去去，」樊寧不耐煩地甩開那緊緊攥住她皓腕的手，「死幾個人把你興奮的，你還是個人嗎？還什麼屍體狀態如何，我告訴你，我當時嚇得差點摔個狗吃屎，若是啃上那死馬，我也活不成了，我還有膽子幫你看什麼屍體狀態？」

薛訥心想樊寧從小也隨李淳風去過不少官宦大戶中超度做法事，什麼樣的場面沒見過，這次竟怕成這樣，可見屍身狀態不對。事不宜遲，薛訥打算馬上趕往藍田。

「那些屍體在輞川何地？妳能否畫張圖紙給我，另外，妳沒去刑部報官吧？」

「我瘋了嗎？跑去自首？」樊寧邊說著邊跨步坐在了薛訥的書桌前，抽出一支毛筆蘸水，在彩箋上畫了起來。

薛訥顧不上避諱樊寧，徑直走到衣櫃前換下了華貴長衫，穿上圓領官袍。

樊寧遞來畫好的地圖，薛訥接過，認真一看，登時傻了眼：「這是什麼？鬼畫符嗎？」

「我就是幹畫符、貼符的，畫成這樣有什麼奇怪？你看看就知道了，這是輞川那條小溪，這是山的北麓……這地方小時候咱們一起去過，你都忘了？」樊寧說著，見薛訥臉上的茫然更重，氣得鑿了他兩拳，「你可真是個大傻子，這都看不懂？」

樊寧越劃拉，薛訥就越茫然，因為在道觀贖業，他對輞川這片還算熟悉，可此地山勢複雜，山重水複也是有的，單憑這圖去找，只怕是南轅北轍，不知何時才能找得到。

薛訥上下打量樊寧一番，從衣櫃裡拿出一對鎏金護肩與一打鞋墊來：「妳這易容算是可以瞞天過海了，可這身量背影還是能看出些端倪。妳把這護肩戴在衣服裡面，再加幾層鞋墊，隨我出門查案去吧。」

沒想到薛訥竟願意帶她出門去，這對於偷雞摸狗般憋了數日的樊寧來說，可算是天大的好消息。她立即解開衣襟，將護肩壓在了褻衣外，又在皂靴裡塞了三、四雙鞋墊，起身拍拍手道：「我好了，走吧！」

薛訥卻沒有挪步，欲言又止，抬手撓了撓自己通紅的臉兒，指了指樊寧身前。

樊寧不明所以，順著他所指方向，低頭看看自己的身子，旋即了然，一掌劈在薛訥腦瓜上：「你可真是長大了啊，早上沒白嫖啊！」

薛訥一下下挨著打，回起話來亦是一哏一哏的：「哎呀！不是！我、我都說了，我是、去、去查案的！」

樊寧打得手疼，不再理會薛訥，揮揮手示意他滾出去，自己則走到雲母屏風後，褪了外衫，用長布條緊緊包裹起身子。只要想起輞川那可怕的一幕，樊寧便不寒而慄，若再查不出真相，只怕這些僧人的死也會栽在她頭上，這個時候薛訥居然不斷案，還去逛窯子，樊寧越想越氣，只恨方才打他打輕了。

樊寧三下五除二收拾停當，提劍出了房間。

薛訥指了指屋頂，示意樊寧先走：「玄德門外見。」

樊寧翻了個白眼，飛身翻上牆頭，輕快地越過薛府院牆，不過一盞茶的工夫就到了。

她左等右等，一直沒有看到薛訥的身影，樊寧簡直要懷疑他半道被薛楚玉殺了，正胡思亂想著，薛訥竟匆匆從東宮內走了出來，手持一塊魚符，遞向樊寧。

樊寧接過，左看右看，這魚符竟真是由東宮簽發的，正面有東宮印璽，反面則刻著「寧淳恭」三個字。不消說，這便是薛訥問她如何化名時，她隨口起的名字。「寧」是取自樊寧本名，「淳」取自她師父，而「恭」則是取自她自小崇拜的蘭陵王高長恭。

明明蘭陵王已去世近百年了，薛訥心裡依然莫名其妙地發酸，酸到他自己都覺得不可思議。要知道，他可是個世襲爵位都不爭不搶的人，怎的偏生對這小丫頭喜歡的古人這般仇大呢？

樊寧如獲至寶，上下看個不住：「怎麼弄來的？」

「方才那油頭粉面的小白臉給的。」薛訥走到大門側方的馬棚裡，牽出坐騎，「他是太子，我們晌午前一道去平康坊查案來著……」

樊寧只覺腦中滾過一道天雷。她眼前一黑，回想起那斜肩掉胯、粉墨登場的紈褲膏粱子弟，怎麼也無法與風評頗佳的太子李弘聯想到一起。她雖從未與李弘謀面，卻常聽李淳風提及，誇他仁孝賢德、政令清明，不曾想他竟是那種人？

薛訥哪裡知道樊寧在胡思亂想什麼，翻身上了馬，急道：「走吧，我請太子遣人去刑部報案了，妳快帶我過去，免得落於人後，許多證物來不及搜尋。」

薛訥就是這樣，只要遇到與案情相關的事，就會一改素昔那萬事不爭、平和謙讓的模樣，變得有了勝負心，行動也積極了起來。

樊寧高聲一應，亦翻身上了馬，領著薛訥向終南山麓馳騁而去。

藍田縣位於秦嶺北麓，以出產藍田美玉聞名於世，其秀麗山水亦如碧玉妝成，聞名天下，惹得騷人墨客時常停駐，佳篇美句不絕。

可今時今日，這山這水在樊寧眼中卻是煞氣騰騰。到達輞川後，薛訥與樊寧一刻也不敢耽擱，將坐騎寄放在了官道上的驛站裡，穿過了落葉深林，來到了案發現場。

雖然早已見過一遍，心裡也做了準備，看到那些焦黑腐爛的屍體時，樊寧還是止不住難受噁心，未看幾眼就跑回道旁，嘔個不停。身側忽有人遞來一方絹帕，樊寧以為是薛訥，徑直接過擦了嘴：「你倒是真不嫌難受，這味道就夠嗆人的……」

「我才來，還未來得及去看，很嚇人嗎？」

這聲音十分生疏，樊寧抬起眼，只見蕭蕭落葉間，不知何處飄來個英武俊朗的美少年，生得深目直鼻，黝黑的面龐、冗長的臉兒，十分疏闊精神。他頭戴進賢冠，身著鴉青色官袍，看似應當是刑部官員。

見樊寧打量自己，此人也不避諱，偏頭一笑，露出一口白牙，給人以瀟灑通達之感。

樊寧覺得他十分眼熟，卻不知在哪裡見過，愣了好一會兒，方插手與之見禮：「抱歉，我以為是我家主官，敢問閣下是？」

「你家主官？那你說話倒還真不客氣。」那人一挑修眉，對樊寧回禮，誰知彎身低頭一瞬竟沒站穩，一步踉蹌，「哐」的一聲，對上了樊寧的腦門。兩人皆「哎喲」一聲，向後趔趔半丈，登時頭暈眼花站不太穩。

過了好一會兒，那人才扶著額，苦笑著道歉：「啊對不住、對不住，我腳下沒站穩。」

「小事、小事。」樊寧江湖兒女，向來不拘小節，只是暗想得虧這畫皮仙手上功夫好，不然豈不要把她這層新臉皮給撞掉了。

「方才話未說完，在下刑部主事高敏。你是薛御史的屬官？我看看……寧淳恭？」高敏瞥了一眼樊寧的魚符，讀出了樊寧的化名，隨即爽朗一笑，又對樊寧作揖道，「寧兄好。」

若說是刑部負責此案的主事，那麼此人就是自己洗冤路上最大的對手，可偏生對方這樣性情爽朗又知書達理，讓人一點也討厭不起來。

「寧兄，來幫我個忙。」一直蹲在屍體邊仔細查驗的薛訥終於出了聲，打斷了樊寧與高敏的寒暄。

樊寧快步跑上前去，低聲對他道：「那邊來了個刑部主事，你要不要去打聲招呼？」

薛訥嘴上沉沉一應，整個人卻依然沉浸在自己的世界裡，抽絲剝繭，慢慢還原，猜想著此地可能發生過的事：「幫我把這馬車抬起來。」

樊寧忍著噁心，上前幫薛訥抬起了馬車後廂，薛訥仔細檢查了車轍印後，又讓樊寧放了下來。樊寧立即又逃到一側道旁，跟那高敏一起，搗著鼻子遠遠看著薛訥查案。

這些屍體雖已焦爛、腐蝕，但其傷口還是清晰可見，從這些人的口中無灰，以及周圍未燒掉的樹幹、樹枝上誇張的血跡來看，焚燒的行為應當發生在死亡之後。可若是想毀屍滅跡，為何又把這些人晾在此處，留下這慘烈的現場，甚至連同這馬也要一道受此災厄？若不在乎這些僧人曝屍荒野，又為何要多此一舉，將屍體焚燒呢？

路盡頭忽傳來一陣馬鳴聲，駿馬拉著裝飾精美的馬車緩緩行至眼前，一高一矮兩官吏闊步走了下來。只見矮的大腹便便，沒缸高、比缸寬，走起路來一搖三晃；高的則迎風直顫，兩條腿攪屎棍一般，站也站不大穩，但這兩人都是一樣驕矜的神情，睨著高敏道：「喲，高主事來得倒是快。」

原來這兩人是高敏的同僚，亦是刑部主事，負責查理此案。高敏上前與他兩個見禮：「我年輕，辦案資歷淺，許多事不懂，總要先來看看，免得拖二位的後腿……」

那麻稈兒一樣的主事見薛訥一直背身蹲在屍首邊檢查，以袖掩口，晃著身子上前，想看看他到底是何許人，官腔還沒打出口，就被焦黑惡臭的屍身嚇得連連後退：「噫！你又是何人？」

薛訥依舊緘默不語，似是沒聽見麻稈兒的問話。麻稈兒不悅，轉頭就向那胖的使眼色告狀，胖主事即刻上前來，飛起一腳欲踢踢薛訥的靴幫。

「噌」的一聲，樊寧拔出腰間鴉九長劍，劍鋒停在那胖主事靴履不足一寸之處，嚇得他登時縮了腳，比王八頭還伸縮自如。他抬眼一瞥，只見樊寧不過是個十六、七歲乳臭未乾的少年，登時起了無名火：「你又是何人，見本官不拜，竟還敢持刀威脅？」

樊寧上一瞬還浩氣凌然，下一瞬卻換作了一副巴結諂媚之態，雙手平托著，向眾人介紹薛訥：「幾位別忙，我們薛御史正在查案。現場髒得很，死得也不大體面，莫要髒了幾位的鞋。」

第八章 迷蹤突敗

這一高一矮兩主事對視一眼，似是覺得樊寧的話有道理。原本他們來案發現場也只是為了做做樣子，好不被高敏一人搶了功勞，並沒打算真去查什麼。何況此案現場煞氣非同一般，有人在前面賣命，他們怎能不樂得清閒，便與樊寧、高敏一道，掩鼻站在了道旁，四個人、八隻眼盯著薛訥，氣氛有些尷尬。

高敏貼心地沒話找話道：「兩位前輩遠道而來，可是對案情有何見教？不瞞前輩們，如此現場我還是第一次見到，至今仍是一頭霧水。」

「這有什麼一頭霧水的，」胖主事一副精明強幹的樣子，背手上前，打著官腔道，「凶手還是那樊寧，她在別院殺人搶奪後，著急逃命，在此地與法門寺僧人狹路相逢。你們也都知道，法門寺是我大唐皇家廟宇，僧人們都充滿了正義感，想必他們即刻便擺好了十八羅漢、金鐘罩、鐵布衫，欲與賊人搏命。孰料，這紅衣夜叉雙目一瞪，引來三昧真火，將這些大師給活活燒死了……」

樊寧聽了前頭，強忍著額頭要暴起的青筋，聽到最後卻氣得笑出了聲。旁側的高敏忙上前半步，將她擋住，不讓那兩人因此苛責她，低聲道：「這已經算是他推斷嚴謹的一次了，聽聽就罷，不必理會他，免得惹禍上身……」

這高敏倒是個熱心腸，樊寧點點頭，沖他笑了笑，忽而又聽那瘦主事鼓起掌來。莫看他生得骨瘦如柴，拊掌的聲響卻不容小覷，一驚一乍的，他還晃著兩根麻稈兒似的腿，悠悠道：「本官補充幾句，大致的案情正是如此，但是呢，這中間還有一個細節，便是此女絕非激情殺人，而是蓄謀已久。她的目的呢，就是把那日出入過弘文館別院、目擊過她的人全部殺光，她以為那些守衛一定會死在火海裡，所以就只對僧人痛下殺手，繼而造出她自己也失蹤的假象，這樣就能夠順利的洗清嫌疑，讓大家以為她也化作了其中一具焦屍，從此逍遙法外！可她沒想到，附近的武侯看到長煙，立刻趕來救火，這才留下了那些守衛作證，讓我們知道了案情的真相！而且本官覺得，秘閣局丞李淳風估摸是此女的幫凶，你看，他兩個現在全部失蹤，就是最好的證據……」

這些時日來，樊寧受盡了栽贓冤枉，已有些麻木了，但連帶上了李淳風，便令她極其惱怒起來。樊寧竭盡全力，壓抑著想一腳踹折那兩條麻稈兒的衝動，伸長了脖子，卻怎麼也咽不下這口氣。她知道自己又起了焦躁，抬手舒活兩下領口，想躲到一旁去順順氣。

約莫一袋煙的工夫，薛訥站起身，回身想與樊寧說話，這才發現道旁除了樊寧，又多了三個人，其中兩個還長得十分奇怪，嚇得他倒退半步。微定心神後，見他們身著從七品官服，便猜到他們應是刑部主事。

高敏順勢迎上前，插手禮道：「見過薛御史。下官刑部主事高敏，是此案的專職主事，這兩位是肥主事和常主事。」

薛訥見這兩個主事胖瘦分明，高矮有致，人如其姓，不由一笑，問那位胖主事道：「閣下正是肥主事？」

誰料那個胖子氣得吹鬍子瞪眼，叉腰怒道：「我姓常！他才是肥主事！」說著，他抬手指向一旁瘦如竹竿似的主事。

見薛訥踩了雷，樊寧趕忙轉移話題道：「哎哎哎呀，那個……主官可有何發現，這些僧人是法門寺取經的那一群嗎？」

「目前看來應當沒錯，車內還有《法華經》的梵文抄本，蓋著弘文館別院的印章。」薛訥舉證分析道，「衣著、人數都對得上，只是還有許多不合理之處。」

胖胖的常主事捋鬚嗤笑道：「這有何不合理？本官不都已經說了，就是那名喚樊寧的紅衣夜叉逞凶殺人，別院已尋出許多物證了。」

薛訥一手背在身後，另一手指著案發現場，緊繃著一向溫和的面龐，冷聲駁道：「這些圓寂的大師雖不能言，現場的證物卻不會騙人。此處遠離弘文館別院，敢問常主事，若凶手真是樊寧，她又為何要在已經逃離現場後多此一舉，將這些大師們殺害？」

樊寧與薛訥相識十餘載，頭一次見他當眾反駁別人，竟是在這樣的場合，還是與她相關的事，惹得她瞠目結舌，險些驚掉了驢皮下巴。

「你才判了幾個案子，就來編排我們的不是？別以為你是太子殿下派的御史，就可以顛倒黑白，替凶頑狡辯！」瘦瘦的肥主事指著薛訥的鼻子憤然道。

「非常簡單的證據，兩位只要看看這馬車下的車轍，就會發現有一部分血漬滲在車轍印中，被二次覆蓋，顯然這車曾經被動過，這幾位大師的圓寂時間，亦難以推斷得清，這些皆是凶手在故布迷陣，想將髒水潑在樊寧身上罷了。那一日從弘文館別院著火，到武侯封鎖整座終南山不過半個時辰。來此地之前，薛某曾查閱了當日武侯搜山的記錄，他們雖未查到此地，卻在一刻之內，就來到這附近巡邏。敢問那樊寧可是有三頭六臂，能在如此短的時間內殺人焚屍，還擋住濃煙不被武侯們察覺，又將馬車駕往何處再駕回來，而後在武侯的封鎖下逃離了終南山？」

薛訥這一席話邏輯嚴密，擲地有聲，若非這樣嚴謹的場合，樊寧多想當場叫好。可那兩主事如何肯就這般被駁倒，梗著脖子回道：「單憑血跡如何能查出什麼所以然，萬一是紅衣夜叉故布迷陣……」

「凡事都要精確測量，方能推斷出真相。」薛訥一邊說著，一邊作勢要抬起馬車來，「兩位若是不相信薛某所斷，就自己來看看吧。」

馬車上焦黑腐爛的遺體隨著薛訥抬車的動作翻滾過身來，燒得只剩兩個洞的雙眼直望向那兩個主事，嚇得他們幾乎要摟在一起了，哪裡還有膽量去看什麼車轍，皆推說衙門有事，命高敏留在此地幫薛訥收集證物，二人則乘馬車一溜煙，逃之夭夭了。

薛訥抬手拭汗，舒了口氣，沖樊寧一笑。樊寧明白薛訥本沒必要與他二人爭執，不過是為了自己才據理力爭，心下動容，覺得薛訥很是夠義氣，嘴上卻沒說，只飛快地一吐小舌，低低嗔道：「你今天這模樣，倒不像你這名字了。是否該通知藍田縣衙，我策馬去如何？」

薛訥知道樊寧害怕，頷首一應，派她去做這個遠離案發現場的活計，自己則又蹲下身來，用毛刷一點點收集證據，妥善保存。

高敏在刑部受盡了那兩老兒的氣，無一時一刻不被他們傾軋，搬屍清理現場這樣的髒活累活還總落在他身上。方見薛訥把他們駁得啞口無言，高敏恨不能沖上去親薛訥兩口：「薛御史好生神斷！高某佩服！」

薛訥又陷入了沉思裡，根本聽不見高敏的稱讚。

高敏見薛訥極其專注，好似聾了似的，趕忙噤聲不再打擾他，自己亦開始在現場收集證物。

此兩人在這一方不大的現場轉來轉去，數次險些撞在了一起。高敏人如其名，十分機敏，總能適時地給予薛訥協助；薛訥見此人雖然也是刑部主事，倒不似他那兩個一胖一瘦的前輩般昏聵，勘查現場頗有條理，不由對他大為改觀。

待他兩人收集得差不多了，藍田縣衙來的武侯也趕來了，將屍首全部拉走。

薛訥起身轉向高敏道：「敢問閣下是？」

「刑部主事高敏。」高敏耐心地向薛訥自我介紹，抬起眼來，目光比方才沉定了許多，「天色不早了，高某想邀薛御史一道乘車返回長安，不知薛御史意下如何？」

薛訥不愛交際，想要客套回絕，剛趕回來的樊寧卻替薛訥滿口應承下來，推搡著薛訥上了馬車，自己則駕馬在外緩緩而行。

馬車上空間狹小，這般面對面坐著，薛訥更顯窘迫，向一旁挪了挪，哪知高敏也跟著挪了挪，坐得離薛訥更近了些。

薛訥額上直冒汗，拱手問道：「敢問兄台歲……歲庚？邀我同行，可有要事相商？」

高敏撐不住笑道：「下官比薛御史虛長兩歲，久聞薛御史神斷，今日一見，果然名不虛傳。聽說薛御史總角之年便破獲了當年東宮少監犯下的永樂坊枯井案，心中一直敬服，卻苦於沒有機會結識，今日既有機會相見，高某又如何能放過這時機呢？」

對於高敏這一頓猛誇，薛訥極其不適應，笑得十足靦腆，回道：「哦……那個案子，是有些蹊蹺可怖，所以流傳到了坊間，但對於薛某來說，只是一時巧合。」

「薛御史可莫要自謙了，聽說那兇手竟殺了三、五個人，還埋在自家的活水井裡，可是真的？」

「是了，起初還以為只是一個僕從自殺而已……彼時我在李局丞門下為父贖業，某日弄壞了渾天儀，李局丞便說讓我做些活計算作責罰。恰好東宮一位少監家的僕從跳井死了，那少監怕汙了新蓋的宅子，特意遣人來請李局丞過去做法事，我就隨李局丞一道去打下手。」

一說到案件，薛訥就來了興趣，口吃的毛病也沒了。

「那少監可是貼身伺候太子殿下的，薛御史應當還挺作難的吧？」

「彼時年紀小，並不懂這些，只想著早點幹完活，可以飽餐一頓。若非得太子殿下信任，案情也難以水落石出。」薛訥說起當年事，抬手扶了扶襆頭，陷入了回憶中，「薛某仍記得，那是清明翌日，我與李局丞到後不久，太子殿下便也來了。我初次與殿下相見，他雖然還不到十歲，說話做事卻是一板一眼的，很有風度。但離開眾人眼前，他又是個貪玩的孩子，彼時那個家裡只有我與他年紀相仿，他就開始跟著我玩。李局丞藉口要入定開天眼，找了個地方打盹去了，殿下見我做事覺得新奇，就一直跟著看我，還問東問西。我本就不愛說話，應付他十分吃力，但看他是認真想知道其中關竅，就同他混聊了許久，半天下來，竟也熟絡了。當時年紀小，總偷看些懸案故事，久而久之也有了一些斷案的本領，所以每當跟著李局丞做法事，我仗著自己是孩子，行動自由，都會忍不住要去屍體周圍翻看，這一翻就發現那屍體有些異常，不像是溺死的，而像是死後丟進井裡的。」

「是因為鼻腔裡沒有水藻嗎？」

薛訥頷首道：「長安城的水井與各坊引來的水中，皆有一種本地的水草，尤以在井中分明，若是在井中溺亡，口鼻之間是一定會多少殘留些此物，可那人口鼻中一點都沒有。不過大戶人家講究，也不能以此作為依據，所以我便偷偷告知了殿下，他提議放我下井看看，水中究竟有沒有水草。」

「想不到太子殿下與薛御史竟如此大膽，溺死的人身子往往很粗大，即便是有經驗的仵作也會有些發怵，你們兩個孩子竟然不避諱，還要下井……」

「啊，我自小就不大怕這些，殿下更是個疾惡如仇的性子。不過下井時，遇到了一些意外，我們本在井上試過，殿下可以拉得動我，我才下的井，不想下水後身子變得很沉，慌亂間不知觸到了什麼機關，井下竟霍然開了個槽口，裡面彈出個死人頭來，我也顧不得那麼多了，就把那人拉了出來，誰知後面還有，一共拽出了三、五具，我又逆著屍體飄出來的槽口奮力往裡游，竟然從庖廚的水槽裡游了出來……」

「如是聽聽，就覺得挺嚇人的，難為薛御史，小小年紀遭這樣大的罪。」

「更可怖的在後面，我斬斷了繩子，從庖廚的水槽裡游了出來，便看到地上放著一隻死雞，滿地的鮮血卻不像雞血，想起那井裡方出來的屍身上有刀口，我猜他們是在這後廚被殺又丟入水槽的。在這樣的府宅裡，能布下這樣的陣仗殺這樣多的人，若說少監不知情，是絕對不可能的。我就大膽猜測，今日那要下葬之人幫少監殺了這些人，埋進庖廚的水槽裡，順進了井中。少監為了滅口，又將此人扼死，而後丟進了井裡，做出溺死的假象。

我擔心殿下為了救我去求助於少監，反遭不測，匆匆趕回。好在殿下沉得住氣，也覺得此事蹊蹺還未妄動。我告訴殿下，殺人的可能是少監，殿下一開始不肯相信，畢竟那少監從殿下一出生，就伺候在側，算是殿下的左膀右臂了。

殿下雖心痛，卻還是想求一個真相。他提出參觀院子，引開了那少監，我則假裝掉進了景觀湖裡，由管家帶去換衣裳。那管家年紀不小，先前對李局丞很恭敬，我猜他是個虔誠道徒，便說府中有詭水影，問他最近可有失蹤的家丁。

老管家告訴我帳房跑了好幾個人，我當時哪懂這些，只是覺得他們的死可能與錢財有關，又偷跑回那廢棄的庖廚，從爐子裡翻出了些還沒燒盡的帳本。我雖然看不懂，卻覺得應當是要緊的證據，趕忙向外跑，誰知竟與埋伏在那裡的少監撞了個正著……」

「此人可是貪了東宮的錢財，又殺了自己的帳房？」

「是了，我自以為已經走投無路，險些被他一劍挑死。幸好殿下帶人趕到，我情急之下將帳本直接扔了過去，那人飛身去搶，被張順截下。誰知他喪心病狂，竟劫持了太子殿下。」

「聽說薛御史救駕有功，還得到了天皇、天后的讚揚……」

「那倒不是。」薛訥據實回道，「救下殿下的人並不是我，誰都沒想到，李局丞竟是臥在那庖廚屋頂上開天眼呢，他悄然躍下拔出桃木劍，奮力一敲，就把那少監敲暈了。我並沒有出手，殿下並非我所救，應當是坊間誤傳。」

兩人閒話著，山路倒也不算難行，很快便抵達了皇城刑部衙門外。

薛訥與高敏一道交驗了證物，再出衙門時天色已漸漸黑沉。

高敏相邀道：「此一次能與薛御史共事，真乃高某之幸，今日發了餉銀，可否邀請薛御史與寧小哥一道，去小酌一杯？」

「不了。」薛訥看樊寧一直守在刑部衙門外面，雖然做了易容，還是有些惴惴的，拱手謝絕，「今日又見法門寺大師遇害，心裡有些不疏闊，改日薛某再請高主事一敘。」

高敏頷首一應，又上前兩步與樊寧告辭。樊寧似是挺喜歡他的性子，一言一語地跟他打趣，惹得薛訥在旁出聲道：「寧兄，該走了……」

樊寧這才與高敏插手告別，走出兩步又回身向他揮手。

薛訥心裡有說不出的不自在，磕巴問道：「妳為、為何讓我與他一道乘車……」

「什麼？」樊寧沒想到薛訥會問這個，頓了一瞬才回道，「你傻啊，他是刑部主事，主理這個案子，你還不趕快套套話，看看他們下一步準備去哪捉我呢？」

「橫豎不可能捉到我家去。」薛訥心落定了兩分，牽著馬，與樊寧一道向崇仁坊走去，聽到她的肚子咕咕叫個不停，薛訥提議道，「離宵禁還有些時間，我們去西市吃點胡麻餅、黍米飯吧？妳不是最喜歡吃那些嗎？」

「不吃，那些東西黑乎乎的，像今天那些死屍的頭，我看了害怕。」

「從前李師父說妳的膽子比野驢還大，怎的今日竟怕了？」

「少說廢話。」樊寧自覺自己英武不凡的形象受到了質疑，有些臉紅，好在臉上貼著驢皮，薛訥也看不真切，「今日不是你發餉的日子嗎？請我去東麟閣吃酒吧。」語罷，樊寧推著薛訥就走，薛訥嘴上不情不願，心裡卻樂開了花。

誰知才到坊市口，忽有一少女從雕飾精美的馬車裡探出頭來，喚道：「薛郎！」

聽了這聲音，樊寧只覺眼前一黑，本能般地差點拔劍。眨眼間，一身量纖瘦嬌小的姑娘翩然跑來，一把環住了薛訥的手臂，不是李媛嫒是誰。

「你怎的在這？下午我還去你家找你，管事的說你不在。」李媛嫒邊說邊將樊寧拱向了一旁。她雖不識得此人，但看此人與薛訥拉拉扯扯，即刻起了警覺，秉著快刀斬亂之心，嚴厲杜絕這些有兩分姿色的男子勾搭薛訥，搞什麼分桃龍陽、斷袖左風。

薛訥被李媛嫒緊緊箍著手臂，想要抽離，卻差點碰到她的身子，嚇得一動也不敢動了：「我去藍田查案了，妳找我何事？」

「你還有心思查案？今天下午，坊間的武侯把你家圍了，說有人告你包庇那個逃犯樊寧，已從你房裡搜出了證據，你若再不回去，滿城也要貼你的通緝令了！」

薛訥一聽這還了得，轉身就要往家裡跑，須臾又是一頓，將身側的樊寧攔下，摸出懷中錢袋放在她手上，若有所指地說道：「妳先去吃飯吧，不必等我了……妳也可以直接回東宮覆命，揣好了魚符，千萬別丟了！」

樊寧還沒來得及應聲，薛訥已上馬跑開，李媛嬡也跟在其後。很快，他們就消失在長安城車水馬龍的街市上。

樊寧心裡有說不出的焦急自責，看著形形色色過往的人群，忽然覺得自己是那般渺小無助。若真的連累了薛訥，連累了整個平陽郡公府，她真是百死莫贖，可現下又有什麼辦法能助他脫險呢？

第九章　欲加之罪

夜幕初垂，平陽郡公府東、西、南、北四門已盡被武侯封鎖，四方大門聚集著不少圍觀的百姓，看到薛訥策馬趕來，他們自覺分出一條通道，讓開了去路。

武侯見到薛訥，作勢就要捉拿，旁側的李媛嬡高聲道：「太子殿下親封的監察御史，是你們說押就押的嗎？事情尚未明朗，我看誰敢動手！」

聽到李媛嬡的話，武侯們面面相覷，未敢動手。薛訥背著手，步履匆匆地走過長廊，來到自己的院子前，果然見母親柳夫人與薛楚玉一道，正在應付刑部員外郎一行。

薛家在長安城中風頭正勁，刑部派出員外郎，足見重視程度，更說明他們已有了相對確鑿的證據，十拿九穩方會出動如此陣仗。薛訥迎上前去，先是向母親一禮，而後轉向刑部員外郎道：「不知閣下如何稱呼，今日來府上尋薛某，又是所為何事？」

這刑部員外郎從未與薛訥照過面，以為他身為將門之後，怎麼說也會是個眼似銅鈴、腰粗如缸的威武之輩，誰知竟是個眉清目秀的小白臉，還被李媛嬡半擋在身後，毫無魄力。

不過薛訥是從六品官，現下他還有監國太子特設的監察御史一職在身，令這刑部員外郎不得不客氣三分：「在下刑部員外郎彥軍，有人舉證稱薛御史包藏朝廷欽犯樊寧，特來此調查。如今人證、物證齊備，還請薛御史隨本官去衙門問話，據實交代這紅衣夜叉人在何處，以免禍及薛府，毀了薛將軍浴血征討高麗的卓著軍功啊！」

「薛郎身為此案特設監察御史，會去包庇嫌犯？」李媛嬡氣憤不已，「若是能拿住凶嫌，為何他不盡早向殿下交差換取功名，還要將如此凶神惡煞之人藏在家中？」

「郡主有所不知，今日下人打掃阿兄房間時，在木櫃裡找到了一身紅衣女裝，看尺寸樣式，估摸著應當不是我阿兄有了什麼不得了的癖好，又覺得看起來眼熟，好似在什麼地方見過，細想起來竟然是通緝令上……那下人不敢包庇，報給了管家劉玉，劉玉請來了坊中武侯，武侯即刻向刑部報了案，刑部帶來獵犬辨認，已確定此物確實為那破壞弘文館別院、殺害數名守衛的逃犯樊寧所有。」薛楚玉邊說邊走上前來，擰著眉頭一副痛心疾首之態，「物證齊全，大家又都知道，阿兄與那樊寧是總角之好，十分親密，亦可算作人證了。父親仍遠在遼東，家中出了這樣的事，身為幼弟，楚玉心裡實在難受，卻也不敢包庇，還請各位明廷秉公執法，謹慎用刑，楚玉在此謝過了……」

「少在這放屁。」李媛嬡強行壓抑住想上去給薛楚玉一巴掌的沖動，耐著性子道，「薛郎跟那女的確實是舊相識，也正因為是舊相識，這衣物可能是案發前留下的啊。」

「郡主所言確實有理，楚玉也怕是冤枉了兄長，特意讓管家查了一次，從我們家搬到這新宅院裡，這位樊寧從未登門拜訪，又何談會把貼身的衣物落在府上呢？唯有被我兄長窩藏這唯一可能。」

「此話有理，薛御史，咱們還是不打擾老夫人的清淨，先回衙門再問話吧？」刑部員外郎做了個請的姿勢，身側的武侯皆上前一步，乃是先禮後兵。

李媛嬡急得直跺腳，轉頭看薛訥，正沉吟背手，不知想些什麼，惹得她好氣又好笑，嗔道：「薛郎你發什麼呆啊，髒水都潑到頭上了，還不快解釋清楚！」

宵禁前，長安城東市人頭攢動。不單有盛裝而行的中原百姓，更有牽著駱駝、帶著獵犬的胡商，運送著西域的奇珍異寶，夜明珠、和田玉，琳琅滿目。豪邁不羈的西域人爽朗大笑著做生意，崑崙奴體壯如牛，正向商鋪搬運著物品；道旁飄香的不單是中原的綠蟻新焙酒，更有舶來的葡萄瓜果，四處鼓樂聲不斷，高山流水知音曲，慷慨激昂胡笳拍，好不熱鬧。

這樣的熱鬧一點也無法浸入樊寧的心裡，她愣愣地站在路邊，與喧沸繁華的長安城格格不入。

她怎會這麼不小心，在薛訥的房裡留下證據。正因為怕牽連他，她焚毀了自己的衣衫，每日穿他的衣服出門，並仔細漿洗，暴曬除味，每天出門前也會小心翼翼地將房間檢查一遍，戴上樸頭把頭髮都包得緊緊實實，一根頭髮都沒留下。而且為了薛訥出入刑部方便，她還特意準備了吸附氣味能力極強的香袋茶包，走路也與他保持一定的距離，已是這樣嚴密謹慎，怎還會被人發現呢？

樊寧正百思不得其解，身側忽有人拍了拍她的肩，她回身一望，來人竟然是高敏。

樊寧想起自己的身分，粗著嗓音禮道：「高主事，你怎的還沒回家？」

「我回去也是一個人，冷鍋冷灶的，想著來這邊吃碗湯餅，寧兄一起吧，我請你。」

「不必了……」樊寧剛擺手，肚子便不爭氣地叫了兩聲。

高敏一把拽住樊寧的手腕，拉著她就走：「嗨，餓了就吃，客套什麼？高某雖出身低微，也不至於連碗湯餅也請不起。」

高敏拽著樊寧走出三五丈，坐在了街邊的面攤前，高聲喊道：「掌櫃的，來兩碗湯餅，多放點臊子。」

看樣子高敏與這掌櫃十分相熟，樊寧不好推辭，拱手道：「那便多謝高主事了。」

「薛御史呢？回家去了嗎？」高敏從竹筒裡磕出兩雙筷子，提起茶壺，轉身用熱水麻利地燙了，遞了一雙給樊寧。

「啊，是……」樊寧心裡亂，思緒根本不似平時那般敏捷，「他……他娘喊他回家吃飯了。」

高敏似是沒覺得有什麼不妥，面露豔羨之色：「薛御史真是好命，生在這樣的家中，顯赫倒在其次，有父母庇蔭愛護，才是最幸福的。」

「令尊、令堂不在京中嗎？」樊寧問完話，才想起他說家中冷鍋冷灶，不覺有些懊悔。

果然，高敏嘆得很苦澀：「我父母過世多年了，我是自己把自己拉扯大的，若非考上了明法科，恐怕早已餓死了。」

樊寧自知失言，少不得收了幾分神，寬慰道：「寧某與高主事差不多，家中唯有一個祖父。不過我這些年自在慣了，若真有人日日拴著我，我還真受不了。」

說話間，掌櫃捧著兩碗湯餅上前，莫看這攤子如此之小，緊挨著東麟閣、長安酒肆這樣的大館子，絲毫不起眼，但味道倒是一絕。

樊寧喝了口熱湯，果真覺得有些餓了，吹著吃了起來，卻是食不知味。

「太子殿下應當很心急吧，那樊寧一直沒有落網。」高敏放下了碗盞，問樊寧道，「聽聞天皇、天后催得很緊，畢竟也是震驚天下的大案，不過我估摸那樊寧已經逃出長安城了，想抓住只怕難哪。這幾日我們刑部已經亂作一鍋粥了，還不知多少人會受牽連，今朝有酒今朝醉吧……」

樊寧無辜，卻也同情刑部這些受到牽連之人，更擔心薛訥。道旁有翩躚的胡姬經過，看到高敏與易容的樊寧嬌嬈地回身招呼，高敏用嫻熟的西域話與之交談，惹得那胡姬笑得花枝亂顫。

「高主事真是個風流少年啊！」樊寧像是揶揄，亦像是誠心實意地讚嘆，她起身打算告辭。

高敏亦站起身來，笑得無奈：「高某哪裡算得上什麼風流少年，放衙休沐時，也是日日悶在家裡想案情，我只是會說幾句西域話罷了。」

高敏付了銀錢，與樊寧一道走在坊市上。再過大半個時辰就到宵禁了，高敏駐步對樊寧道：「寧兄，高某回家去了，你也早日回府吧。」

樊寧拱手與之回禮，還沒開口，高敏忽然抬手拍了拍她的肩，又道：「你不必太擔心，以高某之神斷，一定會早讓那紅衣夜叉落網的……你說她個年輕姑娘家，生得那麼漂亮，哪怕去樂坊唱個曲，為何偏生要做這般十惡不赦之事呢。」

樊寧沉在自己的思緒裡，忽然聽高敏說要她去樂坊賣唱，差點憋不住笑，又與高敏寒暄兩句後，起身告辭。

不知薛訥府上情況到底如何了，想都不用想，就知道定然是薛楚玉暗害。因為薛訥的關係，樊寧亦自小與薛楚玉相識，知道他是個毒辣有謀斷的人。這些年薛仁貴軍功卓著，有了世襲爵位，此人就更將嫡出長兄薛訥視為眼中釘、肉中刺，欲除之而後快。現在薛府出了這樣的事，一定是薛楚玉藉著大義滅親的旗號，打算陷害薛訥的同時，保住自身與薛府，從而剷除自己襲爵道路上的阻礙。

樊寧渾渾噩噩地沿著長街行走，未幾就到了東市大門口。她還記得小時候第一次進長安城時，她不過四、五歲，坐在李淳風的牛車後，紮著兩個圓圓的總角，連鞋都懶得屐，兩條藕段似的小腿晃啊晃的，彼時的她極其羨慕這裡的繁華，四處貪看不夠。也是在那日，她認識了薛訥，一個比她大了幾歲、個頭卻不高的小子，秀氣又斯文，五官極其好看，她甚至一度以為他是個女孩，追在他身後叫了好幾日的「阿姊」。

其後便是多年的相伴，他聰明，卻又有幾分呆氣，陷入思考時，哪怕刀斧加身都不知躲避。小時候總有附近山民家的小孩欺負薛訥，樊寧就拿著石頭追著他們打。如今，反而是他為了保護她被無良胞弟陷害，她又怎能坐視不理。

只要她換了衣裳，如夜盜般穿梭在東市的商鋪間，賣個破綻給四處搜捕的武侯，就會很快入獄落網，提審時只要她說自己這幾日藏在仙掌或鳳翔，便可將薛訥包庇的嫌疑洗清了。

樊寧轉身進了黑暗處的背街小巷，深吸一口氣，似是下定了決心。

平陽郡公府裡，刑部官吏已有些不耐煩，打算將李媛嬡請到一旁，強行帶走薛訥。

愣怔半晌的薛訥終於抬起眼來，澄明乾淨的目光比平素多了幾分疏冷，像秋夜的風，未必凜冽，卻很刺骨。

薛訥上前兩步，問那刑部員外郎道：「敢問彥大人，證物何在？」

「阿兄真是不見棺材不掉淚，難道法曹還會冤……」

「閉嘴！」薛楚玉話未說完，便被一直沉默不語的柳夫人打斷。柳夫人亦上前來，對那刑部員外郎道，「犬子慎言得蒙殿下眷顧，擢為監察御史，負責此案，乃是祖上榮光，萬不會有包庇凶嫌之念。但這孩子不善言辭，即便被冤枉，也不大會為自己辯駁，如今他既然提出質疑，何不給他個辯白機會？我夫遠在遼東，不敢說為國鞠躬盡瘁，亦算是盡職盡責，今日若由各位將我兒帶出府去，即便他日證明乃是誣陷，坊間百姓亦會有頗多傳言，恐令天皇、天后煩心……」

薛仁貴平定高麗，於國有大功，柳夫人亦獲封「誥命」，彥軍自是不敢怠慢，趕忙禮道：「夫人說的是，既然如此，薛御史，你有何冤屈，請辯上一辯吧。」

薛訥插手一禮，對武侯道：「勞煩將證物與刑部獵犬帶上來。」

轉瞬間，武侯用皮革鎖鏈拉拽著一隻凶神惡煞的獵犬上前，手中還端著樊寧的紅衣。

薛訥正正站定，對那刑部員外郎道：「既然說薛某窩藏逃犯，薛某身上定然有樊寧的氣味，煩請獵犬分辨，還薛某清白吧。」

刑部的鷹犬除了辨別氣息外，還肩負著緝拿凶嫌的重任，牙尖嘴利，彷彿能直接跳起咬住凶嫌的喉管。李媛嬡與柳夫人面龐上都浮起了憂心之色，眼睜睜看那武侯將樊寧的紅衣衫放在獵犬鼻下，讓牠嗅了幾嗅後，撒開了鎖鏈。

獵犬如虎兕出柙，猛地撲向薛訥，繞著他轉了兩轉後，頭也不回地離去，繞過了眾人，躍起撲向了燈火闌珊處。

眾人皆驚，定睛望去，只見管家劉玉被獵犬追得四處逃竄，不得已躥上了假山。那獵犬奮力一躍，「嘶啦」一聲咬到了他的臀部，他吃痛地慘叫一聲，半個屁股暴露在眾目睽睽之下，驚得柳夫人與李媛嬡皆後退幾步，趕忙掩面。

「聽說我房中有樊寧的東西，薛某感覺蹊蹺，思來想去應當是有人陷害。如今獵犬已識別出了真正的嫌犯，便請彥大人帶回去審問一番吧。」從踏入府中的第一步，薛訥就明白，這局是薛楚玉與劉玉一道設下的，必然是薛楚玉指使劉玉去偷了樊寧的衣衫，趁他不在放進了房中，而後賊喊捉賊，劉玉身上定然還留存著窩藏衣物時留下的氣息。他方才不言不語，除了做出這簡單的推斷外，更是在等著他襟袖、衣帶中的茶包香囊發揮作用，吸去方才他與樊寧相處時可能會沾染上的氣味。

薛訥將目光從正在四處亂蹦的劉玉與爬山捉拿他的武侯身上移開，望向了薛楚玉。薛楚玉果然臉色鐵青，不知何時已攥起了拳，感受到薛訥投來的目光，薛楚玉回過頭，目光一震，但他很快調整好了情緒，驕矜又不忿地迎上去，絲毫沒有避忌。

隱忍了十餘年，不捨兄弟情，卻還是被步步逼迫至今日，薛訥冷冷地望著薛楚玉，暗想：『既然主意已打到了樊寧頭上，便莫怪他這做兄長的翻臉不認人了。』

第十章　不可休思

真相既已大白，刑部官員便以誣陷朝廷命官的罪名將劉玉逮捕。刑部員外郎彥軍向柳夫人與薛訥致歉後，率眾離開了薛府。天色已晚，薛訥親自送李媛嫒回府後，著急趕往街市上去找樊寧，可當他趕到分別的路口時，卻未見到樊寧的身影。

眼見快到宵禁之時，街上的行人越來越少，薛訥只覺牽腸掛肚，心裡亂糟糟的，生怕樊寧出什麼意外。但他越是掛心，就越難推斷出樊寧人在何處，站在馬路之中的薛訥，不知當往何處去。

難道被巡邏的武侯認出了？以樊寧的身手，從前未有變裝尚且不會被發現，如今有畫皮仙的助力，又怎可能暴露呢？難道被熟人叫走了？可樊寧此時是易容的狀態，加之通緝令在身，即便遇到熟人也會裝作不認識才對。薛訥思來想去，只剩一種可能性漸漸浮現腦海——難道樊寧為了幫他解脫嫌疑，自己去武侯鋪自首了？

正當此時，有人從後重重拍了拍他的肩，薛訥猛地一下清醒過來，怔怔地轉過身，只見來人是李弘的貼身侍衛張順。

張順後撤一步，笑著插手禮道：「殿下說薛御史定能逢凶化吉，看來果然如殿下所料，薛御史已然處理得當了。」

「怎的還驚動了殿下？」真是好事不出門，壞事行千里。薛訥未料此事這麼快就傳到了李弘耳中，還特意派張順來慰問，感激之餘又有愧疚：「只是家中醜事，令殿下掛心了。」

「既然薛御史無事，便跟我去一趟東市吧。」張順說著，便推著薛訥快步走去。

薛訥惦記著樊寧，轉頭對張順道：「張兄等下，那個，去東市是為何？可是殿下相召？若無什麼要緊的，薛某可否明日一早再去？」

張順繼續推著薛訥往前走，一步也不停：「殿下說了，他找薛郎的事，想必便是薛郎心急的事，還說讓你只管跟我去就是了。」

「找我的事，便是我所心急的事？」薛訥默念這一句話，心下微有所動。李弘雖有時看似浪蕩不羈，實則是這天下最可靠的人，既然這麼說，便不會有差池，薛訥不再猶疑，跟著張順大步向東市趕去。

方才樊寧下定決心自首，以換取薛訥的平安，躍上了東市幾家酒肆的房頂，打算伺機生事。誰知李弘正在東麟閣三樓吃酒，眼尖看到了屋頂上的人，便立即讓張順去將她帶了下來。

樊寧差點與張順交手，看到他的東宮魚符後，恍然明白了什麼，警覺地跟著他進了東麟閣三樓的包廂，只見早上方見過的那花裡花哨的浪蕩子正坐在房中。滿桌佳餚，酒香四溢，即便剛吃過湯餅，樊寧還是忍不住吞了吞口水，裝傻問道：「你是誰？為何要叫住我？」

「妳說我是誰，我便是誰。」李弘淺淺一笑，拿起一旁的茶壺給她倒了一盞茶水，濃濃的奶香味和著蔥薑末的香氣，與茶香混合著，直衝味蕾，這正是時下最流行的喝法。

樊寧惦記著薛訥，又不好駁李弘的顏面，舉盞一飲而盡，插手急道：「求閣下救救我家主官……」

「慎言嗎？他怎麼了？」

「方才李媛嬡來找薛御史，說法曹在薛府發現了包庇欽犯的鐵證……」

樊寧既愧疚又焦急，已快壓不住情緒，然而李弘的第一反應卻是李媛嬡在與樊寧爭風吃醋，但他很快否認了這個想法，以手撐額仔細忖了忖，輕笑回道：「不要緊的，妳是關心則亂罷了，慎言怎會因為這點小事便被人陷害，不出半個時辰，他一定可以轉危為安，且等著看就是了。」

樊寧不明白為何李弘這般篤定薛訥會沒事，僵著身子保持著插手的姿態，半晌沒動。

「坐吧。」李弘起身去門外吩咐了張順，讓他去薛府看看，而後用骨扇指指長桌那一頭的空座，對樊寧道，「還沒用飯吧？想吃什麼，只管點來。」

有了李弘這般篤定的態度，樊寧心下安定了幾分，上前屈身坐下，這才反應過來，她這大唐第一通緝犯竟是在與當朝太子對話。她偷眼看看李弘，估摸他仍是微服私巡，拿的還是早上在平康坊裡浪蕩公子的話本，樊寧暗想這般敲竹槓的機會人生能有幾回，立即點了幾個好菜，打算邊吃邊等薛訥。

李弘暗暗打量著樊寧，見她骨骼清秀，身量修長，眸光清亮如水。若說紅蓮是清水芙蕖、傲雪寒梅，自有一段浩渺仙氣，那樊寧就像三月天裡盛放的洛陽牡丹，透著一股蠱惑人心的魔力。這樣的氣韻似曾相識，他卻一時想不清在何處見過。待掌櫃親自上罷菜，李弘笑問道：「寧兄與慎言認識多久了？」

聽李弘如是問，樊寧忽而驚醒兩分，手中筷箸一頓，心想這不會是傳說中的斷頭飯吧？堂堂當朝太子，竟打探起他們的私隱來，絕非好兆頭。

樊寧打哈哈道：「估摸比李兄早一點。」

「是嗎？我與薛兄可是八、九年前便認識了啊，彼時我們還是黃毛小兒呢。」李弘故意逗樊寧道。

「我和我家主官認識的時候，他還穿開襠褲呢。」不知為何，看著面前的李弘，樊寧便也不怕自己的身分被拆穿了，反而安心地與其鬥嘴。

「那妳今年……」李弘話未問出口，便見薛訥與張順推門走了進來。

看到坐在桌案前正吃得香的樊寧，薛訥長舒一口氣，如釋重負般地沖李弘插手道：「多謝李兄……」

李弘不好再問，站起身，上下打量一番薛訥：「我就知道，那不長眼的薛楚玉絕對傷你不到，時辰不早，『物』歸原主，快些回去吧。」

樊寧早已來到了薛訥面前，看到他毫髮無損，小臉兒上樂開了花，隔著面皮都能感受到她的歡快：「沒事了？」

「已經沒事了，我們回去吧。」薛訥又對著李弘一禮，在李弘意味深長的笑容裡帶著樊寧離開了東麟閣。

清風吹破窗櫺，李弘轉身看著窗外的朗月，心情萬般複雜。除了這弘文館別院大案以外，宮中更是有一宗十六年前的密案，好似與李淳風有瓜葛，更與他收養的孩子有所關聯，只是不知究竟事關樊寧還是紅蓮，抑或與她兩個皆不相干。

李弘想起父皇李治因此大悲大怒，甚至犯了頭風病，便覺得心急如焚，若是樊寧還好，若真牽扯到紅蓮，豈非罪過嗎？李弘如是想著，俊俏的面龐映著東麟閣外高懸的燈籠，忽明忽暗，他的心境亦是這般陰晴不定，滿是說不出的煩躁。

已到宵禁時間，每走三兩步，便會有武侯前來盤問，薛訥拿著東宮的印信，向武侯一次次解釋後方被放行。而後薛訥從大門進了薛府，樊寧依舊翻牆而入，不必說，經過今日這麼一鬧，薛府反而暫時成了最安全的所在。即便如此，樊寧還是將平時就萬般輕緩的動作再放輕了許多，坐在榻邊慢慢揭著臉上的易容。

薛訥見她痛得渾身打戰，忙打來一盆溫水，讓她用淨布敷面後，親自上手細心地幫她揭去貼皮。今日貼的時間太久，樊寧的小臉兒上一片紅、一片白的，已出現了潰爛，看得薛訥異常心疼：「姑娘家誰不愛惜自己的臉啊，妳也太不小心了，不知多久能恢復。」

「算了，我又不是什麼金枝玉葉。」樊寧垂著長睫，小手抓著衣擺，忍著不讓自己叫出聲，「眼下保命的時候，哪裡還顧得上這些，反正我又不好看，犧牲了面皮保住性命，很值得啊。」

「誰說妳不好看？」薛訥專注地收拾樊寧的小臉兒，不善言辭的薄唇不慎吐露了心事，「在我看來妳是全天下最好看的姑娘，比旁人好看多了……」

「哈？」樊寧顧不得痛，「噗哧」笑出了聲，一把拉住薛訥的手，玩賴似的逗他道，「你覺得我全天下最好看？也是了，你長這麼大，除了我這所謂的『紅衣夜叉』，也就認識李媛嫚那個真夜叉吧，我比她還是好看不少的。」

薛訥果然被揶揄得說不出話來，樊寧兀自偷笑，三兩下將剩下的易容全部揭掉，疼得她齜牙咧嘴的，小拳攥得凸白。

薛訥看著她花貓似的小臉兒，說不出的心疼，想起今早李弘的提醒，薛訥鼓起勇氣，想藉著方才的話頭表明心跡，磕巴道：「其、其實……」

「郎君，夫人有事找你！」

門外忽傳來婢女的輕呼聲，薛訥趕忙應聲，示意樊寧躲好，起身出了園子，向母親的佛堂走去。

柳夫人正在抄經，頭也不抬地示意薛訥落座。薛訥知道母親的習慣，從香匣裡取出一塊檀香放在金獸小爐裡，須臾就有幽微的香氣從爐中滲出。

柳夫人抄罷經文，放下雞距筆，抬眼望著薛訥，聲色不顯地問道：「樊寧人在何處？」

薛訥一怔，回起話來忍不住有些磕磕巴巴的：「方、方才母親也看見了，劉玉做的是偽證……」

「我知道劉玉做的是偽證，我也知道，是楚玉鬼迷心竅，陷害兄長。但我是你娘，怎會不知你的性子？旁人或許會趨利避害，但你不會；旁人或許會躲著那樊寧，而你只會一頭扎進去出不來……旁的時候也罷了，如今是什麼樣的關口了？你這般做可是會害死你爹，害死我們全家的，你懂不懂？」

薛訥半晌不應，蹙著長眉不知在思量什麼。柳夫人自覺話有些說得重了，這孩子雖不愛說話，但從小到大還是十分聽話貼心的，她強壓著性子，又道：「娘不會逼迫你去刑部檢舉，但你萬不可私下與她相見……你爹眼下雖然風光，但擁兵自重又遠在遼東，朝廷裡多少人眼熱生氣，一個鬧不好，我們全家或是身首異處，或是流放充軍，其中利害，你到底明不明白？」

今日查看了終南山裡那些僧人的屍體後，薛訥隱隱覺得這個案子並非偷盜《推背圖》那般簡單，或許還牽絆著長安的太平甚至大唐的國祚。但這些話，薛訥不會輕易宣之於口，只道：「母親與樊寧認識十年了，當真認為她會做那十惡不赦的事嗎？」

柳夫人只覺薛訥的問題滿是呆氣，凝眉嗔道：「為娘覺得她並非十惡不赦，武侯便能不再緝拿她嗎？為娘說你並非包庇，難道刑部大理寺就能不治你的罪嗎？」

薛訥垂眼看著柳夫人桌案上的佛經，嘴角泛起了苦笑。方才在法曹面前，母親維護他，為他說話，他心裡溫暖又感動，如今看來她多半是為了薛家不受牽連，又有多少是出於對他這個兒子的疼惜呢？

時移世易，母親早已不是當年那個抱著他、給他講忠義信達的民婦了，她有了太多需要維護的人和事，與他背道而馳，有諸多分歧亦是難免。

薛訥不想強辯，更不擅撒謊，只道：「我不會將薛府牽扯進來的……」

「你這孩子，你如何保證啊？你身為此案的監察御史，知法犯法，罪加一等，你知道嗎？」

「只要楚玉不去鬧事，我保證會盡快查明凶嫌，洗清樊寧的冤屈，非但不會波及薛府，還能令父親臉上頗有榮光。」薛訥徐徐說著，語調平和謙然，卻有著令人信服的力量，「慎言不求賢達，可以將世襲爵位讓給楚玉……這樣，他便不會日日惹禍上身，危及薛府。但求母親給我兩月餘時間，我一定……不會令天下人失望。」

樊寧洗漱罷，左等右等，薛訥仍未回來，便隱隱有些犯困。但她只要合上眼，就會想起那些慘死的僧人，登時驚醒，翻來覆去地睡不著。

好像小時候也是這樣，白日裡跟薛訥去道觀外探險，總是她膽大走在前面，入夜回來後，她卻莫名怕了起來，總要等薛訥一起，方能睡得安穩。真不知他是如何化解了薛楚玉的誣告，讓她還能安心地待在這裡。

樊寧隱隱發覺薛訥跟小時候不大一樣了，似是比從前更可靠、更聰慧了，這讓她感覺有些陌生。

正胡思亂想著，薛訥回來了，手裡還握著個小小的白瓷瓶。看到樊寧正躺著，他上前將瓷瓶放在了她的枕邊：「蘆薈水，我去藥房拿的，妳把臉擦一擦吧。」

樊寧撐起身子，打開藥瓶，蘆薈的清香撲面而來。她小貓似的嗅了嗅，倒在手心裡，輕輕拍在臉上，只覺得清清涼涼十分舒適，臉上的紅腫脹痛皆好了許多。

「妳餓了吧？方才沒吃兩口，就被我帶回家了，我剛去庖廚看了，沒什麼吃的了，只剩下這些點心小餅……」

「你吃吧，我去東麟閣之前，跟高主事在東市吃了餺子湯餅。」樊寧只顧著擦傷，未留神薛訥的臉瞬間變了好幾個顏色，「否則我方才哪有氣力跟太子周旋那麼半晌。」

少年的心事不知悶在心裡多少年，從萌芽長成了擎天巨木，頂在心口處，如塊壘般難受。多少個午夜夢回，他都想將這一腔深情宣之於口，不論她心裡有他與否，至少讓她明白他的心意。但現在，薛訥卻否決了這個念想，樊寧已經無家可歸了，若是她心裡沒有他，如何還能在薛府待下去？自己的心意與她的安危相比，又算得了什麼呢？

「明日我要去一趟法門寺，好不容易有了僧眾的線索，萬萬不能斷了。那日妳曾與他們打過照面，還能想起什麼，統統告訴我吧。」

樊寧放下小瓶子，正色道：「我正要與你說呢，那日我去的時候，正好趕上他們出來，那群僧眾穿的都是玄色的僧袍。雖說法門寺是我大唐國寺，但玄色高貴，佛教又主張節儉苦行，故而他們每個人的衣袍上都有不同程度的撕毀。」

「妳能記得，他們衣衫上大致的撕毀方位嗎？」這是一個非常重要的突破口，薛訥既緊張又興奮，一把捏住了樊寧的肩。

「依稀記得，每個人的位置都不大相同，明天我跟你一起去法門寺吧。」

經歷過宵禁前的風波，能再同樊寧一起外出，薛訥的心情驀地好了起來，卻還是有些遲疑：「明日不急，等東市開門，我先去給妳買些脂粉敷在臉上，再貼易容便會好很多……」

樊寧嘻嘻笑著，打趣道：「沒想到我們慎言還懂這個？對了，方才你是怎麼化解薛楚玉的陷害的，我一直擔心呢，怕你破不了他的局……」

「他的陷害很低級，左不過是拿了偽證，想說明我與妳有瓜葛。我猜到是劉玉使了銀錢去觀星觀拿了妳的衣物，料想他身上肯定會沾染妳的氣息。等我身上的茶包果皮將妳的氣味吸得差不多，我就佯裝是終於想明白了，立刻請法曹放狗……」

樊寧知道薛訥嗅覺超凡，尤其是在斷案時，簡直比狗還靈，好奇問道：「我身上是什麼味道啊？在道觀時我總幫師父添燈，是不是有油煙的味道？」

樊寧身上的氣息很輕，甜甜的，像是化在唇邊的飴糖，從小到大只要靠近她，薛訥就會覺得莫名地心安，唇角勾起淺笑，在任何困境中都會覺得饜足。但他絕不會將這些話告訴樊寧，只道：「橫、橫豎不臭就是了……」

樊寧「嘁」了一聲，不再理會薛訥，倒頭就睡，很快沉入了夢鄉。薛訥則坐在案前，埋頭細細梳理著線索。

弘文館別院縱火案的真凶必定在那日出入別院的人群之中，先前他懷疑的沈七與張三等人漸漸排除了嫌疑，正一籌莫展之際，這群僧眾出現在了視野範圍內。謎一樣的死亡時間，悲慘的死狀，越是隱瞞，就越是令薛訥想要探究真相。他幾乎可以斷定，此案絕非搶奪《推背圖》那麼簡單，那麼它背後又藏著什麼樣的祕密呢？

第十一章　法門問案

大唐國寺法門寺位於長安城西二百餘里的岐州境內，是日一早，薛訥與樊寧就動身出了城，匆匆趕去。每行三十里，兩人便要在驛站停駐片刻，飲茶補水，最重要的則是讓馬匹得到休息。

每個驛站都有武侯拿著樊寧的畫像，嚴格盤查往來的人員，樊寧仗著畫皮仙的功夫，插著腰行走在武侯之間，指點江山般比比畫畫，毫不避諱。

薛訥飲了馬，灌滿水袋從驛站走出來，看到這一幕，只覺無奈又好笑，招呼道：「寧兄，該出發了。」

樊寧遠遠一應聲，小跑過來，牽過馬轡頭，抬手捶捶後背：「這麼下去，怕入夜才能趕到法門寺，不知那些禿子讓不讓我們投宿……」

薛訥轉念一想，帶著樊寧住在廟裡確實不大方便，打算提議今夜宿在下一個驛站，話還沒出口，忽然聽得身後有人喚道：「薛御史、寧兄？」

薛訥還沒轉過身，就聽樊寧輕呼道：「高主事？你怎的也在這兒？幫著武侯緝拿凶嫌嗎？」

高敏的出現令薛訥有些意外，轉念想想，法門寺出了這樣大的事，刑部必然會派官員前往調查，不足為奇。但薛訥仍佯作不知，上前一步，生生把樊寧和高敏隔開，插手禮道：「高主事往何處去？」

「往法門寺去啊，」高敏笑嘻嘻與樊寧打招呼，復對薛訥回禮，「李司刑極其重視昨日拿回去的物證，特命高某前往探查……法門寺供有佛舍利，天皇、天后曾在此處迎佛骨，頂禮膜拜，現下出了這麼嚴重的大案，那紅衣夜叉樊寧卻還沒有落網，怎能令人不心焦呢？」

高敏說的是實情，但薛訥和樊寧同時望向遠處，未見到他有同伴，再同時望向高敏，將他從上看到下，似是不明白為何這般重視卻只派出他一人。

高敏撓撓頭，俊朗的笑容裡滿是尷尬：「這幾日又出了別的大案，抽調了許多人馬，所以這個案子就交給了高某，兩位也是去法門寺的嗎？」

「是了，高主事，我們一道走吧？」不等薛訥回話，樊寧便招呼高敏道。

「好啊！」高敏欣然應約，牽過馬匹，翻身而上，笑嘻嘻地示意樊寧和薛訥出發。

薛訥心急又無奈，也顧不得那麼多，一把抓住樊寧的手，低聲問道：「為、為何邀他一道？」

「你傻呀！」樊寧暗暗擰了薛訥一把，招他至近前耳語道，「他去，我們也去，若是不一道，豈不更可疑嗎？」說罷，樊寧瀟灑地翻身上了馬，沿著官道向鳳翔方向駛去。

薛訥說不出自己為何這般提防高敏，總覺得此人給他的感覺並沒有那般簡單，也忙翻身上了馬，緊趕慢趕追上了樊寧的馬。

待到鳳翔時，天色已晚，三人趕在宵禁之前投宿在驛站。此地是長安來往西域的必經要道，各國商旅極多，兩層木質小店裡裡外外熱鬧非凡。

樊寧將馬牽入棚中交給雜役餵食，又吹著口哨逗弄了飲水的駱駝，進店時見薛訥與高敏正站在高腳櫃檯前，似是與掌櫃商量著什麼，兩人面色一黑一白，涇渭分明，煞是有趣。

樊寧上前兩步，問道：「怎麼了？」

「只剩兩間房了。」高敏似是對這種情況見怪不怪，拍著樊寧的肩道，「寧兄，我們兩個住一起吧？薛御史公務繁忙，單獨一間正好啊。」

樊寧還沒來得及回絕，薛訥便一把將她拉至自己身後，明明心裡萬般不快，他的神色卻仍是那般雲淡風輕，與平時別無二致，笑著撓頭道：「寧兄打鼾的聲音極響，先前有人跟他一個房間，睡了一夜，早上起來就聾了。高主事斷不可冒此風險，若是壞了身子，耽擱查案，可怎麼好……」

「趕巧了。」高敏非但不介意，反而一臉他鄉遇故知般的興奮，「我就愛聽人打鼾，沒有鼾聲我都睡不著，如此甚好，那就……」

「不可！」薛訥硬生生擋在兩人之間，憑藉身高優勢將樊寧與高敏生生隔開，卻又說不出個所以然來。

樊寧從後給了薛訥一掌，將他撥到一旁，蹙著眉，神色極為複雜，煞有介事道：「主官，你就莫惦記著給我留顏面了……高主事，實不相瞞，我有熱邪，偶時夜間會驚起，四處遊逛而不自知，有一次差點打傷了我的祖父。故而寧某從不與人同宿，須得委屈我家主官與高主事了。」

「啊，原來如此，好說、好說。」高敏倒似是個爽快性子，朗笑兩聲，對薛訥道，「長安城裡多少姑娘盯著薛家的門楣，盯著咱們俊俏的薛大公子，高某今日與薛大公子同宿，真是三生有幸了。」

樊寧知道薛訥最怕人開這樣的玩笑，忍著笑偷眼看他，果然見他臉上一陣紅、一陣白地不自在。樊寧不會知道，薛訥本是想與她一個房間的，現在陰差陽錯，倒成了與高敏一個房間了，心裡的煩悶不快又能與誰說去啊？

三人沿著木質旋梯上了樓去，樊寧的房間靠裡，薛訥與高敏的房間則在樓梯口處。薛訥打開房門，只見那床榻極窄，容下一人尚且為難，更莫提睡兩個大男人了。樊寧差點沒笑出聲，道一聲「珍重」，便大搖大擺回自己房間去了。

高敏推著薛訥進了房間，坐在榻邊打了個哈欠：「這裡的條件自然不能與薛府相比了，薛御史受罪了，高某一會兒找夥計再要兩床被褥，打個地鋪就得了。」

高敏這麼說，反倒令薛訥有些不好意思：「還是薛某睡地下吧。」

「薛御史就不必客氣了。」高敏說著，探身出了房間，吩咐那小二幾句，又不忘說幾句胡語，逗得對側那西域來的姑娘嬌笑不止。不過多時，夥計便送了兩床被褥來，高敏選了木桌案旁的空位，麻利地打了地鋪，歪身其上，伸了個長長的懶腰，笑得疏朗又饜足：「一會兒若是能吃上一碗熱臊子湯餅，今日便算過得不錯。」

「高主事是岐州人嗎？對臊子這般情有獨鍾。」

「我是洛陽人，只是從未在洛陽生活過。」高敏的笑容裡閃過一絲不易察覺的清苦，他撐起身子，神神祕祕地問薛訥道，「對了，薛御史，『那個案子』，你可有什麼線索嗎？」

薛訥正在鋪床，回過身來，滿臉困惑道：「線索不是與高主事一樣，要去法門寺看看的嗎？」

「不是、不是，高某說的是『那個案子』啊。」

高敏擠眉弄眼地看著薛訥，拋媚眼似的，惹得薛訥一陣惡寒：「到底是何案子，請高主事明示吧。」

高敏愣愣怔怔的，有些難以置信：「太子殿下待薛御史如此親厚，竟沒有將『那個案子』說與薛御史聽嗎？那高某也不敢多言了，失禮失禮。」

高敏越這麼說，薛訥心底就越是疑惑，但他性子素來不動如山，沒有追問，只道：「高主事要吃湯餅嗎？薛某這就讓小二送些來。」

用過晚飯後，已至亥時初刻，高敏歪在地鋪上看著不知哪來的話本，未幾便睡著了。

薛訥起身滅了油燈，歪在榻上卻怎麼也難以入眠。不知怎的，前些日子毫無頭緒之時，他沒那麼擔心，現下理出頭緒了，反而愁得難以入眠。

這案子的精密、殘忍與涉及面之廣，已超出了薛訥預期，而這一切竟是沖著樊寧去的。薛訥想不明白，凡大案必有動機，而樊寧只是李淳風的小徒弟，又有何人會大費周章地去陷害她呢？

翌日清早，天方擦亮，三人便繼續動身往法門寺趕去，過了正午時分方至。

法門寺乃大唐國寺，朱牆白瓦的廟宇上籠罩著青煙香火，還未至近前，三人便被佛寺悠遠、靜謐、安然的氣韻折服，自覺放慢了腳步。

牌匾處把門的除了小沙彌外，還有一眾戎裝執戈的侍衛，薛訥亮出自己的魚符，高敏則交上刑部的公驗[3]，侍衛們搜身後，方將三人放進了廟中。

搜身這種事男人便罷了，樊寧個姑娘家肯定害怕又難受，卻又不能表露出抵觸來。薛訥擔心著樊寧，見她沒有暴露，既心疼又無奈，上前輕拍她的肩算作安慰。樊寧薄唇蒼白，卻還是回頭一笑，示意薛訥自己沒事。

過了牌匾再往前行數十丈，便到了山門處，有個約莫二十餘歲的比丘候在門口，雙手合十禮道：「薛御史、高主事，住持師父有請。」

薛訥等三人忙回禮，跟著那比丘穿過大雄寶殿與放生池等，來到了東側配殿的茶房。

法門寺的住持正等在茶房中，一邊煮水一邊誦經，他約莫耳順之年，生得慈眉善目，髮

3 公驗：官府開具的證件。

鬚盡白，一看便知有極高的修為。只見他慢慢開口道：「有勞三位施主遠道而來，聽聞我寺弟子在藍田出事，方丈與貧僧皆感震驚，眾生皆苦，冤親債主，有勞三位施主，早日還我寺弟子一個公道……」

「薛某今日前來，正是為了此事，有些細枝末節，需要大師幫我們回憶一番，或許能成為偵破此案的關鍵證據。」

薛訥輕一點頭，向樊寧示意，樊寧便打開隨身的布包，拿出紙筆，準備開始記錄。

高敏立在一旁，饒有興味地看著薛訥查案，只聽他直奔主題，問道：「敢問大師，是何機緣派了那幾位師父去別院取《法華經》呢？」

「日常修為撰經，未敢停歇，故而每年都會對這《法華經》進行增補，一年兩次，上半年為佛誕日，下半年便是重陽節前後，如此傳統已維持了近二十年了。」

薛訥暗忖，這案子的凶手只怕是瞭解法門寺這傳統，可似自己母親那樣虔誠的信徒，都不知道此事，只怕唯有皇族或極其顯赫之人，才會這般瞭解。薛訥略定了定神，又問道：「每年的日期，也是確定的嗎？」

「並不確定，關中每到九月初便會下秋雨，不利於經書的存放，故而每年的日期都會有所變動。」

「對於近兩月前來此處禮佛之人，大師可有記檔嗎？」

「每到朔日與望日，來往敬香之人極多，無法一一記載，還請薛御史海涵。」

薛訥還想問正三品上的官員或親王、郡王、國公可有往來，但礙於高敏在此，薛訥不便問出口，轉言道：「那幾位師父出門時的著裝，大師可還記得嗎？」

「皆是玄色的僧袍，智字輩三人，皆撕毀在雙臂處；妙字輩三人，皆撕毀在大股處。是我法門寺內部傳承，不會有所偏頗。」

薛訥定睛看看，住持的衣領處果然也有一片撕毀，便很自然地轉了話題：「敢問多日未見這些師父回來，寺裡可有報官或者派人去尋？」

「未曾，我寺僧侶往別院取送經書，短則十餘日，長則一個月，畢竟徒步而行，可能會遇上大雨大風，有所耽擱在所難免。昨日岐州衙門派人來告知，貧僧方才知曉。雖說生未嘗可喜，死亦未嘗可悲，但佛門講究因果，世間亦有公道二字，還請薛御史早日查明真相，還我法門寺一個公道。」

「大師請放心，薛某定當盡心竭力，早日偵破此案。」

薛訥又問了住持些許細節，隨後帶著樊寧請辭。住持一直送了三人到放生池處方止，薛訥、樊寧與高敏復向住持躬身行禮。

待住持離開，高敏問薛訥道：「那些僧人屍體已燒得殘缺不全，根本看不出什麼破損與否，薛御史怎會想起問這個？」

「只是想回去與幾位人證對一對，」高敏果然敏銳，聽出了問話的關竅，薛訥輕輕一笑，俊秀之餘帶著兩分呆氣，打哈哈道，「或許能有斬獲。」

高敏滿臉欽佩之色，拊掌道：「薛御史果然博學多識，細緻入微，高某受教了。」

樊寧跟在他二人身後，東瞧瞧、西看看，見有門洞通往後院，院中許多人在忙碌，立刻招呼薛訥道：「哎，你來這邊瞧瞧！」

薛訥沒來得及細究自己是樊寧的主官，轉身跟了過去。原來一群工匠正在後院打造一尊新的佛像，但見這佛像容色極好，衣著裝扮亦與其他佛像不同。

薛訥看著這尊佛像的面容，似乎很面熟，卻又說不上在哪裡見過，正皺眉思索間，同樣好奇的樊寧抬手指著佛像，問道：「這是什麼佛？」

薛訥一把將樊寧的手拉下來，攥在手心裡，低道：「忌諱！不可胡為。」

樊寧一吐小舌，還沒來得及辯解，便聽身後有人喚道：「這位施主……」

三人尋聲望去，只見來人是個已近耄耋之年、白眉長髯的老僧人，看他身上僧袍撕毀的位置，與那住持乃是同輩。高敏上前一步，雙手合十禮道：「可是方丈大師？在下刑部主事高敏，這位是薛御史和他的屬官，我們三人今日乃是為查案而來。」

誰料那人卻完全沒有理會，顫顫巍巍走過高敏和薛訥，來到樊寧身前。聯想到方才樊寧衝撞佛像的舉動，薛訥忙擋在她身前，硬著頭皮賠禮道：「方才我們這位小兄弟行為不慎，並非惡意，還望大師海涵。」

那方丈不理會他，只是呆呆地端詳著樊寧的臉：「老衲年紀大了，老眼昏花，耳朵也不大好使，可看人還是很準的。敢問施主從何處來，可有父母親人？」

聽到方丈突然問這樣的問題，三人都有些懵。樊寧深知自己目前是以「寧淳恭」的身分，身邊又站著高敏這個刑部主事，若是應答不當，極易引起高敏懷疑，頓了一瞬，利索回道：「沒有，我父母很早就不在了，我是被祖父拉扯長大的。」

方丈慈愛一笑，拿起手中的佛珠，輕輕印在樊寧頭上：「施主龍章鳳質，浴火涅槃，需謹慎小心。燕雀之志，於此世而言，未必不如鴻鵠啊。」

見方丈未有責難樊寧，在場之人皆鬆了一口氣。

薛訥躬身對方丈禮道：「方丈大師果然名不虛傳。這是薛某的屬官寧淳恭，雖聰明機敏，卻不敢攀龍附鳳，實在謬讚了。」

那老僧人轉過身，望著薛訥笑道：「這位可是薛將軍長子薛郎？說起你來，老衲雖不在紅塵中，卻也曾聽聞過永樂坊水井案。薛郎少年英才，此案交與你，老衲便可放心了。」

「大師也識得我家主官？」聽這老方丈說話的意思，樊寧不禁有些好奇，「原來我們主官竟如此聲名遠揚啊……」

「那當然，長安城裡但凡能與斷案沾上邊的人，哪有人不知薛大傻……」高敏附和著，又覺不妥，尷尬一笑，趕忙住了口。

那方丈根本不理會高敏，粗糙的手掌拍了拍薛訥的手道：「薛郎雖天資聰穎，可知道你父親給你起名『訥』的深意？過慧易夭，情深不壽，且當多加留心哪。」說完這幾句話，方丈合十而禮，轉身離去了。

薛訥與樊寧面面相覷，不知他的話裡有何深意。

寺廟裡不走回頭路，三人沿著另一側甬道向外走去。大雄寶殿外是一棵李世民親手種植的銀杏，正值深秋，金黃的扇形葉掛滿枝頭，招招搖搖的，晃得人睜不開眼。

再往前幾步便要出山門了，高敏拱手對薛訥道：「薛御史問完了，高某卻還是一頭霧水，得繼續留下查問才是，這便與兩位告辭了。」

薛訥與樊寧回禮，與高敏告別，走出法門寺翻身上馬，向長安城方向駛去。

原本以為今日還會宿在官道旁的驛站，沒想到薛訥卻執意進了鳳翔城，找了一間不錯的客棧投宿。

不知怎的，今日拖兒帶女來此住店的人異常多，不少是長安口音，薛訥多給了近一倍的銀錢才讓掌櫃勻出一間上房來。

方一入住，薛訥就讓小二準備了洗澡的熱水，對樊寧道：「妳打小就討厭陌生人靠近，今日那些人搜身，妳定是很難受吧……把面皮拆了，洗個澡、換換衣裳，早點歇著吧。」

沒想到薛訥面上不說，心思竟如此細膩，樊寧抖抖唇，什麼也說不出口，轉到屏風後沐浴去了。

今日來法門寺，雖然只問了三言兩語，收穫卻是很豐厚的，犯案者知道法門寺多年取經書的傳統，卻不注意他們按輩分撕毀僧袍的習慣，看來此人曾很瞭解法門寺，現下卻已漸行漸遠。

薛訥心中滿是迷霧初解的暢快，微微抬起俊秀的臉兒，卻見那屏風擋不住光，映著樊寧玲瓏婀娜的少女身姿，驚得他霍地轉過身去，足足默背了《三字經》、《弟子規》、《千字文》一遍，才穩住了心神。

這世上能令他心思乍亂的果然只有她一人，難怪方丈大師說什麼「過慧易夭」、「情深不壽」，怕是出家人不方便說「情深易夭」才對吧？

第十二章 並蒂荷花

樊寧沐浴罷，用淨布擦乾如瀑的長髮，露出一張白璧無瑕般的小臉兒來。

這幾日貼著「寧淳恭」的面皮，樊寧幾乎要忘記自己長什麼樣子了，照著銅鏡、晃著小腦袋，只覺滿是可笑的生分。她轉過屏風，欲與薛訥說話，卻見薛訥背身靠案几坐著，不知是睡是醒。

大案接踵而來，想來薛訥應是身心俱疲。樊寧輕輕繞至他身前，本想給他蓋層薄毯，卻見他面色漲紅，薄唇嘟嘟囔囔，不知在念叨些什麼。

樊寧恐他生病，忙探手摸摸他的額，語帶擔心道：「怎麼臉紅得跟豬肝一樣？別是方才騎馬著了風寒……」

哪知薛訥觸電似的彈起，踉蹌著躲開數步，磕巴道：「我沒、沒、沒事……」

這段時間以來，雖常與樊寧同處一室，但這動輒心跳加速的情況卻未有分毫緩解，方才又不慎看到她玲瓏的身段，令這血氣方剛的少年說不出地手足無措，現下好不容易被背誦《三字經》等書壓下，哪裡能受得了再有分毫的肌膚之親。

樊寧根本沒發現薛訥的不自在，輕輕一笑，托腮望著他，好似李淳風平日看薛訥一般，滿是慈愛：「你這麼能破案，怎麼沒去刑部當差呢？比起那個高敏，我倒是更看好你哦。」

「喜歡破案不代表就想去刑部做官。」薛訥偏身整理著布袋中的卷宗資料，將其分門別類碼好，「真要說理想的話，也許……我更想像我爹一樣，做個征戰沙場、保家衛國的將軍。」

樊寧一個沒撐住，「噗哧」笑出聲來：「將軍？你連我都打不過，如何將兵打仗呢？」

「這天下有幾個人能打得過妳？再者說，帶兵打仗，靠得並非武藝而是智謀，若只有匹夫之勇，又如何能決勝千里呢？」

這話似乎有理，樊寧拍拍薛訥的腦瓜，哄小孩似的說道：「也是了，聽說古時候一些儒將，便是智計無雙，比如三國的周瑜……說不定我們慎言也能討一房像小喬一樣漂亮的夫人呢！」

樊寧那張精美絕倫的小臉兒近在咫尺間，她的一顰一笑都美得晃眼，薛訥卻只能壓抑心思，無奈起身道：「不說這些了，今天查案累了一天，早些休息吧。若是明日到長安天光尚早，我還想去刑部再看看，對一對那些僧人屍體上殘存的物證。」

「但凡有一個證人的口供，便能證明此事有疑點了吧？」

「是，只是幾個守衛不懂其中玄機，會否留下印象就不好說了。不過妳不用擔心，不管怎樣，我現下是此案的監察御史，既查出了這線索，刑部上下總要當回事的……」

樊寧早已疲累，摸出蘆薈小瓷瓶擦擦小臉，躺在臥榻上，很快便睡著了。薛訥則睡意全無，腦中盤桓著法門寺方丈的話，越品越覺察出許多奇特滋味。

若說自己「過慧易夭」、「情深不壽」尚且能附會，說樊寧「龍章鳳質」又是為何呢？

若這話不是法門寺方丈所說，而是出自街邊算命先生之口，薛訥定會認為他在騙人，但法門寺方丈在大唐的地位，不單在於佛法造詣，更在於識人看勢，又怎會胡言？

夜漸深，薛訥終於熬得迷迷糊糊、睏意十足，準備上榻休息，忽有一股妖異的香氣傳來，極其細微，卻還是被他敏銳地捕捉到。

薛訥趕忙起身，屏住呼吸，使出全力將衣衫撕裂兩條，倒滿茶水，掩住口鼻，另一條放在樊寧鼻翼間，急聲喚道：「喂、喂，快醒醒……」

因為弘文館別院的驚天大案，樊寧極度恐慌，最近睡眠都很輕，動輒驚醒，今晚卻睡得很沉，半晌方醒來，看到客房外躥起的火光，她嚇得拉著薛訥就跑。

薛訥將包袱塞在了樊寧手中，按著她的肩頭急道：「這店裡被人下了迷香，妳快先下樓去，戴上這個面具，我去把掌櫃他們叫醒，分頭疏散客人！」

「我跟你一起！」

樊寧欲隨薛訥一道，卻被他攔住。薛訥深深看了樊寧一眼，眸中滿是無法宣之於口的情愫：「不必，若是妳被人識破身分，我們更危險，妳快去外面喊人來救火，我隨後就出來，若是有人問妳身分，妳便說是我請的武夫就是了！」

樊寧一瞬遲疑，有些不放心薛訥，但轉念一想，自己若被人瞧見，確實會給薛訥造成更大危機，便點頭一應，戴上儺面，逆著火光三兩下躍下客棧，向不遠處的武侯鋪奔去。

薛訥明白此事絕不簡單，說不定便是沖著他與樊寧來的，他來不及細忖，將放有證言的布包一裹，以最快的速度將整個走廊的門都重重地敲了個遍，高聲喚道：「走水了！走水了！快醒醒！」

此時火勢已從庖廚蔓延至大堂處，薛訥指揮著醒來的宿客用濕布掩住口鼻，從後門處快速撤離。樊寧則與喊來的武侯一道奮力救火，見武侯們躲得丈遠，水潑一半費一半，樊寧十分焦急，自提兩個大桶飛身躍入客棧中，幾次下來儺面熏得黢黑，手上也燙出了一排水泡。

但前店的火勢壓下了，後店卻燒得越發激烈，樊寧穿梭在被疏散出的人群之中，唯獨不見薛訥的蹤影。她幾步上前，拉住那正捶胸頓足的掌櫃衣襟問道：「薛慎言呢？薛慎言人在何處？」

那掌櫃沉浸在店毀的苦痛中，哭得幾乎斷氣，突然見眼前出現帶著儺面的樊寧，瞬間嚇得失神抽抽，更說不出一字一句來。

旁側有位中年婦人怯怯接了腔：「可是位極其清俊的郎君？有一對姐妹困在樓上出不來，我方才見他上樓去救了……」

這間客棧與那弘文館別院相同，皆是純木質，一層已燒得搖搖欲墜，那二層豈不更危險？樊寧低罵一句，將衣擺撕下一條，沾水塞入儺面的口裡，又衝入了火場之中。

這種炙烤之感，陌生又熟悉，樊寧的思緒不可遏止地回到弘文館別院被燒那一日，腳下不由一滯，渾身顫抖不止，但她還是一往無前地衝上了二樓，邊嗆咳邊高喊道：「薛慎言！薛慎言！」

頂頭的一間廂房裡，薛訥敲了半晌房門無人應聲，只能強行闖入，只見一少女帶著個七、八歲的小丫頭躺在臥榻上，看樣子估摸是姐妹倆，皆已被迷香熏暈。

薛訥無暇叫醒她們，只能費力將她們連拉帶拽拖向樓梯口。

樊寧衝上二樓，看到薛訥，禁不住煩躁喊道：「你幹什麼？不要命了嗎？」

「誰讓妳上來的！」薛訥亦是難得起了脾氣，擔心樊寧出事，急道，「快出去！」

樊寧不理會薛訥，將那少女從薛訥身邊擔起，只把那小丫頭留給他抱著，又將掩口的布條遞了上去：「你嗆了這多煙，快走！再不走就來不及了！」

薛訥不接，反推至樊寧口邊，示意她莫要損壞了儺面。兩人不敢再遲疑，拖拽著兩姐妹順著木梯向下挪。火勢越大，眾人的嗆咳聲越重，才踉蹌著下了二樓，木質旋梯便轟地塌了，飛土與煙塵令他們什麼也看不真切。

薛訥艱難地推開倒在後門處的木櫃，可那小小的空間依然只能容下一人過身。薛訥讓擔著少女的樊寧先出，樊寧將少女放在安全處後，又翻身回到火場，接過那小丫頭。誰知大火忽燒斷了房梁，巨大木椽帶著烈火落下，重重砸在了房門處，樊寧只覺自己被薛訥一推，抱著那小丫頭踉蹌跌倒，遠離了火場，而那房門「砰」的一聲重重闔合，火光四射，映得整個天幕都是酡紅的。

樊寧放下孩子，不要命似的上前砸門，大喊道：「薛郎！薛郎！」

守在客棧外的鳳翔府武侯忙將她拉遠，樊寧卻不管不顧地將他們掙開，欲再入火海。就在此時，一旁的窗戶忽然爆開，有一人飛身而出將她撲倒在地，兩人跌出丈遠，周身落滿灰埃，客棧的瓦礫便重重墜落至腳頭處，若是遲疑一瞬，則後果不堪設想。

樊寧摔得頭暈眼花，儺面早已掉落，好在她的小臉兒被火熏得焦黑，根本看不出模樣。

她費力抬起眼，只見伏在她身上不住喘息的不是薛訥是誰，他俊秀的臉兒亦是黑黢黢一片，倒是平添了幾分陽剛偉岸的氣概。

樊寧忍不住紅了眼眶，若非當著旁人，真想捶他兩拳。

見那客棧塌方完，不會再有危險，武侯長帶著十餘武侯衝上來噓寒問暖道：「哎呀！薛御史！傷著沒有？」

薛訥掙扎著站起身來，背在身後的手示意樊寧快些戴上儺面，嘴上應付道：「薛某並無大礙，請武侯長快查一查起火原因吧。另外，方才睡著前，我曾聞到一股很奇怪的香氣，你們探查時，當格外留神看看，是否有香灰，記得留存下來，以備鑑別之用。」

「是是是，來人哪，快帶薛御史去驛館休息！」

樊寧此時已重新戴上儺面，又回到薛訥身側，沒想到他竟然沒有要插手查此案的意思，令她頗為驚奇。但轉念一想，他雖是特設監察御史，卻是負責弘文館別院之案的，若是在此處強行查案，搞不好會驚動凶嫌，得不償失。

畢竟薛訥還帶著她這位天字第一號的通緝犯，多有不便。樊寧不動聲色，老實跟在薛訥身後，接過包袱背在身上，亦步亦趨向驛站走去。

誰知半道有人攔路，正是方才薛訥拚死所救的少女，只見她款款上前來，屈身一禮，柔聲細語道：「薛郎救命之恩，小女子沒齒難忘，願傾一己之力回報薛郎……」

這說辭倒是不算新鮮，曾在話本裡聽過，樊寧透過儺面的孔洞看著那姑娘，只見她專程洗了臉，露出一張冗長小臉兒，雖不算頂漂亮，卻著實有幾分動人之處，眉眼間流露出的傾慕猶如運河水一般，已是掩飾不住。

樊寧才要用肘推薛訥兩下做調侃，誰知他老鼠見了貓似的，堂堂八尺之身躲在了樊寧之後，磕巴道：「小、小娘子不必客氣，薛某舉、舉手之勞，也不是專門救妳。」

樊寧素來知道，薛訥不喜歡與女子打纏，但這般不懂得憐香惜玉，還是令她瞠目結舌。果然，那少女滿臉說不出的失望難過，小嘴一撇似是要哭，樊寧趕忙接腔道：「哎哎，對了，敢問這位小娘子，可是獨自一人帶著妹妹？兩個姑娘家出門，總歸有些危險，還是要多加防範才是啊。」

那少女本對戴著儺面的樊寧有些怯怯，但聽她聲音悅耳，客氣溫和，像個知禮之人，便輕聲回道：「多謝這位官爺……我是長安人士，獨自帶著妹妹出來躲一躲，等長安城裡的風頭過去了再回去。父親本已為我們交了一個月的住店銀錢，餐食皆有人照顧，誰知今夜出了這樣的事。若非城中混亂，誰又願意背井離鄉呢，眼下只能希望風浪早些過去，我們姐妹也能早點回家了。」

「等下，長安城裡出了什麼事嗎？」聽出弦外之音，薛訥眼中這少女已然變作了人證，說話即刻利索了起來。

在薛訥的注視下，少女臉頰飛紅，垂眼回道：「兩位出城時可能還沒聽說，這幾日御史在城中四處搜羅永徽五年出生的姑娘。」

「永徽五年？」樊寧一怔，想起自己亦是永徽五年生人，與薛訥對視一眼，滿臉茫然，「搜羅永徽五年出生的姑娘做甚？」

二百里開外，長安城一片澄明月色下，午夜夢回的紅蓮聽到幾聲極其輕微的撥弦聲，心裡一驚，起身披上翠色絹紗薄衫，走出堆錦幔帳，只見身穿月白綢袍、頭配青玉冠的李弘正坐在古琴前，修長的指節不經意地撥動著七弦，發出壓抑又動人的琴音，聲聲恰如他的為人。

他像謫仙一般，鄴水朱華般的清朗，卻要置身泥淖中，為民生疾苦奮力呼號。紅蓮就這般駐步凝望著他，說不出心底是何滋味。

李弘偏過身，看到站在門扉處的紅蓮，止了撥弦，輕道：「可是我吵醒妳了？」

這幾日宮中出了大事，李弘心裡不快，無法排解，想見的人唯有紅蓮，壓抑多時，今夜還是沒耐住，不請自來。果然，看到她，李弘只覺壓在心頭多日的大石塊瞬間移開，如沐春風。

紅蓮迤邐走上前，坐在李弘身側，她的小臉兒不施粉黛，異常清麗動人，比平日裡裝扮時還要絕豔三分，令人挪不開眼。看到李弘，紅蓮亦是難言的歡喜，巧笑回道：「今夜寒涼，殿下想不想用點酪酒？或者沏壺熱茶？」

「都不必了，坐在這裡，陪我說說話吧。」李弘將羊羔絨毯蓋在紅蓮的身上，溫和一笑，「最近外面很亂，妳這裡若是需要人，我就調幾個女官來幫襯妳。」

「堂堂東宮的女官，來平康坊算怎麼回事呢，若是被有心人發現，又要對殿下不利。殿下不必為我勞心，我少出門就是了。」

李弘望著紅蓮，欲言又止：「我記得，妳也是永徽五年出生的……」

「是了，比殿下小一、兩歲，但究竟是何月何日生，卻無從知曉了。」

李弘忍不住輕嘆一聲，以手扶額道：「我不知妳是否聽說過安定公主……那弘文館別院的案子之所以沒有鬧太大，正是因為安定的事。世人皆知我有一個妹妹太平，殊不知安定才是父皇、母后的長女，可惜她生不逢時，才出生便去世了。」

紅蓮不明白，為何李弘先問了她年紀，又提起安定公主，但她沒有問，只是乖巧地陪他說話：「我曾聽聞此事，聽說公主薨逝，好似與王皇后有關。」

「沒錯，當年安定方出生時，王皇后過來看她，離去後，安定便離奇斷氣了。父皇因此大怒，認定是王皇后嫉妒母后，殺了安定，此事便是王皇后被廢除的誘因。同年，父皇推行新政，又立了母后為天后，我也才成了嫡長子，登上了太子之位。此事本已過去十幾年，誰知前些時日，父皇做了個惡夢，夢見安定的棺槨裡根本就沒有骸骨……

與此同時，有人向父皇密報，稱當年安定的事，乃是母后所設的局，為的便是陷害王皇后，謀取後位，而安定只是假死，後來被人祕密帶出宮中，就養育在長安城，如今已近及笄之年了。父皇聽聞此事，既驚又怒，甚至犯了頭風病，臥床不起，母后即便與父皇齟齬，也還是擔心他的身子，懇求父皇移駕神都洛陽休養，並將長安城全部的政務交與了我。」

紅蓮這才明白，為何這幾日長安城裡有十四、五歲女兒的官宦人家亂作一團，假借走親訪友為名，連夜送女兒出城去。她好言寬慰李弘道：「傳聞無據，多是靠不住的，天皇即便一時驚怒，待想明白，便會發覺這只是有心人離間他們夫婦的手段，又哪裡會真的惱了天后……」

若真如此，李弘自然不會如此煩憂，但母后的態度，令他疑竇叢生，連夜便查了永徽五年宮中所有的記檔。不查則已，細查下去李弘越覺得滿心煩亂，難以排解。他正過身，望著紅蓮，神情異常複雜：「怕便怕的是有根有據，十幾年前為安定做法事的，正是李淳風，而他那一年間竟收養了兩個襁褓中的女娃娃，怎能不讓人生疑？現下這小老兒不知何處去了，連問話也不能，我怎會不急？」

紅蓮顯然沒想到這事會與自己產生瓜葛，怔了一瞬方彎了眉眼，小臉兒含羞如雪中春桃般嬌豔動人：「殿下……殿下怕我是你的親妹妹嗎？」

第十三章 下元之禍

若說一年前一擲萬金為紅蓮贖身是場意外，那麼為她心動，便是意外裡的意外。

李弘身為監國儲君，自詡見過不少風浪，今夜竟難得露出兩分少年人的窘迫，踟躕良晌才回道：「此事很危險，不是開玩笑的時候……怕是總會有有心之人多加手段調查，若再牽連出妳我之間的瓜葛，只怕會對妳不利，不然我先送妳去洛陽親信家躲幾日吧。」

「就像殿下說的，總會有人查到李師父曾為安定公主超度，亦會有人知曉，李師父收養的兩個女嬰便是我與樊寧。想要藉此做文章並不難，福禍相倚，哪裡能躲得過去呢？且讓他們查吧，只怕費盡心機下來，只是竹籃打水一場空。」

紅蓮生得柔弱如水，好似一陣風就能吹倒，心性倒是沉定安穩，聽了她的話，李弘滿團糟亂的心思平定了許多。他站起身來，示意紅蓮不必動：「今夜冷，妳且坐著吧，我帶了今年地方新貢奉的葡萄酒來，喝一杯驅驅寒吧。」

說著，李弘行至雅閣裡，從儲酒的櫃上拿下兩個青玉碗鐘，斟滿清冽的美酒，遞了一盞與紅蓮。

紅蓮素手接過，輕輕一嗅：「神都洛陽出產的，我可是猜對了？」

「妳人巧，哪裡有不對的時候，不過我還是很好奇，妳是如何分辨得出的？即便讓薛慎言來，也不會如此迅速又精準地猜出這是何地的酒。」

「其實我哪裡分辨得出呢，只是殿下方才說起天皇、天后移駕神都洛陽，我想起洛陽的葡萄酒是天下之最，隨口說的罷了。」紅蓮捧起玉鐘，抿著櫻紅薄唇輕呷，酒入柔腸，令人不禁心生感慨。此酒入口微苦，須臾便轉作了清甜，口角噙香，回味無窮。若是人生亦能得如是結局，過程再苦又如何呢？

見紅蓮垂著長睫出神，李弘笑道：「可別勸慰了我，妳卻煩悶了，那我的罪過可大了。對了，李局丞可有說起過妳與那樊寧的身世嗎？」

「自然是說過的，李師父說我家就在城外涇河河道旁的村落，永徽五年發大水時，我們村莊受災最重。彼時洪水湧來，我被父母放在木澡盆中，順流漂進長安城，那澡盆裡還有我父親手書的文稿，拜託好心人照看我……」

若是李淳風所言屬實，紅蓮的身世倒是明晰，李弘莫名舒了口氣，轉而又問道：「那樊寧呢？李局丞有沒有說起過她？」

「說起過，也是那場水災裡父母雙亡的孤兒。但她彼時嗆了水，尚在襁褓就死了大半個，打小身子就很不好，李師父便教她習武強身，她很聰明的，小小年紀舞刀弄劍時就有模有樣。李師父說姑娘家舞刀弄劍辛苦，但有武藝傍身，便可以不被人欺凌。」

「原來如此，」李弘思忖著若以薛訥那略顯仁柔的性格，倒真有可能與這小娘子對路，嘴角閃過一瞬壞笑，轉言又問，「那妳是……」

李弘原想問紅蓮是如何來到平康坊的，卻戛然而止，雖然她不曾身陷泥淖，但對於姑娘家，這絕不會是個很好的回憶，即便案子再緊要，李弘也不想紅蓮受分毫傷害。他端起樽酒，仰頭飲盡，掩飾了方才的言語唐突。

「你胃不好，喝得慢一點。」紅蓮心性剔透，如何會聽不出李弘的欲言又止，她略飲樽酒，莞爾笑道，「五歲那年上元節，李師父帶我們兩個出門看花燈，誰知不幸遇到了花燈起火，人群踩踏，我好容易撿回一命，卻與李師父他們走散了。看著滿街的陌生人，我饑寒交迫，哭得好大聲，可沒人理會我。後來王媽媽看到我，見我可憐，又似長大後會有幾分姿色，便將我收養於樂坊。其後每日學藝，時常受善才師父責打，卻也讓我學會了本事。直到五年前，李師父輾轉打聽找到我，他雖年邁白了頭，但還是我記憶中那個慈愛可親的樣子。我知道他俸祿不多，便婉拒了他要為我贖身的念頭，其後幸得殿下憐愛，讓我能夠有這麼好的地方容身，我這輩子也是像這酒一樣，先苦後甜了。」

聽了這話，李弘十分心疼，隔著袖籠輕輕一握她的小手，又很快鬆開：「往後我不會再讓妳受任何委屈了……」

紅蓮正過身，雙手交握，伏地而拜，一股幽香從她袖管中輕散開來，花氣襲人，李弘探手一扶：「不必拘禮，夜裡涼，快起來吧。」

「我有一不情之請央求殿下，怕不好意思開口，便先拜了。」

紅蓮雖為長安花魁，卻不喜金玉，不拘用度，從未有事相求，李弘十分好奇，究竟何事能令她如此上心，便道：「但說無妨。」

「即便我與樊寧只有五歲之前的交情，憑著李師父將她一手帶大，便可知她絕非十惡不赦之徒，不會犯下此等令人髮指的罪行。眼下一波未平、一波又起，我擔心有人欲利用她對李師父不利，但求殿下，能夠對她加以保護，萬萬莫讓奸人陷害賢良……」

原來是為了李淳風與樊寧師徒，李弘輕輕一笑，舉起酒盅望著被風捲起的紗簾，溫聲道：「妳且放心，此刻便有人替妳守著她，寸步不離，想必不會有差池的。」

薛訥與樊寧幾乎一夜未眠，快馬加鞭趕回了長安城。見樊寧滿臉疲色，薛訥便讓她先回薛府休息，自己則動身去了刑部，再對一對法門寺發現的線索。

按照時日算，高敏應當還沒回來，想起那日在驛站，他欲言又止，要說的恐怕就是這「安定公主案」。薛訥馬不停蹄，先去刑部查了證據，又趕往東宮去，向李弘彙報情況。

出了這樣的事，不單李治與武則天心煩，李弘的心裡肯定也不會好受。薛訥在侍衛的帶領下來到太子書房，只見李弘拿著一卷書，立在小爐旁，邊煮茶邊看書。

看到薛訥，李弘示意侍衛退下關緊房門，將手中書卷遞給了他道：「想必你半路已聽說了，這便是本宮此前與你提起的案子。」

薛訥一目十行，先匆匆掃過一遍：「此事既是宮廷祕案，必是天后吩咐了身側的可信之人暗查，為何會傳得如此沸沸揚揚，甚至連刑部的主事與長安城的武侯都得了消息？究竟是何人走漏了風聲？」

李弘沉沉望了一眼薛訥，沒有回答，薛訥立刻了然：「賀蘭敏之？」

「本宮雖已發出詔令，禁止長安及各地官吏以此案為藉口，擾民滋事，但散布出的消息便如潑出去的水，再也收不回，須待真相大白方可破除妄語。慎言哪，雖然你尚有弘文館別院的棘手大案在身，但情勢不等人，可得再加把勁兒。天后的名節、大唐的安定，如今都繫於你之身，本宮除了你，亦不敢輕信他人，這分量，你是明白的。」

「永徽五年，殿下二歲，臣五歲，積年的事看起來，倒是別有一番意趣。」說話間，薛訥已熟記案卷，雙手將其奉回給李弘。

「是啊。」李弘笑著接過，在手心敲了兩下，若有所指般說道，「李局丞的行走，從那時起就很飄忽，好似只有你在觀星觀的那幾年，他還算可靠。不說這些了，你今日前來，可是弘文館別院的案子有了進展嗎？」

薛訥將法門寺僧眾遇害的疑點細細告知了李弘，又說起自己對於嫌犯如此瞭解法門寺的疑惑。李弘聽罷，禁不住深深吸了口氣，蹙眉問道：「你已看了安定的案子，你覺得此兩者之間，會否有勾連？」

薛訥一頓，回道：「目前尚看不出來，弘文館別院的案子至今找不到作案動機，而安定公主的案子，則像是沖著天后去的……」

話題稍微有些沉重，李弘輕輕頷首算是同意薛訥的說辭，轉言玩笑道：「對了，昨日我聽說了些關於你那樊寧的事，聽說這丫頭武藝傍身，頗為了得，等娶了她，你那喪門星弟弟便不敢再那般造次了吧。」

薛訥垂眼一笑，輕輕嘆了口氣，神色頗為清苦：「不知何人會有那樣的好福氣，能娶她為妻……」

「怎的，你與她表明心跡了？她拒絕了？」李弘莫名來了精神，上前兩步，攀著薛訥的肩道，「可是你說得詞不達意，她沒聽懂？快說出來聽聽，本宮給你出出主意。」

「臣……什麼也沒說，她被冤作朝廷欽犯，已經很苦了，我不想再節外生枝，更不願她明明對我無意，卻被迫要與我共處一室。等塵埃落定後，再談私情不遲。」

沒想到薛訥如此君子作風，李弘望向薛訥的眼神好似老父親看女婿般的激賞，還沒來得及開口讚揚，門外傳來張順的通傳聲：「殿下，風影前來，傳李郡主的話，說薛府出事了，讓薛郎趕快回去呢！」

聽說家裡出了事，薛訥第一個想到的便是樊寧，顧不得禮數，三兩步衝出房來：「怎麼回事？」

風影拱手道：「郡馬爺，方才郡主去府上的時候，聽老夫人說家裡的後廚遭到不知哪來的賊人大肆破壞，還用雞血在牆上寫下血書，說你屢屢欺負楚玉郎君，威脅要殺了你。現下薛小郎君臥病不起，好似中了什麼邪祟，你快回府看看吧。」

薛訥一愣，滿臉疑惑，此事若說是薛楚玉所為，未免太過張揚。但除了薛楚玉外，自己又不曾得罪過何人。難道是弘文館別院案的凶嫌？若是如此，此舉不是平白無故讓自己提高警覺了嗎？

「郡主聽說郡馬爺回長安了，讓屬下特來護送郡馬爺回府，免得被歹人所害。」

「莫渾叫。」李弘關注的重點顯然與旁人不同，只見他負手蹙眉，下頷緊繃，數落道，「告訴你家郡主，就說是本宮說的，她也老大不小了，莫日日追著慎言胡言亂語，若是以後摟不住人，豈不貽笑大方嗎？」

薛訥沉在自己的思緒裡，根本沒聽見他們的對話，只顧擔心樊寧的安危，焦急拱手對李弘道：「殿下，家中急事，臣先回府去了。」

得到李弘的首肯後，薛訥帶著風影快步向東宮大門處走去。趁此時機，薛訥問風影道：「殿下不在，你我之間，便不拘禮了，上次跟你說起的那個人，可調查清楚了嗎？」

「查清楚了，自幼父母雙亡，跟在姑父、姑母身邊長大，家境極其貧寒，五年前考明法科入仕途，一直在刑部供職，從未流做起，因為朝中無人，幾乎包攬了所有的髒的、累的、不討好的活計，那些得罪人的差事亦是一個也沒跑。不過好在他為人勤謹謙恭、左右逢源，加之斷案能力很強，入仕五年，沒有一樁未結之案，故而也做到了刑部主事的職位，但若想再升上去，只怕就難了。」

風影說的正是高敏，他所描述的與薛訥暗中觀察到的大體相同，薛訥點點頭，無奈笑嘆道：「你有所不知，刑部那幾個主事裡，只有這位還算機敏，有些事不方便或者沒有時間出面的，我打算委託他幫我在刑部走動走動。」

「薛郎你真是太過正直了，這都什麼時候了，還惦記著刑部的要案。我們營裡都在傳言，你那胞弟薛楚玉平素裡很愛結交權貴，比如，天后的外甥——弘文館大學士賀蘭敏之，還有幾位親王、太平公主，總之只要能與天皇、天后攀上的，他就沒有一個不巴結的。宦海詭譎，我真擔心薛郎有一日會被自己的至親出賣。」

感受到風影的關懷義氣，薛訥輕輕一笑，滿是乾淨澄澈的俊朗：「你放心，我知道楚玉想要的是什麼，不會與他衝突，他自然就不會做出太出格的事。我現下想的，唯有早日查清這個案子，方能還長安一方太平……」

「那若他想要的是世襲爵位，你也要讓嗎？」風影難以置信地看著薛訥，見他垂首不語，便明白了許多，既替他抱不平又無可奈何，「我真是不明白，薛大將軍有薛郎這麼好的兒子，為何會偏袒薛楚玉那心術不正的小子。罷了，高門大戶難置喙，萬望薛郎保重，若有任何時候需要找我風影的，只需使勁一吹這個骨哨，風影便會頃刻趕來。」說著，風影從懷中掏出一個雕刻精美的骨哨遞給薛訥。

薛訥接過骨哨，十分珍視地收在懷中：「我有你們這些老友，豈不遠勝過楚玉那些酒肉之交。」

風影既感動又無奈，拉著薛訥急道：「薛郎呀……唉，罷了，時辰不早，我們快些回去，免得郡主著急。」

樊寧方回到薛府，便見上下亂作一團，雖然累，也無心休息了，打馬向城東驪山趕了去。及至山腳下，她下馬登山，熟稔地繞過小道，走向隱匿於山林間的鬼市。

這鬼市初設時，是為了趕不及宵禁前進城的商旅能有個落腳之地，其街市背對山下官道，又有山洞和密林遮擋，巡遊的武侯難以發覺。鬼市歷經數年壯大許多，因只在夜半開市，天明閉館，十分神祕，引得大唐各地酷愛獵奇之人來此探訪。

樊寧匆匆沿著夾谷，向地勢低窪的洞窟走去，順著石窟走上百餘步，眼前豁然開朗，便到了鬼市的所在。走到市中，看著眼前沒有步梯的客棧，樊寧縱身一躍，踏著匾額攀上二層的木欄檻，一個鷂子翻身便穩穩落地，一腳踹開了大門。

只見畫皮仙點著數盞油燈，坐在桌案前，身上別著十七、八種大小刻刀，正對著一張面皮發狠，若是不知前情的人看到這一幕，只怕要被他嚇死。

樊寧不吱聲，徑直走到桌案前，坐在了畫皮仙的對側。

這畫皮仙方過不惑之年，卻因先前的牢獄之災，髮鬚盡白，看起來像是七、八十歲了一般。聽到腳步聲，他卸了口氣，抬起眼，笑對樊寧道：「小寧兒來啦？我給妳做了一張新的面皮，比先前給妳的還俊些，一會子黏上試試……」

「遁地鼠呢？」樊寧為著要事而來，顯得有些急躁，沒有心思欣賞畫皮仙的作品，「我讓他帶著聞音老僧、紙鳶兄弟這幾日望著薛家，他們幹嘛去了？」

樊寧人雖不大，卻毫無疑問是此地的霸王，畫皮仙見她惱了，趕忙拽了拽身側的銅鈴，須臾間，一個身材矮小、腦袋大的男子也躍上二層樓來，嬉皮笑臉地對樊寧道：「小寧兒回來了？是不是為著妳婆家的事……」

話還沒說完，樊寧便站起身，抄起桌案上的木扇，一下下敲在遁地鼠頭上：「我讓你看著薛府，你是怎麼看的？是誰趁我們不在暗中搗亂！」

遁地鼠抱著頭，整個身子幾乎要蜷縮成一個圓形：「哎呀哎呀，妳別打，先別打！妳讓我看著薛楚玉，莫要釀出什麼人禍來，可是薛府有鬼，鬧鬼這樣的事，怎能賴在我頭上呢！」

「有鬼？」樊寧一怔，旋即打得更狠，「有你個大頭鬼！我在薛府住了近一個月，怎的沒讓鬼吃了？你是看我師父不在，打量著我治不了你是嗎？」

「妳都把我打矮了！再打我真娶不到媳婦了！」遁地鼠委屈地嘟著嘴，摸著頭辯駁道，「不過，聞音老僧曾提起，他聽妳婆家的廚娘說最近後廚食物時常會離奇失蹤，已經快一個月了。可這些東西不值錢，薛府雖報了案，武侯去了也只是略做一番勘察，只說是家賊，報給了管家劉玉，便匆匆離去了。」

這事倒確實是稀奇，樊寧托腮深思，待回過味來，她又敲了遁地鼠一下：「什麼婆家！我早就與你們說了，我與薛郎是兄弟，別再做夢我能做什麼薛府的少夫人，庇蔭著你們出去坑蒙拐騙！」

遁地鼠偏頭一笑，搓搓手，沖著樊寧飛眼兩下：「我們小寧兒不是已經跟那風流倜儻的薛大郎君同床共枕了嗎？薛大郎君血氣方剛的年紀，妳雖然凶，生得還是不錯的喲……」

「去去去，什麼薛大郎君，他就是個薛大傻子！」樊寧一屁股坐在桌案上，動作之大，直震得桌上的刻刀都飛了起來，「還有，我讓你們去查我師父的下落，一個多月了，你們到底查出來沒有？」

薛訥回到薛府時，京兆府的法曹正由劉玉送出大門。雖然薛訥早就想到，薛楚玉會想盡辦法將劉玉撈出來，卻沒想到速度竟會這般快，看來十有八九是借了賀蘭敏之的光。

看到薛訥，劉玉翻著眼，插手一禮，滿臉小人得志之色。

薛訥與那法曹見禮，問道：「有勞了，薛某方從外地辦案回來，敢問現下情況如何？」

「薛御史客氣，此案雖然還未抓到凶手，但薛府上下的口供我已錄完。薛御史若是想看，可以明日到京兆府衙來，下官隨時恭候。」

「多謝，勞煩費心。」說罷，薛訥又與這法曹見禮，匆匆向後廚走去。

與往日的整潔有序不同，此時此刻，庖廚一片狼藉，菜果皆打翻在地，到處是杯盤碗盞的殘渣剩片，雞血噴濺得到處都是，堪比殺人現場，而那外側的青灰色磚牆上，則用一人高的巨大血字寫著「薛訥欺凌胞弟太甚，不日將殺之」。

薛訥看罷，輕嘆一笑，朝薛楚玉的院子走去。

柳夫人與一眾小廝侍婢皆守在薛楚玉的床榻，端茶倒水、噓寒問暖，莫提有多體貼。

薛楚玉癱在床榻上，哼哼個不住，眼皮半睜半閉的，不辨死活，像是被嚇壞了。

薛訥上前向柳夫人一禮，而後問旁側的侍婢道：「後廚的血字是妳先發現的？」

聽到薛訥問話，那小丫鬟顯得極其緊張，磕巴道：「是，今日後廚該我當值，晨起到後院，便……」

薛訥微微頷首，沒有細問，拱手對柳夫人道：「母親，慎言方外出回來，頗感疲累，既然家裡人都沒事，兒便先回房休息了。」

深夜，樊寧終於從驪山回來了，今日薛府加強了巡查，她著實費了點力，才躍入了慎思園。見薛訥好端端坐在桌案前辦公，樊寧的心瞬間安然了許多，她翻窗而入，拿起桌案上的櫻桃餺饠，笑嘻嘻道：「專程給我買的吃食嗎？多謝了，我可早就餓得前胸貼後背了。」

「妳去哪了，怎的也不留個字條。」薛訥放下手中的書卷，上前坐在樊寧身側，「雖說我是本案的監察御史，妳若落網，我一定會馬上知曉……但妳能不能莫要悄無聲息地出門去，這樣我會……會很擔心。」

樊寧放下餺饠，莞爾一笑，抬手撫了撫薛訥的腦瓜，像摸小貓小狗似的，應算得上她難得的溫柔了：「知道了，薛大郎君，我去鬼市了來著。那個『寧淳恭』的臉被燒了個小洞，我要請畫皮仙補一補。」

「有日子沒去鬼市看他們了，他們幾個可還好吧？」薛訥與李淳風一樣，識人不看出身，只看對方有無真本事，故而對樊寧這些江湖朋友亦禮敬有加。

「還是那副死皮賴皮的樣子。」樊寧甩了甩高高束起的長髮，又問，「你去找太子了嗎？法門寺的事可與他說了？」

薛府的事，樊寧雖然知道，但薛訥沒有主動提起，她便沒有問。薛訥不願意樊寧擔驚受怕，亦將此事壓了下去，絕口不提，只回道：「殿下自然很是重視，聽他說，藍田縣令之職，天皇、天后已經答允，只是不知文書何日能下發。妳也知道，現下又出了安定公主的案子，皇族內部只怕會一片譁然，許多事也催不得了。」

「是啊，好端端的，公主的骸骨竟然丟了，還有那樣的傳聞。都說天皇、天后很恩愛，但出了這樣的事，也很難沒有嫌隙吧，我只能再姑且委屈幾日了……」

樊寧這副略帶賴皮的模樣落在薛訥眼裡，十足可愛，他忍不住彎了眉眼：「對了，李師父的下落呢？他們幾個查到了沒有？」

樊寧搖搖頭，紅唇抿得發白：「幾個城門都打聽了，沒有人見過師父，這小老頭到底跑到何處去了，連句話也不曾留下，師父……會不會遇到什麼不測了……」

見樊寧小臉兒上一片黯然，薛訥說不出的心疼，想抬手拍拍她的肩，又赧然無措，最終只沉吟道：「李師父不會有事的，他那麼聰明，又有武藝傍身，還是朝廷命官，哪裡有人能奈何得了他？還記得小時候他教我們『似無而非無』，妳找不見他，並不代表他不在，或許他正在何處，看看我們能否破局，待破局之日，他便會出現，說：『慎言動作太慢了，不善言辭又吃了啞巴虧；寧兒機敏卻狂躁，再這般闖禍，便罰妳打坐到天明……』」

聽到薛訥模仿李淳風，樊寧終於「噗哧」笑了起來，小臉兒上的黯淡盡除，嬌笑如牡丹絕豔：「是啊，所以你我要爭氣，萬不能被賊人打倒，不要讓師父失望。」

「放心吧，事關李師父和、和妳，我薛慎言寸步不退。」

一夜之間，薛府的僕役小廝便將廚房外的雞血灑掃得乾乾淨淨，再也看不出此處曾經發生過如是可怖之事。但廚娘們依舊心有餘悸，做飯時悄悄議論個不休，但不過三五日，這種驚恐便轉作了調侃，成了眾人互相揶揄的話柄。

本月十五乃下元節，薛仁貴不在京中，薛府卻依然要祭祀先祖。薛訥身為嫡長子，這祭祖點燈的重任便都落在了他的肩上，薛楚玉自是極為不滿，抓到機會便賣弄搶風頭。

對於這種行為，薛訥向來是不予理會，他甚至想不明白，這些事有什麼好爭鋒的，於他而言，待會子弄些東西回去給樊寧吃，才是頭等大事。

在這樣緊要的日子裡，薛訥的幾位叔父與堂弟也來到了家裡，與柳夫人聊著在絳州龍門時的往事。

開宴時分，柳夫人坐在正中主位，幾位叔父列居次席，薛訥則與薛楚玉隔過道相對而坐。薛訥不擅長交往，薛楚玉卻像個花蝴蝶似的，穿梭在賓朋間，添水倒酒好不殷勤。

薛訥趁無人注意自己，又開始思量那兩個案子，誰知他父親的胞弟薛仁福忽然開口道：「慎言如今出息了，聽說已成了太子殿下面前的紅人，真是兄嫂教導有方啊。」

薛訥愣愣回過神，還沒來得及接話，就聽薛楚玉帶著三分譏誚道：「叔父別忙著高興，阿兄這監察御史可是用滿門的性命換來的，還有一個多月，阿兄若是再捉不到真凶，我們全家可就要腦袋……」

「楚玉！」柳夫人蹙眉出聲，打斷了薛楚玉的話，「祭祖之日，怎能出言不遜！」

「母親恕罪。」薛楚玉拱手向眾人一禮，似笑非笑道，「多飲了兩杯，是楚玉失言，還請幾位叔父不要見怪。楚玉膽小，只希望舉家平安，懇求阿兄再接再厲早破大案，莫要讓楚玉再擔驚受怕了。」

昨夜說起今日祭祖大事，樊寧就曾提點薛訥，薛楚玉定會藉機生事。薛訥便當仁不讓，按照樊寧所教，蹙眉道：「殿下交與為兄的任務是緊要，為兄也知曉其中利害，也想早日破之。為兄不似楚玉，沒有那麼多皇親國戚幫襯，更無法假借威勢，釋放了劉玉，唯有勤謹辦案這一條路可行……」

果然，薛楚玉有些心急了，漲紅臉辯道：「是劉玉的家人繳納了罰銀，兄長別血口噴人！」

「夠了！」柳夫人依然在盤手中的佛珠，面色卻冷沉了許多，但當著外客，她終究不會發作，語氣輕緩了幾分道，「菜涼了，別光說話了，快用飯吧。」

薛訥拱手一應，打算吃些飯菜便請辭，好在宵禁之前出門買些胡餅給樊寧吃。

誰知他剛吃了兩筷，便有一股強烈的窒息感湧上喉頭，薛訥撫著喉頭，探著手欲說話，卻陡然向後跌倒，轉瞬便無知無覺了。

樊寧坐在房中，等薛訥帶飯回來，心裡卻一直有些莫名的惴惴不安。

正堂處的雅樂聲斷得突然，緊接著便是一陣嘈雜的腳步聲漸漸迫近，樊寧趕忙團身出了臥房，躲在房頂上，翻開一片瓦礫，只見面色蒼白、不省人事的薛訥被幾個小廝抬了回來，不辨死活。

這是怎麼回事？好端端地去赴宴，回來竟成了這副模樣，樊寧乾著急卻不能現身，只能直勾勾盯著。未幾，柳夫人帶著一名郎中匆匆趕來，查看著薛訥的情況。

樊寧根本聽不清他們說話，只能看到那郎中時而搖頭時而點頭，她的心亦隨之七上八下。隨後郎中取了銀針，在薛訥的十指上輕輕鑽了幾下，與柳夫人講解後，拱手退了下去。

樊寧悄然探頭張望，看他出了慎思園，徑直往庖廚方向走去，估摸是配藥去了，目光還沒收斂，便見假山後，薛楚玉與劉玉躲在無人處，不知在密謀些什麼。

樊寧思來想去，下定決心悄無聲息地離開，找了個無人處貼好面皮，整整衣衫，重新回到這平陽郡公府大門處，一陣猛敲後亮出魚符，高聲道：「薛御史副官寧淳恭，奉太子之命輔佐薛御史辦案，有要事特來見我家主官！」

第十四章　河豚攜鴆

聽說有太子親派的屬官前來找薛訥，薛楚玉趕忙帶著劉玉前來相迎，只見堂下站著個身量不高的瘦削少年，身著綢裳圓領袍，頭簪青玉冠，腰配鴉九劍，一雙清目沉定明亮，很是倜儻風流，正是喬裝而來的樊寧。

樊寧與薛訥打小一起長大，幾乎是看著薛楚玉欺負了薛訥這麼多年，早就想揍他一頓洩氣，此時卻不能顯露，粗著嗓音拱手禮道：「敢問這位可是薛小郎君？」

薛楚玉拱手回禮：「正是在下，寧副官入夜前來，可是有何要緊事。家兄……忽感不適，正在房中休息，若是沒有什麼緊急公務，可否請寧副官明早再跑一趟？或者若是寧副官肯相信楚玉，楚玉可以代為傳話與家兄……」

「哦？薛御史身子不適嗎？本官不放心，還是親自去看看薛御史為好。」樊寧說著，背著手上前幾步。

「官爺，官爺留步。」劉玉賠著笑臉上前來，先禮後兵道，「即便是東宮屬官，也不好擅闖我平陽郡公府吧？不請自來已是無禮，眼見時近宵禁，官爺若再不回去，只怕坊裡的武侯也不是吃素的。」

樊寧插著腰，上下打量著薛楚玉與劉玉主僕，大拇指在唇邊一揩，歪頭笑道：「前幾日薛御史曾與本官說起，家中有人在庖廚寫血字，恐怕是要對他不利，讓本官多加留心，若是有何風吹草動，便前來相救。這是東宮魚符，本官上承監國太子，下護百姓黎民，若是有人與凶嫌相瓜葛，妄圖對特設監察御史不利，本官自當拔刀斬之，再向殿下請罪！」說著，樊寧霍地拔出了鴉九劍，橫在了薛楚玉的喉頭。

她的動作之快，竟讓薛楚玉來不及做任何反應，待回過神，也只能在眾目睽睽下尷尬笑道：「是劉管家失言，並無阻攔閣下查案的意思，來人，快帶寧副官去看看阿兄吧……」

樊寧這才收了劍，似模似樣地抱拳一禮，隨著一名怯生生上前來的丫頭，向薛訥的慎思園走去。

柳夫人仍與那郎中一道守在薛訥身側，聽說有東宮屬官來，她少不得起身相迎。

樊寧進了房間，近距離查看了薛訥的情況，見他雖虛汗滿頭，但唇色與面色還算正常，略略舒了口氣，先向柳夫人一禮，又問郎中道：「薛郎身子可要緊？」

「方才老夫已為薛御史行了針石之術，又餵了藥，薛御史的症狀已緩解許多，只是此處還離不開人，且要看看他的表徵如何，再做進一步的診治……」

「可有性命之憂？」

「並無性命之礙，只是……若說是中毒，薛御史的症狀也太輕了些，若說是吃壞了東西，又有些反應過於劇烈了。」

「可知道薛郎中的是何毒？」樊寧問。

「這……下官醫術淺薄，只知道論症狀是脾胃失和，有窒息與喉頭水腫之症，若非救得及時，亦會有性命之憂，但馬上經手診治，便不會有差池。」

「是何物中包含毒物，這位郎中可驗過了？」

「已略略驗過，應是魚羹中有毒。」

「那其他人吃的魚羹呢？」樊寧又問。

「其他人的亦驗過了，皆是尋常魚羹，只有大郎君吃的那一份有毒，其他人都沒有。」

「這便奇了。」柳夫人轉著佛珠，慢慢說道，「所有人的魚羹皆是同鍋而煮，再分別盛至碗裡的。今日府裡祭祖設宴，我亦少不得要去後廚看看，這魚羹出鍋裝盤，從後廚送至宴廳，直至端上桌案，皆由我親眼所見，並無差池啊。」

樊寧聞此，不由陷入沉思。若柳夫人所言是真，那便不可能有人有機會單獨給薛訥下毒，可案情昭昭，郎中亦是言之鑿鑿，難道是柳夫人在撒謊，下毒的就是柳夫人？抑或說先前府中出現的血字，亦是她的手筆？

樊寧不由得對柳夫人起了幾分提防，拱手道：「夫人萬安，下官可否去案發處看看。」

「來人，帶寧副官去正堂看看吧。」柳夫人不經意地吩咐下人，看到樊寧轉身而去時，卻明顯怔了一瞬，轉佛珠的手一使力，在紫檀珠上留下了一條長長的劃痕。

待樊寧出了園子，柳夫人無聲嗟嘆，默默收起了佛珠，吩咐道：「今夜府中出事，便不留將軍的幾位兄弟與侄兒過夜了，趁著還未宵禁，好生送他們回家去吧。」

樊寧來到大堂時，京兆府的法曹已帶著仵作到達現場。樊寧見到這些官差，心裡發慌，排面上卻不輸分毫，背著手指點江山一通，而後開始悄然四處查看。

經仵作查驗，薛訥魚羹中的毒乃是河豚毒，只是用量很少，故而薛訥才沒出什麼大事。樊寧深知河豚之毒，微量即可致死，心有餘悸，更覺疑惑：今日家宴，所有人餐盤上的吃食都是一模一樣，並且是隨機擺放的，為何眾人都沒有中毒之症，唯獨薛訥會窒息暈倒呢？

樊寧略忖了忖，對那法曹道：「殿下對薛御史的重視，幾位是知道的，薛御史身負弘文館要案，卻離奇中毒，此事不論如何，總要給殿下一個交代，免得明日一早殿下問起來，我們什麼都沒做，惹得殿下動怒。」

「寧副官說得極是。」那法曹附和著，亦想著今夜無論如何也要拿出個調查方向，可是除了薛訥所食的魚羹外，其他食物酒水都驗過了，根本沒有毒物，如是又要從何調查呢？

樊寧便是料定他們會如是為難，心中竊喜，面上卻不露聲色，蹙著長眉，煞有介事地問府中小廝道：「開宴以來，上罷菜後，可有何人在席間走動嗎？」

小廝一怔，努力想了想，磕巴道：「只……只有我們家小郎君，跟大家敬了個酒，旁人都沒有動彈。」

眾人聽完，皆若有所思，樊寧趁機煽風點火，對那法曹道：「既然如此，是否應先將薛小郎君請回衙門問話，雖然還沒有什麼切實證據，但問問話好歹算個方向，也不至明日一早殿下問起，我們竟是一夜什麼都沒做，不知以為如何？」

這法曹的意思，原是抓個小嘍囉回去問問便罷，但現下此間活動的只有薛楚玉，帶他回去問話乃是情理之中，何況薛楚玉本也沒有官職在身，到底沒什麼忌諱。眼見快到宵禁時分，法曹不想再耽擱，便吩咐手下道：「那就去請薛小郎君，隨我們回一趟京兆府吧。」

樊寧強壓住想笑出聲的衝動，與法曹寒暄幾句後，復回到慎思園看望薛訥。

薛訥已轉醒過來，勸了柳夫人回房休息，只留下幾位侍婢小廝侍奉在側，聽說「寧淳恭」來了，他努力睜開眼，用極其虛弱的聲音說道：「剛聽說寧兄來看我，不能相迎，實在是失禮了。」

樊寧心想薛訥真不算傻，估摸是聽柳夫人說了，腦子這便轉過了彎來，她拱手一禮，笑道：「見薛御史沒什麼大礙，下官就放心了。有些關於弘文館別院案子的線索，想與薛御史討論一番，可否摒退左右？」

薛訥微微頷首，屋中的侍婢、小廝便統統退出了慎思園，輕輕關上了大門。

樊寧長舒一口氣，笑對薛訥道：「薛楚玉被帶走了，雖然定不了罪，總要在京兆府那待上一陣，也夠他難受了。」

薛訥望著樊寧，笑得寵溺又無奈，慢慢道：「妳是最機靈的，楚玉再能耐也算不過妳……方才嚇著妳了吧，我也不知怎的，忽然就覺得胸口悶得不行，一口氣喘不上來就沒了知覺。本還想保護妳，卻讓妳擔驚受怕了。」

「哎，咱們倆是什麼交情，你還用得著說這個。」樊寧盤腿坐在薛訥的榻上，悄然道，「不過，這事確實不同尋常，我方才問了你娘，又去你們用飯的大堂查看過了。今晚的魚羹乃是同鍋而煮，由你娘親看著分盛出來，又傳到宴廳來的。開宴之後，你並未離席過，卻只有你一個人的魚羹裡面查出了河豚毒，你說奇不奇怪？之前血書那事如此誇張，我還不信，沒料到真的差點把你毒死，現下排查一圈，最有嫌疑的竟然是你娘，真是叫人何處說理去啊？但我又想了想，你娘雖然有些偏心，對你還是疼愛的，總不至於下殺手啊。」

薛訥無奈的笑容裡帶著幾分薄薄的淒涼：「是啊，我娘再怎樣也不至如此，楚玉就更沒有可能了。他多年經營，希望的是我不知不覺吃啞巴虧，絕不會親自動手。此事鬧得如此之大，只怕很快就會傳遍長安城，不知有多少人等著看嫡長子受迫害的戲碼，對楚玉風評不利……」

「照你這麼說，搞出這件事的人，並不是要害你，反而還是要幫你了？這怎麼可能，你別忘了，你這條命可是撿回來的。」樊寧看著薛訥灰黃的面色，頗為心疼地嘆了口氣，「說來，從前在道觀的時候，你也時常生病，如今這麼大個人了，難不成還要我像小時候一樣照顧你啊？」

薛訥搖搖頭，他面色很是憔悴，眼神卻依舊十分明亮，給人一種莫名的俊俏之感：「不必照顧我，我沒事的，只是這兩日怕是會有郎中、僕役密集往來，家裡妳是住不得了，不妨去東市找間好點的客棧先住下。最近出了那安定公主的案子，刑部分散了不少注意力，加之法門寺的證詞，皆指向案子另有隱情，搜捉妳的武侯少了許多，住店應是無礙的。但即便如此，妳還是拿上那只銀香囊吧，裡面的香葉我調過了，遮得住妳身上的味道。」

「我不要，是李媛嬡給你的定情物吧？」

薛訥一怔，急火上頭來，臉色漲得通紅，咳喘不止：「郡主是我的老友，何來定情物這一說……妳只管拿上吧，保命的時候，還拘什麼何人送的。」

樊寧依然坐著沒動，又道：「今晚我想藏在庖廚外看看，說不定會有什麼發現，不必去住店了。」

「無論是幫我的也好，害我的也罷，才作了案，肯定不敢馬上就現身的，總要過上一、兩日。妳今晚只管好好休息，眼看要宵禁了，快去吧，拿上我的錢袋。」

聽薛訥這麼說，樊寧便也不再客氣，拿起桌上的錦囊錢袋，只覺沉甸甸的，她打開一看，果然有許多錢，在城裡最好的客棧住上三兩月都沒什麼問題。

薛訥又道：「昨夜就沒睡好，到現在也沒吃上晚飯，妳快去吧，盡力把這些錢花光，也算是為我破財免災了。」

樊寧偏頭一笑，拱手一禮，揣起了香囊與錢袋離開了平陽郡公府，御馬去往東市。本想住在最喜歡的東麟閣，行至門口，卻還是心疼薛訥的錢，最終宿在了旁邊乾淨清雅的小館裡。

這裡店面不大，夥計也不多，但掌櫃很和氣勤謹，把店內、店外收拾得乾乾淨淨。樊寧交了兩日的銀錢，走進房間，去掉面皮好好洗漱一番後，躺在榻上發起了呆。

她打小就與薛訥相識，迄今已逾十年，亦是看著那薛楚玉欺負了薛訥十餘年。從前以為薛訥不懂，如今看來，他是根本不屑與薛楚玉爭鬥，不管今日在飯菜上做手腳的人是為了幫薛訥還是害薛訥，這一切的起因還不是因為薛楚玉的步步緊逼。

樊寧握緊小拳，只恨不能去打薛楚玉一頓，讓他老實點。眼下到了什麼樣的關口，弘文館別院的案子勾勾連連，竟可能關乎著大唐朝堂，薛楚玉怎還能只考量一己私利。今日陷他到京兆府只是個開端，若他再不識好歹，樊寧便打算替他兄長收拾他一頓，讓他好好長幾分教訓。

翌日清早，天方擦亮，樊寧就貼好面皮，打算用了早飯後即刻去平陽郡公府找薛訥報到。才出了客棧，就見高敏坐在店前的麵攤上吃著胡餅、油茶湯，兩人四目相對，樊寧少不得與他招呼：「高主事，好巧，你從法門寺回來了？」

「是啊，才進城，還沒來得及回刑部報到。寧兄還沒用早飯吧？過來一起吧！」

樊寧本想推辭，但被高敏熱情邀請，實在不大好脫身，她只得坐在了高敏身側，也點了一份同樣的早餐吃了起來。

高敏邊吃邊問道：「才進城就聽說薛御史出事了，寧兄可去看過他了？沒有大礙吧？」

沒承想高敏的耳報神如此靈通，這麼快就聽說了昨夜的事，樊寧頓了一瞬方回道：「啊，大抵無礙吧，高主事怎的一進城就聽說了……」

「在長安城裡，薛家的事傳得極快，除了薛大將軍功勳卓著外，主要還是薛御史招人。你說，他年近及冠，身分高貴，瀟灑不凡，還沒有定親，又與太子交好，哪個姑娘會不喜歡？若非這幾日旁的事傳得沸沸揚揚，只怕現下就有幾十號人圍在平陽郡公府外看熱鬧了。」

樊寧猜測高敏說的「旁的事」正是安定公主案，想幫薛訥套幾句話，「對了，高主事可聽說公主的案子了？回長安的路上，我與薛御史見許多十六、七歲的姑娘都攜家帶口地出逃，鬧得人心惶惶的。」

「可不是嘛！」高敏握住樊寧的肩，在她耳畔低語道，「聽說天皇堅持要開棺，但天后不允，如今朝中各路勢力都在尋找永徽五年出生，被人抱養的姑娘……這是何意，不必高某言明，寧兄也應當懂的，所以有門路的人都在四處尋訪，這才鬧得人心惶惶。」

高敏在樊寧耳邊說話，熱乎乎的氣息惹得她很是不自在，後撤一步又道：「切，前陣子的弘文館別院大案，也不見他們這般上心啊？」

「你沒聽說過『娶妻得公主，平地生官府』嗎？你且看看天皇、天后對太平公主何其嬌寵，便能猜出，若是安定公主真的還活著，會有何等待遇。若是誰能提前一步找到公主，再得到公主的青眼，這輩子還需發愁嗎？不過啊，依我看，我們刑部就沒幾個模樣好的，公主就算瞎了也看不上他們，只有我高某還算有幾分希望吧。」

樊寧想起上次曾見過的那一高一矮兩主事，深覺得高敏的話有理，撇嘴笑了兩聲，吃了幾口胡餅，起身請辭：「時辰不早了，想來高主事也著急回刑部，寧某就不耽誤了，即刻往平陽郡公府找我家主官去了。」

「寧兄客氣，記得替高某向薛御史帶好。」

兩人行禮拜別後，樊寧駕馬向崇仁坊駛去，才進了大門，就見那賊眉鼠眼的劉玉正站在景觀山前給一群僕役訓話，看到樊寧，他滿臉不服之色。

樊寧打小見多了這樣的無賴，面無表情，重重一拍腰間的佩劍，即刻便嚇得那劉玉如王八似的一縮脖子，不敢再造次了。

打從昨晚樊寧離開後，薛訥一直躺在榻上思索，幾乎一整夜不得安眠。

案情實在是千頭萬緒，離開法門寺後遭遇火災，差點害得他與樊寧葬身火海，如今薛府又出了這檔子事，令他險些中毒而亡。

若是尋常人肯定要認定乃是有人一路追殺，要置自己於死地，可薛訥總感覺其中有些地方無法解釋得通，昨日在薛府的遭遇，似與前情並無瓜葛；鳳翔客棧的失火案，多半會被當地官員以「庖廚走水」為名結案。

此案的凶手若真和弘文館別院案的是同一人，那就意味著凶手能如樊寧一般，靠著功夫飛簷走壁潛入薛府，到後廚下毒。可若這樣一來，毒就會出現在所有人的魚羹裡，而不是只有自己的魚羹裡有；而傳菜的侍婢，事先也並不知道哪一份魚羹會放到自己面前，想在傳菜的過程中下毒亦是不可能；上菜後，自己便片刻也沒有離過席位，也不可能有人投毒。

思考又進了死胡同，薛訥性子再沉穩亦不由得起了三分煩躁。不知怎的，打從弘文館別院大案開始，最近總是頻頻碰壁，毫無頭緒，再這般下去，不單會辜負太子的信任，亦無法為樊寧洗清冤屈。

天亮時，薛訥坐起身，壓下煩躁的情緒，閉上雙眼，努力使自己集中精神，回溯到昨夜的案發之時。

薛訥猶如一個看不見的旁觀者，站在只存在於自己腦中的宴廳裡。不遠處，母親柳夫人坐在正中主位，幾位叔父列居次席，自己則與薛楚玉隔著過道相對而坐，一如昨夜開宴時的情景。

「還有一個多月，阿兄若是再捉不到眞凶……」薛楚玉譏誚道。

不是此處，薛訥搖了搖頭，跳過了這一段。

「是劉玉的家人繳納了罰銀，兄長別血口噴人……」

也不是此處，薛訥又搖了搖頭，將這一段也跳了過去。

「菜涼了，別光說話了，快用飯吧。」柳夫人嘆道。

『就是這裡！』薛訥一念之下，宴會廳中除了自己以外的所有人都停下了動作，亦包括那個正抄起湯匙把魚羹送入口中的自己。薛訥行至正在吃魚的自己面前，仔細端詳比較著所有人，發現了一個先前從未留意到的細節。

所有人之中，只有自己是直接抄起魚就吃的，而其他人，都正在做一件相同的事：向魚羹中舀入薑汁。

薛訥回過神來，從臥榻上猛然坐起，不顧虛弱的身子，欲往庖廚走去，還沒出門，就聽得李媛嫒的呼喊聲：「薛郎！薛郎！」

薛訥心下著急，卻不得不對推門走入的李媛嫒以禮相待：「郡主……」

李媛嫒手裡掂著一大堆山參燕窩，看著薛訥憔悴的面龐異常心疼，問道：「你沒事吧？今天一早聽說你出事，我緊趕慢趕來了，早飯都沒來得及吃呢。」

這廂薛訥才被李媛嫒攔下，那廂樊寧便信步行至了慎思園，才進園門就聽到有女聲，樊寧以為是柳夫人，叩門而入後卻發現是李媛嫒。

兩人四目相對，李媛嫒眼中湧起幾分敵意，嚇得樊寧抬手摸摸自己的臉兒，心想李媛嫒這傻貨，總不成能看出自己的真面目吧？

沒想到樊寧也一早來了，薛訥心裡莫名緊張，忙招呼道：「寧兄來了……這位是李郡主。」

樊寧趕忙裝出與李媛嫒不熟識的樣子，恭敬禮道：「寧淳恭見過郡主。」

李媛嫒的目光卻沒有分毫改善，盯著樊寧腰間的香囊，氣道：「這香囊是我給薛郎的，怎的在你身上？」

樊寧大窘，趕忙解下了香囊放在桌案上，縮了手後退幾步道：「薛御史借我一用，不知是郡主所贈，失禮失禮……」

李媛嫒瞪了樊寧一眼，不再理會她，轉頭面對薛訥時，則竭力壓制住脾氣，好言道：「聽說你那個倒楣弟弟昨晚被帶去了京兆府衙，現下還沒有回來。既然矛頭都指向他，你何不跟太子殿下申斥，就說薛楚玉圖謀爵位陷害長兄，趁機讓殿下責罰他，令他從此絕了這個念頭呢？」

「現下並無證據指向楚玉。」薛訥性子雖謙恭卻也剛直，已有了線索，只想盡快破案，根本不想攀誣他人，「待到明日後日，應當就能水落石出了……」

「哎呀，你怎麼這麼呆呢！」李媛嬡叉腰氣惱不已，見樊寧在，欲言又止。

樊寧看出李媛嬡的意思，忙說道：「哦哦，那個，下官去門外等薛御史。」不待薛訥阻攔，樊寧便大步走了出去，薛訥望著她的背影，說不出的心急與無奈。

李媛嬡哪裡管這些，嬌羞裡帶著幾分焦急：「薛郎，今日我便把話挑明瞭說吧，我今年也十九歲了，前幾日阿爺說了，也不拘你現下官階幾何了，只要以後你能承襲平陽郡公，便、便答允我們的婚事……」

「我們的婚事？」薛訥一怔，蹙眉笑道，「先前的事，不是長輩們的玩笑嗎？郡主可千萬別……」

「玩笑？」李媛嬡似是不敢相信自己的耳朵，難以置信地望著薛訥，「何人說是玩笑？我們家裡上上下下都認定了你，這些年一直心照不宣，就是在等你稍有建樹，怎的忽然成了玩笑了呢？」

薛訥從前便知道李媛嬡對他有意，卻不想英國公府上之人皆如是認定的，他趕忙起身長揖，向李媛嬡賠罪：「不知令國公府亦有所誤會，皆是慎言的錯，不敢懇求原諒……若是郡主允准，明日一早，慎言便登門致歉，解釋誤會。」

薛訥言辭懇切直白，沒有半分扭捏的意味，李媛嬡的面色轉作蒼白，心頭遽然一痛，淚珠噙在眼眶裡不住打轉。她抬手一把抹去，不願以這副可憐巴巴的模樣落在薛訥眼中：「薛慎言，我李媛嬡不在意那些虛名，我只是相中你這個人了。旁的不敢說，有我曾祖父在，朝中便無人敢欺凌你，薛楚玉要動你，我更是第一個不答應。我們從小一起長大，你可能分不清對我究竟是何念想，我可以等……」

「郡主——」薛訥難得打斷他人的話，直直望著李媛嬡，眸中滿是篤定堅持，還有幾分與她毫無瓜葛的溫柔，「慎言……慎言心中早有所屬，十年前就已下定決心，非她莫娶，還是請郡主不要在我身上白費功夫，免得傷及妳我摯友交情。」

這般溫和知禮的人，不承想說起絕情的話竟是這般決絕不留餘地，李媛嬡再堅強也忍不住淚灑當場，旋即轉頭跑開了。

樊寧站在院外，見李媛嬡哭著跑出，震驚非常，才想回去問薛訥到底怎麼了，便見薛訥急匆匆走了出來。

「哎哎，主官，李郡主是往那邊去的。」樊寧不明所以，以為薛訥要去追李媛嬡。

「隨我去廚房！」薛訥急道，「再不快些，證據就要沒了！」

庖廚處，侍婢們正在小心翼翼地做活。昨晚家宴上出了這樣大的事，攪擾得人心惶惶，眾人皆生怕自己哪個環節做得不到位，被人拉去頂包，此時看到薛訥帶著一位面生的副官匆匆走來，他們不由得聳起了膀子，滿面驚恐之色。

「昨日做魚羹的鐵鍋可還在？」

一名年紀稍長的侍婢聽到薛訥這般問，忙做出請的姿勢：「還在庖廚裡，郎君且隨我來……」

薛訥與樊寧大步隨那侍婢走入寬敞的廚房中，只見應是有昨日前來查案的法曹吩咐，庖廚還未收拾乾淨，盡力保留著昨晚家宴前的模樣，只在靠門處的方丈地做著今日的飯食。

薛訥走到灶臺前，只見那燉魚的鐵鍋還未收拾，他忙將鐵鍋端起，迎著日頭的光線仔細查看，果然見鍋邊還留有些許不明殘液的痕跡。

河豚毒不溶於水，昨日些微飄在魚羹中，仵作們檢查各位賓客的餐盤無毒，皆是因為那一道端上來的薑汁，偏生薛訥從小就不吃薑，此案的嫌犯便是抓住了薛訥這個習慣，方能投毒成功。

薛訥探手示意，樊寧即刻遞上一塊紗絹帕子，薛訥一點點將鍋口的液體擦去，妥善封存起來，走出庖廚對眾人道：「昨晚是我不慎吃錯了東西，與夜宴上的食材衝撞了，這才有些中毒之症，現下已經無事，與大家都不相干，你們不必緊張……另外，勞煩寧兄告知劉玉，去京兆府將楚玉接回來吧。」

莫說在場之人皆呆立當場，就連樊寧也著實愣了一會兒，才回道：「哦哦，好，下官這就去辦。」

樊寧闊步走開，心裡的疑惑如山呼海嘯似的湧來——方才薛訥急匆匆趕來，定是已經發現了關竅，甚至應當已經猜出嫌犯究竟是誰，但他怎的又忽然說是自己吃壞了東西，與他人不相干呢？

樊寧告知劉玉後，離開了薛府，而後趁眾人不防備，飛簷走壁又入慎思園中。

薛訥正倚在榻上看書，他似是猜到樊寧會馬上回來，手不釋卷道：「看妳嘴乾了，桌上斟了水，先喝了再說話吧。」

樊寧抱起杯盞，「咕咚」飲下，坐在薛訥身側：「到底是怎麼回事？我心裡像是貓抓似的難受，趕緊告訴我，莫要賣關子了。」

薛訥放下書卷，輕輕嘆了口氣，眉眼間滿是莫名的情愫：「再過三兩天，就會真相大白了。我已經大好了，今晚……應、應當不會再有人來，妳別、別回客棧去了。」

樊寧偏頭看著薛訥，見他臉上一陣紅、一陣白的，若有所思。薛訥被她盯得後背發毛，剛想是不是自己言辭太過露骨，被這丫頭看穿了心思，便見樊寧湊上前來，抿唇笑道：「你是不是……害怕啊？」

「啊？」薛訥還以為樊寧要問自己是不是對她有意，誰知她話鋒忽然一轉，令他半晌沒反應過來。

樊寧哪裡知道薛訥心裡的小九九，振振有詞道：「我還以為你膽子好大呢，整天撥弄那些死人，現在事情出在自己身上，知道怕了吧？行行行，我今晚不走，還在這守著你，好不好？」

只要樊寧留下，薛訥也不在意說辭了，甚至無意識當真蜷了蜷身子，好似真的怕了似的：「那便多謝妳了……」

「對了，今日李媛嬡是怎麼了？」樊寧擺出一副包打聽的姿態，竟與李弘有幾分相像，

「我看她好像哭了？」

提起此事，薛訥十足無奈，嘆道：「郡主怕是誤會了我與她之間的關係，以為那開玩笑的指腹為婚是真的。」

「哦……你把人家拒絕了。我是真好奇，你喜歡那姑娘究竟是何人，可是有三頭六臂嗎？你竟為了她，連英國公家的郡主都拒絕了。要知道她曾祖父可是李勣！天皇最倚重的人！整個長安城裡多少青年才俊都想與她家攀親呢！」

聽樊寧如是說，薛訥不知是喜是悲，他低垂眼簾，眸中滿是眷戀，嘴角的笑卻有些清苦：「沒有三頭六臂，也不是什麼名門閨秀，她……只是她罷了……」

「過陣子有機會，你帶我去見見她，如何？作為你的摯友，我也應當幫你把把關啊！」

薛訥抬起眼，輕輕一笑，話語溫和卻篤定：「妳放心，待塵埃落定，我會馬上帶妳去見她。」

第十五章 地宮謎團

翌日一早，薛訥便步行去往英國公府，打算親身向英國公李勣請罪。

李勣時年已七十五歲，歷經了高祖、太宗與當今天皇三朝，與長孫無忌、李靖等一同位列大唐凌煙閣二十四功臣，極受天皇李治的倚重。如今平陽郡公府與英國公府同在崇仁坊中，薛仁貴是平步青雲、身先士卒的新貴將領，李勣則是位高權重、安邦定國的國之柱石，兩家平素往來密切，頗有些英雄相惜的意味。

薛訥不願因為自己令兩家關係蒙塵，敲門說明來意後，便隨著管家向內堂走去。

英國公府比平陽郡公府大上不少，進了正門便是個練武場，不少李勣族下的子弟在此處習武練兵，一板一眼，極有章法。相比之下，自家雖是將門，尚武的氛圍卻比李府差了不少。

薛訥正這般想著，頂頭來了個身著鵝黃襦裙的少女，她兩步上前，對管家道：「曾祖父正在暖閣打盹呢，不便去打擾，我帶著薛郎四處看看就好了。」

來者不是旁人，正是李媛嫒，薛訥見她雙眼腫得像桃一般，便知她昨晚哭了一夜，心裡頗不是滋味。雖然對她沒有分毫男女之情，卻始終視她為友。

待管家離去，薛訥躬身長揖：「是慎言對郡主不住，今日特來向英國公請罪，若是英國公不方便見客，慎言便改日再來。」

「曾祖父年紀大了，我不想他動氣，你不必與他說了。」

「那慎言便先告辭……可若英國公醒來，問起薛某為何沒進房中問安，是否會有些失禮？」

「曾祖父那邊，我會與他說的，他現下記性不好，等會子睡起來便記不得你來過了。」李媛嬡抬起眼，擠出一絲笑意，卻顯得十分不走心，「陪我四處走走吧，我有話跟你說。」

薛訥抱拳一禮，隨著李媛嬡走過英國公府的長廊，眼見道路盡頭有一間裝飾極其精巧的小院，雖已是初冬，依然團花簇錦，生意盎然，一看便知是李媛嬡的閨房。

薛訥急忙駐步，偏身道：「郡主，咱們還是外面說說話吧，外客怎配進郡主閨房……」

李媛嬡看薛訥一眼，無奈地帶他轉入一旁的別院，只見牆內種滿修長綠竹，清新雅致，青草中埋著一塊巨石，其上刻著「忠義」二字。

薛訥駐步細觀，問李媛嬡道：「敢問郡主，這可是右丞相閻立本的字？」

「這你倒是看差了，這字出自右丞相閻立本的兄長閻立德之手，聽說整個崇仁坊在建造時，皆由他設計，我們家是坊中第二大的院落。」

薛訥微微偏頭，心裡有些疑惑，卻沒有問，隨李媛嬡走入書房中。

薛訥不習慣與她同處一室，渾身不自在，復問道：「郡主有何話問薛某，但說無妨。」

「昨日我與我母親說了，說是我……看不上你了，不想與你定親了。你可以安心，李家的人不會為難你的。」

薛訥沒想到李媛嫚會這麼說，輕聲一嘆，拱手道：「慎言多謝郡主，其實妳本不必做這些。是我沒有及時解開誤會，即便英國公與李將軍有不滿，亦該由我一力承擔。」

「你以為我是為了你？」李媛嫚佯做強勢，一副看開了的模樣，但她的聲線依然在微微顫抖，眼眶更是通紅，「我堂堂英國公府的郡主被你這般拒婚，豈不丟了我曾祖父與阿爺的臉面……」

「那便都依郡主，隨郡主高興就是了。」

李媛嫚忽然攥緊小拳，沖著薛訥重捶兩下，下手看似極重，落下的力道卻消解了許多：「這是你欠我的，以後……以後你我就兩清了。」

薛訥看著李媛嫚淚如雨下，心裡亦不好受，拱手道：「與郡主的多年友情，我永遠不會忘記。往後只要有需要慎言的地方，隨時為郡主赴湯蹈火。」

「我不需要你赴湯蹈火，我只是心裡有個疑影，想要找你問個清楚。」李媛嫚一頓，確定僕從皆被打發離開，四下無人，才低聲道，「你喜歡的人……是那個紅衣夜叉嗎？」

夜半三更時，樊寧隨薛訥避過了府中的重重哨卡，來到了庖廚。

打從薛訥將中毒歸結為自己吃錯了東西後，府中風浪漸漸平息，但她一刻也不敢放鬆，那個答案在她心中呼之欲出，令她晝夜難眠。今日無論如何，她一定要親眼去看看，求證一下自己的猜想，看看下毒的究竟是否是那人。

「喂，真的只要守在這裡，凶手就會自己現身嗎？」樊寧與薛訥一道擠在庖廚門後的狹小空間裡，用極細的聲音問道。

雖然還戴著「寧淳恭」的面皮，但樊寧那一雙滿含秋波的大眼睛近在咫尺，加之她身上那種好聞的香氣，讓薛訥登時語塞著紅了臉。

這門後的空間如此之窄，兩人幾乎是身貼身挨在一處，最要命的是樊寧彷彿毫不介意，非但不避諱，臉還越湊越近。薛訥心中暗自慶幸：得虧後廚裡是一片黑暗，她看不見自己臉上帶著迷之紅潤的窘迫相，否則還真不知當如何解釋。

薛訥只覺氣血不住湧上頭去，心臟擂如戰鼓，像是要從身體裡跳出來一樣，卻也讓他的聽覺變得比平常更靈敏了幾分。

「噓！安靜！」薛訥好似聽到了什麼動靜，立刻用手摀住樊寧的嘴，這一摀不要緊，他的手結結實實地觸到了她柔嫩的唇，讓他鬆也不是、緊也不是，兩下為難，更加窘迫。

好在如是窘境並未持續太久，門外漸近的腳步聲很快奪去了兩人的注意力。

樊寧睜大雙眼，只見淺淺的月光裡，庖廚的大門被輕輕推開，長長的人影慢慢伸入後廚，樊寧以為是什麼不得了的壯漢，提高了三分警覺，誰知待那人走入時，卻只見是個佝僂身子的老者，藉著月色四處費力地翻找著食物。

「沒想到真的是妳……」

聽到薛訥的聲音冷不丁從身後傳來，那人影明顯一滯，重重嘆息一聲，隨之而來的是個老婦的聲音：「本以為做得天衣無縫，看來還是沒能瞞過我們大郎君啊。」

樊寧習慣性地要拔劍，卻被薛訥按住，他幾步走上前，緊緊握住了那老婦的手，慨嘆道：「我自小無法食薑，吃了便會起疹難受，除了我自己之外，連我母親和胞弟都不知情，只有把我從小拉扯大的乳母最清楚。我猜想那日便是您趁看鍋的小廝偷懶不在，在鍋裡的魚羹中滴入了河豚毒，又在侍婢提前備好的薑汁裡混入鹼面，藉以中和、消弭河豚的毒性，這才做到了只讓慎言一人中毒。只要想明白這其中的關竅，便能猜出這一切乃是乳母一手策劃的。聯想起之前廚娘們曾提到後廚偶有食材失竊，我算好了時間，估摸著您今晚會來，於是就在這等您自己現身了。」

月華傾瀉，映著乳母劉氏的滿頭霜髮，她抬手撫著薛訥的面龐，輕輕一笑，不知是喜是悲：「不愧是我們大郎君，真是聰慧。只是老身做這些的苦衷，郎君似乎沒有懂啊……」

「慎言明白，乳母煞費苦心布下此局，乃是為著讓楚玉背上弒兄未遂的罪名，從而永遠絕了他襲爵的可能。但乳母從小對我的教導，又豈是如是為人？楚玉自會嘗到作惡的苦果，但我不能去構陷他，否則我良心何安……比起這個，慎言更想知道的是，乳母在府中究竟藏身何處？先前是否是楚玉串通劉玉，逼迫乳母離開？那日我分明見乳母出城了，您又是如何回到薛府的呢？」

這府中的祕密，劉氏本想待功成身退時再留信告知薛訥，沒想到會是眼下這種情況。她輕輕嘆了口氣，說了句「郎君隨我來」，便顫顫巍巍地走出了庖廚。

月光如水，薛府後院萬籟俱靜，連枝頭的鴉雀亦已沉沉而眠，只有輕微的咕咕聲。為著今晚的行動不會有任何阻礙，薛訥傍晚時偷偷在後廚煮的茶水中放了有助眠功效的草藥汁，此時府中上下皆沉在酣睡中，只怕打鑼也敲不醒。

薛訥與樊寧跟隨劉氏來到距離庖廚不遠的後堂，行至供奉佛像的神龕前，將神龕移開後，但見一個僅容一人蜷縮可進入的洞穴。

洞穴裡，窄窄的臺階通向幽暗的地下。

此等暗道機關，薛訥之前從未留意過，此時他在腦海中想像著四周，發現果然玄機暗藏：這佛龕與後院的八角亭、東邊的後廚、西邊的水池，剛好符合八卦圖形中的乾、坤、離、坎四卦的位置，而這四者對角連線的交叉點，恰好是後院中石桌、石凳的所在，看來這石桌與石凳，便是開啟密道的機關了。

劉氏見薛訥沉思後恍然，不由微微一笑：「還是我家大郎君最聰明，楚玉郎君怎比得上我家大郎君？此暗道僅在每逢三、六、九之日子時三刻，將院中石桌順時針轉動半周便會開啟，逆時針轉動則會關閉。」說完，劉氏便蜷縮彎身，小心翼翼沿著洞口的臺階向下走去。

薛訥和樊寧對視一眼，趕忙跟了上去。

洞穴下是一段狹長的直路，層高十分低矮，劉氏與樊寧還好，薛訥須得全力蜷縮，方得前進。

走了約莫五十步後，終於到了盡頭，只見一個豎井通向上方，四周以磚石砌出落腳之處，供人攀登而上。

薛訥與樊寧跟在劉氏身後慢慢爬上豎井，冒出頭來，眼前忽然有了光亮，經歷片刻刺眼不適後，兩人復睜開眼，只見此處別有洞天，一條寬闊如馬路的甬道兩側紮著叢叢火把，一眼望不到頭，只怕比地面上的平陽郡公府還要大些。甬道兩側是土封的隔斷，每一間都配有兩扇木質門。

薛訥顯然沒想到，自家屋舍下竟有間這麼大的地宮，定了定神，走上前隨便推開了一扇房門。

只聽「嘩啦」一聲，幾塊鴉黑色的皮片忽然落在眼前。樊寧一抬頭，卻見無數的人形黑影在房梁上晃晃悠悠地懸吊著，一眼望不到盡頭。樊寧素來以傻膽大著稱，此時卻嚇得緊緊抱住了薛訥的雙臂。

薛訥本來也被眼前的景象所震懾，被樊寧這麼一抱，腦中「轟」的一聲，整個人呆立在原地，半晌才定住神，柔聲寬慰樊寧道：「沒事，只是些舊兵甲，沒有死人，別怕……」

樊寧睜開眼，定睛看看，見那吊著的果然是兵甲，只是年代久遠，已經被此處陰濕的潮氣腐蝕潰爛，甚至有的已生了苔蘚。

「這裡怎會有這麼多兵甲？」樊寧低聲問薛訥道，「若是每間房中放的都是甲冑，少說也得數千套吧？」

「是啊，我真是沒想到，我家這新宅院下竟有如此洞天。看這些甲冑的情形，應當有年頭了，這些東西若是被人瞧見，不知會如何猜想我父親，真是個驚天之雷……」

「在你家之前，是何人住在這裡，你知道嗎？」

薛訥搖搖頭，回道：「這宅子是父親出征高麗之前買下的，位置雖好，但不是極奢華，比較符合我父親在朝中的身分，便命令劉玉找工匠來收拾，月前才搬了進來……」

薛訥說著，忽然想起白日裡李媛嬡曾說，他們英國公府是崇仁坊第二大戶，當時他便覺得奇怪，這坊裡最大的兩戶人家就是英國公府和平陽郡公府，而英國公府的占地明明比平陽郡公府大上許多，怎會說英國公府是第二呢？

難道說李媛嬡知道些什麼嗎？看似也不像，她應當只是依葫蘆畫瓢，重複長輩們的話，若真有人知道些什麼，則應當是這座坊的設計者，即李媛嬡所提到的閻立本之兄閻立德了。

劉氏未吱聲，蹣跚著穿過暗室，向更深更遠處走去，薛訥與樊寧也趕忙跟上。

轉過甬道，眼前景象變作了地下庭院，劉氏隨手打開一扇門後，只見其中布置與薛訥的房間十分相似，薛訥與樊寧相視，兩人都一臉茫然。

「現下我們在的位置，是後院假山之下，」說著劉氏指了指頂上兩個方井一樣的洞，「此處乃是氣道，連接著後院假山怪石上的孔隙，故而此室雖處地下，空氣卻不渾濁，每日正午時分還會有陽光從孔隙照進來，經過氣道中的鏡子反射入房中。」

劉氏帶著薛訥和樊寧一一看過其他房間，更令薛訥與樊寧瞠目結舌：這些房間有的通向前廳的佛像後面，有的通向宴廳的下面，有的通向薛仁貴與柳氏的臥房，有的通向薛訥和薛楚玉各自的臥房，還有的甚至通向下人居住的廂房，皆有孔洞與這迷宮一般的地宮相連接。身處其中，足不出洞便可知曉府內人的一舉一動。

薛訥不由得驚出了一身冷汗：這等機關若是被薛楚玉知道，那自己窩藏樊寧的事早就被曝光了，薛訥疑惑問道：「乳母是如何發現這裡的機關的？」

「因緣際會，有一日老身幫夫人擦拭佛龕，半夜想起忘了敬香，急匆匆趕去，收拾罷疲累非常，坐在石凳上歇息，誰知竟觸發了機關，老身不敢聲張，只想著找個機會，將此事告訴郎君。又見楚玉郎君總是欺負我們家大郎，還要攆老身回老家去，老身生怕回去後，楚玉郎君與那劉玉會變本加厲欺凌大郎，這才想出了這個計策，既不傷害大郎君，又能讓楚玉郎君死心。所以上次離開前，老身買通了北小門處的看守，告訴他老身出門那日，需得返回拿些物件，待離開時走南小門，絕不連累他。他以為老身私藏了些體己，要回來取，便一口答應了。那夜老身悄悄回來，而後便一直藏在此處……不管出於什麼目的，老身都犯了罪，請大郎秉公執法，老身甘願受罰。」

劉氏說著，屈身就要拜，薛訥忙上前一步將她扶住：「乳母說的這是哪的話！小時候母親隨父親在外征戰，若非乳母餵養，慎言早已餓死。其後數載，慎言不會說話，時常被人笑話辱罵，總是乳母護著我，耐心地逐字逐句教我……若無乳母，慎言無有今日，妳所做的一切都是為了我，慎言即便萬死，也絕不會怨怪乳母分毫。乳母如是高齡，為了慎言不惜蜷縮在此地，連飯菜都只是隨便撿來應付，慎言只覺得心疼。我已租了車馬，並請了忠義可靠之人，懇請乳母早些收拾收拾，待天亮時，便送妳出城去。絳州那邊，我亦打點好了，乳母回家後只管安心休養，斷然不會有差池的。」

劉氏說不出的慨嘆，轉頭望向樊寧。

樊寧看到這裡的布置，明白劉氏早已知道她的身分，幾步上前，撓著小臉兒問好：「劉媽媽可還記得我，我是那個小寧兒……」

劉氏望著樊寧的眼神十分慈愛，歡喜道：「郎君上次說，已有了心上……」

「哎哎哎，等下，」薛訥漲紅著臉打斷了劉氏的話，轉頭對樊寧道，「借一步說話。」

樊寧茫然地被薛訥拉入旁側的一間房，只見他滿臉窘色，拱手頷首道：「上次送乳母離開時候，她說未見我成親，有些遺憾，我便哄她說，已有了心上人。今日又將離別，妳、妳能不能……」

話未說完，樊寧便一副了然之色，拍著胸脯保證道：「嗨，就這點事啊，好說好說，我們這麼好的兄弟，這點小事算什麼，你就看好了吧。」

說罷，樊寧走出房間，行至劉氏的面前，帶著三分忸怩環住了薛訥的手臂。

薛訥驚得挺直了身板，紅著臉磕巴道：「乳母，寧、寧兒妳是認得的……」

劉氏一笑，眼角綻開了褶紋，她上前拉住樊寧的小手，語重心長道：「孩子，老身是看著大郎君長大的，相中大郎君，妳的眼光可真是極好的。我們家大郎君不會花言巧語，但聰明可靠，待人真誠，除了妳，旁的女子他看都不會看一眼。妳兩個小時候，老身便看著有緣哪，兩小無猜，真是修來的福氣。這些年將軍沒有給大郎君定親，老身一直很擔心，生怕將來大郎君娶了旁家女子，會被有心算計，現下我家大郎君認定妳，老身回老家去也能放下心了。孩子，老身也算是看著妳長大的，妳兩個自小性情相合，往後的光景裡，亦要多多互相幫扶啊。」

雖說只是幫薛訥的忙，但樊寧還是非常真誠地勸慰著劉氏：「劉媽媽放心，有我樊寧在一日，便不會讓薛郎受人欺凌，不管是薛楚玉還是旁的什麼牛鬼蛇神，我統統幫他打飛。」

劉氏含笑點點頭，一手拉過薛訥的手，另一隻手再拉過樊寧的手，將他們交疊在一處，用自己粗糙瘦削的手緊緊包裹著，既珍重，又疼惜，還帶著無盡的不捨：「老身是看著郎君長大的，郎君的心思，旁人也許不知，但老身不會不知……郎君待人真摯，一顆心交付出去便再難收回，他嘴笨不會說，應是早已將妳裝在心裡。丫頭啊，雖然老身很是放心妳的人品性情，但還是忍不住再叮囑一句：妳兩個好好相處，大郎君永遠不會讓妳失望的。若是以後有機會到絳州來，龍門永遠有你們的家，不管何時來，都會有熱粥熱飯，給你們接風洗塵……」

劉氏說得極其真摯懇切，樊寧本是卯足了勁兒要做戲幫薛訥的，此時卻發懵起來，小臉兒忍不住微微發燒，整個人雲山霧罩的，一時接話不上。

薛訥明白劉氏已看穿他的心思，在此離別之際，已不想再做任何隱瞞，紅著眼眶道：「乳母莫要這般傷感，待查完了案子，慎言便帶著寧兒去龍門看妳。」

劉氏含笑點頭，眼淚拋灑而下，帶著欣悅與不捨，怎麼也捨不得將他們的手鬆開。

不知不覺，天開始亮了起來，分別便近在眼前了，薛訥不敢耽擱，恐有人醒了被撞見，緊趕慢趕帶著劉氏與樊寧出了地宮。

風影已駕車等在小門外，薛訥囑咐他幾句後，又與劉氏惜別：「乳母千萬保重，風影送妳到灞橋後，會有車隊接應，我為乳母置辦了些東西，妳帶回老家，安然養老……過不了多久，我便會去絳州看妳。」

劉氏泣淚不止，卻不敢出聲，生怕慢一步牽連薛訥。她顫顫巍巍上了馬車，由風影駕著，緩緩向城外駛去。

薛訥望著劉氏的馬車消失在盡頭，依然不肯離去，迎風站立良久，驀然回首，這才發現平日話很多的樊寧竟一直沒有言聲。想起乳母在地宮的話，薛訥不禁有些赧然，才想開口打破僵局，就見樊寧一指房頂，踏步躍入了薛府之中。

薛訥匆匆回到慎思園，四處找樊寧不見，卻聽得隱隱的聲響從地下傳來，忙俯下身，將耳朵貼在這間房通向地宮的窺口處。此窺口隱藏在案几正後方的影壁中，周圍鑲嵌著寶珠，很是避人耳目，難怪竟連薛訥這樣細緻入微的人都沒有發覺。

薛訥想透過窺口往裡看，身後的地板卻突然鬆動，惹得他踉蹌一步，差點失足踩空，回頭一看，只見青磚地板掀起一小片，堪堪露出了樊寧的小腦袋：「沒想到這裡居然還有個口子？」

薛訥趴在毯上，問樊寧道：「妳怎的又回那裡去了？」

「從前無處住，現下既然知道下面有個這麼好的地方，我就在下面住了。」樊寧小臉兒微紅，不與薛訥相視，「總跟你待在一處，也休息不好，折騰一夜了，我先去睡了……」說罷，樊寧縮回洞裡，就要關上這活動的地板。

薛訥眼疾手快，一把按住，擔心問道：「下面有被褥嗎？別凍壞了身子。」

「放心吧，凡是你屋裡有的，下面一樣不少，雖在地下倒還暖洋洋的，也不知道用了什麼機巧……」

話未說完，慎思園外便傳來侍婢的聲音，說是來給薛訥送早飯的。

樊寧與薛訥對視一下，立即不聲不響地躲回暗道裡。

薛訥歸置了東西後，開門相迎，再回來掀開地板，已不見了樊寧的身影。

薛訥重新蓋好地板，坐在原處，半晌沒動，俊秀的臉兒上滿是難見的落寞無措。以樊寧的聰明，莫不是聽懂了乳母的話，這才藉口要休息躲著自己？

一連幾天，薛訥白日在刑部寫卷呈，晚上回平陽郡公府時，樊寧皆推說累了躲在地宮裡，不肯與他相見。薛訥嘴上不說，心裡卻有些著急，這一日終於坐不住，放衙後特意拐到西市，買了樊寧愛吃的胡餅與櫻桃饆饠，匆匆趕回家，趴在慎思園的出氣口處，招呼道：「有好吃的，還有熱酪酒，妳鼻子不是很靈嗎？怎的還不出來？」

前兩日夜裡，樊寧與薛訥請了遁地鼠等人來，將可掀開的地板處改作了推門，如是便方便了許多，不用再趁夜半無人時繞道後花園，可以直接撐地而出。已在地宮憋了三、四天，又聞到櫻桃饆饠的清香，樊寧受了誘惑，即刻坐不住，三兩下便從地宮裡鑽出來，團坐在案几前，盯著薛訥打開油紙包，取出美食來。

青梅竹馬就是這樣，她的喜好他全都知道，薛訥含笑看著樊寧吃得香甜，惹得樊寧破天荒紅了臉，推推案上的胡餅道：「你也吃啊。」

薛訥搖頭笑道：「我不餓，妳吃吧。這幾日長安冷得緊，妳那邊還好嗎？要不要我再領一床錦被來？」

「不冷，地宮裡挺暖和，比你這屋裡還舒適呢。」樊寧垂眼吃著櫻桃饆饠，頗有些食不知味。從前怎的就沒發現，薛訥竟是這樣細緻體貼之人，除了不善言辭外，他心思縝密，待人義氣，博學多識，已長成了氣凌山河卻山水不顯的佼佼少年，再也不是那個初到觀星觀、夜裡想家偷偷哭的孩子。

薛訥不知樊寧在想什麼，見她低頭不語，不知她是否還因那日乳母的話介懷，心裡的念頭又冒了出來，多想現下就把話與她挑明。但這念頭在他心裡盤桓半晌，也只是悄無聲息消弭了，那日的模稜兩可已逼得她住在了地宮，若是真的把話說明，豈不要逼她走嗎？天寒地凍，四下通緝，那豈不是要她的命？抑或說，以她的冰雪聰明，那日可能已經全部了然，所以才會有了這些時日的反常，如是便更沒必要將話說開了，不若保持現狀，還能留三分體面。

薛訥喝了幾盞熱酪酒，卻還是覺得渾身發寒，定了好久的神，才恢復了往常的神色，復對樊寧道：「法門寺的住持專程來刑部，認領了那幾位大師的遺骸，並錄了證詞，加之那些守衛的描述，基本可以斷定，案發當日來別院的大師們皆為假冒。」

「是嗎？沒想到那個住持這麼夠義氣，刑部怎麼說？現下我還是通緝犯嗎？」

「少安毋躁。」薛訥拍拍樊寧的肩，蹙眉嘆道，「今日又與幾位主事一道商討，他們的意見偏向於那些假冒的僧人是妳的同夥……」

「同夥？偷什麼？《推背圖》嗎？那我何不直接拿了就跑，為何要拐彎抹角拉上一票人？嫌自己活得長嗎？」樊寧氣憤不已，大口咬著胡餅，粉嫩嫩的兩腮氣鼓鼓的，十足可愛。

薛訥軟了眉眼，笑道：「妳也別惱，肥、常兩主事是何等庸才，妳又不是不知……」

「那高敏呢？」

「高敏？」似是沒想到樊寧會問起那人，薛訥一哽，忍不住有些拈酸，「他什麼也沒說，有那兩根肥腸在，他好似說不上話。」

沒想到薛訥也會玩笑，樊寧大笑不止，站起身拍拍手，伸了個懶腰：「好了，我也吃飽了，準備回去睡覺。明日我還得去一趟鬼市，問問他們打聽到師父的消息沒有。」

除樊寧以外，薛訥也托了人四處打探李淳風的下落，卻一直沒有結果，只怕樊寧又會失望而歸，但看她充滿希冀的模樣，薛訥不忍直言，只道：「明日只怕會更冷，加件衣服，警醒著些。」

除去李淳風的下落外，樊寧去鬼市後還問了關於薛府地宮的事，見這幾個人什麼也沒打探出來，氣得她逮著他們一人擰了一下：「見天吹牛什麼長安洛陽無所不知、無所不曉，竟連這點事也打聽不出？」

樊寧手勁大，擰得那遁地鼠快哭了，邊閃避邊解釋道：「妳婆家在這長安城裡也算權勢滔天了，誰人無事敢議論他們？再者說，妳家大郎君都不知道，旁人又從何知曉呢？」

聞音老僧原是附近廟裡的僧眾，因為寺中派系爭鬥被人暗算，不慎喝酒破戒，被趕出廟去，顛沛流離來到了鬼市，成了畫皮仙幾人的摯友。他聽力奇絕，比薛訥還強上許多，故名「聞音」，只見他上前一步道：「阿彌陀佛。小寧兒，雖然我等未能查出那地宮是何人所建，但可以幫妳排除，絕非前朝遺留。因為永徽五年發大水時，崇仁坊被淹得極其嚴重，洪澇堆積，無處下水，彼時乃是挖了一條渠，才將洪水引出坊去……」

聞音老僧這線索著實要緊，樊寧無事時已在那地宮裡四處看過，無論是排水、通風，各種功能一應俱全，若是在永徽五年發大水時候就有，應當可以排去大半個坊間湧入的洪水。從永徽五年到今日也不過十數年，究竟是何人在這裡建了地宮，還儲備了數萬件兵甲，難道是意圖謀反嗎？

樊寧思忖著，還沒想明白，那遁地鼠又道：「天哪，小寧兒，不會是你公爹幹的嗎？」

「不可能，」樊寧斬釘截鐵回道，「我公……我呸，你再亂說我就打死你！你們也看見了，那盔甲上已經腐敗發毛了，薛家則是今年初才買的這宅子，你可莫要亂說話，若是牽連了平陽郡公府，我可要你好看！」

遁地鼠一縮脖子，後退一步，沖樊寧飛眼兩下：「知道了，知道了……薛大郎君人好又俊，為了他，我也不會亂說話的。不過，坊間都在傳，任命薛大郎君為藍田縣令，徹查弘文館別院大案的文書已到達雍州府了，只怕年後就要到任，到時候妳就不能住在薛府了，可要搬到鬼市來？」

與此同時，薛訥人在東宮，亦聽李弘說起任命已至雍州，眉梢眼角終於有了笑意，拱手道：「多謝殿下。」

「你別忙著道謝，」李弘的神色卻一點也不敢放鬆，「先前約定的三個月只剩下一個月時間，最近已有不少老臣捺不住，復給本宮上奏承，提及要盡快抓捕樊寧歸案處決，不可將今年的大案拖至明年。其中利害，你可明白？」

「臣明白。」薛訥語調依然謙恭，聽不出什麼激昂慷慨，說的話卻很是鼓舞人心，「臣已有了線索，只消再解開起火的玄機，便能破案，還殿下與天下一方安寧。」

「好！」李弘雖沒有誇讚薛訥，眼中的激賞卻是怎麼也藏不住的，「說起那縱火的線索，本宮這裡倒是有一條。你也知道，天后命我大唐的能工巧匠在洛陽龍門山上雕刻佛像，但這幾日怪事頻出，洞窟佛像處接連莫名失火，或許與弘文館別院縱火案有關聯……大理寺與刑部派人勘察，皆是一籌莫展，天皇、天后虔心向佛，對此事極其重視，已下令招募天下能人前往解密，你可有興趣？」

「臣願前往。」聽說有線索，薛訥十分興奮，拱手道，「勞煩殿下允准，臣……帶副官寧淳恭一道前去。」

「哦？寧副官啊？」李弘雖仍肅然端坐著，語氣亦如往常，整個人卻透著一股說不清、道不明的調笑意味，「千里奔襲，共克難關，挺好，本宮准了！」

第十六章　龍門業火

兩京古道上，薛訥與樊寧冒著風雪打馬疾馳。

雖已逼近年關，道路上往來的商旅遊客卻分毫不少：有的胡商才在長安城卸貨，就匆忙趕往洛陽，意圖在最短的時間內，將跋涉千里帶來的珍奇充入兩京街頭巷尾的商鋪中；亦有江南客操著吳儂軟語，在北地寒風中蜷縮趕路，馬車上裝載著華麗的絲綢與上好的茶葉，企望能在兩京之地賣出一個好價錢，以維繫一家老小一年的吃穿用度。

是夜，薛訥與樊寧穿過潼關，宿在了黃河南側河東道府的驛站裡，此處距離東都洛陽已不足四百里。樊寧的通緝令尚未發出關中，僅在京兆、扶風等郡盛傳，故而到達此地後，樊寧便去了寧淳恭的面皮，只將自己的長眉畫粗，依舊以男裝示人。

年關將至，今年乃是頭一次沒有與李淳風一道過年。往年這時，李淳風都會帶樊寧入城去，採買物品，看望老友，待到年三十，所有生員候補各自回家去了，李淳風與樊寧便像尋常祖孫一樣，釀花椒酒，祭拜元始天尊，守歲至天明。

這樣一年年、一歲歲地過去，樊寧漸漸長大，李淳風也從天命之年、花白頭髮的小老頭成了如今年近古稀、髮鬢盡白的老叟。是夜，樊寧躺在驛站的臥榻上，翻來覆去睡不著，擔心記掛著李淳風，眼淚忍不住滾滾而落，將枕頭濡濕了一大片。

天下之大，師父究竟哪裡去了？若是有事出門，總該說一聲，現下這樣音信全無，令她寢食難安，每日只要閒下來便會擔心不止。

樊寧正無聲落淚，忽聽一陣叩門響動，薛訥好聽的聲音緊接而來：「睡了嗎？」

樊寧趕忙揩去眼淚，披上衣衫，起身給薛訥開門：「還沒……怎的了？」

薛訥捧著一枚銅手爐，用錦布包了，上前幾步塞進了樊寧的被窩中：「才找掌櫃要的，外面的雪更大了，給妳暖被用。」

「你用吧。」樊寧仍記掛著小時候在道觀時，薛訥很怕冷，「你不是畏寒嗎？我不需要的。」

薛訥無意間瞥見樊寧枕頭上的淚痕，便知她又在擔心李淳風，轉言道：「這兩日跑得太急，馬都有些受不住了，若是明日雪還這麼大，我們不妨減速慢行。妳自小沒出過關中，趁此機會，好好看看外面的風景也是不錯的。」

「若說想看，這一路我想看的景致還是挺多的。」樊寧果然被薛訥帶偏了思緒，細數道，「華山之險、崤函之固，我都想看，但最想看的還是在神都洛陽。若是有時間，我想去洛河泛舟，再去看大運河舳艫千里的盛景，想遠眺天子的明堂，猜想下數十年前的紫微宮究竟何等奢華壯麗，才引得太宗皇帝焚火燒之……當然最最想去的是邙山，你也知道我有多崇拜蘭陵王，他這一生最恢弘的戰功莫過於『邙山大捷』，雖不能與他同時代，若能憑弔瞻仰一番總是不錯的。」

「待查完案子，若還有時間，我一定陪妳去……」

聽了這話，樊寧小臉兒上起了兩團紅暈，桃花眼泛起點點漣漪，「好，時辰不早了，你也早些睡吧。」

薛訥點頭起身離去，聽著樊寧落好了門鎖，方回到自己房間。

窗外飄著鵝毛大雪，洋洋灑灑，很快便在地上堆積了厚厚一層，薛訥毫無睡意，行至桌案前將房中油燈的琉璃燈罩去掉，映著燭火繼續看手邊的卷宗。

洛陽城南，伊水中流，天然如闕，自二百餘年前的孝文帝時期至今，無數能人巧匠在伊河邊的石山上雕刻了精美絕倫的佛像，浩然大氣，乃千年傑作，極受天皇、天后重視。究竟是何人敢在這裡縱火惹事，燒死燒傷數名工匠，卻沒有留下蛛絲馬跡。弘文館別院大案與此案千差萬別，卻有一點相同，便是翻遍廢墟上的殘渣，都未能找出這瑰麗建築失火的原因。

薛訥隱隱有個預感：若是能開解洛陽龍門山的懸案，便能想通弘文館別院縱火之謎，他既興奮又惶惑，望著窗外的落雪，神情不甚明晰。

數天后，大雪初霽之日，薛訥與樊寧終於抵達了神都洛陽。

兩人立馬在城北山麓，遊目騁懷，只見天地一片蒼茫，此城北倚邙山，南濱洛水，運河穿城而過，千帆競逐。遊商牽著駱駝，組成長長的車隊，遊走在雪後的天街上，天街盡頭便是瓊樓金闕聳立的上陽宮與紫微城。

薛訥與樊寧雖沒有說話，卻都覺得唯有「雄奇壯麗」四字能描摹此情此景之萬一。

城北為皇城所在，不便進入，薛訥與樊寧便沿著外城郭，繞至城南定鼎門，拿出文書與守城士兵，士兵仔細查驗後放行。

兩人牽馬遊歷於一百二十坊中，遙望洛水對岸的皇城，竟與長安城大明宮完全不同景致。

趁著未放衙，薛訥與樊寧趕至洛水邊不遠處的河南府衙報到，不來則已，一來竟見此處聚集著許多人，看衣著裝扮皆是仵作、法曹之流，甚至還有不少波斯、東瀛、南詔、吐蕃裝束的，摩肩接踵擠在衙門口。

樊寧不禁驚嘆道：「好傢伙！雖說是天皇、天后徵召，但這人也太多了吧！只有一個案子，用得著這好幾百人來破嗎？」

「重賞之下必有勇夫」，薛訥無心管別人，簽字報到後，領了特發文書，便匆匆帶著樊寧離開了此處。不消說，雖然樊寧的通緝令未曾發出關中，但難保會有關中的法曹來此應徵，若是被人識破便糟了。

正值夕陽西下，天寒霜凍，薛訥帶樊寧回到城南，去豐都市找了個不錯的客棧打尖，點了菰米飯、燴羊肉與樊寧吃。

不知怎的，最近樊寧食量變小了很多，與薛訥同桌用飯，吃得既慢又少，竟有了些女兒家的秀氣，惹得薛訥很是擔心：「飯菜吃不順口嗎？還是身子不舒服，怎的總見妳有心事似的。」

樊寧撓撓小臉兒，不與薛訥相視道：「許是……擔心師父吧，天色晚了，明日一早還要往龍門山去，我們找掌櫃要兩個房間，早些洗漱休息吧。」

一路奔波，樊寧從未叫過一聲苦累，但她到底是個姑娘家，這樣的寒冬臘月每日疾行二百餘里，確實是太過辛苦了。

薛訥嘴上不說，卻很是心疼，招呼小二道：「勞煩，兩間上房。」

那小二恭敬上前，屈身笑道：「這位官爺，不巧，最近因為龍門山火之事，小店客房緊俏，眼下上房只剩一間了，但是有臥榻兩張，兩位可方便？」

若是平時，樊寧定然早已大咧咧應聲答允，可今日她沒有應聲，臉露赧色對薛訥道：「我看那邊還有幾間客棧，不妨……」

「官爺今日即便走遍洛陽城，怕也很難找到可心的房間了。最近因為龍門山的案子，城裡的客房都住滿了。小店這一間，還是方才有位官爺家中有事才退的。畢竟有五品官銜、黃金千兩的獎賞，誰又不想得呢？」

「多少？」聽了這小二的話，樊寧噌地從席上站了起來，「黃金千兩？一品大員一百餘年的俸錢？」

「是了。」小二含笑再是一揖，「不知這房間，可要給二位留著？」

長安城平康坊中，紅蓮顫抖著身子，收拾著一地狼藉，她白瓷般的小臉兒上印著幾個通紅的指印，紅唇染血，精心梳成的墮馬髻頹然傾倒，若是換作旁人，定會看起來異常狼狽，但在紅蓮身上，卻有種惹人憐愛之美。

樓下大門傳來一陣「咚咚」聲，紅蓮一驚，怯怯走下樓去，見來人是李弘的侍衛張順，方打開了門，迎他進來：「張大哥……」

張順不敢向內堂走，只將手中的藥包交與紅蓮：「姑娘放心，賀蘭敏之已經走了。」

紅蓮含淚禮道：「今日若非張大哥救命，紅蓮真不知當如何自處，請受我一拜。」

張順阻止不及，又不敢扶紅蓮，只能徑直撲通跪倒在地，哭笑不得道：「姑娘千萬別這樣！臣只是奉殿下之命，在此保護姑娘，怎配說『救命』二字。只是這一次施計，調派司列太常伯急找賀蘭敏之議事，將他喚走，這才保住了姑娘。下一次可不能再用這個名頭，姑娘還是多加小心，莫要與他私下相見了，否則若是出什麼事，張順實在無法與殿下交代啊。」

「聽說天皇、天后今年要在洛陽過年，賀蘭大學士應當明日、後日便出發了，有今日一遭，他應當短時間不會再來了，今晚的事，求你千萬別告訴殿下……」

近來紅蓮從賀蘭敏之處探知到了不少事，透過張順告知了李弘的幕僚，李弘的幕僚們藉機在朝堂上對賀蘭敏之加以打擊，令他受到了天皇、天后的申斥。賀蘭敏之氣惱不已，亦有些懷疑此事與紅蓮有瓜葛，今宵喝醉了來此撒野，欲對紅蓮不軌，遭到紅蓮拒絕後，他竟對紅蓮連打帶拽，若是張順晚到一步，則後果不堪設想。但即便是怕得渾身顫抖，她的目光依舊清澈堅定，所思所想唯有李弘。張順心中感慨不已，卻也自知無權置喙，拱手抱拳一禮，退出了閣樓。

紅蓮關好大門，轉身將張順帶來的藥包放在高臺處，拿出藥瓶細細擦拭著手腕上的傷，看著羅裳下手臂上的血痕，她忍不住紅了眼眶，但早已下定決心，為李弘縱死猶不悔，又怎能這點委屈都受不住呢？

紅蓮還未來得及擦完傷，又聽大門處傳來一陣異響，她由不得一驚，心想若是賀蘭敏之此時折返，她今晚便真的必死無疑了。紅蓮強壓住心神，轉向斗櫃處，打算拿出防身的短刀，誰知門外那人更快一步，用一柄骨扇從門縫處探入，一點點挪開了門閂。

大門輕輕推開，北風呼嘯，來人衣袂翩翩，爽朗清舉，肅肅如松下風，竟是李弘。

「先前就說過，等暮色落下來，就把銅鎖掛上，往後再也別忘了。」一聽說賀蘭敏之鬧事，李弘恨不能拔劍去把他砍了，但理智束縛著他，讓他什麼也做不了，只能盡力在宵禁之前趕來此處看望紅蓮。

紅蓮沒想到李弘會來，畢竟年節將至，天皇、天后又不在長安，宮內、宮外的許多事都需要李弘去拿主意，他又忙又累只恨分身乏術，此時到此處，亦是冒著被有心人發現彈劾的巨大風險。

紅蓮方才沒有哭，此時卻淚如雨下，盈盈的淚順著絕豔姣美的面龐滾落，我見猶憐。

李弘行至紅蓮身前，看著她狼狽的模樣，說不出的心疼，多想將她擁在懷裡。但有些事，做出了第一步，便很難回頭，李弘只能艱難地壓抑住心思，拉著紅蓮的袖籠上了二樓，親自燒煮開水，為她擦拭傷上藥。

這些時日，若非紅蓮套話，得到了賀蘭敏之的把柄，在朝堂上對他多加打擊，賀蘭敏之一定會抓住弘文館別院案大做文章，屆時不單薛訥查案不會似這般順利，李弘在朝堂上亦會進退失據，被奸佞鑽空子，危及長安、洛陽甚至大唐的安危。

李弘明知紅蓮有功，卻一點也不想褒獎她，他只恨自己無力，無法護她周全。看著她皓腕上，瑩白脖頸上與小臉兒上的傷痕，他竟忍不住紅了眼眶：「我會再給妳置一所宅院，不要再在此地住了，賀蘭敏之的事到此為止……」

「可是，若我這般憑空消失了，他難道不會懷疑殿下嗎？」紅蓮小臉兒上淚痕未乾，神情卻十足倔強，「若是他知曉了我與殿下的瓜葛，這些年殿下苦心孤詣的經營豈不都白費了。我知道，薛御史尚未到任藍田，我能牽絆住賀蘭敏之一時，便能為殿下爭取一時。我這條命是殿下給的，若非殿下，一年前紅蓮便已身陷泥淖之中，又如何能與殿下相知。這一年多來的日子，是我此生最幸福的時光，無論結果如何，哪怕與之玉石俱焚，紅蓮亦不悔。只希望殿下早做安排，若有朝一日，紅蓮保不住……唯願殿下可以全身而退。」

「妳就這般不惜命嗎？」李弘正為紅蓮擦拭著臉上的傷處，用大手捧著她美豔絕倫的小臉兒，看到她痛得身子一縮，他心疼又後怕，再壓抑不住藏在心底多時的情愫，垂首抵住她光潔的額頭。

兩人相距不過盈尺，鼻翼間盈滿她身上清冽甜美的氣息，讓他能切實感受到她的存在，彷彿唯有這樣，他才能得到幾分安心，「既然說命是我的，便聽我的話。賀蘭敏之我自會收拾，我要妳好好的，不要有任何差池……」

若說方才是因為驚恐害怕而顫抖，此時的紅蓮卻是因為李弘的親暱而周身打戰。明明是寒梅般的傲骨純淨，卻偏偏置身於汙池之畔，李弘對她憐愛更甚，卻依舊沒有唐突，輕輕鬆開了她的小臉兒，轉而牽住她的小手：「我幫妳放水，沐浴罷便好好休息吧。今晚我留下來。」

每次李弘說留下，皆是坐在案几前看一夜的文書，紅蓮體恤他辛苦，回道：「殿下不必擔心我，我待會子鎖好門就是了……」

「不打緊，妳不知道，慎言去洛陽之前，給我留了七、八卷案宗，都是關於弘文館別院大案的敘述，我正好趁今晚看完。妳若堅持趕我走，我在東宮也無法安眠，只會一直擔心妳，還不若待在此處。」

聽李弘這般說，紅蓮便不再推辭，紅著眼眶道：「好……那我去煮些溫茶來，為殿下提神。」

洛陽豐都市客棧裡，薛訥沐浴罷，穿著褻衣坐在榻邊，仔細看著方從府衙處領來的案卷。

難怪天皇、天后會下此重賞，這案子著實有些離奇。從上月開始，龍門山共發生了三起火災，造成五名工匠死亡，十餘人不同程度的受傷。刑部與大理寺以及河南府都派了專人，反復去勘察過了龍門山處的案發現場，但每一次現場都沒有可疑之人，甚至每一次在場之人皆不同，而洞窟內除了給佛像描金身的水桶顏料等別無他物，沒有柴草，更沒有火硝，但這離奇的焚火案就這般發生了。難怪洛陽城中皆傳言說佛祖動怒，即將要天降災厄於大唐，惹得人心惶惶。

薛訥整個人沉在卷宗裡，完全忘卻了自我，連樊寧沐浴罷走出來都完全沒有注意到。

樊寧散著一頭柔軟烏亮的長髮，一雙清澈明亮的桃花眼顧盼生輝。因為天寒，她的鼻尖微微發紅，煞是可愛。見薛訥看書入神，她坐在自己的榻上，抿唇遙望著他，本只想看看他在做什麼，一眼望過去，卻忍不住看著那猶如明月般爽朗清舉的少年發起了呆。

雖說從小一起長大，但她漸漸發現，她並非自己想像中那般瞭解他。究竟是薛訥埋藏得深，還是她的心思都放在了旁處，從近日才開始注意到他了呢？

薛訥恰好有事要問樊寧，抬眼間，兩人相視一瞬，竟同時別過頭去，露出了幾分赧色。

不知過了多久，薛訥定住了神思，復開口問道：「我有事要問問妳這行家，從風水上來講，妳覺得此案可否有何蹊蹺？」

「龍門山位於洛陽城東南，在五行中，東南屬火。龍為天子象徵，洛陽又是皇都，結合這兩點看，在天子腳下縱火，好似有幾分挑釁的意味……剛入城時，我就聽街邊的孩子們隱唱著『龍門火，天下禍』云云，若說沒有人特意引導，是否有些太過蹊蹺了啊。」

若說薛訥是天賦異稟，觀物於微，那樊寧便是通達人情，精於世事。聽了樊寧的話，薛訥若有所思，心中暗嘆這天下局勢果然比他想象中更複雜：「待明日去現場看看，便能更瞭解情況了。時候不早了，妳快歇著吧。」

樊寧見他仍無睡意，還在認真翻著卷宗，邊鋪床邊打趣道：「這次的賞金可真是不少，若是你能得了，薛楚玉不得氣死啊？」

薛訥一怔，偏過頭來，一身白衣更顯得他清秀俊朗，微微一笑澄澈如水，像個涉世未深的孩子：「我不在意那些，千金萬銀也不若幫妳洗去冤屈來得重要……」

樊寧聽了這話，桃花靨驀地紅透，櫻唇囁嚅半晌，一個字也回不出來。

薛訥見她不語，以為她困了，便重新將心思放在了卷宗之上，樊寧卻久久不能平靜，側躺在臥榻上背對著他，一顆心咚咚直跳。

自打那日在地宮配合他哄劉氏起，她懵懂間對薛訥有了幾分不同往日的情愫。但她心知肚明，他心中另有所愛，待案情完結，便會帶她去見，作為摯友，唯有誠心實意地祝福，才能留存住他們多年的友情。可人就是這樣，明知不可得，卻難以壓抑心思，樊寧恨自己的貪心，百般自責中紅了眼眶，糾結半晌，直至三更天才迷迷糊糊睡著了。

翌日清早，樊寧與薛訥用了早飯後，策馬趕往洛陽城東南處的龍門。

已有不少應徵的法曹在此等候，薛訥本想站在隊尾，卻被那眼尖的河南府司法瞧見，招呼著他上前來：「薛御史！來來來，你可是太子殿下親自推薦，快快上前來！」

薛訥性子淡然，本就不愛理會無關緊要的事，此時被那司法拉著上前，雙眼卻緊盯著不遠處的龍門山，只見個別石窟被貼了封條，其餘數個卻還是照常開鑿中，近千名工匠被腕粗的麻繩吊著，勤懇作業，在這座堅硬的石山上雕刻出近十萬尊佛像。

薛訥後退幾步，站在了伊河邊上，以便自己看得更清晰。只見那些貼了封條的石窟裡黢黑一片，甚至外窟壁上也燎出了幾片黑灰來。這龍門山的石質堅硬，與石灰相似，本身不易點燃，能夠燒成這樣，可見當時火勢之盛。

河邊的榫卯路上駛來一輛馬車，遠遠停下，幾個差役模樣之人帶著趔趔趄趄的幾個工匠從上面下來，薛訥見那幾人身上都有不同程度的燒傷，有的在脖頸處，有的在雙手，還有的則是毀了容顏，應當就是在火災中倖存的匠人。

那司法對眾人道：「各位同僚，人證來了。昨晚各位應當皆已看過了卷宗，有何疑竇各位可逐個發問，他們必當知無不言，言無不盡，否則便會依律法受到懲罰。」

一名來自江南道的法曹率先問道：「敢問彼時從何處起火？」

幾位工匠互相看看對方，最終選出一名年長者回應道：「彼時我們正在窟裡給佛像描金身，火是忽然起來的，『唰』的一聲，便燒著了我們的衣衫，我們掙扎著向洞外跑，身上著著烈火，足下就是深淵，上面拉繩的士兵們看到，焦急放我們下去，但有的人被燒斷了繩子，沒被燒死竟是摔死了……」

「在場真的沒有看到什麼可疑之人嗎？」胡人法曹用生硬的官話發問。

「我們都是一個村子的，就住在龍門山附近，世代修佛像，已經有數百年了……近千名工匠中唯有不到一百人，是從其他地方選來的，但也都是本本分分的手藝人，修了多年佛像了。各位若是不信，可以問這邊的這位官爺……」說著指了指站在一旁的河南府司法。

河南府司法見話頭又回到自己這裡，對眾人解釋道：「他們說得不錯，本官已經調查過了，更何況，失火的幾個洞窟皆是由附近村落的匠人修建的，並無任何可疑之人。因為天皇、天后重視，此處裡外裡有三道關卡，一般人是根本不可能進來的。」

「這便奇了，若你說既不是內人作案，又沒有可疑的外人，難道真是佛祖發怒，降下業火嗎？」

聽了匠人的證詞，眾法曹只覺更加混沌，不禁有些氣惱，斥責之聲不絕於耳。

那河南府司法早就知道此案難斷，若非異常棘手，天皇、天后又怎會下此重賞呢？話雖如此，但眾怒難平，這司法見眾人中唯有薛訥不語，如同抓住救命稻草似的，問道：「薛御史，薛御史你是太子殿下親自推薦，自然別有見解，可還有什麼疑竇要問他們嗎？」

薛訥抬眼看看右手邊石山上高高的洞窟，又看看眼前一身傷痕的工匠，拱手對那司法道：「薛某想上那三個洞窟看看，不知可否如願？」

所有人都沒想到，薛訥竟會提出這個要求，連那司法也怔了一瞬，方磕巴回道：「啊，倒不是不可以，只是……」

「那便有勞了。」薛訥一心想著案子，根本顧不得其他爭執，高聲招呼山頂上的士兵扔下粗繩來。

「等下，」樊寧上前，按住了薛訥的手，低聲道，「主官不便，還是讓下官上去吧，需要留神些什麼，你只管告訴我。」

「怎麼可能讓妳上去？」薛訥在兩名士兵的幫助下將繩索緊緊繫在腰間，對樊寧一笑，「我說過，有我在，不會讓妳涉險的。」說罷，薛訥招招手，示意那幾名士兵將他向上拉。

隆冬時節，此地依山涉水，風力遒勁，即便薛訥身修八尺，在這巨大的石山面前也只是滄海一粟。樊寧看他被逐漸拉升至失火的洞窟處，一顆心七上八下，滿是說不出的掛懷。

身後有人悄然議論道：「這便是薛仁貴將軍的長子？怎的不隨薛將軍征高麗，在這斷什麼案啊？」

「你瞧他生得細皮白肉，只怕連弓都拉不動。看模樣，平日裡，也是個坊間裡混姑娘堆長大的，四處走著拿花招果。這樣的人若是上了戰場，我們大唐不早就完了嗎……」

樊寧驀然一回頭，看著那兩個胡言亂語之人，才想開口罵，卻聽人群中傳來一男子大笑之聲：「『寧為百夫長，勝作一書生』，薛御史將門之後，放著在軍中平步青雲的機會不要，投身於明法，應當還是有兩把刷子的，我們不妨且等且看。」

樊寧循聲望去，只見發聲的乃是一書生模樣之人，與薛訥年紀相若，生得細皮白肉，肩不能挑、手不能提，與這些風餐露宿的法曹對比十分明顯。

樊寧對他起了幾分疑竇，出聲問道：「你是何人？」

那人不回話，抬手指指上方道：「不說這個，先看看你家主官能否順利入窟吧。」

書生的話雖未直接反駁那些嘲笑薛訥的言論，卻成功讓人群安靜下來。

樊寧不再計較，抬眼望去，只見龍門山頂處，三名士兵正卯足了勁將繩索一下下拉起，腕粗的麻繩在懸崖邊上摩擦著，發出令人毛骨悚然的簌簌聲，且越往高處，橫風越大，薛訥雖綁緊了腰身，卻仍被風吹得左搖右晃，連連打轉，好幾次險些與石壁相撞。

好容易被吊到了石窟洞口，薛訥探出長腿想要邁步進入窟中，可惜距那洞口始終有些距離，無法如願。

樊寧看得乾著急，只恨方才上去的不是自己，高聲喊道：「大傻子！悠啊！悠過去！」這些四面來的法曹怎能料到如此儒雅倜儻的欽差御史有個如此滑稽的諢名，皆哄然大笑，也跟著喊起「大傻子」來。

樊寧自悔失言，紅著臉喊道：「去！我家主官綽號豈是你們這起子人能叫的！還不住嘴！」

足下之地迸發出轟然笑聲，薛訥卻無心細究發生了什麼。

看到案發現場這一刻，薛訥眼中的世界彷彿忽然放慢了數倍，風不再橫吹，繩子也停止了晃動，連下面吵鬧的人群聲也消失不聞了。

薛訥看準眼前的洞窟，卯足氣力，向後一蕩身子，如同雄鷹俯衝般朝洞窟衝去，安然落在了地面上。四下裡騰起一陣煙塵，薛訥撣撣周身的灰，抬眼張望，只見約莫一丈見方的洞穴內，雕刻著一尊主佛像與數十個大大小小不同的羅漢，主佛像的金身已彩繪了一半，卻因失火熏得隱隱發黑。

薛訥雙手合十行一禮，復四下查看，只見佛像腳下傾斜著三、五只竹桶，裡面調和著各色顏料，從數量上看，以黃色和白色最多，想來是為了調和成接近皮膚的顏色。薛訥拿手沾了沾地上殘存的部分顏料，黃色略微刺鼻，白色的雖然沒有氣味，放在唇邊卻有一股鹹苦味道。

薛訥起身再向周邊環視，窟口處吊著的兩只竹桶立即吸引了他的注意力。

薛訥走到竹桶邊，只見桶中還剩些許黏稠液體，他用手指揩了一下放至鼻翼下，聞得一股臭雞蛋味，再聞則還有幾分花香，應是蛋清與蜂蜜的混合物，用來將顏料粉調和成漆，使其能附著於石雕的佛像表面。竹筒下的地面上橫著許多焦炭狀物，未完全燒盡的地方殘留著土黃色的纖維，想來應當是裝顏料粉的布袋了。

從洞窟上滿滿的熏黑痕跡看來，薛訥辨不出起火的位置，似乎只在一瞬間，整個洞窟便燒著了。薛訥心中掠過一絲疑惑：若真有歹人在此縱火，無疑會將自己捲入火場之中，故而他必然是用了什麼機巧，令洞窟自己爆燃。

薛訥立即聯想到弘文館別院起火的情形，據當時的守衛描述，當時過火速度非常之快，甚至連跑到井邊打水救火的時間都沒有。即便別院是全木質結構，也不當如此，可若凶手所用的是與此處一樣的手法，使得別院爆燃，便能說得通了。

薛訥摸出事先準備好的油紙，從中抽出兩張，取了兩種顏料的粉末，分別包入其中。這也是薛訥辨案養成的習慣，畢竟懸案何時發生不可預料，唯有隨身攜帶，才能在第一時間保存證物以供查驗。只是每次勘查現場，薛訥心裡都會有些不是滋味，他輕輕嘆了口氣，步出洞窟，拉拉繩索示意士兵們重新令繩子吃上勁，好將他下放到地面上去。

待薛訥落地，樊寧趕忙上前問道：「如何？可有什麼異常嗎？」

薛訥掃了一眼在場的人，看到亦有工匠來回走動，心想此案若有凶手，必在這些工匠之間，他唯恐透露玄機，被凶手銷毀證據，只道：「暫時還不能確定縱火的方式，詳情還待回衙門後私下細說與司法聽。」

話音一落，這一群法曹即刻爆發出嘈雜的議論聲，有人甚至直言質疑：「薛御史可是為了那千金賞錢，不想告知我等，這般刻意隱瞞！」

「你若不信，你自己也上去看看好了。」樊寧見他們胡攪蠻纏，氣不打一處來，「繩索在此，哪位官爺想上去看看，只消知會一聲，上面的士兵馬上將你拉上窟去，又何必在此為難薛御史！」

正當眾位法曹皆猶豫不決之際，忽聽「轟隆」一聲，距眾人不過十丈開外的某處洞窟火光四濺，正在洞窟中為佛像描金身的工匠們慘叫著退出洞窟，懸在半空，滿身烈火，掙扎不止。

薛訥闊步跑上前去，高聲招呼山上的士兵道，「快！快把他們放下了！寧副官，快去打水！」

「哪裡有桶！」旁側石階下就是伊河，可以汲水，只是苦無工具，樊寧焦急向那河南府司法問道。

那司法雖然負責此案許久，但也是頭一遭遇親眼見此事發生，怔了一瞬，方向旁側的一間木屋跑去：「屋裡有備用的……」

一時間，眾人皆回過神，大步向木屋跑去，樊寧在眾人之先，一手拎一桶，飛身下岸，打滿了兩大桶，向方被士兵放落在地的工匠潑去。

火雖熄了，待眾人圍上去，卻見那兩名工匠渾身黑黢黢、血淋淋的，已經奄奄一息。

「報應啊！是佛祖發怒了！」眾人嚇得立即四散逃竄，唯恐稍晚一步，自己也會被這從天而降的災厄捲入。而那高空中的石窟中仍有火苗冒出，若是貿然令人吊索接近，恐怕會將繩索燒斷，只能任其燃盡。

薛訥站在窟洞之下，看著這筆直石壁上大大小小的佛像，俊眉緊鎖，滿臉說不清、道不明的茫然。

雖曾破獲大案，但這也是薛訥第一次親眼看到案發。天子腳下，百名法曹面前，究竟是何人能神不知、鬼不覺地悄然放火，抑或說，難道真的是觸怒了佛祖，才燃起了這龍門山的業火嗎？

第十七章　新桃解惑

傍晚回到驛站後，薛訥神情凝重，沉默地坐在窗前，兀自望著漸沉的夕陽發呆。

樊寧換好襦裳，配上長劍，打算邀薛訥一道出門去。但眼前這人像是已化作了一塊石頭，一動也不動，樊寧忙放輕了動作，站在薛訥身後，輕聲哀嘆。

這傢伙素來愛涉懸案，眼睜睜看著案子發生，工匠殞命，卻無力阻止，他心裡一定頗不是滋味。樊寧看著他寂落的身影，頗有些心疼，知道此時不宜打擾，便獨自一人悄無聲息地離開了客棧。

薛訥像是完全入了定似的，腦中一遍遍過著此案的線索，偶時才有些許靈感，耳邊便會突然響起工匠的慘叫，不絕如縷，生生敲擊著他的心弦。

薛訥忍不住閉上雙眼，顫著烏黑的睫，面龐上浮現出難以名狀的自責傷感來。

若是道途不遇風雪，是否可以早到一步；若是早到一步，他又是否能阻止這悲劇的發生？薛訥明白胡思亂想無用，眼下唯有早日破案，方能告慰那些死傷的工匠。

薛訥睜開雙眼，摸出內兜中那兩包收集到的粉末，帶著試探的心思拿出風影所贈的骨哨，絮絮吹了起來。約莫半炷香的工夫，風影便躍上客棧的高臺來，團身幾下，出現在薛訥的窗欞前：「薛郎，你尋我？」

京、洛兩地相隔近八百里，沒想到風影竟真的在，薛訥感動又驚訝，招呼著風影進房中，給他遞上一盞溫茶：「你不會是一路跟過來的吧？」

「薛郎哪裡的話，你是朝廷命官，又有要案在身，有個影子護衛再正常不過。更何況，長安城中盛傳弘文館別院一案凶手武功高強，絲毫不遜於龍虎軍中將領，屬下不跟著豈能放心呢？」

話雖這般說，風影此舉實則是受李媛嬡所托。前幾日李媛嬡來薛府探望柳夫人，聽說薛訥要來東都洛陽辦案，十分掛心，特意命風影跟著，卻不讓他說是自己的意思，風影只能編了這麼個冠冕堂皇的理由。

薛訥不擅人情世故，自然也來不及細究風影話語中的不合情理之處，只將那兩個油紙包托付在他手上：「勞煩你拿著這個，往河南府跑一趟，請仵作驗一驗，究竟是什麼東西。」

看薛訥神情便知此事嚴重，風影抱拳一禮，飛身攀上房頂，一陣風似的又消失得無影無蹤。

薛訥本以為樊寧下樓買吃的去了，等了半晌不見她回，不禁有些坐不住，打算出去尋人。他才披上裘裳，便聽得一陣叩門聲，薛訥以為樊寧回來了，忙上前開門，誰知眼前站著個少年，略有兩分面熟，薛訥卻一時想不起在何時見過。

那人笑得無奈，插手禮道：「薛御史有禮，今日在龍門山下，我們見過面的。」

此人正是白日裡，幫樊寧圓場的那位，薛訥趕忙回禮：「不知閣下來找薛某，可是有何要事？」

那少年沖薛訥一笑，從懷袖中掏出一個布包，打開一看竟是樊寧的紅頭繩：「今日薛御史勇攀龍門山，英姿綽約，身手敏捷楊某實在佩服。只是眾人關注薛御史探查洞窟，鄙人卻見此物從空中飄落，想來應是薛御史不慎掉落，特來求證。」

此頭繩的尾有一節焦燒的痕跡，正是在弘文館別院火場中留下的。樊寧是朝廷通緝之人，且私藏女子物品實在有違君子做派，若是旁人，怕是會著急避嫌。但樊寧的物件，薛訥一向視若珍寶，此刻失而復得，對這少年唯有滿心感激，他趕忙接過揣好，拱手道：「多謝！」

本以為應當就此告別，誰知那少年輕輕一笑，信步走入房中，拿起桌案上的書，翻了幾下復放下：「白日裡見薛御史欲言又止，可是有何斬獲又不便言聲，能否告知楊某？」

薛訥本也沒有將線索據為己有的意思，但風影沒有回來，事情尚無定論，他不能貿然渾說，只道：「薛某現下還說不清，等我的屬下查清後，薛某再行告知。」

少年面露不信之色，覷眼望著薛訥道：「薛御史閉口不言，莫不是怕鄙人趕在你之前破案，得到了賞銀和官職嗎？本以為薛御史與那些爭名逐利的人不同，沒想到，真是沒想到……」

薛訥一臉無奈，回道：「薛某只是擔心自己猜想的不對，會誤導他人斷案而已。若楊兄不怕所言不實，薛某便說與你。」

那少年倒也不客氣，反客為主，團身坐下，又做了個請的姿勢，示意薛訥落座。

薛訥笑得無奈，卻也沒將虛禮放在心上，邊回憶邊說道：「薛某方進入洞窟時，看到洞壁四處皆被熏得漆黑，根本辨不出是在何處起火的。又見洞窟口處的麻布顏料袋皆已燒成焦灰，其下有些許白色、黃色的粉末，應當是顏料袋燒空剩下的。而那佛身上唯有這兩種顏色最多，所以薛某猜想，是否有人在這兩種顏料裡做了手腳，便命手下帶著物證去往河南府，想請仵作查驗一番。」

「薛御史是懷疑有人在佛身上的顏料裡動了手腳？」

「還不能確定，須得等待驗出結果。畢竟事關數條人命，必是死罪，若是冤枉錯殺了好人，便無法挽回了。」

那少年顯然沒想到薛訥會這般說，禁不住起了慨嘆道：「到底是薛將軍之子，境界果然與那些爭名逐利的法曹不同。若是我大唐的衣食父母官都是薛御史這樣的人才，百姓便有福了。不瞞薛御史，鄙人通曉看相，薛御史天庭飽滿，長眉入鬢無雜，雙眼飽滿，玉山堅挺，五官下頷都很端正，後頸龍骨凸起，乃是大富大貴之兆。只是雙眸過於清澈，怕是會有招小人之嫌，說不準……會被宵小之徒搶了功勞，眼看到手的千兩黃金飛了也未可知啊。」

薛訥從小在李淳風的道觀裡長大，這普天之下最會看相的，李淳風若稱第二，便無人敢稱第一。更何況樊寧那小魔怔一天到晚繞在他身邊，嘴裡嘟嘟嚕嚕說著「眉為兩目之華蓋，實為一面威儀，乃日月之英華，主賢愚之辨別」，他又哪裡會輕易聽信人言。

那少年顯然不明白，薛訥的嘴角為何泛起了幾絲淺笑，拱手又問：「怎的，薛御史不信楊某的話嗎？」

薛訥搖搖頭，笑意依然掛在嘴邊：「不敢，薛某只是覺得，閣下這般說話，很像我的一位江湖朋友。不知閣下哪裡人士，又為何冒充法曹，混跡在龍門山下？」

那少年沒想到薛訥已看出他並非法曹，略略一怔，哈哈大笑起來：「薛御史真是識人於微，冰雪聰明！事到如今，鄙人便不再隱瞞了。鄙人姓楊，名炯，字令明，華陰人士，現為弘文館待制。」

沒想到眼前這人竟是弘文館的人，薛訥驚得身子一顫，不慎碰掉了桌案上的卷宗。

楊炯沒想到薛訥的反應會這般激烈，偏頭笑問道：「不至於吧？薛御史聽到楊某的名諱，竟這般震驚嗎？」

薛訥並非因聽到此人的名諱，而是聽到「弘文館」，擔心楊炯會認出樊寧。聽他這般說，薛訥忽然覺得「楊炯」這名字有些熟悉，似乎在哪聽到過，他垂頭思忖，想起幼時曾聽說弘文館有個年僅九歲便進士及第的神童，便是叫楊炯，算到今年堪堪十九歲，應當正是此人，忙應聲道：「啊……是，楊待制乃神童，九歲進士及第，名滿天下，今日得見，薛某難免有些激動。只是不知，楊待制為何會混入這些法曹中，難道是為寫詩找靈感嗎？」

楊炯一嘆，偏過頭去，竟是滿臉的傷感：「『寧為百夫長，勝作一書生』，薛御史以為楊某只是隨口的牢騷嗎？從九歲到如今，楊某已經做了快十年的弘文館待制了……從去歲起，楊某便被調遣到東都洛陽來，為天皇、天后移駕此處做準備。近日得天皇召見，本以為要授楊某官職，誰知卻是讓楊某來看看各位如何斷案，再將來龍去脈一一回稟。雖如此，到底好過每天碌碌無為，閒散度日。」

原來楊炯一年前便已來到洛陽，那他便不當見過樊寧的通緝令，薛訥暗暗鬆了口氣，心中慨嘆這出身高貴的神童竟如此不得志，再聯想起父親明知他的志向，卻不肯帶他上沙場，與這楊炯是一樣的失意，不由起了幾分共情，抬手一拍楊炯的肩膀道：「『無用之用，方為大用』，何況『文章乃經國之大業』，楊待制文采昭昭，文章必得流芳百世，我等想學楊待制且來不及，何必非要強求功名？」

酷愛舞文弄墨的多半是性情中人，那楊炯便是如此，聽了薛訥這話，登時紅了眼眶，「子曰：『不患無位，患所以立。』看來楊某還是修練不足，今日承蒙薛御史點撥，實乃幸事，請受楊某一拜！」

說完，楊炯便撲通拜倒在薛訥面前，驚得薛訥忙扶起他道：「楊兄莫要如此，萬萬使不得！」

宵禁之前，樊寧終於回到了豐都市的客棧裡。

本以為薛訥已等她許久，還不知有沒有好好吃飯，樊寧歉疚又掛心，三步並作兩步走入房間，卻見薛訥正在掛裘裳，好似亦是剛剛回來，身上滿是酒氣，禁不住蹙眉道：「案子還沒破？你怎的還跑去吃酒？」

「不是，我沒有吃酒。」遇上樊寧，薛訥總是瞬間折了五分氣焰，「妳可還記得，白日裡與妳說話那少年……他本名楊炯，便是那九歲進士及第、名滿華夏的神童，如今的弘文館待制，妳應當聽李師父說起過吧？他不知怎的，忽然認我是知己，拉著我絮絮叨叨又喝又唱的，我才把他送回房去……」

「啥？」樊寧嚇得一趔趄，「那小子是弘文館的人？」

「他並非賀蘭敏之的人，進入弘文館以來一直賦閒，未得重用。且一年前他就奉命來到了洛陽，妳不必擔心。」薛訥忙寬慰樊寧道，「方才他來找我，歸還我落下的物件，順便攀談了幾句……楊待制文采風流，是個性情中人，現下喝多已經睡著了。」

「案子的線索，你沒有告訴他吧？」樊寧十足心急，生怕薛訥被人騙，「你可知道，太子推薦你來此處，唯有你贏了，才能穩住殿下在朝中的風評，弘文館別院的案子，也才能有更大籌碼啊。」

「我告訴了他我大概的猜想，並未細說。」薛訥倒是未想如此之深，只是想看看能否獲得弘文館別院起火案的啟發，聽樊寧如是說，他頗為愧悔，只覺辜負了李弘，好在楊炯為人可信，應當不會有什麼差池。「妳不必擔心，楊待制並不參與此番的解謎，他是奉天皇之命來此暗中監督的。對了，妳方才哪去了？要不是被他纏住，我早出去尋妳了。」

樊寧一嘟櫻唇，不再與薛訥爭執，一抖寬袖，竟落下七七八八許多樣吃食來：「明日就是除夕了，雖然身在異鄉，總也要過年吧？我去東市和西市了，這些洛陽小吃又香又甜，連胡餅的味道都與長安不盡相同，你快嘗嘗。」

薛訥與樊寧雖然相識十餘載，但從前在道觀贖業時，每到年二十三，母親都會派人接他回府，故而兩人從未在一起過年。聽了樊寧這話，薛訥心生慨然，暫時將案情放在一旁，拿起油紙包著的一袋小吃食，打開細嘗。

樊寧笑咪咪地坐在薛訥旁側，問道：「好吃嗎？」

「好吃！」薛訥神情微赧，將吃食推向樊寧面前：「妳也吃啊，別光看著。」

「我吃過了。」樊寧神祕一笑，從懷兜中摸出一個薄冊子，用纖細的手指撚開一頁，只見上面七七八八畫著一堆東西，「你成天坐在房裡冥思苦想，也不知道出去看看。除了買吃的，我還幫你打探作案動機了。聽賣胡餅的大嬸說，去年差不多就是這幾日，天后喝多了，忽然下令要看牡丹，這大冬天啊哪裡有什麼牡丹，當然是看不成的。天后一怒之下，就讓人把牡丹的花種全都帶來洛陽，一把火燒了。誰知道今年春天時候，牡丹花又開了，洛陽當地人就叫它『焦骨牡丹』。

現在有一種說法，說是牡丹花仙生氣了，炸了石窟。還有人說，是因為天后要將自己塑成神佛，雕在龍門山上，觸怒了真正的佛祖，這才下了業火。當然了，這種胡言妄語我向來不信，可這些流言大多涉及天后，不像是尋常百姓的手筆，你說，會不會有人藉著這些風在伺機作亂，意圖打擊天后啊？」

薛訥想起李弘也說過，那安定公主案便是沖著天后去的，不禁陷入了沉思。

龍門山下，奪去十餘名工匠性命又次次全身而退的凶嫌究竟是誰？他的目的又是什麼？薛訥一時理不清，索性不去想，抬眼望向樊寧道：「對了，明日是除夕了，河南府衙暫且沒有旁的安排，妳想去邙山與洛水嗎……」

次日是隆冬時節裡難得的晴日，又逢除夕年下，市井街坊中四處洋溢著盛世歡騰的氣氛。薛訥與樊寧用飯後，策馬從定鼎門出城，一路趕向邙山。

此山不算高，卻因其襟山背水、風水絕佳而被稱之為「龍脈」，先後有二十三位帝王在此修陵建塚。

但對於樊寧而言，心心念念此地顯然不是為了尋龍探脈，而因為百餘年前，她所崇敬的蘭陵王高長恭曾率部在此獲大勝。及至山腳下，兩人將馬匹暫存驛站中，踏著石階路向山頂走去。

樊寧步調輕快，十分開懷，薛訥則四下觀望著，不知在尋找著什麼。眼見即將登頂，薛訥輕嘆一聲，收了目光，望著樊寧活潑靈動的背影，忽而有些出神。

在他的記憶中，上一次這般與她郊遊時，她還是個紮著總角的小道徒，時常光著腳帶他遊走在終南山間。某日他們還曾迷失方向，四處亂轉，怎麼也回不到道觀去。

彼時的薛訥只有十歲，平素看起來憨憨的，不愛說話，那時卻毫不猶豫地將自己身上的小皮襖脫下，給衣衫單薄的樊寧穿上，而後透過觀察樹幹上殘留的苔蘚，辨別出南北方向，最終找到了回道觀的路。

一晃十年過去，如今回想來，薛訥只覺心頭湧出幾分暖意，原來十年前他便那般在意她，現下為了她不顧生死倒也毫不意外了。

山巔是一方平丘，兩人並肩遙望山下的洛陽城，都有些出神。不知過了多久，樊寧忽而拿出包袱裡的儺面戴上，粗著嗓子對薛訥道：「我乃蘭陵王高長恭，爾等速速投降！」

薛訥笑看著樊寧淘氣，卻始終沒有言聲，惹得樊寧心急，復摘下儺面：「你怎的不投降啊？」

「妳讓我說別的都好，只有這個不行，我薛慎言永不言降……」

沒想到薛訥平日看起來那般好脾氣，在這等事上卻這般堅持。也難怪了，他雖文弱，夙願卻是掛帥為國，威震華夏，又怎能說出「投降」二字。樊寧不再為難他，上前兩步，墊腳將儺面比劃在薛訥臉上：「那你戴上讓我看看，總可以吧？」

薛訥拿樊寧毫無辦法，只能老老實實地將儺面戴上，逗得樊寧咯咯直笑。她後撤幾步，煞有介事道：「對側領兵，那頭戴儺面的是何人？快快報上家門來！」

北風蕭蕭，薛訥矗立不語，他臉上佩戴著猙獰的儺面，玉冠長髮，儒裳深衣，身姿英挺，皎如玉樹臨風，倒似像極了樊寧想像中的蘭陵王。

按照坊間編排的《蘭陵王入陣曲》，下一步敵將便要上前挑落蘭陵王的儺面，露出他的絕世姿容。樊寧佯裝手握長槍，幾個漂亮的團身轉至薛訥身前，抬手想掀去他的儺面，卻未留意腳下的碎石，向前一傾，差點跌進了他的懷裡。

薛訥忙探手去攬樊寧的身子，儺面應聲而落，只見他緊蹙長眉，星一般純淨燦爛的眼眸鎖著她，下頜微繃，真真好似百年前蘭陵王捉拿敵將的俊逸風姿重現眼前。

樊寧忍不住紅了臉，心突突直跳，嘴上卻說著：「我不幹，怎的你就這般將我俘虜了，重來重來！」

「莫要重來了。」薛訥扶著樊寧站好，撒開手，別過頭去，將通紅的面龐隱藏，「我記不得這段後面是什麼詞，時候不早了，我們下山去吧。」

都說上山容易下山難，到底是不錯的。這山不高，但沒有大半個時辰也很難到達山底。兩人回驛站牽馬時，天色已晚，是夜除夕，家家戶戶守歲，連胡商都閉了門戶。

幸好薛訥與樊寧帶了乾糧，兩人坐在道旁，分食了布袋裡的胡餅，而後趁著落日微光趕往洛河邊，在渡口處賃了一條烏篷小船。

洛河蜿蜒，靜謐流淌，穿城而過。薛訥立在船頭撐著長篙，縱目遠望，好似在尋什麼東西；樊寧則坐在船尾，臨風遙望著軒俊壯麗、高低錯落的宮城。

行至河中央時，天色已全然黑透，天上的繁星映在洛河裡，水天一色間，恍惚置身瑤池星河。樊寧抬眼看著近在咫尺的薛訥，心事像河中漣漪一般，蕩漾在滾滾東流的河水之中。

薛訥與樊寧揣著一樣的心思，也與她一樣將滿腔情愫藏在了暗夜裡。青梅竹馬就是這樣，無人敢輕易越雷池半步，更何況他們之間還夾雜著那般複雜的人和事。

薛訥放下長篙，坐在樊寧對面，任由小船順流飄零。

「不知道李師父現下在何處，但我相信，他應當也在看著漫天星星，惦記著我們……」

每逢佳節倍思親，到底是不錯的，樊寧實打實掛心著李淳風，忍不住落淚，她忙偏頭轉向旁處，抬起小手輕輕揩去，嘴上卻道：「才不會，那個沒正形的小老頭還不知在哪間酒肆流連忘返呢。」

薛訥看在眼裡，只覺心疼不已，想抬手為她拭淚，猶豫著又怕唐突，沉默著拿出絹帕，還沒來得及遞上去，便聽一陣淺淺的呼哨聲傳來，他偏頭望去，只見一道亮光劃破天際扶搖直上，霍然炸開，絢爛了整個天幕。

樊寧禁不住樂出聲來：「快看，是煙火啊！」

東風夜放花千樹，叢叢燦爛的煙花綻放在天幕之上，照亮了繁華富盛的洛陽城。家家戶戶打開朱窗，扶老攜幼，貪看著盛世美景，薛訥卻只顧凝望著樊寧那比煙火更加燦爛美好的笑靨。

忽然間，好似有醍醐灌入他的腦中，薛訥一拊掌，一副恍然之色，似是想明白了什麼。

夜裡，風影來客棧尋薛訥時，已過了子時，長街上可隱隱聽見守歲之人互相拜年之聲，說著「福延新日，壽慶無疆」云云。

薛訥等了風影許久，心中的答案早已呼之欲出，只差一個佐證。為了不影響樊寧守歲，他步履匆匆將風影帶到庖廚後的空地處，低聲問道：「如何了，仵作驗出來了嗎？」

「今日屬下一直待在河南府衙，催著那老仵作，他又是燒又是烤，還嗅了半晌，終於查明白那白色的是芒硝，黃色的則是崑崙黃，不過是平日裡最普通的顏料，並無什麼異常。」

哪知薛訥一臉歡喜之色，沖風影一拱手：「有勞了，明日一早，勞煩你請各位法曹去龍門吧，就說我已查明真相，可以給大家一個交代了。」

風影沒想到薛訥這麼快破了懸案，十足歡喜：「真的？薛郎這便查清楚了？一千兩黃金、五品大員可都是你的囊中物了！若是郡主知道……呃，郡主一定會十分歡喜。」

此番出來，李媛嫚特意叮囑風影，不要在薛訥面前提起自己，但風影一時歡喜，竟然給忘了。他撓了撓臉，垂著頭，想要說話找補，絞盡腦汁卻什麼也想不出來。

好在薛訥壓根未放在心上，一拍他的肩，招呼道：「你也是頭一次在異鄉過年吧？我的副官買了不少好吃的，專程給你留了一包，快來跟我拿吧。」

是日大年初一，一大早，豐都市內的各間酒肆便開始準備新年的「傳座宴」，招呼著長街上不論相識或眼生的賓客都前來自家吃酒，以求得新一年的福報。薛訥與樊寧各吃了一碗牢丸[4]，互相道了幾句吉祥安康，走出了客棧。

轉過商街的民宅處，家家戶戶正在插竹竿掛長旗，一家老少齊上陣，很是有趣。見天光尚早，兩人牽著馬，邊走邊討論著長安過新歲與洛陽過新歲的差別，還沒走出豐都市，就見那楊炯匆匆趕來，乾冷的天跑得滿頭大汗，急得嗓音都劈叉了：「哎呀，你怎的還在此處？

4 牢丸：即餃子。

你可知那袁州道的法曹一早上便到河南府衙來，說自己破了案，已往龍門捉人去了！」

「捉什麼人？」薛訥一臉茫然，好似壓根沒聽懂楊炯在說什麼。

「哎呀你這呆子，我說你會被旁人搶功，你竟還不信！你可是命你那屬官風影一大早往河南府衙去，告訴眾人你已經破了案，請大家往龍門去？你可知道，那袁州道法曹比你早先一步，天沒亮就拽著司法等人往龍門去了！」

「薛郎是在窟中取了物證才斷出案的，他都沒有現場勘查，如何能查得清呢？」樊寧沒想到這新年第一天便有豎子來添堵，卻也覺得可笑，「胡言亂斷可是要吃牢飯的。」

「人家言之鑿鑿，說得一板一眼，可不像胡言。昨日你與你那屬官在何處議事？那袁州道法曹也住在我們那間客棧裡，莫不是被他聽去了吧！」

「他、他要逮捕何人？」

薛訥的關注點與楊炯總有偏差，惹得楊炯好氣又好笑：「你說逮捕何人？當然是負責佛漆顏料的老工匠啊，你那屬官不是說漆有問題嗎？」

「抓錯人了。」薛訥焦急翻身上馬，招呼樊寧與楊炯道，「快，現下去或許還來得及！」

龍門石窟下，袁州道法曹已指認了年逾七旬、負責漆料的老工匠為凶嫌，但武侯逮捕時，遭到了其他工匠們的一致抵抗，眾人哭喊著冤枉，用刻刀與木刷與武侯相抵抗，說什麼也不肯讓人將那老工匠帶走，場面十分混亂。

薛訥、樊寧與楊炯匆匆策馬趕來，看到如此境況，楊炯翻身下馬，踉踉蹌蹌上前，掏出魚符，慌亂之際甚至拿反了而不自知，大吼道：「住手！本官弘文館待制楊炯，奉天皇之命來此督查此案，何人敢造次！」

聽聞楊炯是天皇的欽差，那袁州道法曹趕忙上前一禮，滿臉堆笑道：「楊待制安好，下官乃袁州道法曹趙理，此案已破，凶嫌負隅頑抗，我等正與司法大人一道緝拿，楊待制可在旁稍歇片刻……」

「你們抓錯人了！」薛訥看到已有工匠受傷，心急不已，衝入混戰的人群中阻攔，生生挨了好幾下，「都先住手，聽薛某一言，這位老人家並非此案凶嫌！」

那趙姓法曹眼見就要官至五品，得賞金千兩，怎容薛訥在此放厥詞，漲紅臉氣急敗壞道：「胡言！你敢說難道不是這刷佛衣的金漆有問題，這才失火嗎？分明就是此人在金漆中加了火鐮粉末，分發給各位工匠，火鐮自燃，這才出的這離奇失火案！」

「有問題的不是金漆！」樊寧上前，揮劍打飛了個別仍在爭鬥的武侯與工匠手中的兵器，讓薛訥能專心判案。

薛訥不負樊寧期待，據理力爭，指著高高的石窟道：「失火的四處洞窟，除了第二座以外，皆沒有為佛身塗金漆，你讓人分離出來的類似火鐮的東西，不過是煉金時遺留的粉末而已，現下是冬天，火鐮的存量與溫度皆不足以讓它自燃……」

這趙姓法曹住在豐都市客棧的一層，昨天夜裡隱隱聽到薛訥與風影說話，便連夜趕往龍門，拿了些工地上的金漆，請仵作驗了，得知裡面有類似火鐮的物質後，他極其激動，認為自己破了案，一早就來拿人，現下聽到薛訥的反駁，他氣急敗壞，怒道：「那你說，你說這火是如何燒起來的？薛御史不會要告訴我等，是天降業火，佛祖發怒吧？」

「便是那芒硝與崑崙黃兩樣，混在一起起的火……」

「胡言！」那趙姓法曹大笑一聲，只覺勝券在握，「這兩樣都是最尋常的顏料，如何會起火！」

「趙法曹所說不錯，這兩樣都是最為尋常的顏料，但趙法曹怕是不知道此兩物放在一起，合上蜂蜜黏著液體，便是那宮廷焰火的配方吧？昨日無事，薛某在城中的書畫坊轉了一圈，問過了洛陽當地的坊主，他們皆說平素裡洛陽這邊愛用的顏料，皆是從欒樹等植物中提取的。但今年夏日雨水不豐，便導致城內外的樹草枯萎，沒有那麼多植物可以用來調取顏料，只能從外埠去進。

薛某昨日特意到訪邙山與洛水，核實了坊主的說辭。各位眼下看到這些顏料，皆通過大運河，從淮南道揚州府逆流而上送至洛陽的，一部分被採買進了各大書畫坊，另一部分則運至了龍門山。我們之所以認為這兩種顏料沒有問題，便是因為平素裡常用它們，但龍門山不同，工匠師傅們一日用掉的顏料，幾乎是畫坊中三、五個月的用量，而且為調製貼近佛祖容顏的顏色，會直接在芒硝中加入崑崙黃。如此大量的粉末混合，導致石窟內粉末漂浮，空氣亦不流通，只消石塊鐵鑿之間的輕微碰撞，濺起火星即可點燃，這便是龍門業火的真相。」

薛訥這一席話，說得眾人啞口無言，那洛陽司法上前來，對薛訥一禮：「薛御史的推論聽起來十分嚴謹，但我等皆未見過這兩樣放在一起失火的，是否……」

洛陽司法話未說完，便聽楊炯高聲道：「哎，來來來，都看本官這裡！」

眾人循聲望去，只見楊炯拿著芒硝與崑崙黃兩袋顏料粉，同時向一口缸中倒去，高聲誦著：「驄馬鐵連錢，長安俠少年。帝畿平若水，官路直如弦。夜玉妝車軸，秋金鑄馬鞭。風霜但自保，窮達任皇天……」

話音一落，楊炯便將一塊燧石用力扔進缸中，隨後撒腿就跑，還未跑出半丈，便聽得「轟」的一聲，陶缸霎時爆開，火苗四濺，差點燎了楊炯的衣角。近百名法曹與數百工匠亦嚇得抱頭而逃，場面十分混亂。

樊寧逆著人群，上前幾步，用木棍挑了一片熊熊燃燒的黑火團，迫至眾人眼前：「看清楚沒有？你們可都看清楚了？」

眾人邊躲閃邊回道：「看清楚了，看清楚了……」

薛訥長舒一口氣，望著澄明的天幕和恢復了寧靜的龍門山，心中多了幾分難得的安定之感。弘文館別院的起火方式盤亙在他心中良久，眼下終於有了幾分眉目了。

三日後的清晨，天光微明，楊炯在星津橋頭擺下薄酒，為薛訥與樊寧踐行。

是日大年初四，無星無月，橋下洛水結了一層薄薄的冰霜，陌上人行稀疏，在此送別更多有傷懷之感。

薛訥與樊寧打馬上橋，看見楊炯迎風佇立，趕忙下馬，幾步上前，拱手道：「不是說好了，不勞煩楊兄相送……」

「哎，我可不是代表自己送你。」楊炯笑著，遞上一樽酒與薛訥，「賞金拿下了，官職卻不能許，薛御史身上還掛著弘文館別院的案子，若有功則一併賞……天皇之意，你可明白？」

薛訥躬身長揖道：「煩請向天皇轉達薛某之意，必當盡快破案，不辜負皇恩浩蕩。」

「『趙氏連城璧，由來天下傳。送君還舊府，明月滿前川』。不知何日能與君重逢，楊某今日滿飲此杯，為薛郎送行。」

雖說與楊炯的性子大相徑庭，薛訥還是很欣賞他，真心實意視他為友。平素薛訥幾乎滴酒不沾，此時也滿杯飲下，對楊炯道：「不論是薛某再來神都，還是楊兄回長安，我們來日方長……」

楊炯一笑，瞥了不遠處的樊寧一眼，對薛訥耳語幾句，復道：「時辰不早，早些上路，若趕上風雪就難辦了。」

薛訥與楊炯惜別對禮，翻身上馬，帶樊寧向京洛古道駛去。

茫茫天地間，楊炯一直立在原處，薛訥不時回頭揮手，直到再也看他不見。

樊寧好奇問道：「方才那姓楊的可是說我了？我看他沖著我笑，挺嚇人的。」

薛訥面頰一熱，佯裝未聽見樊寧的話，望著遠處烏騰騰的雲，揚鞭打馬道：「快出發吧，若是晚了，今夜可到不了鼎州了……」

第十八章 煮豆燃萁

經過了七、八日顛簸，薛訥與樊寧的馬車終於抵達了長安郊外。

落日餘暉透過車簾照入車廂中，將裹著毛毯熟睡的樊寧喚醒。她撩開車簾，視線越過冬日遒勁的枯枝，遙望見長安城巍峨的輪廓出現在地平線盡頭，心境豁然開朗。

這往返一路，翻山越嶺著實不易，天氣又極其嚴寒，兩人皆略顯疲色，但想到今晚便能回家，在熟悉的榻上休息，樊寧小臉兒上滿是雀躍，問正趕車的薛訥道：「對了，那日在龍門山下，我記得洛陽司法要將那負責顏料塗漆的工匠緝拿定罪，你是如何向他們解釋，才讓他們放了人啊？」

「凡有案，若不拿人，好似司法們便會有些手足無措。」薛訥回頭輕笑，夕陽下，他的笑容顯得格外好看，「當夜我特地調取了採購顏料的清單，看到上面的確寫著芒硝和崑崙黃，所以可以確定並非是工人調包做了手腳，而是按照監工的吩咐所做。去歲大旱，工程繁急，加之不瞭解宮廷煙火祕方，我覺得此事賴不得任何人，便寫了一封奏承，煩請那司法送到中書省去。聽聞二聖看罷心有唏噓，竟稱罪責皆在自己，是二聖心急催促，才釀此大禍，未怪任何人。天后甚至下令，過三年再開鑿盧舍那佛，令那些監工不必太趕，以民生為先。」

雖是慘案，結局卻還算慰藉人心，樊寧輕輕一拊掌：「果然是你的風格，如此滴水不漏，此案辦得真是太漂亮了。」

「我哪有什麼功勞，不過是秉公持正，不攀誣，不武斷罷了。」

說話間，馬車便已到了長安城東正門的春明門下。守衛驗過薛訥與樊寧二人的魚符後，予以放行。城中新歲的氣氛依然很濃，坊間裡四處散發著屠蘇酒的清香，薛訥與樊寧趕在天黑前進城，在東市吃了一碗臊子麵，紓解了幾分疲憊後，牽馬向崇仁坊走去。

待過了正月十五，薛訥便將往藍田縣赴任了，從道理上來講，帶上樊寧乃情理之中。但薛訥「做賊心虛」，對樊寧有著別樣的心思，只覺得這話說來很是艱難，故而往返洛陽這一路十數天都未能開口，生生拖到了此時。

薛訥暗下決心，今夜一定要說出來，本也只是為了給她一個地方遮風避雨，他查案時亦可以更方便地詢問案發當日的一些細節，有何開不了口的呢？

話雖如是說，但心裡有多艱難糾結，只有薛訥自己明白。正神思恍惚，身側的樊寧忽然停了腳步，抬手一敲他的胳臂：「哎，我看那邊有賣松醪酒的，我們買些好不好？趕路好累啊，我想喝點酒，舒舒服服睡一覺……」

薛訥正愁回府後，樊寧可能會直接回地宮休息，有了松醪酒，便可邀她共飲一杯，他趕忙應了一聲，摸出錢袋給了樊寧，目送她往那吊著油燈的小鋪子買酒去了。

掙下這一千兩黃金後，薛訥原是想買些東西送給樊寧的，可她什麼也不要，只買了一大包洛陽城的小吃背在身後，還沒到鼎州就吃了個精光。在旁人看來，她或許少了些女兒家的嬌柔，但在薛訥眼裡，她的英氣颯爽簡直是萬金難換的美好。

薛訥暗下決心，今夜無論如何也要跟樊寧提出同去藍田的事，止不住權衡該如何開這個話頭。未幾，兩人走進了崇仁坊，坊間的武侯們看到薛訥，皆上來熱情招呼。

樊寧看見他們有些心虛，兀自將馬牽去薛府側門的馬棚拴好，遠遠抬起小手指指天上，示意薛訥自己從小巷翻牆回去。

薛訥忙與武侯們道別，幾步上前，拉住樊寧的胳臂，低道：「回去妳就在屋裡煮上酒吧，庫房裡有小爐。」

樊寧點頭一笑，沖薛訥一禮，轉身走入小巷中，須臾便不見了身影。

薛訥忙快步向平陽郡公府趕去，還未入大門，就見自己相熟的小廝薛旺匆匆迎上前來，滿臉喜色地牽過薛訥的青驄馬：「大郎君回來了！我們大郎君太厲害了，咱們府裡的人，這幾日都為著郎君高興呢！」

看來這傳言的速度著實比自己的馬匹快，偵破龍門業火案的消息只怕已傳遍長安。薛訥笑著點點頭算作回應，問道：「母親可在佛堂，遠道歸來，我應當馬上去問安的。」

「夫人在慎思園呢，」薛旺嘻嘻笑著，完全未留神薛訥陡然變了臉色，「聽說大郎君今日回來，夫人特意做了大郎君最愛吃的團油飯，正在房中等你呢！」

薛訥驚得再顧不上與府中諸人寒暄，闊步向慎思園走去。即便樊寧佩戴著「寧淳恭」的面皮，被母親撞見亦會很麻煩，薛訥匆匆推門而入，只見柳夫人正坐在桌案前誦經，房中未見樊寧的身影，不知是還沒找到機會翻牆進來，還是發現了柳夫人，選擇從遁地鼠在園中石井旁開的小門溜入了地宮。

薛訥微微鬆了口氣，上前拱手道：「母親，慎言回來了。」

柳夫人指了指桌案上飄香的飯食，笑對薛訥道：「一路應當很辛苦吧，飯還是熱的，快來吃吧。」

薛訥應了一聲，坐在了柳夫人對側，看著桌案上的團油飯，踟躕道：「母親漏夜前來慎思園，可是有什麼事叮囑……」

柳夫人放下佛珠，輕輕嘆息了一聲，說道：「慎言啊，你在洛陽破獲大案，找出佛窟起火原因，得到二聖讚揚，為娘很是欣慰，待你爹在高麗聽到消息，也會十分開懷的。」

從小到大，薛訥幾乎從未得到過父母的讚揚，今日聽柳夫人如是說，他不由一怔，神情更顯不安：「雕蟲小技罷了，難登大雅之堂，唯願不令家門蒙羞，又怎配得到父母親的讚許……」

薛仁貴雖為北魏河東王薛安都六世孫，但到了唐初時，家道早已衰微，他憑藉一己之力身先士卒，拚出了一方天地，但也忽略了家中，及至三十五歲方有了薛訥這個嫡長子。其後柳夫人隨薛仁貴南征北戰，與薛訥聚少離多，八歲時又送他去李淳風道觀讀業，十二、三歲才接回長安城入崇文館讀書，柳夫人對這個過於老實乖巧的長子心有虧欠，卻總是不自覺地偏向幼子楚玉。

現下，薛仁貴戰功赫赫、樹大招風，薛訥又出了這毫無必要的風頭，令她日夜難安，無奈太息一聲，邊轉佛珠邊道：「慎言啊，有些話，娘便與你直說了吧。聽說年後你便當去藍田赴任了，這弘文館別院的案子若是再不破，咱們一家老小會是何境遇你可明白嗎？莫看你爹眼下一時風光，多少宵小之徒都用雙眼盯牢了咱們家，就連太子殿下與幾位王爺都少不得謹小慎微，眼下你卻是長安城中最引人注目的那一個……你可知道，稍有差池，波及的可不單是你一人，還有你的父母、兄弟甚至叔父堂兄弟都會跟著倒楣，輕則入刑流放，重則……」

「母親的擔憂，慎言都明白，眼下還有約莫一個月的時間，兒還在全力緝凶，相信不日便會有所結果，不會連累家人的。」

見薛訥還在這般嘴硬，柳夫人更覺焦躁，壓著性子循循善誘：「若是這一個月內，你無法破案，難以緝拿到凶嫌，該如何做，你可明白？」

薛訥明白柳夫人的意思，卻沒有接話，只道：「慎言一定可以捉到真凶，還天下一方安定……」

「那樊寧，」見薛訥不接話，柳夫人索性不再繞彎，單刀直入道，「你知道她藏身在何處吧？」

薛訥許久沒有應聲，眼中卻湧起諸般情緒，最終定格為淡淡的哀傷。他緩緩嘆了口氣，回道：「去李師父的觀星觀贖業時，慎言只有八歲，一個人待在異地，很是孤寂。白日還好，李師父那裡有許多有趣的東西，渾天儀、羅盤，還有很多書可以看。李師父博學鴻儒，知道很多趣事，也願意講給我們聽，我與樊寧上完課後，時常在終南山裡玩，或是捉魚蝦，或是撿桑果，根本顧不上難過。但每每到了夜裡，便會想家、想娘。可是娘很少來看我，父親便更是難見……」

沒想到薛訥會忽然說起陳年舊事，柳夫人一怔，少不得軟了語氣，輕道：「當初送你去道觀，我與你父親亦有苦衷。娘知道，那樊寧是你的摯友，將她交往刑部你心有不忍。但人生本就有許多迫不得已，慎言，你還年輕，許多事還不懂，你……」

「慎言並非指責父母，也請母親不要誤會，慎言不交出樊寧，並非是因為李師父的撫養之恩，與我和樊寧的總角之情亦毫無瓜葛。樊寧並非真凶，即便現下將兒千刀萬剮，我還是只有這一句話。若母親真的瞭解慎言，今日便不會來與我說這些了。」薛訥自嘲一笑，眼中滿是不容置喙的堅定，凌厲得令人陌生，但是很快地，這些情緒皆在他眼底消弭，依然清澈如湖，沒有半分波瀾，「若今時今日被任命為御史負責此案的是楚玉，母親一定會很為他驕傲吧。慎言不求其他，唯願母親能夠信我幾分，一月之內，我一定會破案的。」

柳夫人看著眼前身修八尺的少年，忽而有些恍惚。近二十年來，她好似從來沒見薛訥這般堅持過，他打小不愛說話，總是獨自默默待在一旁，從未提過任何要求。

柳夫人說不清自己究竟是略感慚愧還是心有不忍，一時語塞，徐徐站起身，留下一句：「你要明白厲害輕重，若真出什麼事，娘可以不難為你，但你那幾位叔父絕不是好相與的，他們若真用手段，你是護不住那丫頭的，好自為之。」

語罷，柳夫人轉身而去，薛訥亦站起身來，輕喚道：「母親……」

柳夫人半回過身，望向薛訥，不知他要說什麼。

薛訥看著桌案上的團油飯，輕道：「兒自小不能食薑，一旦服食便會渾身起疹，難受不已……這團油飯是楚玉喜歡的，一會兒還是讓劉玉拿去給他吃吧。」

明明是十分平靜的話語，柳夫人卻顯得十足震驚，雙唇微顫，囁嚅了片刻，卻什麼也沒說出口，只點點頭，轉身快步走出了慎思園。

薛訥辨不出心中是何滋味，更擔心樊寧是否順利回來，又聽去了多少，他將團油飯交與侍婢後，緊緊關上了園門，回到臥房輕叩地宮的大門：「在嗎？」

良久，地宮內才傳來了樊寧的回應聲：「方回來，今晚你家值夜的家丁挺負責任的，我等了好一會兒。」

「不出來煮酒嗎？」

「我有點乏了，」樊寧盡量用輕快的語氣回答，配合著幾聲淺笑，「今日不與你喝了，我先睡了。」

樊寧不再出聲，薛訥卻坐在原地，許久沒有動身。看她的反應，多半是聽到了他母親的話，對她這樣孤苦無依又背負潑天之冤的人而言，心中一定十分不好受吧。薛訥既心疼又無奈，不知當如何勸慰，只能守在地宮大門處，默默陪了她一整夜。

翌日晨起，薛訥策馬去往東宮找李弘覆命。天光尚早，李弘正在麗正殿用膳，便直接命侍衛將薛訥帶至了此處。

薛訥向李弘行大禮，拜道：「臣薛慎言向殿下請安，願殿下新歲安樂、福壽綿延。」

李弘笑著抬手，示意薛訥起身，吩咐左右道：「加一套碗筷來，你們出去候著就是了。」

薛訥自覺不妥，忙道：「殿下，臣怎能與殿下同案同食……」

李弘卻不以為意，指著滿桌佳餚道：「一大早就準備這些，不吃也是浪費，莫要再推辭，快來坐下吧。」

李弘這般熱忱，薛訥怎好駁他的顏面，說了一句「恭敬不如從命」，再拜後，行至桌案前，避席而坐。

「本宮聽說你破獲龍門業火大案，十分欣慰。但你這臊眉耷眼的模樣，怎的也不像個立了大功，得到了二聖的讚許……你這是怎的了？不會是與你那『副官』吵架了吧？」

「殿下誤會了，臣……只是有些疲憊。」薛訥用調羹緩緩攪動著清粥，笑容卻有些不走心，「談不上什麼大功，只能說是未辜負殿下所托，又為弘文館別院的案子找到了幾分眉目。」

「別太謙虛了，你可知道那弘文館待制楊炯，負責此案呈報入檔，洋洋灑灑寫了數千字，把你誇得直要上了天，在三省六部都傳遍了。那位賀蘭大學士看到後，氣得把文書都撕了。」李弘輕輕一笑，旋而又轉凝重，「聽說你拿出了部分賞金，給了受傷殞命的工匠們貼補家用，做得很好。此案雖非人為，卻實在慘烈，你拿出二聖的恩賞惠及他們，便是讓這些工匠和他們的親眷同沐皇恩，希望能慰藉他們的些許心傷吧。」

「慎言不似殿下這般思慮周全，只是實在見著他們可憐，二聖又賜了賞，慎言便拿出一部分與了他們，或是置辦些田產，或是做個小買賣，總歸能有條生路。」

「你那賞金還剩多少？可有托鏢局押回來了？」

「還剩九百餘兩，交給了鏢局，過幾日再去領。」薛訥對銀錢一向沒什麼概念，這些事皆是由樊寧操辦。

想起樊寧，薛訥忍不住又有些走神，愣怔中聽李弘踟躕道：「你借些錢與本宮……」

薛訥一時回不過神，茫然道：「殿下說什麼？」

「來來來，」李弘好氣又好笑，攬住薛訥的肩道，「本宮教你些為官之道：但凡上司找你借錢、借物之時，你應當馬上表態答允，方是正章。反口一問，又是何意啊？想讓本宮難堪嗎？」

「啊，不是、不是，殿下莫要誤會。」薛訥趕忙撓頭解釋，「只是沒想到殿下貴為監國太子，會找臣下借錢。殿下要多少，九百餘兩可夠嗎？過幾日等鏢車到了，可以讓張順大哥直接拿票據去領。」

「倒也不需要那麼多，我只是想給紅蓮姑娘再置辦一處宅子，最好離東宮近一些，再配上幾位家丁管事。這些錢總不能動國庫，但本宮自己的月銀全部拿去施粥買碳，送給去歲安頓的雍州災民了，一時難以湊手。」

「殿下這東宮中有這麼多間好房子，哪一間不是金雕玉琢，比外面的好上千百倍，為何不直接將紅蓮姑娘接來呢……」

薛訥本只是打趣，誰知李弘臉上忽然愁雲密布，嘆道：「你這愣小子，你以為……本宮不想嗎？但紅蓮這般出身，莫說太子妃或良娣，連侍妾都不可能做得，我如何能這般委屈她。更何況我是東宮太子，天皇、天后的要求有多高，你又不是不知。賀蘭敏之能荒唐，雍王、英王可以嬉戲，我卻是一點也不能的。從前總以為能將她安頓好，現下看來，將她放在那裡，才是將她架在火上炙烤，再這般下去，遲早釀成大禍。過兩日等你的賞金到了，我讓張順找你拿些，下月待發了例銀本宮再還與你。此外，你那行囊可都收拾妥當了？何時動身去藍田？」

聽了李弘這話，薛訥陷入了沉思，心想自己也應當在藍田置一處宅院，否則樊寧如何能住在縣衙之中。若真能在藍田買個園子，有個只屬於他二人的家，她便可以不必躲藏，暫且安心度日了。

想到這裡，薛訥忍不住垂眼而笑，惹得李弘拿筷箸戳了他兩下，「想什麼呢？本宮問你何時動身去藍田？」

「臣失禮……前兩日雍州府來人說，先前的縣令過年回老家去了，現下正往回趕，趕巧遇上風雪，他已是七十有餘，舟車勞頓，催得太緊實在使不得，故而便把接任的時間往後延了三日。」

李弘蹙著長眉，神情陡地犀利了兩分：「不知這老兒是真的趕路不動，還是受了何人威逼利誘，故意拖延時間，你自己要長個心眼。除去縣令之職外，你仍是本宮的特設監察御史，記得萬事以查案為先。」

「是。」薛訥抱拳一禮，目光澄明堅定，又問道，「對了……殿下可知道，藍田縣盤個院子約莫多少錢嗎？」

「若是一月之內能破案，你便又調回京中了；若是破不了案……刑部也會給你準備房間住，說不定連同本宮也會去與你為鄰，你還打算要盤房子嗎？」李弘嘴上玩笑著，神情卻毫不輕鬆，「罷了，這幾日東、西市開始掛上花燈猜謎了，你舟車勞頓辛苦，好好休息兩日再去赴任吧，本宮等你的好消息！」

與薛訥相同，樊寧昨夜亦是一宿未眠，眼睜睜看著他背身靠在地宮的房門處，一整夜不知在做什麼。

樊寧想要出聲與他說話，又不知從何說起，只能緘默地坐在榻上，望著他的背影發呆。

昨夜樊寧躍入薛府時，遙見慎思園中亮著燈，便猜到有人在房中等薛訥，麻利地從園中水槽後的入口進入地宮，聽到了他們母子間的爭執。

樊寧精於世故，理解柳夫人為了保全家人的苦心與無奈，可聽到她這般說，樊寧還是忍不住地難受，但她並非為了自己，而是為了薛訥。

然而眼下又哪裡是計較父母偏心、兄弟紛爭的時候。樊寧心裡明白，弘文館別院縱火案已過去兩月有餘，凶嫌若再不落網，受牽連的又何止是薛訥，還有薛仁貴甚至李弘。一旦李弘受牽連，儲君之位動搖，其他虎視眈眈之人便會藉機生事，屆時受難的便會是大唐百姓。

樊寧暗暗下定決心，若是到了最後期限還拿不到真凶，她便去刑部自首。橫豎她都無父無母，即便死了也沒有親眷牽掛，所擔心的唯有李淳風，不知待到她在西市獨柳下問斬那時，這小老頭可會回來看看她，幫她把腦袋撿回去。

樊寧就這樣胡思亂想著，連何時天亮了都不知道，她起身看看，頭頂上的房間裡已不見了薛訥的身影。她想起昨天薛訥曾說，今日一早要去找李弘彙報，估摸著他應當是往東宮去了。

樊寧洗漱罷，沉默地打開包袱，摸出一塊胡餅吃了起來。正嚼得來勁時，薛訥回來了，他解下裘裳掛在衣架上，行至暗門處，溫聲道：「妳醒了嗎？」

樊寧自認經過一夜時間，已經將情緒控制得很好，走到銅鏡前，撥了撥臉龐的碎髮，正了正衣襟，抱著松醪酒，推開了暗門。

誰知薛訥正微微傾著身子聽動靜，樊寧猛一開門，暗門「碰」的一聲徑直打在了薛訥的下頷上，令他吃痛非常，捣著下巴連連退步。

樊寧忙將松醪酒放在桌案上，上前道：「你怎麼這麼不小心，快讓我看看，咬到舌頭沒有？」

薛訥搖搖頭，緩緩鬆開雙手，只見他俏生生的下頷上一片紅腫，看起來應當是很疼。

樊寧好氣又好笑，抬手掐了他一把：「你這呆子，怎的不知道躲啊！真是的，若是有人問，你就說自己在屋裡磕的，聽到沒有？」

薛訥連連稱是，才緩了兩分痛楚，樊寧忽而又拿出乾布沾了藥酒，在他的下巴上一通亂懟，痛得薛訥連連告饒：「不必了、不必了，我不疼了……煮些松醪酒喝吧。」

樊寧「喊」了一聲，轉身去園中的庫房裡拿出了小泥爐，搬入房中，挺翹的瓊鼻通紅。

「今天好冷啊，按說已經立春了，怎的連一點暖意也沒有。」

去年春夏關內與河南河東等地大旱，冬日又遇上十幾年來難見的苦寒，河南道尚好，因為有含嘉倉與回洛倉的儲糧周濟，但關內雍州、華州的災民便要多費心安頓了。好在百姓有福，有二聖坐鎮朝野調配，又有李弘這樣一心為民的監國儲君，自出錢囊將例銀全部拿出來，施粥、送糧、買碳柴與災民，這才幫助他們度過了荒年。

薛訥將松醪酒灌入煮酒的銅壺中，點燃小火爐，不一會兒房中便暖融融的，溢滿了酒香。

薛訥邊呷酒，邊磕巴問樊寧道：「妳、妳不是最愛看花燈嗎？十四、十五和十六三日放夜，沒有宵禁，我們去看花燈好不好，妳最擅長射覆[5]，所有的燈謎都難不倒妳，我們……」

「不去！」樊寧斬釘截鐵回道，「有這玩樂的工夫，還不如好好梳理梳理案子，你不是年後就要赴任了嗎？到底查得如何了？有眉目了嗎？」

忽然被樊寧問起，薛訥一時答不上來。這龍門山業火案給了他很大啟發，讓他明白了凶手究竟是如何輕而易舉點燃了弘文館別院的木塔，但還有個極其重要的點沒有解決，便是為

5 射覆：酒令的一種，出題者先用詩文、成語或典故隱喻某事物，讓猜謎者用另一種詩文、成語典故來揭開謎底。

何那巡邏的沈七只看到樊寧一人跳下了閣樓，而未見樊寧所說的守衛長。只要不解決這個問題，就永遠找不到真凶，永遠無法洗清樊寧的冤屈。

薛訥如是想著，神情由不得略顯沮喪，樊寧看在眼裡，十分不好受。

為了查此案，薛訥已壓上了身家性命，她有什麼立場這般逼迫他。樊寧憶起小時候，薛訥總是年前被接回家中，再回觀星觀時堪堪過了上元節，雖說每年他都會帶城中最有趣的射覆燈謎給她，他們卻從沒有一起看過花燈。最壞的結局不過是個死，何不抓住眼前的歡愉。

樊寧仰頭喝盡了杯中酒，忽而改了主意，笑靨如花望著薛訥道：「若是你肯陪我戴儺面，我就跟你去看燈，好不好？」

長安城新昌坊中有一座觀音寺，年關剛過，許多顯貴信徒便攜家帶口，來寺中清修，既可請得道高僧為其門戶誦經祈福，也可以躲避年節下難以拒絕的訪客，更能在這寧靜肅穆的環境中放鬆心情，故而從大年初一到上元節前夕，寺中對俗客開放的廂房一直都是滿滿當當的。

除了地處城中，往來方便外，此處比其他寺廟香火旺盛還有另一重緣由：龍朔二年，天皇同母妹城陽公主生了一場大病，遍尋宮中尚藥局的太醫，也找不到治癒之方。對胞妹愛護有加的天皇大為悲痛，日漸絕望，誰知靈感寺住持法朗禪師受邀前來，以祕咒為城陽公主設壇持誦，七日後公主便康復如初了。天皇大喜，應公主所求，將靈感寺更名為觀音寺。從此，這觀音寺便成了遠近聞名的求健康、保平安福地。

巳時二刻，佛寺內的幾大佛堂中，數場法事同時進行。堂內一側是排坐整齊合著木魚不斷誦經的大師，另一邊則是頭披兜帽、身穿素袍，跪坐祝禱的香客。雖說儀式中不允許出入，可讓這些達官顯貴老老實實在佛堂裡跪兩、三個時辰不動，簡直比登天還難，故而時常有人內急離席，或去往院子裡散步。

觀音寺的後院是一座四方形的木塔，因曾遭遇火災而廢棄，此時趁著佛寺中守備疏鬆，一名頭戴兜帽的香客偷偷溜進木塔中，對著一面空牆壁「咚咚咚」地敲了三聲。

說時遲那時快，那本空無一物的牆壁竟忽然活動了起來，「轟隆隆」拉開後，竟有一扇暗門直通地下。待那香客走入後，暗門再度關閉，恢復了尋常模樣。

蠟燭隱隱的火光照出一段螺旋向下的石階，那人將殘燭捧在手裡，摘下兜帽，不是別個，竟是薛楚玉。

薛楚玉擎著蠟燭步步往下，不一會兒，眼前便豁然開朗，乃是到了一處地下暗室。暗室入口的兩側牆壁上，共有二十三根蠟燭立插在鑿好的孔洞中，唯有一個孔洞是空的。薛楚玉便將手中蠟燭插入洞中，從懷裡拿出一個當中印有大大「譙」字的面具戴上，上前幾步，走入了議事廳中。

廳中地上擺著二十四個蒲團，唯有一個空著，其他二十三個蒲團上跪坐著同樣頭戴兜帽、身披素袍、臉罩面具之人，他們正朝前方有節奏地叩拜，口中還念念有詞。

薛楚玉見此，立即走到那空蒲團旁跪下，與其他人一起進行著這詭異的叩拜儀式。

數輪下來，儀式終於結束。站在最前排的四名香客站起，將自己的蒲團拉到前方，形成主位，其餘香客立即自覺將腳下的蒲團拾起來分到兩旁，各自就座。薛楚玉這才看清，所有人面具上的字各不相同，應是以此來區分各自的身分。

見所有人都已就座，坐在主位左側、面具上寫著「萊」字的人說道：「今日是我擎雲會開年首聚，去年秋，在眾位的不懈努力之下，我們成功拿走了《推背圖》，並將李淳風的女徒弟樊寧定罪為凶頑，實現了我等夙願的第一步。然而，由於太子李弘和薛仁貴長子薛訥的攪局，樊寧仍未能落網，就連我們派去鳳翔刺殺薛訥的人亦未能如願。你們如此辦事不力，怎對得起這『擎雲』二字，又怎對得起會主平素給予你們的莫大支持？兩天之後，便是上元節了，諸君無論如何，都必須想出能夠消滅薛訥，令樊寧落網的辦法來，孰能替會主分憂者，將可得到今年的第一個『許願』的機會。」

聽聞此言，眾人皆蠢蠢欲動。

薛楚玉第一次來此，不懂其中要領，忙輕輕拽了拽旁側頭戴「胡」字面具之人的衣袖，悄悄問道：「『許願』是什麼？」

「你第一次來吧？」那人不以為然道，「不要緊，凡事都有第一次。所謂『許願』就是能夠單獨覲見會主，將自己的願望告知他，請他幫忙實現。迄今為止，凡是許了願的都成功了，毫無例外。」

「這麼神嗎？」薛楚玉驚訝道，「那我若說想當皇帝，也能實現嗎？」

薛楚玉自覺聲音壓得極低，卻還是引得前方三兩人側目。旁側那人嚇了一跳，趕忙摀住薛楚玉的嘴，尷尬賠笑，待前排人轉回去，那人壓低嗓音道：「莫要渾說！所謂願望，當然是指現實中不如意的事。如果願望過於不切實際，也只能是浪費了一次寶貴的機會罷了，還有可能見罪於會主。至於這其中的分寸，且當你自己把握，想好了再說，不必說與旁人聽。」

薛楚玉似懂非懂地點點頭，重又將注意力轉回最前方，只聽一個戴「申」字面具的人吊高了嗓音道：「辦法也不是沒有，可是若是動靜太大，反而不利於我們的計畫，尤其是李勣家那個小女娃，一直差龍虎軍的人暗中護著那薛訥，我們想下手也難哪。」

眾人紛紛應聲，讚同此人的意見。旁邊一個戴「梁」字的人也接腔道：「如今好容易令刑部定案，說那樊寧是凶頑，若是再留下什麼旁的證據，牽連出我們來，可是得不償失啊。」

坐在主位上頭戴「河」字面具之人猛地拍案道：「一群飯桶！擎雲會養你們這起子人，不是為了長他人志氣，滅自己威風的！」

見主位上的人發火，眾人立刻鴉雀無聲。半晌後，頭戴「梁」字面具的人嘆道：「正所謂『欲先取之，必先予之』，眼下唯有打入他身側才是突破口。只是空談無用，還需一個契機。」

「哪裡需要那般複雜，」頭戴「鄭」字面具的人插嘴道，「薛家那小子包藏朝廷欽犯，雖然沒有證據，卻是八九不離十了。我等只需編造姓薛那小子和那女娃有私，假借御史之權意圖包庇，向天皇、天后參上一本，不就行了嗎？」

一旁頭戴「鄂」字頭盔的人搖頭道：「此計雖好，眼下卻不是良機。那姓薛的小子方破獲了龍門山的案子，天皇、天后對其讚賞有加，很難成功。」

「不如我們趁上元節再搞一票大的，」戴「衛」字頭盔的人接茬道，「只要京城再發生大案，連著弘文館別院之事一起參，絕對能成！」

眾人你一言、我一語，七嘴八舌，討論得十分熱烈。薛楚玉來之前從未想到，這裡竟然有這樣多人，口口聲聲堂而皇之地談論著要置自己的親哥哥於死地。

此刻的他，分不清楚自己究竟是驚訝多還是欣喜更多，在後排慢慢舉起了手，用不大不小的聲音道：「那個，鄙人有些想法，不知道當講不當講……」

第十九章　人約黃昏

爆竹聲聲裡，上元佳期又至，太陽方落山，大唐廣袤無垠的疆域內便處處洋溢著喜慶氣氛，從飄雪的北國到悶熱的交趾，從東濱大海到西域大漠，街巷上滿是賞燈猜謎的遊客，他們穿著時興的春衫，戴著各式儺面，摩肩接踵，歡聲笑語不絕。

長安西市上，熙熙攘攘的人群中，一個身穿襦裙、頭戴狸面的窈窕少女與一個高她一頭、戴著犬面的倜儻少年並肩而行，雖然看不清容顏，但看身姿氣韻，便知不是凡品，引得道旁人注目頻頻。

不消說，這兩人不是旁的，正是薛訥與樊寧二人。樊寧從未逛過上元燈市，很是新奇，在天竺、波斯等商販的小吃攤前流連忘返，可她今日未貼面皮，隱藏身分完全靠這個儺面，根本不能摘下吃東西，只能不住吞口水，過過眼癮罷了。

薛訥跟在樊寧身後，本還有些顧忌擔心，但看滿街行人多有佩戴儺面，樣式與他們大抵相同，應是今年最時興的款式，萬一真被誰撞見了，脫身或混入人群中也十分容易，便放輕鬆了許多。更何況今日樊寧穿上了她從未穿過的襦裙，精細妝飾，豔冠京華，與平素裡不施粉黛的假小子判若兩人，搞不好連李淳風都認不出。

薛訥唇邊掛著淺笑，暗嘆讓她變裝除了為著安全考慮外，亦是為著他小小的心思。小時候樊寧終日穿得像個小道士，長大後亦只愛穿胡服男裝，更莫提被通緝後，日日穿著官服、頭戴進賢冠，臉上還要貼著寧淳恭的面皮，真是可惜了她的好模樣。

此番上元佳節，他終於以避人耳目為藉口，勸樊寧穿上了他去城中最好的綢緞莊買來的月白六幅襦裙和雲紋鎏金紅半臂，配上他親自挑選的青玉雙鳳釵，顯得俏麗十足。只是苦了薛訥還要親自去學梳頭，好幫她攏起驚鴻鵠髻，她那一頭柔軟烏黑的秀髮流過自己指尖的觸覺，惹得薛訥心跳加劇，素來靈巧的雙手變得笨拙不堪，忙活了大半天才終於大功告成。

看著面前這傾國傾城的少女，薛訥心中滿是說不出的歡快，更有幾分踟躕，他多想牽住她的手，就像他們小時候那樣，無論走到何處，都十指緊扣，一刻也不鬆開。

樊寧轉過頭來，見薛訥目不轉睛地看著自己，好奇問道：「怎麼，我的面具有何不妥嗎？」

薛訥面色一紅，磕巴道：「沒、沒有，我只是在想此處甚好，離崇仁坊遠，我們府上和李府上的人定然都去東市了……」

「何必想那起子拜高踩低的腌臢貨！」樊寧極其自然地拽住薛訥的袖籠，「那邊有好幾個燈謎館，全答對了還有獎品，我們快去看看吧！」

薛訥望著那緊攥自己袖籠的小手，心頭滿是說不出的暖意，鼓起勇氣反客為主，伸出大手牽住了她的小手。

樊寧一怔，小臉兒抖地紅透。她沒想到，這些過去在他們之間極為正常的動作，如今竟這般令人臉紅心跳。

去歲秋有萬國朝會，故而今年上元節更比往年熱鬧，在節日氣氛的感染下，值守的武侯們也不由得有些鬆懈，倚著街邊武侯鋪的柱子攀談，很是閒適。

薛訥與樊寧逛罷了幾個燈謎館時，天色已全然黑了，樊寧手捧著自己掙來的小獎品，十分歡喜。薛訥見她不時搓手，應是受了寒氣，說道：「我給妳訂的那狐裘應當已經做好了，今日冷得緊，不如先去試試，若是合身，妳披上我們再去玩，如何？」

樊寧無奈地乜斜薛訥一眼，輕輕擰了他一把：「才掙了點錢就胡亂花，跟師父一個樣……」

薛訥抿唇一笑，拉著樊寧去尋胡裝店，路過西市正中的平准局，只見烏泱泱一大群人聚集在此處，拍手叫好不知為何。樊寧上一次在此地見如此多的人，還是看到自己通緝令的那日，她便好奇地湊上前去。

平准局外的柳樹下，一大群人圍著一個土堆的圓形擂臺拊掌喝彩，而那土堆之上，兩名赤膊的力士正四手相接，青筋暴起，猛力對抗著。

薛訥見此，忍不住笑著拍拍樊寧的肩，揶揄道：「這起子人都是笨力氣，若是妳上去，三兩下就把他們撂倒了。」

「喊，我才不去呢，我好容易才穿了新衣裳，若是沾上那力士的滿身汗臭，豈不得不償失。」樊寧說完，將手指按在狸面上，做了個沒有表情的鬼臉，轉身而去。未出三五步，兩人又被另一處的喝彩聲吸引，尋聲望去，只見街邊一方開闊地面上設有投壺鋪、飛刀靶、套圈樁，鋪面外陳列著琳琅滿目的獎品，惹得許多人前來圍觀嘗試，好不熱鬧。

樊寧自小隨李淳風進城來便愛玩這些，現下看到了怎肯輕易放過，立即央求著薛訥幫她買籌注。薛訥見荷包裡還有不少碎銀錢，花了倒也省得拎著，便欣然應允。

圍觀眾人見上來個身量纖瘦的毛丫頭，皆不將她放在眼中，說說笑笑不以為意。樊寧氣定神閒地站在飛刀靶前，活動活動纖細白嫩的手腕，右手食指與中指夾住刀柄，一揮長袖，只聽「嗖嗖」幾聲，竟全部命中了靶心，就連三丈遠外那僅有碗口大小的靶子，亦未能逃脫被貫穿紅心的命運。

這百發百中的技藝立刻驚豔四座，引得圍觀之人無不拊掌叫好，那店鋪掌櫃則帶著難以置信的目光，在眾人的起鬨聲中不情願地將一對金元寶雙手奉上。

薛訥無奈扶額，他本是想讓錢囊輕鬆幾分，誰知卻變得更加沉重。

樊寧叉腰看著薛訥努力將兩個元寶塞入錢袋，忍不住咯咯直笑。

薛訥亦無奈地笑了起來，抬手揉了揉樊寧的小腦袋，兩人結伴離去。才走出三兩丈，便聽不知何處傳來幾聲犀利的叫喊，細細辨別依稀可聞的尖聲中夾雜著幾聲：「殺人啦！」、「死人啦！」

突然到來的意外令人群即刻作鳥獸散，尖叫聲、哭喊聲不絕於耳，滿地盡是釵環狼藉，薛訥忙護住樊寧，將她帶至一旁的小巷躲避著慌亂的行人。

樊寧掙開他，拉住道旁匆匆逃命的一位老者，問道：「怎麼回事？誰死了？」

「是、是個官爺！」那老頭渾身抖如篩糠，眼見是被嚇傻了，「忽然就死了，後心窩上插著一把刀，噴了好多血啊！」

聽說出了事，薛訥焦急欲往，卻又顧忌樊寧，顯得十分踟躕。

哪知樊寧比他還急，拉著他向前跑道：「快走啊，去看看到底怎麼回事。」

「可是妳……」有案子的地方必有武侯，雖然樊寧換了裝又戴了儺面，但薛訥還是不放心。

「沒事的，我往後躲一躲，肯定有膽大的在旁看熱鬧，我戴著儺面，又穿得這麼漂亮，他們認不出我的。」樊寧偏頭望著薛訥，桃花眼彎彎，「我還不知道你嗎？人還在這，魂兒早就飄去斷案了。你不必顧忌我，若真有人懷疑，我就翻牆開溜，他們追不上我的。快去吧，莫再耽擱了。」

樊寧的體恤令薛訥的心裡滿是說不出的溫暖，他不再猶疑，護著她逆著逃散的人流，向事發地趕去。

在一條長巷的交叉口，薛樊兩人竟與李弘一行不期而遇，李弘一身常服，身側跟著張順與一位身姿曼妙的少女，她半戴面紗，只露出一雙如水美目，正是紅蓮，想必他們也是來此賞燈遊玩的，誰知竟出了命案。

看到紅蓮，樊寧差點叫出聲，又忽而覺察不能暴露身分，忙住了口。紅蓮亦覺得眼前這頭戴儺面的少女身影有些熟悉，卻說不上來在何處見過，輕輕頷首算作招呼，乖巧地站在李弘身側。

薛訥摘去儺面，上前拱手道：「前方出了一樁人命案，李公子可聽說了？」

「哪裡是一樁，」李弘面色如鐵，探出手，比出四個修長指節，「東南西北四個方向，一共死了四個人……」

「什麼？」薛訥神情一凜，滿臉震驚，「皆是官員嗎？」

「是。」李弘瞥了樊寧一眼，猜測出她的身分，卻也沒有了調侃逗弄薛訥的心情，「北面死的是金吾衛軍中驍衛，名叫張永；南面死的是門下省符寶郎魏和；西邊死的便是這西市的武侯段九；東邊死的則是本宮的千牛備身，名叫周夏年……」

「魏和？怎的是他？」薛訥曾為城門郎，與符寶郎同在門下省，皆是從六品，只是職責不同，城門郎負責看管長安城與宮禁的大門鎖鑰，符寶郎則負責看管符節、玉璽之類的緊要物件。

薛訥與那魏和很是相熟，猶記得他是個終日笑咪咪的老好人，怎會在上元佳節遭此橫禍，甚至遇害的還有金吾衛和東宮的千牛備身……要知道這些皆算是武官，各懷武藝，怎會就這般不明不白地死了？

「那四人的屍首已被拉去武侯鋪了，我與薛御史去看看。」李弘側身對張順道，「這裡還很危險，你先送姑娘回去，一會兒直接來西市口的武侯鋪外尋我就是了。」

張順應聲抱拳，紅蓮卻有些不放心，望著李弘一禮，輕道：「公子多加小心……」

「放心吧，待明日我再去看妳。」李弘一握紅蓮的小手，帶著薛訥匆匆向西市口的武侯鋪處趕去。

樊寧跟在他兩人身後，小臉兒上滿是驚詫。沒想到，紅蓮與李弘竟是這般關係，看來坊間傳言那位一擲千金買下紅蓮的隴西貴公子便是李弘了。若論品貌，他兩個真是郎才女貌一對壁人，身分卻別如雲泥，難怪先前李淳風提起紅蓮時，總是長吁短嘆的，應是既為紅蓮開心又惴惴不安吧。

一行人匆匆趕至西市口的武侯鋪時，仵作正在為那四人驗屍。大唐都城最繁華之處發生這樣惡劣的人命案，在場之人無不面色凝重。原本仵作應當去案發現場查驗，但這西市坊間裡還有十餘萬不知情的百姓在賞燈遊玩，若是任由屍首放在原處，引起騷動發生踩踏，不知會有多少人遭殃，只能記檔後，命武侯抬到了此處。

薛訥隨李弘走上前去，樊寧則站在武侯們拉起的圍欄外，與圍觀的百姓們一道伸著脖子看動靜，沒想到竟還有熟人。刑部今晚當值的主事，竟是那「兩根肥腸」中的「肥」，樊寧看見他就忍不住嘁出了聲，心想這個蠢貨竟然還敢往太子眼前湊，一會子不會又說殺人的是她吧？

西市是長安城最為繁華的所在，配置的武侯人數遠遠多於其他坊間，約莫有數百人，武侯長的職級自然更高，得以見過李弘數次，此時一眼認出他來，闊步上前跪地禮道：「拜見太子殿下！」

肥主事一眼瞥見了薛訥，邁著麻稈兒腿上前，想警告下他只是弘文館別院案的監察御史，莫要狗拿耗子多管閒事，誰知話未說出口，忽而聽到武侯長稱「太子殿下」，肥主事不覺大驚，這才留神到薛訥身前那氣韻浩然的少年，忙佝僂著枯瘦的身子行禮，一笑露出兩顆長牙，諂媚道：「拜見殿下……」

李弘抬抬手，示意眾人不必拘束，滿臉肅然問道：「仵作何在？」

一穿仵作服的年輕人走上前來，躬身揖道：「臣在，方才已經為死者驗過了，凶器正是後心窩處那把刀，一擊斃命，當場人便沒了……」

「首事發在何處？怎的忽然一下死了四個，是同時遇襲，還是分別事發？」

「回殿下，首事發在北面，而後是南面、東面、西面，皆是在人群中。」武侯長回應道。

「可有人看到行凶者？」

「回殿下，附近人流嘈雜，目睹案發的多數已被嚇跑了，攔下的幾個也皆說只看到人死，沒看到凶嫌。」

「四場凶案，死了四名朝廷命官，竟然一名目擊證人都沒找到？」見李弘惱了，那武侯長忙匍匐跪地：「屬下辦事不力，請殿下責罰！方才已派出數名武侯，再次尋找人證，相信應當……」

肥主事見武侯長被訓斥，自覺到了表現的時候，上前禮道：「殿下放心，方才臣已派出我刑部最為機敏的屬官，前去案發地附近探查。各位武侯兄弟緝凶拿賊或許擅長，但這般費腦力的活計，自當我們刑部專職……」

正說話間，三名刑部的屬官步履匆匆地趕來此地，肥主事眼尖看到他們，笑得極其燦爛：「正說他們可來了，殿下稍候，容臣上前問一問。」說罷，肥主事煞有介事地迎上去，伸出扒犁似的瘦手，在耳畔比作喇叭，示意旁人不可偷聽。

那幾名屬官上前，對著這肥主事耳語一陣。

武侯鋪外，李弘與多名官員，以及數十百姓的目光皆聚在肥主事身上。樊寧饒有興致地看著他，只見他周身的氣焰越來越低，臉色一陣紅、一陣白，很是滑稽。

聽罷幾位屬官的話，肥主事不耐煩地擺擺手，示意他們繼續查案去，自己則訕笑著回到李弘面前，拱手道：「殿下，今日上元佳節，大家都在賞燈，看見這幾位遇害時，刀柄已插在後心窩處了，實在是……沒有人證啊……」

李弘沒對這位肥主事抱什麼期待，緊蹙眉頭沒有言聲。能夠在如此短的時間內，在人群之中連殺四人，又能如同空氣般隱身遁形、順利逃遁的，絕對不是凡人，但他究竟是隨機行凶，還是特意選準了這些武官，抑或還有什麼旁的講究，李弘猜不出，問蹲在屍身前查驗的薛訥道：「慎言，你可有什麼疑竇要問嗎？」

薛訥蹲在那幾具屍身旁，蹙眉不知在思量什麼，整個人一動也不動，活像一尊雕塑。

武侯長見他不回李弘的話，上前欲拍薛訥，卻被李弘阻攔：「莫要管他，讓他慢慢想。」

不知過了多久，薛訥將屍身上的白布蓋好，起身上前來，向李弘插手一禮道：「臣有些疑惑，想要問問武侯長，這第四樁案發時，薛某就在附近，當時問了時辰，正是戌正初刻，敢問第一樁案發生是在何時？」

「約莫戌初三刻，相差約莫半個時辰。」

半個時辰內命案連發，也難怪武侯根本未來得及去市中各處布防。凡是作案，總應當有動機，這四個人除了都是官家出身外，看起來並無共同點，難道凶手是走在大街上，隨便看人不順眼便殺嗎？

薛訥正摸門不著，忽而聽見一個小小子高聲背道：「永和九年，歲在癸醜，暮春之初，會於會稽山陰之蘭亭……」

薛訥回身望去，只見那小小子手裡握著幾塊飴糖，所站的正是方才樊寧的位置，而樊寧為了避嫌，已經挪到了另外一側繼續裝傻看熱鬧。

薛訥一怔，即刻明白了樊寧的暗示：這「張永」、「魏和」、「段九」、「周夏年」四個人名字連起來竟是王羲之〈蘭亭集序〉的前四個字「永和九年」，此事又與王羲之有何干係？若凶手真是依照〈蘭亭集序〉殺人，接下來凶手會不會接著按〈蘭亭集序〉中的字，一個個殺下去？

想到這種可能性，眾人皆有些不寒而慄，立即開始細數自家親人是否有名中字與〈蘭亭集序〉重合。樊寧滿臉憂心地望著薛訥，只因「言」字亦在其中，只是排得稍稍靠後些。

肥主事默背一遍，發現自己名字十分安全，甚至連諧音都沒有，說不出的歡快，臉上卻一點也不敢表現出來，趨步上前問李弘道：「殿下，為今之計，看是否要封鎖各個出口，以免凶手逃遁啊？」

「絕對不可！」薛訥直言反對道，「殿下，凶頑武藝高強，能夠在眾目睽睽之下殺人於無形，如果現在下令封鎖西市，必定會打草驚蛇。現下凶徒之意尚不明朗，若此人半途停止作案，就此潛伏於人群中，我等將無法再找到此人，破案便遙遙無期；又或者凶徒若因此被激怒，大開殺戒，亦會令無辜百姓受害……」

薛訥話未說完，便見一武侯踉踉蹌蹌跑來，上氣不接下氣對那武侯長道：「報！方才又……又死了一人，亦是後心窩插著尖刀，一擊致命……」

「死者何人，快說！」薛訥焦急不已，已顧不得尊卑之序，一把拉過那武侯問道。

「名叫張、張歲，是中街賣烤駝峰鋪子的掌櫃！」

武侯與周邊圍觀的百姓皆發出一陣驚恐的叫喊聲，薛訥神情一凜，心想果然名中帶有「歲」字，看來凶徒確實是在按照〈蘭亭集序〉殺人。

這三百餘年前遺留下的前朝墨寶，現下已躺在了太宗皇帝的棺槨中，凶徒煞費苦心，如是刻意為之，究竟為了什麼？薛訥抬起清澈的眼眸，望著長街上看不到盡頭的燈籠暗下定決心，一定要比凶嫌更快找到下一個目標，這浸透鮮血的夜，也當到此為止了。

第二十章　蘭亭已矣

一年一度的上元佳期又至，柳夫人特開了恩惠，命薛府中只留下值夜家丁，其餘人等皆可以出府看花燈。眾人無不喜悅，領了柳夫人恩賞的福袋後相攜出門而去，平日裡人丁興旺的平陽郡公府登時顯得有些冷清寂落。

李媛嫒受母親所托，來給柳夫人送年禮，打從與薛訥說開後，她便極少來平陽郡公府，今日實在被母親催得沒辦法，才不得不來。過門房，李媛嫒便聽小廝說薛訥出門去了，她說不清自己是長舒一口氣還是失魂落魄，木然地隨家丁走入了佛堂。

柳夫人看見李媛嫒，很是歡喜，起身拉住她的小手道：「媛嫒可有日子沒來了……家中近日如何？年下才想登門拜見，但將軍仍在高麗，我獨自前往不方便，不知英國公身子可好些了？」

提起李勣，李媛嫒小臉兒上愁雲密布：「曾祖父年紀大了，近來身子越發不好，他自己是通藥理的，郎中那些哄他的話，他聽了只是笑笑，嘴上說自己已比孔聖人多活了三年，當年的凌煙閣二十四功臣亦只剩他一人，有些孤單了……過了年關以來，曾祖父每日都要睡上好久，氣息也越發弱了。父親日日守在他身側，連如廁都小跑著去，不敢有絲毫大意……」

李媛嫒說罷，泫然而泣，抽噎不止，惹得柳夫人萬般憐愛，拍著她的瘦背安撫個不住。

英國公李勣乃大唐開國名將，早年投身瓦崗，其後隨太宗蕩平四方，兩次出擊薛延陀，大破突厥，立下汗馬功勞；去歲，他還以年邁老朽之身，與薛仁貴互為犄角出征高麗，可謂烈士暮年，壯心不已。

英雄遲暮，總是令人格外嘆息。李媛嬡哭了半晌，方緩了過來，哽咽著對柳夫人道：「不說這些了，大年節的，讓伯母跟著難受……這是我父親的老友從淮南道送來的糕點，聽說是桂蘭花研磨罷配著新麥粉，很是香甜，伯母快嘗嘗。」

柳夫人接過李媛嬡提來的小竹籃，素手打開，拿出一塊糕點細品，只覺滿口餘香，回味無窮，半真半假地玩笑道：「旁人總羨慕我有兩個兒子，但我真是羨慕妳母親哪，有妳這麼貼心的女兒……妳看看這上元佳節，妳父母有妳承歡膝下，是何等的歡樂，哪像我們家那兩個小子，天沒黑就躥出去了……」

薛訥不在府中便罷了，這薛楚玉平素裡可是極會抓尖賣乖討柳夫人喜歡，今日怎的也不在？李媛嬡詫異問道：「楚玉郎君也出去看燈了嗎？聽說他素日交好的朋友，都去洛陽過年或回老家了啊？」

「是啊，今早他說西市有個頂大的燈籠，是天皇命閻右丞親自設計的，便往西市看熱鬧去了……」

李媛嬡面上笑著，心裡卻更為疑惑了，那西市的大燈籠乃是兩、三年前就造好的，像柳夫人這樣大門不出、二門不邁的人不知道便罷了，薛楚玉怎會不知道？他這般捨近求遠，不去崇仁坊附近的東市，而繞遠去西市，又是為了什麼呢？

西市武侯鋪前，薛訥神情異常肅然，拱手對李弘道：「殿下，為今之計，若是不想更多人喪命，需得盡快抓住凶嫌……以臣之見，凶嫌確實是按照〈蘭亭集序〉行凶，下一位應當就是名中有『在』字或同音字之人了……」

「薛卿，」李弘深知此事棘手，但身為監國太子，他不能表現出分毫擔憂之色，只道，「本宮命你徹查此案，刑部與各坊武侯皆當全力配合，絕不可讓凶嫌在我大唐國都西市，在這萬民同慶之日肆意殘殺子民，你可明白？」

「是。」薛訥抬眼望著李弘，目光澄明篤定，「請各位武侯大哥變裝布衣，佯裝路人分散到西市各處人群中，一旦有可疑之人即刻拿下。另外，刑部應當已經傳了四位遇害者的家人來此處吧？臣有要事相問。」

趁著薛訥問話的工夫，武侯長請李弘到武侯鋪的內閣間暫歇，但李弘一刻也閒不住，命剛趕回來的張順將申時起進入西市的官員與所有店家的名單統計呈報上來，細細翻過，親自一個個圈了出來：「這名字裡帶『在』字的不算常見，數下來卻也有十幾人，如何能知道哪一個才是凶手的下一個目標啊？」

李弘正茫然之際，薛訥帶著樊寧快步走了進來，拱手道：「殿下，臣有了幾分想法……」

「快說！」李弘起身急聲問道。

薛訥本就並非十拿九穩，被李弘一吆喝，禁不住有些打磕絆：「可否勞、勞煩張大哥守好大門，莫要讓任何人靠近。」

張順得到李弘的首肯後，大步走出了房間。

薛訥這才徐徐說道：「殿下，茲事體大，臣……懷疑有人想要借上元節凶案，破壞先皇清譽……」

「你說的可是太宗皇帝借了〈蘭亭集序〉不還的事嗎？」樊寧腦袋轉得快，小嘴更快，說完這話才意識到李弘在場，嚇得忙住了口。

哪知李弘沒有生氣，而是滿面惑色道：「這是何意？」

李弘打小長在宮中，自然沒有聽過這些宮外祕聞，薛訥邊留神著措辭邊說道：「臣曾聽聞，先皇在世時酷愛書法，對這名傳三百年的王羲之的真跡更是傾慕已久。但在當時，〈蘭亭集序〉並不在先皇手中，而被王羲之第七代孫智永大師暗中傳給了他的弟子辯才法師。太宗皇帝曾幾次遣人來索要，辯才法師皆推說自己不知道其下落，於是太宗皇帝便派監察御史蕭翼打扮成書生模樣接近辯才。蕭翼文采風流，精通佛法，慢慢與辯才結為摯友，最終誘使辯才拿出〈蘭亭集序〉真本與其共賞。誰料那蕭翼忽然將那真本收入袖中，隨即拿出先皇詔書，當場將其強行征了。辯才萬般懊悔，卻也無法抗旨不遵，只得任由蕭翼將其帶走。事後，辯才悔愧交加，自覺對不起智永大師臨終叮囑，竟在寺中上吊自縊了……」

李弘聽了這話，半晌沒有言語，樊寧擔心李弘會生氣怪罪薛訥，忙道：「這事坊間流傳很久了，可不是他胡言，只是這事已過去數十年了，也沒聽說辯才大師有什麼徒眾，怎的今日忽然……」

李弘看了樊寧一眼，蹙眉道：「把儺面摘了，妳這般說話，本宮總覺得這裡站著一隻狐狸。」

樊寧明白李弘知曉自己的身分，也不矯情，抬手摘去了儺面。

李弘早已猜到，薛訥鍾情的女子必定相貌不俗，卻沒想到會有些莫名的眼熟。但大案當前，李弘沒有心思拉家常，攏了攏貂裘，垂眼嘆道：「這件事本宮確實是第一次聽說，本宮出生時，先帝已經去世數年了，確實難辨真假。但正像她說的，若真是為了替辯才大師復仇，為何偏生要等到今日，需得有線索證明凶手與佛門有關才說得過去。」

薛訥抱拳又道：「殿下所言極是，臣確有線索證明凶手與佛門相關。臣以為，凶徒想要此事成，須得滿足三個條件：一是知道被害者的姓名；二是確定此人今夜必到西市中來；三則是凶徒能夠透過獨特的標誌，在茫茫人海中跟蹤到這些人。

臣查看了他們的衣著，並未有什麼不同尋常，故而能夠作為標誌的只能是氣味，臣在驗屍時著意仔細聞了聞，發覺在他們身上都能清晰聞到菩提花和著燈油的香氣，此其一也。方才臣問過了他們的家人，近來他們多是家中有所求，有的是親眷生病臥榻，有的則是孩子要考科舉，不少出入佛寺，也都捐了香火錢。今日我長安城裡的高僧們在西市中設有慈悲道場，他們應是在一個時辰內，曾在佛前供了佛燈，此其二也。

有此二條，臣便可得出結論，此案確係精心謀劃，凶頑平素就潛伏在某個寺廟中，用心留意著香客姓名，對符合條件者，再引誘他們在上元節時來西市道場點燈祈福，而後尾隨其後，趁其不備時從背後突然襲擊，這才得以作案成功。」

薛訥言之鑿鑿，李弘卻仍有些困惑道：「即便如此，若凶頑引誘之人臨時有約未來西市，又該如何是好？這五人當中，哪怕只有一人爽約，便無法拼出〈蘭亭集序〉的前幾個字啊。」

薛訥不慌不忙，徐徐解釋道：「臣以為，凶頑針對每一個字，皆不止一人備選。即便張永不來，還會有王永、趙永作為替補，哪個來了，便是哪個。只要多找幾人，便能使其成為必然。」

「即便如此，他們來點燈祈福的順序亦無法保證，如何保證剛好能按〈蘭亭集序〉中的順序行凶？」

「這個不難。但凡在道場祈福捐香火的，對面總會回贈些禮物，多半是素齋券之類。這幾位近日心中有所求，來敬香點燈必然是空腹而來，亦不敢吃酒肉，生恐褻瀆佛祖，故而這素齋是他們的必然選擇。如此一來，凶頑便可確保其相當一段時間不會離開西市，還能確定他們大概的位置，依次加害便罷了。」

薛訥的確言之有理，李弘雙手交握，心中的震動久久難以蕩平，既驚訝於凶徒的狡詐，又困惑於太宗皇帝的奪字之舉：那凶徒如此精於謀劃，若是能為朝廷所用，必定會成為造福大唐之人，如今卻陰差陽錯成了濫殺無辜的凶徒；而太宗皇帝則一直是李弘的榜樣，李弘自小便立志做個克己守誠的儲君，日後再做個賢明豁達的仁君，如今知道那平定天下、愛民如子，開創貞觀之治的一代明主竟也會控制不住一時私欲，又如何能不唏噓。

「那個……」樊寧囁嚅著，打斷了他們君臣之間的對話，「我看了那幾位死者遺體上的刀口朝向和位置，關於行凶手法，我有些想法，若說周圍人都只看見刀沒看見凶手，那便只有一種可能……」

樊寧說著，向側面無人處一揮，只聽「噌」的一聲，一柄飛刀從袖籠中飛出，直挺挺插進了武侯鋪的木板牆上，刀身震得直顫。

若非此間只有薛訥和李弘在，樊寧這身手不知會將旁人嚇成什麼樣，門外的張順聽到動靜，忙高聲喚道：「殿下！」

「無事。」李弘淡然回道，「本宮與薛御史玩笑呢，不必緊張。」

薛訥一瞬不瞬地望著那刀柄，清澈的眼眸裡寫著七分恍然大悟，三分啼笑皆非：「原來如此，方才見刀刃入後心窩三寸有餘，我便先入為主，以為是徒手刺入，沒想到還有如是方法。路上雖然行人眾多，但並非人人都會將視線緊緊盯著他人，隔個三、五丈將刀飛出，圍觀者被被害人的慘狀吸引了注意力，凶手便能藉機逃遁了。以這刀口的位置來看，行凶的人恐怕身量不高，至少是低於那幾位被害官員不少的……」

「以你的功夫，是否有把握在三、五丈外一擊斃命？」李弘問樊寧道。

「差不多吧，我練這功夫也有七、八年了，若要做到行走之中百發百中，不練個一、二十年只怕很難成功。」樊寧滿面得意之色，又忽覺不對，忙解釋道，「人可不是我殺的，殿下千萬別誤會。」

「妳倒是不打自招，」李弘刻意板著臉，逗樊寧道，「就方才那兩下，若被人看到，便是殺頭的大罪。本宮可以不難為妳，但妳可莫仗著身手好，平日裡就欺負我們慎言好性子，聽到了嗎？」

樊寧忙應聲「不敢」，轉向薛訥卻一吐小舌，扮了個鬼臉。

薛訥正看著西市的輿圖思忖，聽了這話抬起眼與樊寧相視，笑得寵溺十足，又轉頭對李弘道：「殿下，既然已推測出凶頑的身高與作案手法，臣得趕緊去拿人了，一定要趕在第六個遇害者出現之前，將凶頑繩之以法！」

「可這西市這麼大，身量不高的人也不少，你要去哪抓人呢？」樊寧不解問道。

「凶頑如何找，我們便如何找，」薛訥一笑，一副成竹在胸的模樣，「而且我們人更多，找的必定更快。」

說罷，薛訥向李弘請辭，與頭配狸面的樊寧走出武侯鋪，向武侯借了兩隻身形較小的獵犬，讓他們嗅了嗅被害者身上那菩提燈油的氣味。待到背街時，薛訥用骨哨喚來風影，讓他也戴上儺面，與樊寧各抱一條獵犬。

「戴上這個，以免凶頑注意到我們。」

「你呢？你不用狗嗎？」樊寧不解道。

「我不用，我自己便能聞到。」薛訥一笑，既驕傲又羞赧。

樊寧亦忍不住笑了，打趣道：「原來你真是隻犬啊，這儺面跟你真是般配，以後都別摘了才好。」

三人不再玩笑，兵分三路各自去追蹤那菩提燈油的香氣。

風影與樊寧皆有功夫，順著高低錯落的屋簷飛轉騰挪，每到一處便停下來，讓懷中那獵犬嗅聞氣味。這些獵犬不愧是武侯們長時間調教出來的，非常善解人意，一到地方便會細細嗅聞，朝著氣味傳來的方向頂頂鼻子嗚咽一聲，不過兩炷香的工夫，整個西市便被他們找了個大半。

薛訥則順著那菩提花的香氣找到了慈悲道場：原來就設在樊寧甩飛刀鋪旁的背街巷裡，一尊金身佛下香煙繚繞，旁邊立著許多架子，供著許多佛燈，旁側有不少皂衣僧人在向百姓施粥。

薛訥未直接上前，先從遠處觀察了片刻，見攤鋪上並沒有個頭矮小的僧人，這才放心走了上去。

薛訥雙手合十，裝作普通香客捐了香火，藉著僧人在功德簿上寫自己名字的機會向前多翻了幾頁，果然看出了名堂來：凡是含有〈蘭亭集序〉中字的人名後面，都有個極小極小的記號。薛訥一目十行瀏覽罷那名冊，只見在自己前一頁就有一個名為「常在」之人也被標了記號。

「常在？」薛訥總感覺這名字好似在何處聽過，草草供上佛燈後便離開道場。才走出兩步，恰好碰見那肥主事帶著一群官差站在斜對面，竊竊私語著，應是來查抄這道場的。

薛訥滿心無奈，心想此人正經辦案不行，做些樣子搶功卻是很在行，他正要起身離去，忽然又想起那「常在」來，立刻上前一拍那肥主事的瘦肩，嚇得肥主事一蹦三尺高，罵道：「要死啊！黑燈瞎火戴著狗臉嚇人！」

薛訥顧不得許多，急道：「時常跟你秤不離砣的那個姓常主事，全名叫什麼？」

「常主事？叫……」

肥主事話到嘴邊卻忽然想不起來，身邊人立刻補充道：「常在，叫常在。」

「對對對對對！常在！今日他賦閒，這會子估摸還在翠玉樓裡吃素齋呢……」

不等肥主事說完，薛訥打斷道：「糟了！快去翠玉樓！凶手下一個要殺的便是常主事！」

語罷，薛訥拔腿向翠玉樓方向跑去，留下那肥主事一臉懵懂，半晌才反應過來，慘叫一聲道：「我的媽呀！這凶頑好大的膽，竟敢襲擊我刑部主事！爾等快隨我跟上，若是常主事有個好歹，今日我必定要扒了他的皮……」

翠玉樓位於西市正中，與東麟閣並稱翠玉東麟，乃是長安城最著名的酒肆，距離道場約莫兩個街口之遙。此時才過亥初，一波賞燈客用完飯相繼散場，薛訥焦急趕路，費力穿梭在人群間，眼見翠玉樓已在十丈餘間，誰知那常主事竟用完了飯，從樓中走了出來，拐向了酒肆後的小巷中。

薛訥隔著人群，心中無限焦急，若是高聲叫住常主事，必然會驚動凶手，想再捉便是難上加難，但若默不作聲，悄然趕去，也不知這常主事還有命沒，看他步履飄搖，保不齊還喝了酒，這可讓薛訥如何是好。

正左右為難之際，薛訥眼尖發現一身著雲紋鎏金紅半臂的身影躍上牆頭，如一道紅煙追著常在而去，正是樊寧。

只消樊寧跟上，這件事便十拿九穩了。薛訥略略鬆了口氣，穿過人群，快速抵達背巷處，只見樊寧正收劍，旁側牆壁上釘著兩把鋒利的刀柄，看樣子正是凶手飛出刀柄那千鈞一髮之際，被樊寧揮劍打落，而凶嫌已被風影按倒在地，隨身攜帶的小獵犬亦從他那兜帽袍子下蹦了出來，對著那人不停地吠叫著。那常在主事則頹然靠在石牆上，嚇傻當場，大口喘著粗氣，滿頭大汗哪裡像是身處冬末初春。

「你是何人！竟敢在我大唐長安西市行凶！」風影邊說邊掀開那人的儺面斗篷，只見那人光光的腦袋，應是僧人，只是看面相好似只有十幾歲，不由一怔。

薛訥急急趕上前，將那小獵犬從後小心抱起來，對風影道：「辛苦了，還要再勞煩你去向殿下報個信，再請武侯長與刑部的主事過來。」

風影仍壓著那小僧不敢起身，面露猶疑之色：「此人袖中藏有飛刀，凶險異常，萬一……」

「不妨事的，」薛訥一笑，滿臉的堅定澄明，「這位玄能師父不過是要讓人知曉他師父辯才法師的冤情，現下目的已經達到，不會傷害無辜的。」

風影將信將疑，轉念一想旁側那頭配狸面的少女功夫了得，有她在，賊人應是傷不了薛訥，便拱手抱拳，接過薛訥懷中的小獵犬，閃身出了街巷。

見玄能掙扎著站了起來，樊寧忙擋在薛訥身前，薛訥卻是一笑，雙手合十向玄能見禮。玄能面露震驚之色，抖了抖唇，似是想問薛訥如何知道他的名諱。

「薛某幼時曾聽李局丞說起辯才法師之事，若是薛某所料不錯，閣下應正是玄能師父吧？聽說玄能師父乃辯才法師最小的徒弟，自幼失去雙親，與辯才法師相依為命，在辯才法師去世之後，為他守孝六年，而後離開了雲門寺，再也不見蹤跡，如今看來，閣下應是去拜師學藝，苦練飛刀之術了……今年是王羲之七世孫，智永大師誕辰百年，所以閣下才選擇在此時機，在這萬戶同慶的上元節動手，為的便是將太宗皇帝搶奪〈蘭亭集序〉之事公之於眾。為了實現這一目的，閣下仗著身量瘦小，隱瞞年紀，裝作雲遊僧眾，混入長安城附近的廟宇，透過香火簿來尋找你想殺的人，並暗中告訴他們，若是上元節來西市點佛燈，則心願一定可成，不知薛某說的可對嗎？」

「他一個殺人犯，你跟他攀什麼故舊啊。」樊寧不耐煩地打斷薛訥的話，長劍比在玄能喉頭間，怒斥道，「你身著僧袍，卻行濫殺無辜之事，光天化日之下連殺五人，可謂十惡不赦！休言什麼為師父報仇，你師父若教你的是這般濫殺無辜的狗道理，便也是該死……」

「一人做事一人當，貧僧自作孽，與我師父何干？」玄能出言相激，嗓音卻不似少年，而是頗為沙啞。只見他瞪著雙眼挺著身子怒向樊寧，甚至劍刃在他的脖頸上劃出一條血痕都毫不畏懼，「唐皇以詭詐之術相欺，騙出〈蘭亭集序〉，又倚仗權勢掠奪，甚至將它帶入陵墓，令後世再無得見之可能……如是自私自利之人，竟欺世盜名，還以明君自居，貧僧如何不恨！」

樊寧顯然沒想到，這看似文弱的小僧竟忽然號叫起來，她如何肯示弱，回道：「你叫喚個啥！叫得高聲，就可以濫殺無辜嗎？」

薛訥眼見樊寧不肯退，這玄能頸上的傷口越來越深，忙上前一手包住她的手，握住劍柄撤回一寸道：「你自然可以恨，但你可知道，那些被你害得家破人亡的人家，今後又當如何？先帝即便有千般過失，亦守護了數百萬黎民之安危，你……」

「數百萬黎民之安危？難道人主憑藉功勞，便可燒殺搶掠嗎？所謂『竊鉤者誅，竊國者諸侯』，說什麼虛懷納諫，全是誆騙人的妄語。什麼凌煙閣二十四功臣，為何不敢就此事上諫！我師父枉死之日，正是他們手擎長燭鑑賞〈蘭亭集序〉之時，我如何能不恨！」

說話間，武侯長帶著一眾披堅執銳的武侯匆匆趕來，薛訥忙拉著樊寧偏到旁處，看著武侯三下五除二上前，將玄能扣倒在地，戴上了枷鎖。

「且慢。」巷子盡頭的燈火闌珊處走來一人，身姿俊逸，芝蘭玉樹，正是李弘。

眾人見他親自來此，忙躬身行禮，哪知李弘不曾理會，竟走到玄能面前，跪下一拜。

眾人皆驚，連玄能本人都呆在了原地。

李弘起身，拍了拍衣袖，臉上半面映著堂皇的燈火，半面投在幽巷的暗影之中，令人看不清他的神情，只能聽他悠悠說道：「本宮代皇祖父，向智永大師與辯才法師賠罪，今後定當克制己心，為萬民之表率，絕不強取豪奪，令天下人寒心。但你身負五條人命，自己的冤孽也當自己還了。」說罷，李弘擺擺手，示意武侯長一眾將玄能帶了下去。

玄能望著李弘，似是有話要說，最終卻只嘆息一聲，被武侯羈押出了背巷。

不多時，肥主事帶著刑部之官差趕來，向李弘行禮後，架著早已嚇傻的常主事找郎中灌醒神藥去了。

待眾人離去後，幽深的巷子又恢復了寧謐。

李弘忍不住長聲嗟嘆，滿臉說不清、道不明的心酸無奈：「今日若沒有你們兩個，還不知多少無辜之人要受害，改日再言謝，不再耽擱你們賞燈了。話說回來，你兩個東西收拾得如何了？節後過不了兩日，可該動身去藍田了。」

薛訥還未曾與樊寧提起去藍田的事，被李弘說破，不覺瞬間窘迫，李弘看穿了他的心思，一臉的恨鐵不成鋼，拍拍他的肩，不再多話，帶著張順走出了小巷。

樊寧幾分茫然地望著薛訥，撓著小臉兒道：「那個……你要帶我去藍田嗎？我以為不方便，先前跟遁地鼠他們說好了，去鬼市住來著。」

第二十一章　看朱成碧

元夜的燈火，照映著少年的一臉侷促，薛訥怎麼也沒想到，自己還沒來得及與樊寧說，鬼市那一夥的兄弟竟已先邀了她前去，整個人如被當頭棒喝，呆立當下，半晌說不出隻言片語。

他已在藍田縣衙外三、五里處選好了宅院，置辦了家居，甚至怕她長日無聊，還請人在庭院梨樹下扎了個秋千，昨日去驗收時，薛訥站在樹下吹著風久久沒有挪步，心底是難得的安寧，滿心想著若能在此間與她朝暮共白首，他會毫不猶豫地捨棄長安城裡的一身榮華。但她似對他無意，應當只是將他看作兒時舊友。薛訥不願自己的情義令她為難，嘴角牽出一抹淺笑，眼底卻寫著難以掩飾的失落。

「無妨，妳想去鬼市住也好，橫豎距離藍田縣衙不遠，若是願意可以隨時來找我……」樊寧雖與鬼市那些人熟識，卻更願意與薛訥待在一處，「其實」二字還未說出口，便被他的話堵了回來，她動了動櫻唇，不知該說什麼，也陷入了沉默之中。

「快看，下雪了！」遠處傳來行人的輕呼聲，兩人這才回過神，只見不知何時飄起了小雪花，細微的小雪粒堆在一只只橙紅色的燈籠上，煞是可愛。

從洛陽到長安又見瑞雪，樊寧如見闊別多日的老友，伸出素手接著紛揚撒下的雪片。

薛訥見她指尖凍得通紅，忙道：「對了，那賣裘裳的店還沒打烊，現下去還來得及，我們快走吧。」

語罷，薛訥拉著樊寧出了小巷，樊寧感受到他大手傳來的溫暖，心下更是說不清、道不明的滋味。

兩人手牽手穿過看花燈的人群，來到西市南面，此處多為胡商，售賣著來自西域諸國的奇珍異寶，每家每戶外都拴著三兩匹駱駝，很是有趣。

最靠裡的一間正是那裘裳店，與其他店鋪一應的胡服男裝不同，此店的店主是個胡人女子，名喚阿娜爾，在突厥語中意為「石榴」。她做出的裘裳很是精緻美觀，在長安城小有名氣。店外掛著一排頗具西域特色的小燈籠，羊皮包邊六角形，十分新奇好看，應當正是出自店主之手。

薛訥帶著樊寧推門走入，還未站穩，那西域女店主便迎上前來，笑意盈盈地招招手，用標準的長安官話道：「薛郎來了，你定的衣裳已經做好了，應當就是給這位姑娘的吧？就在裡間呢，快去試試吧，有何不熨貼、不舒適的，都可以修改。」

薛訥微一頷首，與樊寧一道隨那女店主走向裡間內閣。女店主端來兩盞茶奉上，而後便識趣地退了出去，讓客人能夠安心試穿。

這兩人平日裡沒少同處一室，今日卻莫名赧然，樊寧取下儺面，四處打量，只見這房間布置極為精巧，金獸小爐裡籠著清麗淡雅的香膏，令人很快放鬆心神。正當中一張雕飾精美的桌案上放著一只錯彩鏤金的托盤，托盤裡絲絹包著的，應當就是薛訥為樊寧定做的裘裳。

薛訥上前將絲絹打開，拿出一件雪白的裘裳來，毛色極好，圍領處帶著一圈淡淡的紅色，小狐狸似的，格外俏皮可愛。

「來，穿上試試。」薛訥抖開裘裳，上前披在了樊寧肩頭。

樊寧神色越加羞赧，語氣有些不自在道：「我、我自己來吧……」

樊寧抓著裘裳，行至那一人高的銅鏡前，只見鏡面上竟然有字，上書：看朱成碧思紛紛，憔悴支離爲憶君。不信比來長下淚，開箱驗取石榴裙。

這是天后在感業寺時寫給天皇的詩，很是纏綿悱惻，樊寧佯裝沒看見，專心試衣，心卻不可遏止地突突跳著。

鏡中美人如玉，如天上星，奪目又渺遠，薛訥站在她身後半步處，只覺與她相隔銀河，難以並肩。

兩人的目光在鏡中相遇，都沒有閃躲，正當氣氛頗為微妙之際，那女掌櫃在外敲門道：「客官，這衣裳可合身？需要改改嗎？」

薛訥忙應聲道：「啊……不必了，很是合身。」

薛訥邊回邊示意樊寧快快戴起儺面，兩人匆匆走出了房間，付了尾款後離開了胡裝店。開始落雪後氣溫越來越低，但街市上笑語盈盈的賞燈客分毫不減。樊寧將繡鞋踩在積雪上，印出一個個小腳印，在雪地上留下長長的痕跡，恰如她綿亙不絕的心事。

常說美人如玉，少年人的舒朗義氣，亦是如璞玉般美好。樊寧望著薛訥，心底忽然起了幾分衝動，橫豎他就要去藍田赴任了，分別之期已在眼前，等到諸事大定，他年近及冠，又有心上人，恐怕很快會定親，待到那時，她的心裡話就再也無處訴說。

樊寧眼一閉、心一橫，帶著幾分調侃的語氣囁嚅道：「其實，我……」

「小寧兒……」

足下之地忽然傳來一聲悠悠輕呼，嚇得樊寧一蹦，差點掉了魂兒。她循聲望去，只見遁地鼠趴在汲水的溝渠旁，露出半個腦袋，少氣無力地叫喊著。

樊寧恨不能對著他的頭踹兩腳，氣道：「我還以為什麼蛤蟆成了精會喊人，你好端端的不站出來，裝神弄鬼做什麼？」

「他好像受傷了，」薛訥站得更近，看到了遁地鼠身上臉上青一塊、紫一塊的傷痕，很是擔心，蹲下身來，關切問道，「這是怎的了？何人打你？」

「那邊有個藥鋪，你去買些藥酒來，我給他擦擦……」樊寧找了個由頭，將薛訥支開，不想他捲進鬼市的諸般糟爛事裡去。

薛訥打小對樊寧言聽計從，應了一聲，起身走向藥鋪。藉著雪光，樊寧看清了遁地鼠滿頭的瘀青，抬手「啪啪」又打了他兩下：「你又去調戲誰家的小娘子了？可是驚動了人家家人打你！」

「哎哎哎，不是，我說不是！」遁地鼠躲閃著，差點掉進渠溝裡，「出大事了，妳且聽我說……每年正月十五前，鬼市各家都要簽新的租契，妳是知道的吧？」

「不知道，你們那破地方不是自己占的嗎？怎的還要交錢？」

「今時不比往昔了，打從驪山被山匪占據後，鬼市便成了他們的地盤，凡是住在鬼市裡的江湖人士，每年都要交租子。這便也罷了，好歹他們做些灑掃，平日裡把守著山口，也算有功。但自打去年盜門的人搬進來後，就盯上了我們的攤位，總想藉機將我們趕走。前兩日，我們正打算交上今年的年租，他們忽然來此，要求畫皮仙給他們少當家換一副俊些的面皮。畫皮仙不敢得罪他們，照吩咐畫好，誰知他們立即反咬一口說那面皮太醜，定是畫皮仙要存心羞辱他們當家，上來便將我們幾個毒打一頓，還把畫皮仙綁走。今夜子時是他們給的最後期限，要我們拿出一千兩黃金贖人，若是不給錢，便要把畫皮仙殺了。畫皮仙不許我找妳，但光憑我們幾個實在是打不過他們，總不能眼睜睜看著他沒命啊！」

相安無事良久，怎會今朝忽然衝突？樊寧一聽便知此事是沖著自己來的，估摸著薛訥快從藥鋪裡出來了，她示意遁地鼠噤聲：「我知道了，一會子我跟你回鬼市去。你切記，此事萬不要告訴薛郎，他爹爹是朝中二品大員，他年後還要做藍田縣令的，一定不能牽扯到此等事中。」

說話間，薛訥捧著一個油紙包從藥房走出來，樊寧禁不住看直了眼：「不是讓你買個藥酒，你怎的買了這麼一大包？」

「那郎中說不但要外敷，還要內服方有良效，我就讓他抓了些活血化瘀的藥來……」

樊寧只覺好氣又好笑，心想這平陽郡公府的大郎君果然沒吃過苦，胡亂花錢竟連眼都不眨，但她此時無心去找那誆人的郎中算帳，還要趕路去驪山，便無奈地接了過來：「你可真是個薛大傻子，你自己回去吧，今晚鬼市有事，我就不回你家了。」

「出什麼事了嗎？」薛訥看著遁地鼠那一臉的傷，不免擔心。

「他們幾個打架來著，我去勸和勸和。」樊寧笑得有些不走心，所幸儺面擋去了她的神情，只能看到她一雙桃花眼裡閃過幾絲波瀾。

「那妳當心著些，明日早些回來。」

樊寧點頭算作回應，帶著遁地鼠風風火火地轉身離開了。

薛訥站在原地，見她皓白的衣袂消失在了密密的人群中，才輕嘆一聲，轉身踏著積雪向崇仁坊走去。

驪山腳下，寒風呼嘯，虯枝搖曳，山體岩石間自然形成的鬼市大門，猶如巨大的頭骨，張著駭人的大嘴，似要將萬物皆吞噬，令人望而生畏。大門前，百餘人身披黑氅，手擎火炬靜默佇立，充耳盡是浩大的谷風聲。紛揚的雪片落在火炬上，反助著火勢燒得更旺，映著一張張煞氣騰騰的臉。

為首之人二十歲上下，生得豹頭環眼，八尺有餘，一頭短髮顯然是受過髡刑，左眼覆著黑色眼罩，應是個獨眼龍。這樣的飛雪寒天裡，他的黑氅之下竟是赤膊上陣，只見他緊實的上半身滿布著龍紋刺青，粗壯的雙臂交疊抱在胸前，十指間則套著鋼製指套，末端如錐般尖利，有如龍爪一般，隨著夜色漸深，他的神情也越加陰鷙起來。

一千兩黃金不過是信口胡言，他想要的只有那紅衣夜叉。打從大唐開國，加強了對前朝帝陵皇陵的看護，盜門的生意便越來越難做了，眼見老祖先的營生要斷在自己手中，此時竟有人以高官厚祿相誘惑，今宵只要逮捕了那樊寧，此一生便是享不完的榮華富貴，誰還願意去做那不見天日、夜夜與死人打照面的活計。

但隨著時間的推移，此人漸漸有些沉不住氣，抬眼看看吊在道旁樹上的畫皮仙，低聲問身側軍師模樣之人：「你的消息可準確嗎？那紅衣夜叉真的會為了這個糟老頭子來此處？」

那人亦穿著黑氅，裡面一身儒裳，為彰顯自己讀書人的身分，大冷天還搖著羽扇：「應是不錯的，少主莫急，不妨再等等看……」

鬼市兩旁的密林間，高敏帶著羽林軍中的三十名強弩手，正以草叢和樹幹為掩護埋伏著。那書生模樣之人，是他們頗費心力方買通的臥底，今日此人報信來，稱已抓捕了樊寧的摯友若干，備下一出請君入甕，只待樊寧上鉤。

不論旁人如何對待弘文館別院之案，高敏這一、兩月來始終堅持查訪，無一瞬放鬆，收到這線索後，他如獲至寶，立即報告刑部主官司刑太常伯李乾祐。得到李乾祐首肯後，他拿著刑部符節，向羽林軍借來了這三十名強弩手，只待樊寧一現身，便會萬箭齊發，將其射傷後再包圍抓捕。

與盜門少主的忐忑不安不同，高敏如同草原上的狼一般，安靜地守在風雪中，等待著他的獵物出現。

正在這時，屬官小跑上前來，壓低嗓音道：「高主事，下山坡的林子裡有伏兵，方才下官遣了一名兄弟前去偵查，竟是龍虎軍的人，約莫有五十來人，乃是由英國公府的郡主帶隊前來，還有，還有……」

「還有什麼？」

「還有新上任的藍田縣令，就是那個薛御史……」

「薛御史？」高敏一怔，眸光漸沉，「也算是舊相識了，帶本官前去相見吧。」

方才與樊寧告別後，薛訥越想越覺得事情不大簡單：遁地鼠受的傷極重，絕非是尋常兄弟爭鬥會留下的，此乃其一；今日是正月十五，沒有宵禁，但城中龍虎軍、羽林軍與飛騎軍皆會嚴陣以待，以免突發狀況發生，此時出城去要承受巨大風險，此為其二；其三便是她的眼神，薛訥說不上哪裡不對，卻很清楚那不是尋常無事時，她放鬆自得的模樣。

薛訥沒有回府，而是特意去自己的舊部城門局打聽，得知今晚刑部調動了羽林軍，他立即趕回崇仁坊，去英國公府找李媛媛幫忙。

李媛媛果真夠義氣，薛訥無法詳細說明緣由，她卻願意信他、幫他，調動了自己名下的五十名騎兵，換上戎裝與薛訥一道出了門。薛訥推測他們應當不會在鬼市中動手，便帶兵埋伏在鬼市外的枯林間，希望能在最關鍵的時候救樊寧性命。

樊寧應是已經知道此事有詐，但為了救畫皮仙，又不想連累他，才將他支開，獨自一人前來為老友赴湯蹈火。薛訥心疼又自責，心想到底還是自己不夠強大，令她不敢放心去依靠他，還要避忌著、籌謀著，生恐連累他，連累平陽郡公府。

夜越深，風雪越大。看到高敏從不遠處的叢林深處趨步走來，李媛嫒用手肘碰碰薛訥，低聲道：「那刑部的小子只怕以為你是來與他爭功的，臉色要多難看有多難看。」

薛訥淡淡一笑，雙眸卻不肯從盜門那一群人身上移開。

子時即將到來，樊寧卻還沒有現身，他心裡滿是說不出的忐忑。

今日面對的是個難破之局，鬼市存續多年，一向密不透風，但也從不做什麼出格的買賣，故而一直與官府井水不犯河水，這刑部的勢力又是如何滲透其中的，實在令人費解。

思量間，那高敏已行至薛訥與李媛嫒面前，低聲拱手道：「見過李郡主、薛御史，今日下官奉李司刑之命前來緝拿弘文館別院案之凶徒樊寧，不知兩位……」

「這位主事大人難不成不知道，現下薛御史已赴任明府，調任藍田縣令了？上元佳節保衛京畿周邊，亦是我龍虎軍之職，聽聞有夜盜在此火拚，薛明府怕出事，故而請我將兵來此。此處乃是藍田所轄之地，薛明府有所求，本郡主便領兵前來襄助，有何不可？」

「原來如此。」聽了李媛嫒這話，高敏一副了然之態，似是放輕鬆了許多，「那便與高某沒分毫衝突了，實不相瞞，為了抓捕凶嫌，高某這兩個月來通宵達旦，夙興夜寐，幾乎沒睡過一個安穩覺，好不容易有了今日，兩位可不要與高某爭功啊。」

李媛嫒乜斜高敏一眼，心想此人模樣不錯，怎的張口、閉口盡是升官發財之事，令人徒增厭惡。但她還沒來得及回嘴，就聽鬼市口處傳來了盜門少主憤怒的叫罵聲：「時辰到了，看來這紅衣夜叉是不打算救這老頭了，直接燒了吧。」

「還有其他那幾個奇形怪狀之人，少主可莫忘了……」軍師悠悠然在旁提點，羽扇輕擺，好一派指點江山之態。

「不是都綁在那閣樓上了，一氣燒了吧！」身後那百餘黑氅門徒皆高聲大喊，甚至有人已開始在吊著畫皮仙的樹下添柴了。

誰知四下裡忽然響起了女子的大笑聲，直衝耳鼓，在這飛雪的夜裡顯得尤為可怖，懾得一眾人傻在原地。北風呼嘯，洋洋灑灑的雪片遮擋了人們的視線，亦讓樊寧的笑聲更加悠遠，辨不出究竟來自哪個方向。

那少主四處扭頭尋找聲音的來源，卻遍尋不見，急得直跳腳道：「紅衣夜叉，妳既敢來，為何不敢現身！」

忽然間，林間飄過紅衣身影，將眾人目光盡數吸引，羽林軍三十名弓弩手亦齊齊舉起了大弓，瞄準了那紅衣的身影。可那紅衣身影彷若會飛，極其迅速地穿梭在叢林間，難以瞄準，羽林軍的弓弩隨之左搖右擺飄忽不定，一時間根本無法將之奈何。

盜門少主只覺頭暈眼花，一手扶額，怒斥道：「妳平素不是總充江湖豪俠，飛來躲去算什麼本事，有種妳下來啊！」

「我明明就在你身後，難道數月不見，你的獨眼也瞎了嗎？」樊寧冰冷如刀鋒般的聲音驟然從盜門少主的身後傳來，與此同時，一柄藍光四溢的刀鋒已然比在了他的喉間。

未料到方才那紅衣身影只是紙鳶兄弟造出來的障眼法，但見那高個頭的哥哥正站在枯枝掩映下的巨石上，手握著粗繩迎風而立，而他那小個子的弟弟則將自己縛在巨大紙鳶上，高高飛在空中，再從半空垂下綁著長線，穿著紅衣的假人，如此便能夠做出紅衣夜叉來回穿梭於林間的假象。真正的樊寧則搶奪了某個門徒的黑氅，藉此機會混入盜門的人群之間，上演了一出「擒賊先擒王」。

見少主被捉，盜門之眾一片譁然，想要上前相救。

樊寧偏轉過頭，露出一張冷豔絕倫的小臉兒，邪氣一笑：「不知究竟是我的刀快，還是你們的腿腳快？」

盜門徒眾聞聲嚇得齊齊後撤了一步，生怕這紅衣夜叉當真一劍封喉，要了他們少主的命。

方才還囂張無比的盜門少主此時全然沒了氣焰，全身抖如篩糠，連忙道：「樊女俠饒命……樊女俠饒命……」

樊寧嗤笑一聲，滿臉不屑道：「你方才是何等威風，怎麼眼下便慫了？就憑你這長相，竟還怪畫皮仙把你畫醜了？我呸！山裡的野猴子都比你漂亮！」

埋伏在叢林間的高敏見樊寧挾持著盜門少主，正好將後背朝著自己的方向，忙抬手低道：「放箭！」

話音未落，數十支黑羽劍便嗖嗖射出，朝人群中飛去，眼看著就要射中樊寧，誰料樊寧像是背後突然長眼了一般，忽然一團身，改為將那少主的身體擋在了自己身前。

高敏心中大叫不好，定睛一看那少主身中數箭，幾乎被扎成了篩子，而樊寧則趁機混在那群四散逃逸的門徒中，令一眾羽林軍失了目標。

然而高敏亦沒有亂了方寸，他知曉樊寧一定會救畫皮仙，冷靜沉定地下令道：「將樹旁的黑衣門徒一律射倒！」

樊寧方躍上樹幹，欲攀上冠頂去救畫皮仙，就見潑天的箭矢射來，從身側飛過，險些受傷。不遠處的紙鳶哥哥欲上前來，卻被樊寧高聲呵斥：「你們先走！否則大家都得死在這！」

紙鳶哥哥見樊寧還需顧及他們，處境越加危險，咬牙一跺腳，轉身向約定好的藏身處逃去。樊寧躲著飛來的箭矢，一個鷂子翻身攀上更高的枝頭，可她發現自己爬得越高，那些強弩手射的箭便也更高，如是畫皮仙亦會有中箭的風險。

樊寧正心急無措，忽見另一個方向的叢林間射出一支長箭，以摧枯拉朽之勢飛向樹冠頂，竟將那拴著畫皮仙的麻繩登時射斷，畫皮仙應聲落地，被藏在附近的遁地鼠迅速拖拽而去。

樊寧驚訝地轉過身，只見飛雪盡頭，火光稀微之處，一舒朗俊秀的少年正挽著大弓，滿眼擔心地望著自己。

在場的龍虎軍將士無不驚詫，既因為這高超的箭術，亦是詫異於軍中怎會有人協助逃犯。

李媛嬡急忙壓下了薛訥手中的弓箭，低聲嗔道：「你瘋了嗎？若是被人參到天皇、天后處，連太子殿下都保不了你！」

薛訥忙道：「抱歉，射偏了。」目光卻仍死死盯著樊寧，見她順利躍下大樹，澈底消失在人群中，再也尋不見蹤跡，方長舒了一口氣。

眼見嘴邊的肥肉不翼而飛，高敏神色異常難看，不知是氣惱更多，還是困惑更多，可他什麼也沒說，只是看著滿地盜門的殘屍，做了個撤退的手勢。

「主事，不去追嗎？」屬官滿臉不解，不明白為何不下令入谷。

「谷中地勢險峻，有商戶數百，並非是我等可以應付的。」高敏如是說著，目光轉向另一側深林叢叢枯乾掩映下的薛訥身上，「今日暫且如此，明日再看鹿死誰手吧。」

第二十二章　旋乾轉坤

子夜時分，賞燈之人仍未回還，平陽郡公府中靜悄悄的，只有柳夫人的佛堂還亮著燈，偶爾能聞聽點點更漏之聲。

後院小門處，一個黑影閃身而入，順著迴廊，悄然無聲地來到了佛龕處。雪光熹微，照亮半面輪廓，依稀能看出此人容貌英俊，與薛訥有五分相像，神情卻大相徑庭，透著一股過分的精明，正是薛訥的胞弟薛楚玉。

傍晚時分，眼見薛訥出門，薛楚玉便也換裝戴上儺面跟著他出了門去。薛楚玉一直篤定，薛訥一定窩藏了樊寧，可那日刑部獵犬未在他身上嗅到樊寧的氣息，這讓薛楚玉很是困惑。但今日在西市，看到薛訥與一女子並肩而行，薛楚玉一眼便認出那是樊寧，倒不是因為他對樊寧多麼熟悉，而是在於薛訥望著她的眼神。

薛楚玉壓抑著想上去掀了樊寧儺面的衝動，悄然無聲地跟蹤著他們，待確定薛訥與樊寧皆去了鬼市，他急忙調頭回府，來到後院的石桌椅旁。

已是子時三刻了，薛楚玉屏息凝神，將石桌上的積雪掃落，而後雙手托住桌臺，將其順時針轉動半周，隨著輕微的石門摩擦地面的聲音，佛龕裡的佛像慢慢反轉過身去，露出一個只容一人過身的小洞來。

雖是意料之中，但親眼所見，還是令薛楚玉面露驚訝之色，他略定定神，邁入石門，順著密道徐徐向下走去。

新歲之前，在觀音寺密會那日，他曾向眾人提議，稱自己瞭解兄長，以薛訥的性格，斷然不會將樊寧藏在別處，必然是藏在身邊，八成就在平陽郡公府裡，只是不知究竟在何處。

聽了這話，眾人嗤笑薛楚玉跟沒說一樣，唯有座中那頭書「趙」字面具之人表示信服，待眾人散去後特意將薛楚玉留了下來，告知他關於平陽郡公府地宮的祕密，並說薛訥若是窩藏樊寧，必然會藏在地宮之中，囑咐薛楚玉暫且不要造次。

薛楚玉萬般訝異，自家府邸下竟有個地宮？住了三兩月，他竟毫不知情，而此人又是如何得知的？薛楚玉想要追問此人身分，但見旁人都對他十分恭謹，便不敢造次，老老實實地點了點頭。

過了元日後，有人以新年拜帖為名，給薛楚玉送來了正月十五行動之安排。薛楚玉沒承想這些人竟還能調遣得了刑部主事，買通得了鬼市之人，不覺有些驚惶，畢竟他想要的只是薛訥失勢，讓自己名正言順地承襲爵位，並不想將平陽郡公府過多引入是非之中。正當他猶豫之際，洛陽傳來薛訥破獲龍門山業火大案的消息，天皇、天后的嘉獎與楊炯的誇讚令薛楚玉嫉妒又憤怒，他不再猶豫，終於下定決心，先除掉薛訥，再圖其他。

心下慭悶了多少年，漸漸成了頑疾，薛楚玉只覺不服，難道只因為早出生幾年，兄長便能承襲爵位？明明他更優秀，更符合「將門虎子」四個字，卻還要靠施捨來得到這一切。薛楚玉急於證明自己，他要讓父母知道，要讓二聖知道，更要讓全天下之人知道，他薛楚玉比父兄更優秀、更厲害，是大唐未來的將星，亦是承襲爵位的不二人選。

薛楚玉如是想著，秉燭來到了地宮之中，儘管早有心理準備，當看到地宮的規模與儲藏的兵器鎧甲時，他仍不免大為驚駭，久久沒有回神。

自家園舍下竟有一間如是規模的地宮，而兄長竟不上報，反而用來窩藏朝廷欽犯。薛楚玉既憤怒又激動，只恨這三日節慶，官府還在放衙，天皇、天后亦沒有臨朝，否則他真想現下就帶著刑部之人到此處來，即刻將薛訥捉去認罪。

四處查看後，薛楚玉確定樊寧藏身此處，強壓住心中的興奮，悄無聲息地退出地宮，在漫天的風雪中無聲大笑，怎麼也停不下來。

率龍虎軍將士回營安頓後，薛訥與李媛嫒一道策馬回崇仁坊。夜色太深，路上行人又多，薛訥便一直將李媛嫒送至英國公府的後門方休。

見薛訥欲乘馬而去，李媛嫒一把拉住他的手臂道：「若是有人問起那一箭，你就說是我不慎射偏了，有我曾祖父在，沒人敢將我怎麼樣的……」

「那怎麼行，」薛訥斷然拒絕，「妳已幫我許多了，如何還能讓妳為我頂罪，今日射出那一箭的時候，我便已經想好了，斷然不會牽連郡主的。」

李媛嫒身著戎裝，手執馬韁，有種說不出的別樣嫵媚：「你莫要覺得欠我什麼，曾祖父曾與我說過，做人一世追隨己心便好，瞻前顧後，計較得失最要不得。我幫你，誠然是因為我心悅於你，但這種心悅令我自己很痛快，不圖你回報什麼，你不必有任何顧慮避忌。今夜的事，是我帶兵去的，由我來承擔再合適不過，即便說到天皇、天后那裡，我與樊寧並不熟悉，更算不得朋友，絕對沒有釋放朝廷欽犯的嫌疑。但你就不一樣了，一旦被人定罪，我也會受牽連，此時就不要講求君子義氣了，一切以大局為先……」

李媛嬡這一席話確有道理，但薛訥不想她過多牽扯到此事中，婉拒的話還未說出口，便聽英國公府中傳來一陣嘈雜的聲響，有小廝連滾帶爬拉門跑出，看到李媛嬡，帶著哭腔道：「郡主怎麼才回來，家公他……歿了……」

李媛嬡只覺一陣天旋地轉，險些從馬上栽下，踉蹌著衝向府內。

薛訥亦是震驚哀痛，李勣不單是位慈愛祖輩，更是大唐的國之柱石，他去世後，凌煙閣二十四功臣便全部歸於塵土，數十年前亂世紛爭的英雄氣概，亦湮沒在了大唐富庶繁華的歌舞聲之中。

李家現下正是需要人的時候，不單李媛嬡對薛訥有義氣，李勣亦對薛仁貴有恩德。薛訥翻身下馬，走入英國公府幫忙。從入殮到設靈堂，再到寫訃告，給朝廷送文書，諸事繁雜，即便有家丁百人，亦有些手忙腳亂。

天還未亮，太子李弘便乘車輦從東宮趕來，不消說，李勣是天皇李治最為仰賴的臣子，如今病老歸西，李弘作為監國太子自當前來吊唁，他以晚輩之禮，敬香致哀，又寬慰了李敬業夫婦半晌。

李敬業夫婦感激天皇、天后與太子的關懷，大拜而謝，而後按照李弘要求，各自忙活去了。

薛訥一直守在一旁，待禮數周全後，李弘將他拽至旁處，問道：「慎言，昨夜的事我聽說了，那樊寧人在何處？可脫險了嗎？」

「謝殿下關懷，她沒事，現下應當在安頓鬼市那些朋友，臣還未與她相見……」

「刑部近來沒什麼動靜，好似將諸般心事都用在了安定的案子上，突然來這麼一下，著實嚇了本宮一跳。你要多加提防，同時加快破獲弘文館別院之案，免得夜長夢多。」

「是。」薛訥拱手應道，「臣以為，刑部背後，恐怕有其他勢力在介入此案，否則單以刑部各主事之力，根本無法滲透入鬼市。殿下乃監國太子，在六部中皆有心腹，可否暗查一番，看看刑部背後究竟是何人，又為何插手？」

「不勞薛御史費心，」李弘半開玩笑道，「聽聞此事後，本宮便已安排了。到了如是地步，本宮依稀覺得，此案後應當有不小的陰謀，一定要將幕後圖謀全部挖出才好……不過，本宮還以為你會在家等著那樊寧，沒承想竟來這裡了，當真能放心嗎？」

今日薛訥射出那一箭頗為可疑，本身他便與樊寧有故交，難免會引起高敏的懷疑。樊寧的身手非常敏捷，旁人難以追得上，但薛訥的行蹤還是可以追溯的，他們很有可能會根據薛訥的反應來試探他與樊寧究竟有無瓜葛。越是如此，薛訥便越不能表現出分毫掛心，恰逢於薛家有恩的英國公李勣去世，唯有在此弔唁幫忙方為正章。

但他心裡又怎會不記掛她，不知在昨夜的亂箭之中，她有沒有受傷，不知她怕不怕，是否又在獨自一人委屈難過。

薛訥好似答非所問，卻又切中肯綮，喃喃回道：「我想她應是懂我的……」

天漸漸亮了，瑞雪過後的清晨，雀鳥皆出巢來，嗒嗒覓食。平陽郡公府外，好心的廚娘們將剩米渣堆在樹坑下或牆角處，供雀鳥過冬。

一個纖瘦身影趁眾人不備，翻身而入，悄無聲息地進了慎思園，麻利地鑽入了地宮裡。她褪去了鴉黑的大氅，露出染血的手臂，拿出藥箱，徐緩地為自己清理創口。

雖然受了傷，好在畫皮仙他們都並無大礙，平日裡攢的有些銀錢，先回老家躲幾日，等到開春就又能回鬼市做生意了。只是沒想到，薛訥竟會帶兵來救她，樊寧桃花眼通紅，不住在心裡罵他真是個大傻子。

鬼市註定住不得了，樊寧思量著隨薛訥去藍田縣之事，又怕拖累他，百般糾結，更疑惑的是薛訥怎的竟不在府中，難道因為那一箭受到牽連了嗎？

眼見天已大亮了，薛訥應當是一夜未回，這對於他而言實屬罕見之事。樊寧越想越坐不住，打算通過地宮的窺探口，打探薛訥究竟有沒有出事。

雖說在這裡住了大半個月，但樊寧沒有一次做過這樣的事，也從未動過這樣的念頭，今日實在是不得已。她默默道歉幾句，眼一閉、心一橫，走到了佛堂的窺口前，只見柳夫人正坐在桌案前抄經，與往日的慢慢抄來不同，今日她好似在趕工，手腕酸痛也顧不得歇，微微活動下便繼續寫了下去。

樊寧看了一會兒，忖不出什麼異常來，徑直往前走，繞過了前院，來到了薛楚玉園子的窺口處。

本想直接趴上去看的，又怕這廝在洗澡換衣，若是看到什麼不該看的，豈不受噁心還要長針眼。樊寧如是想著，先將耳朵附了上去，這一聽不要緊，竟是薛楚玉正與那管家劉玉說話，兩人好似方從外面回來，凍得不住發出「嘶嘶」的聲響，兩手交疊摩挲著雙臂，半晌才緩過來，只聽薛楚玉說道：「虧我守了大半夜，那樊寧根本沒有回來，也許是正被羽林軍追得四處逃命。這麼冷的天，早知道我就不等了。」

「小的守著就是了，若是凍壞了我們郎君怎麼了得。」房中籠著地龍，已是十分暖和，但劉玉還是煮茶倒水，極盡巴結之能事。

薛楚玉窩在溫熱的毛毯中，十分舒適愜意，撐頭道：「罷了，今日都是高興事，不提這些……賀蘭大學士就要從洛陽回來了，你備些好物件去，當年禮送予他。」

「郎君應當知道，賀蘭大學士最愛美人，我們送些金玉字畫，可並不能送進他的心坎裡去啊。」

薛楚玉笑嘆一聲，輕佻裡帶著三分無奈道：「父母親是什麼樣的性子你也知道，平日裡如何胡鬧都不打緊，萬不能做逼良為娼的事，若真鬧出人命可就糟了。再者，我看賀蘭大學士已不大討天皇、天后歡心，大概有失勢之嫌，與他的年禮也不必太豐厚，讓人挑不出錯漏就是了。」

「郎君思慮周全，倒是我愚鈍了。」劉玉緊趕慢趕著拍馬屁，哄得薛楚玉十分高興。

「對了，」薛楚玉忽而壓低了嗓音，算得上俊俏非凡的面龐上露出幾分狠絕之色，右手握拳，大拇指緊壓食指，似是下定了決心，「一會兒我寫封奏承，你親自送去與司刑太常伯李乾祐處。兄長在府中地宮裡窩藏凶頑之事，明日一定要傳到中書省的案頭上……」

沒想到薛楚玉竟已知曉了地宮的祕密，樊寧面色冷然，靜默迅速地回到自己的住所，坐在臥榻上，滿頭盡是冷汗。

薛楚玉是何時發現地宮的？細忖他方才的說辭，應當是昨夜的事，他知曉刑部與盜門的瓜葛，趁著她與薛訥不在，前來地宮搜查，方才還想守在地宮外將她緝拿。

若非顧及薛訥，樊寧真想躍出地宮去一劍劈死他。此人已經鬼迷心竅，為了證明自己比薛訥更好，甚至已經不顧父母親族，完全不思量天皇若得知手握重兵的將軍府中有這樣一座宅院，會做何感想。

眼下薛仁貴尚將兵在高麗，一旦出什麼差池，傷的可是將士征戰沙場之心，樊寧越想越氣，再次壓抑住掐死薛楚玉的衝動，努力想對策。

薛楚玉這樣的人，不見棺材是不會掉淚的，一定要火燒在自己身上才知道疼，父母兄長皆不會顧忌，更別妄談什麼家國之情。樊寧如是想著，抬眼看看四周，桃花眼中流露出幾分不捨。

但留戀過去無用，哪怕高山阻隔，她也要劈山為路，區區一個薛楚玉又算得了什麼？樊寧站起身，行至地宮正中的方位，轉動地面上八卦圖的陰陽雙眼，只聽「謔」的一聲，地面聳起了一個半高臺，臺面上鑲著一枚圓形琉璃珠。

這間地宮設計極為精妙，也如皇宮一般，設有內、外宮禁之分，這機關便是為了防著外敵入侵地宮，一旦轉動，便可將外宮房梁的夯土壓斷，摧毀外宮，活埋入侵者，而地面上不受分毫影響。毋庸置疑，薛訥的慎思園正處在地下外宮的方位，一旦坍塌，便會掩蓋住樊寧曾居住過的痕跡，若說有人在地宮裡窩藏逃犯，則是住在地宮內宮之上的薛楚玉最有嫌疑。

樊寧小手緊緊握住琉璃珠，準備著力。因為積年未用，這機關扣得很緊，似是有地方生銹了。樊寧使出吃奶的勁兒，左手抱住石臺，右手奮力擰著機關，須臾便是滿頭香汗。

這機關極其隱蔽，即便劉氏在此處生活了半個月也未發覺，還是她請遁地鼠幫自己開小門時，遁地鼠發現薛訥房間下的土層異常豐厚，才反推出了此處的存在。

不單為了自己與薛訥，更為了遠征的將士與大唐的安寧，樊寧櫻唇顫個不住，似是耗力到了極點，隨著「喀嚓」一聲響動，琉璃球終於轉動，地面亦隨之震顫不止，頭頂之上隱隱能聽聞薛楚玉與劉玉的驚呼聲。

樊寧卸了口氣，心想眼下若從正門出必定會被活捉，唯有趕在外宮被摧毀之前，從遁地鼠打好的小門逃出才能活命，她轉頭看看已經開始落土坍塌的外宮，奮力衝了過去。

午時將至，李家宗親陸陸續續從各處趕來，薛訥見事情忙得差不多，起身準備請辭。

李敬業的夫人走上前來，對薛訥道：「孩子，今日當真是辛苦你了，忙前忙後的，一夜也未休息。」

「伯母言重了。」薛訥忙躬身拱手禮道，「英國公於薛家有恩，父親不在京中，母親不便出門，慎言理當前來。」

李夫人看著眼前俊朗知禮的少年，欲言又止：「孩子，你與媛媛從小一起長大，眼下能否去勸慰勸慰她？她打小是被曾祖父帶在身側長大的，不知會有多難受……」

薛訥本就打算去向李媛媛請辭，應道：「慎言與郡主自幼交好，即便伯母不提，慎言也自當前去勸慰，伯母放心。」說罷，薛訥再是一禮，起身走往靈堂處。

李媛媛跪在李勣靈位前，臉上淚痕橫布，一夜便憔悴了許多。薛訥跪坐在她身側，輕道：「郡主節哀，這三日不能吃飯，要為英國公守靈，但妳總要喝些溫水，這般不吃不喝熬壞了身子，英國公在天之靈會何等憂心。」

「那起子來的人，是來蹭吃蹭喝的嗎？」李媛媛雖沒有出靈堂，卻知自家那些親戚已不顧守孝之禮，照常吃喝起來，父親輩分較低，少不得由著他們去，李媛媛卻咽不下這口氣。

「『親戚或餘悲，他人亦已歌』，英國公是曠達之人，不會在意那些人的。但若他一直捧在手心裡的小郡主傷心難過，哭壞了身子，英國公必然會萬般心疼，請郡主一定節哀。」

在旁人面前，再傷感都能忍得住，但聽了薛訥的話，李媛媛怎麼也繃不住了，好不容易忍住的淚又簌簌落了下來，她趕忙抹去，抽噎良久不止。

「對不起……」薛訥看著李媛嬡瘦削的身影，心下不好受，「今日若非薛某為一己私事，郡主還能陪在英國公身側，送他最後一程……」

李媛嬡一怔，回頭望著一臉愧色的薛訥，破涕為笑道：「你這又是什麼傻話，曾祖父早兩日就已陷入了昏迷之中，誰人喚他都已聽不見了，我在與不在又能如何？不過，眼下在這裡多陪陪他倒是正章，否則等到發喪進了先帝陪葬陵墓裡，想去祭拜都不能隨心意。」

太宗在世修陵墓時，特意為自己最喜愛的幾名大臣修了陪葬墓，這自然是無上的殊榮，但對於家人親眷而言，不能隨時祭拜，亦是心傷。

薛訥不知何從寬慰，正踟躕間，又聽李媛嬡說道：「昨夜見到她，我方知你為何如此鍾情於她。平日裡她雖時常與我拌嘴爭吵，對於朋友卻是很重義氣的，我自愧不如，羨慕卻不嫉妒。曾祖父曾說，人活一世最忌諱『英雄相忌』，如是人人為己，於天下家國無益。薛郎，往後有能用得上我的地方，只消你說話，我李媛嬡絕不推辭，你莫要與我生分客氣，好嗎？」

李勣之所以這般受先皇與天皇賞識，與他豁達高潔的品性分不開關係。李媛嬡長在李勣膝下，性情可愛爽利，算得上是難得的良友。

薛訥很是感慨，拱手方要言謝，就聽靈堂外有小廝急匆匆喚道：「薛郎，薛郎，平陽郡公府來人尋你，說是貴府出了事，請薛郎趕快回去……」

第二十三章　遠之則怨

立春已過，天氣卻仍舊沒有任何回暖的跡象，北風颯颯，吹動著霸陵枯柳，卻怎麼也留不住遠行之人。

今日李勣過世，薛訥於英國公府幫忙，若非有什麼要緊事，柳夫人不會遣人過來，薛訥匆忙走出靈堂，只見來尋他的小廝正是薛旺，急問道：「家裡出什麼事了？」

「方才好像地動了，大郎君沒有感覺到嗎？」薛旺邊比劃邊道，「我們府震得好厲害，楚玉郎君和那劉玉都嚇得從園裡衝出來，在後花園裡翻騰著佛像，好似說佛像都震出了洞了……」

這世上若有什麼事令薛訥擔憂害怕，莫過於地宮被人發現，他急得一把拽住薛旺的衣襟問道：「佛、佛像如何了？」

「郎君放心，佛像沒壞，楚玉郎君在那裡檢查了好一會兒，又急匆匆衝進大郎君的慎思園裡，也沒見什麼東西壞，就往佛堂找夫人去了，夫人喚我來請大郎君回府呢！」

薛旺神思簡單，以為是因為地震，柳夫人才特將薛訥喚了回去，薛訥卻明白其中利害。薛楚玉先去看了佛像，又來到自己的園舍，八成是知道了地宮的祕密。英國公府與平陽郡公府毗鄰，他卻一點也沒有感覺到地動，說明動的只有自家那一方地界，看樣子確實是地宮出了事。

每當事情牽扯到樊寧，薛訥就會一改往日的沉定睿智，變得腦中一片空白。他強攝心神，憶起樊寧曾與他提起地宮玄機，心下略有了幾分成算，飛也似的向家門處走去。

平陽郡公府裡，柳夫人與薛楚玉母子人在佛堂，不知祕密說著什麼。只見柳夫人面色蒼白，神情甚是慍怒，薛楚玉在旁蹙著眉，一副憂國憂家、痛心疾首之態。

薛訥身穿貂裘，不便進佛堂，便在廊下褪去，交與了薛旺，低聲囑咐道：「過一炷香的工夫來叫我，就說太子殿下相召。」

薛楚玉隔窗看到薛訥，神情很是怪異。

薛訥迎著他的目光，走入佛堂，對柳夫人禮道：「母親尋我？」

柳夫人示意薛楚玉緊閉門窗，憂心忡忡地望著薛訥道：「地下的事，你可都知道嗎？」

看來薛楚玉欲以此向刑部告發自己不成，氣急敗壞，改成告柳夫人了。已是十八、九歲的人，怎的還在搞這些頑童的把戲，薛訥咬死不認的，充愣道：「母親說的是什麼意思？」

「兄長別裝了，」薛楚玉像個強壓怒氣的小獸，低吼道，「那樊寧就藏在我們府下地宮裡，正對著兄長的慎思園，兄長敢說自己毫不知情嗎？」

「哦？有這等事？」薛訥佯作驚訝，俏生生的面龐呆呆的，瞪著澄明雙眼，一副難以置信的模樣，「凶嫌人在何處？可捉到了？你也知道，為兄向太子殿下立下的軍令狀快到時間了，若你有線索，可該告知於我，為兄也好捉了她去，早些有個交代啊。」

「兄長不是在刑部竭力主張那妖女不是凶手嗎？怎的今日又要捉她去認罪了？恐怕認罪

是假，金屋藏嬌，暗度款曲才是真的吧？」

「你如是說，可有何證據嗎？」薛訥最不擅長撒謊，已不想再與薛楚玉虛與委蛇，徑直問道。

與薛訥的內斂沉靜不同，薛楚玉自小在父母優容愛護下長大，極易得意忘形，更何況他不懂查案之事，哪裡知道留存什麼證據。

果然，被薛訥這麼一問，薛楚玉登時傻了一瞬，待回過神來，他忍不住提高了嗓音道：「你莫要以為，讓那妖女弄塌了一半地界，我便找不出證據來。只消讓刑部掘地三尺，一定……」

「夠了！」柳夫人稍加克制地打斷了他們兄弟之間的齟齬，「地下之事，誰也不准說出去，更遑論什麼找刑部來掘地。」

「可是母親，兄長包庇凶頑，於我們家才是大禍。橫豎我們家兩三個月前才搬進來，這地宮又不是我們建的，眼下理應報知刑部與京兆府，再請天皇定奪。天皇聖明，定然不會怪罪我們的……」

「天皇聖明，但你父親遠在遼東，朝中若有人伺機構陷，我們母子三人性命難保事小，你父親後方大亂，若被敵軍趁機破之，則是我大唐之危難，屆時無論勝敗，薛家必然蒙難，其中利害，你可明白？眼下你們兄弟兩個務必守口如瓶，待你父親帶兵還京，為娘會將此事告知他，屆時再去向二聖請罪，或許可以免於懲處。此事暫且不能告與人知，你未告訴他人吧？」

柳夫人這一席話將薛楚玉點醒，他想起觀音寺裡那人，心下頗為慌亂。但此事是那人告知他的，並非他告訴了那人，薛楚玉生怕母親怪罪，偏頭不敢與她相視，心虛地點了點頭。

「你先下去歇著吧。」柳夫人鬆了口氣，臉上堆著慈愛笑意，「娘有話與你兄長說。」

薛楚玉瞥了薛訥一眼，心想母親留下薛訥，估摸是要收拾他，得意地冷笑一聲，對柳夫人一禮，轉身出了佛堂。

可柳夫人一直沒有言聲，當薛訥不存在似的，恭敬細緻地為佛像擦去了浮灰，擺好了供果，待都忙完後，她自取三支香，又遞給了薛訥三支。

薛訥不明白柳夫人是何意，但還是學著她立在油燈前將香引燃。

柳夫人叩首後，將香插入了香爐中。薛訥亦欲起身，卻被母親按住肩頭：「跪著，為娘有話問你。方才楚玉所說地宮之事，你早就知情，是嗎？」

事到如今，此事已無須再做隱瞞。薛訥雙手秉香，雙眸直視前方回道：「是，一個月前偶爾發現，尚未來得及稟明父母……」

薛訥的回答倒是比柳夫人想像中乾脆，她壓了壓心中的火氣，復問道：「那樊寧可是藏身於此？現下人又往何處去了？」

這個問題薛訥無法回答，正如李弘方才在英國公府上所說，此案事關重大，不單干係樊寧一人，還不知其後陰謀，斷不能掉以輕心。薛訥沉默以對，沒有回應柳夫人的問題。

「你只想著朋友義氣，可曾想過你的父母？一旦她落網，將你供出來，為娘與你阿爺會是何等下場，你可知道嗎？」

薛訥多想告訴柳夫人，他會保護著樊寧，絕不會讓她含冤落網，退一萬步說，即便她真的被捕，也不會將他供出。這些話就在嘴邊，薛訥卻說不出口，真不知是自小不善言辭導致了他們母子間的不親近，還是因為與父母的不親近才造成了他的沉默寡言。

手中的香燃斷，落下香灰，燙得薛訥一震，卻始終沒有出聲。

柳夫人倒是「哎呀」一聲，想看看薛訥的手可有燙傷，卻又遲疑，羅襪在地上碾了一圈，也沒有上前來。薛訥自行揮去了香灰，白皙修長的指節上留下了兩片模糊的燙傷，既灰又紅，看起來就很痛，但薛訥秉香望著前方，依然一聲未吭。

時間一點一滴地過去，佛堂彷彿一個無邊的池，母子倆之間的沉默則像緩緩注入的水流，將他們從頭到腳淹沒，漸漸窒息喘不上氣來，直至薛旺在佛堂下的石階外喚道：「夫人，太子殿下差人來，有要緊事尋大郎君呢！」

令人窒息的氣氛霎時被打破，柳夫人終於喘過口氣來，綿長悠遠地太息一聲：「既然是太子殿下找你，你便去吧。為娘的話，你要切記在心頭，萬萬不要再包庇那丫頭了。明日是否要到藍田赴任了？住所可安排好了嗎？」

「是，今日下午便出發了。母親放心，待慎言去了藍田，無論什麼事，都不會牽連家裡……殿下有事，慎言先走一步了。」說罷，薛訥將手中的香插入了香爐，對柳夫人再是一禮，轉身走出了佛堂，腳步聲漸行漸遠，很快便聽不見了。

佛前香煙繚繞，幽微的香氣令人靜心，柳夫人的心緒卻久久不得平定。她確實怪薛訥不將地宮的事告知家裡，但方才問他去藍田之事，卻是出於實打實的關心，怎的他們母子之間就這般生分，難道只容得下懷疑與詰問了嗎？

都說佛堂是清淨之地，薛訥每次來此處，卻都是難以做到「一心無掛，四大皆空」，心頭說不出地難受。但眼下地宮塌了一半，樊寧不知所蹤，薛訥根本沒有心思想旁的事，他接過薛旺手中的裘裳，低聲誇道：「你來得很是時候，我出門去了，若是……」

「哎哎，郎君別亂跑。」薛旺瘦猴似的麻利地躥上前，擋住了薛訥的去路，「真的是太子殿下傳郎君往東宮去，方才張侍衛親自來通知的。」

清晨才見過面，怎的現在李弘又傳他去東宮呢？薛訥記掛著樊寧，又擔心李弘那裡有事關案情的要緊事，兩下為難只恨分身乏術，最終無奈地披上衣衫，策馬駛向了東宮。

方才生死一線間，樊寧衝過落土的地宮外城，差一步就要被活埋在薛訥的臥房之下。成功從小門鑽出後，樊寧坐在慎思園的梨樹下，只喘了一口氣，便急匆匆翻牆出了平陽郡公府。

瘋了似的不知逃了多久，樊寧來到一個背街無人的小巷，靠著牆喘了半晌的氣，抖落滿身塵土，思索著該往何處去。

方才她行動得略顯焦急，此時逃出來沒有戴儺面，雖有滿身泥灰，讓她看起來像個泥巴糊的說唱俑，但她昨夜才與刑部官員、羽林軍士兵交過手，這般堂而皇之地守在外面等薛訥未免太過招搖。

但這偌大的長安城裡，又有何處可以容身呢？樊寧思來想去，忽然心靈福至，迅速向心中那個略微模糊的地址奔去。

薛訥趕來東宮時，李弘正在準備明日朝會所用的文書。

薛訥匆匆行禮，見四下無人，拜道：「殿下，方才府中出事了，樊寧不知何處所蹤，臣得趕快去將她找回來，如若不然，一旦落入刑部官差手中，後果不堪設想……」

「你今日說話倒是快。」李弘難得滿臉肅然，從文書中抽出一頁黃紙，遞向了薛訥。

薛訥接過，只見其上書著「近之則不遜，遠之則怨」，信箋背面則是四個大字「永徽五年」。

「昨夜有人將此物送至東宮來，外面包的是公函的布袋。本宮看這話尋常，但後面『永徽五年』四個字就頗有意味了，所以來找你看看。」

薛訥顧不上回應李弘，逕自望著那信箋，入了定似的，一動不動。

李弘知曉薛訥的習慣，分毫不打擾，靜默等待，直到薛訥微微偏頭，似是回轉過了神思，方問道：「怎麼樣，慎言，可有什麼發現嗎？」

薛訥抬起俊秀的臉，霍然一笑，眼中流動著欣喜與感懷：「回殿下，臣……沒參透此話何意，但這字體，像是李師父的字……」

「李師父？李淳風？」李弘神色越加肅然，吩咐道，「來人，把歷年秘閣局的呈書拿來。」

但凡薛訥來，李弘殿外都只留張順一人。聽到李弘召喚，張順朗聲一應，不過半盞茶工夫，便抱了一堆文書來。

薛訥與李弘分成兩垛各自翻看，很快便翻完了，兩人望著對方，眼中俱有困惑。

李淳風究竟往何處去了，為何弘文館別院縱火案發生那一日，他便也失蹤了，今日送信來，又不知所云？

薛訥意識到，李淳風的顧慮或許在於東宮有內奸，聲音極輕道：「『唯女子與小人難養也，近之則不遜，遠之則怨。』臣不知為何李師父會寫一句《論語》送來，樊寧日日與李師父待在一處，或許能更明白其中內涵。」

「旁的不懂，但這『永徽五年』，是安定出生與去世的年分，聯想到最近的案子，本宮不得不多心啊……樊寧人在何處？本宮要親自問她。」

平康坊背離主路的小巷裡，樊寧攀住希聲閣的木柱，麻利輕快地爬上了二樓，推開了小窗鑽進了房中。她四下張望著，卻四處不見人，撓撓小臉兒，輕聲喚道：「紅蓮姐姐……紅蓮姐姐？」

樊寧與紅蓮曾同長在李淳風膝下，兩人性情迥異，卻相處融洽，一道吃飯，一同睡覺，直至那年上元節紅蓮走失。先前聽遁地鼠說她跟了隴西李氏的一位俊俏公子，昨日才知原來竟是李弘。這樣倒也方便了，只消找到紅蓮，便能聯繫上太子，也就能找到薛訥了。

樊寧如是想著，按照李淳風提起過的地址尋到此處來。不得不說，這房間布置得真是漂亮，地方不算大，卻錯落有致，一磚一瓦皆是精挑細選，與紅蓮清水芙蓉般的絕色很相稱。但這裡地氣很涼，床榻上空無一物，不像是有人住的樣子，樊寧詫異地嘟囔一聲：「怎的不在？不會是進東宮做娘娘了吧……」

樓下竹扉忽然傳來別門之聲，一聽便不是房屋的主人，樊寧十分警覺，本想先躍窗逃出，看看是何人造次，再保護紅蓮。誰知樓下正好有人經過，樊寧只能順著立柱爬上了房椽，躲在角落裡，大氣也不敢出。

眨眼間，那賊人上了二樓來，樊寧居高臨下，只見他約莫二十七八歲，五官身量生得極好，與太子李弘有三分相像，只是眼神帶著幾分莫名的淫邪之氣，彷彿目光所及之人皆沒穿衣裳似的。他好像喝了二兩燒酒，走起路來一搖三晃，四處翻看著，扯著嗓子發酒瘋喊道：「紅蓮姑娘！敏之來看妳了，過年未見，你可想我了？」

看來此人就是弘文館大學士賀蘭敏之，早就聽聞此人酷愛獵豔，眼下應是盯上了紅蓮，說不準紅蓮便是為了躲他，這才搬離了此處。

眼見此人已行至自己足下，估摸再翻完這半邊便會離開，樊寧撇撇嘴，屏住呼吸，一動也不動。可她身上的灰土可不聽話，絮絮落下，嗆得賀蘭敏之打了兩個噴嚏，不由自主地抬起眼。

樊寧眼見暴露，霍地躍下木椽，驚得那賀蘭敏之瞪大雙眼，口中方吐出一個音，便被樊寧重重一掌劈在脖頸上，一翻白眼昏了過去。

樊寧走也不是、聽也不是，想將那人拖下樓去，免得給紅蓮惹禍上身，又不知該將他扔到何處。正為難之際，忽見對面藏翠樓三樓軒窗半開，一絕色佳人露出半張臉，不是紅蓮是誰。

打從那日賀蘭敏之造次後，李弘便安排紅蓮暫且住在了這裡，這兩日聽說賀蘭敏之從洛陽回來，她心下就有些不安樂，方才聽到動靜就一直在悄然關注，見樊寧將賀蘭敏之打暈，她趕忙打開小窗，抿唇指了指藏翠樓旁側的木柱，示意樊寧快快過來。

樊寧來不及思量紅蓮為何人在對面樓上，躍下希聲閣，又順著木柱連軲轆帶爬躥上了藏翠樓，三兩次間差點掉了鞋襪。

待樊寧進來後，紅蓮趕忙閉緊門窗：「妳怎的來了？方才我聽見那賀蘭敏之的叫門聲，想看看動靜，沒承想竟看見了妳……」

樊寧頹然倒在地上，接過紅蓮遞來的淨布，擦拭著滿頭的大汗：「今日真是命犯太歲，幾次差點沒命……紅蓮姐姐，我可否借妳這地方洗個澡，土太多，一擦就成泥了。」

「妳等下，我去安排。」紅蓮說著走出了房間，不過一會兒，便有小廝與侍婢擔了熱水進房間來，在屏風後的木桶中注滿。

樊寧躲在榻下，待他們都離去，方鑽出來舒舒服服洗了個熱水澡。

紅蓮邊幫她撿拾著髒衣物，邊問道：「妳不是與薛御史在一處嗎？怎的把自己弄得這麼狼狽？」

樊寧接過紅蓮遞來的衣衫，只見竟是個上下分體的露臍天竺舞姬袍，她禁不住紅了臉，嗔道：「這是什麼稀罕衣裳？紅蓮姐姐平日就穿這個給太子殿下看嗎？」

「妳莫渾說，」紅蓮面皮更薄，哪裡擔得起這般調侃，「這是我方才去樓下專程給妳借的。喏，這衣裳帶個面紗，能遮住半面臉龐，我再給妳裝飾一番，應當沒人認得出妳了。」

樊寧一聽這好得很，不單能變漂亮，還可以隱藏身分，也不管大冷天穿上凍不凍肚子了，三下五除二穿好，又坐在鏡前，由紅蓮裝飾了一番，戴上了面紗。

鏡中美人頗有異域風情，看起來真的像個天竺舞姬，樊寧站起身，抄起紅蓮用來捅地龍的燒火棍，舞得密不透風。「我這天竺舞劍姬，可能在你們這混口飯吃嗎？不過……紅蓮姐姐妳怎的又回這教坊裡了，太子殿下知道嗎？」

紅蓮鮮妍的小臉兒上愁雲密布，托腮道：「這不正是要躲那賀蘭敏之，殿下才讓我暫且住在這裡，不過早與那媽媽說好了，不需要再去彈琵琶。過些時日新房好了，我便會搬出去，可巧今日妳來了。方才妳洗澡的工夫，那賀蘭敏之醒了，在外面轉了一圈走了。」

「今日的事可會連累妳嗎？」樊寧極其緊張，搓著小手，很怕自己會害了紅蓮。

「那倒不會的，賀蘭敏之因為那些風流事沒少受天皇、天后的訓誡，他又很愛面子，被妳打暈的事如何會出去亂說。」

樊寧如釋重負，又道：「紅蓮姐姐，妳可否幫我找個人，去平陽郡公府送個口信，請薛慎言來這裡接我……」

「可巧殿下留了個小廝，在這裡幫襯我，我與薛御史不相熟，妳想個由頭去，讓他好去傳話。」語罷，紅蓮款款起身，召了那小廝進來。

樊寧方才已被嚇傻，此時腦中一片空白，根本想不出什麼好由頭，她看了看身上的衣裳，滿臉窘色，對那小廝道：「可、可否勞煩你去平陽郡公府，幫我找一下薛訥薛御史，他、他是我的恩客……我有要事找他。」

不單是那小廝，就連紅蓮聽了這話也傻在了原地，那小廝匆忙合上因震驚而張得溜圓的嘴，上下打量樊寧兩眼，心想薛御史真是真人不露相，平素裡看起來完全不近女色，怎的竟有個這般嫵媚妖嬈的相好。

眼見那小廝茫然轉身欲走，紅蓮忙道：「哎，罷了。還是去找殿下，說我有要緊事，懇求殿下帶薛御史一道前來吧……」

約莫一炷香的工夫，身著常服的李弘與薛訥乘馬車而來，兩人避開吃茶聽曲的客人，徑直上了三樓。

紅蓮打開房門，請他兩人入座，看到穿天竺舞姬服飾的樊寧，他兩個都嚇了一跳，薛訥的臉徑直紅到了脖根，磕巴道：「天、天哪，妳怎的少皮露肉的……」

樊寧氣不打一處來，上前鑿了薛訥一拳：「少皮露肉？你那個要死的弟弟差點害死我，我差點就少魂缺魄了！」

「妳方才遇上賀蘭敏之了？」李弘聽說賀蘭敏之從洛陽回了長安，沒想到他第一時間竟是來這裡找紅蓮，這讓李弘頗感不快。

「對，我才翻上二樓，他就來了。」樊寧如今想起，仍是心有餘悸，「他還沖我喊了一聲『滅』，結果被我滅了。」

「滅？」其餘三人幾乎異口同聲，似是不明白為何賀蘭敏之會喊這麼一句。李弘沉吟片刻，好似忽然想到了什麼，身子一震，抬眼望著樊寧：「他說的不是『滅』，妳快把面紗摘下來讓我看看！」

第二十四章　藍田日暖

李弘一向寵辱不驚、雲淡風輕，彷彿燒開滾燙的水潑在身上都不會言聲，今日竟大呼小叫起來。樊寧估摸是自己闖了大禍，下意識看向薛訥，小臉兒上滿是慌張。

先前面對數十羽林軍弓弩手，她毫不畏懼，此時卻怕了李弘，估摸更多是怕連累紅蓮。

李弘在的場合，薛訥不該隨便插話，但他不願看樊寧這般手足無措，輕聲寬慰道：「殿下只是想搞清楚那『滅』字究竟是什麼意思，並未怪妳，莫要擔心……」

薛訥的寬解令樊寧登時放下心來，她發覺自己當著旁人也太依賴薛訥，有些懊惱，卻沒矯情自飾，顫了顫長睫，垂眼揭去了鑲滿寶石絡珠的面紗。

美人兩靨如桃、絳唇一點，令人挪不開眼，李弘盯著她久久不語，房中安靜得令人生怖，唯能聽到窗外呼嘯而過的北風聲。

不單樊寧恐慌，紅蓮與薛訥亦有些坐不住了。紅蓮輕扯李弘的袖籠：「殿下，寧兒到底怎麼了？那個『滅』，究竟是什麼意思啊？」

李弘收了目光，轉臉看向一旁緩緩起伏的更漏，盡量讓自己情緒平靜：「若我沒猜錯的話，他說的應當是『敏月』……」

敏月？薛訥也不由有些驚詫。賀蘭敏月，賀蘭敏之的親妹妹？

「若說那賀蘭敏之還有兩分人性良知，便是對他的胞妹賀蘭敏月了。賀蘭敏月也是本宮的表姐，父皇的魏國夫人……三年前就去世了。」李弘不願提及這段往事，語調雖雲淡風輕，卻垂著首，讓人看不清他的神情，只能看到他束髮的玉冠，「先前本宮就覺得妳看起來十分眼熟，沒承想竟是像她……」

賀蘭敏之與賀蘭敏月兄妹兩人都是武則天親姐姐武順的孩子，武順守寡，便一直帶著這一兒一女居住在長安，時常入宮看望武后。

近五、六年來，武后攝政，與天皇偶有矛盾，天皇念及夫妻情分，不少讓步，心下難免苦悶。容貌酷似武后的賀蘭敏月時常在旁安慰，令李治頗感寬慰，冊封她為魏國夫人。賀蘭敏月因此得意忘形，甚至對天后多有不敬之語，三年前暴斃而亡，多有傳言稱是天后痛下殺手。

樊寧顯然對這些宮闈祕事沒什麼興趣，捏著自己的下巴，頗感困惑：「應當不是吧？我可是長安城裡的頭號通緝犯，犯的罪還與弘文館相關，賀蘭敏之不是弘文館大學士嗎？他難道不知道我什麼樣子？怎的還會把我認成魏國夫人？」

「他當然不知道，」李弘輕笑起來，臉上寫著說不出的鄙夷，「妳以為賀蘭敏之是慎言嗎？還會分精力去關注嫌犯是男是女，長什麼模樣？他只消知道，在本宮監國期間出了這檔子大事，可以藉機大做文章就是了。況且妳不是說他喝了酒，妳身上又淋了土，模糊朦朧間認錯也無可厚非。」

薛訥神情惶惑，他從未見過賀蘭敏月，亦想不明白樊寧會與她相似到何等地步，只希望賀蘭敏之酒醒後什麼都忘了，萬萬不要再來尋人才好。

幾個人各懷心事，正沉默之際，樓下忽然傳來了賀蘭敏之的高喊聲：「這裡的媽媽何在？」

聽聲音此人仍未醒酒，估摸著方才被樊寧劈暈了，忘卻了要找紅蓮的事，此時復想起來，就來教坊大鬧。

紅蓮極其緊張，小手猛地一抓裙裾，薄薄的胭脂都壓不住她的一臉驚惶。李弘悄然握住她的手，示意她不會有事。

薛訥將屏風稍微偏移了位置，擋在一人高的木櫃前，低聲招呼道：「殿下，此處能藏人，你們先藏起來，此地交與臣應付就好。」

樓下嘈雜聲越甚，聽起來應是賀蘭敏之不信那媽媽的話，開始一間間搜查。

李弘不再猶豫，環著紅蓮躲進了衣櫃中。樊寧順手拿起一把銅鎖掛上，低低嘟囔一句：「生個孩子再出來……」

薛訥顧不上計較她的頑皮，指著旁邊的一個木箱道：「妳躲在這裡吧，我來應付他。」

「我不躲。」樊寧重新戴好了面紗，在銅鏡前檢查一番，轉身推著薛訥道，「你最不會騙人，可別說漏嘴了，快躲起來。」

轉眼間賀蘭敏之已鬧上了二樓，薛訥不放心樊寧一人，磕巴道：「橫、橫豎我不是妳的恩客嗎？我陪你在……」

「你是個屁。」樊寧小臉兒比身上的紅綢更紅豔，強行將身材挺拔的薛訥塞進了木箱裡，「以後不許再提這一茬了。」

方才樊寧滿身塵土，裝扮與現下完全不同，此時珠絡寶石面紗遮住了她的半張臉，紅蓮又為她梳妝，令她看起來極像個天竺舞姬。樊寧默默祈禱賀蘭敏之認不出她來，才轉身拿起劍，就聽「砰」的一聲，房門被人暴力推開，醉醺醺的賀蘭敏之闖入房中，教坊主緊隨其後，又驚又怕地呼喊道：「哎呀，大學士留步，大學士留步啊，裡面沒什麼人……」

教坊主話音未落，就聽得「唰唰」幾聲，不知何處來的風吹得瀏海都要翻上腦頂，兩人轉身望去，只見一天竺舞姬手持長劍，舞得密不透風，一招一式麻利凶狠，呼嘯生威。

白刃劍影間，長劍竟數度直逼心口，嚇得他兩人連退數步。那教坊主也算機敏，軲轆軲轆雙眼，佯裝無奈道：「哎呀，大學士……這是我新買來的丫頭，天竺人，聽不懂漢話，還未調教好，粗鄙得很，逢人便砍，快點把門關上，可千萬別讓她傷著你了……」

賀蘭敏之嚇得酒醒了一半，慌張退出房去，差點把自己絆倒。

教坊主一把拉上了房門，呵斥道：「誰讓把這間房打開了？人跑了便罷了，傷著貴客可怎麼是好？」

小廝立刻上前來，在房門處掛了一把銅鎖，賀蘭敏之緩過了神，自覺方才有些失態，尷尬地抬袖擦擦汗，繼續往頭前幾間找人去了。

樊寧不敢鬆懈，依舊賣力舞著，約莫一刻鐘的工夫，賀蘭敏之負氣離去，那教坊主的道歉聲亦漸行漸遠，她方坐在地上，疲憊地喘著粗氣道：「人走了，你們都出來吧……」

薛訥應聲從木箱裡鑽出，大跨步上前打開了櫃子的銅鎖，李弘牽著紅蓮走出櫃來。

紅蓮抬起纖瘦的雙臂，緩緩舒活著筋骨，又上前幫樊寧捏捏困乏的雙肩：「我雖人在那櫃子裡，卻能聽見妳在外面有多賣力，今天得虧妳來，否則我恐怕真要被那人逼死了……」

「我也聽到她舞劍的聲音，好幾次都怕她不慎把劍甩飛，若是扎在櫃子上，本宮可算是交待了。」李弘嘴上雖玩笑，卻上前對樊寧一禮，「今日多虧了妳，否則真不知那廝會如何。不過此地當真住不得了，待會子本宮就安排蓮兒去安全的地方住，你們也該去藍田了。」

雖說地宮炸了，鬼市又被一鍋端，樊寧無處可去，唯一的容身之處便是跟薛訥去藍田，但薛訥還未來得及提起，樊寧也沒答應，就這般被李弘安排，惹得這兩人說不出的難為情。

紅蓮是何等的聰明人，看出他兩個不自在，對李弘岔開了話題，「殿下，我有一小姐妹，如今是賢布莊掌櫃的妾室，方生了孩子，先前一直想去看看卻不得空，不妨今夜我就去她家中借住，不勞殿下安排了。」

「妳若想去看她，過幾日我讓張順安排，借住在旁人家裡，我如何能放心？」李弘不肯答應，哄道，「先前借慎言的錢買下的宅子已收拾好了，本來說正月裡不搬家的，現下也顧不得那些了，今日便住進去吧。」

樊寧身著天竺服飾，白皙的雙臂、不盈一握纖腰盡數顯露，薛訥想與她說話，卻往哪裡看都不對，最後只能偏頭望著窗外道：「我、我先回府，收拾下東西，待會子……再來接妳……」

樊寧想到要與薛訥同去藍田，亦十分不好意思，回應的話還沒說出口，又聽李弘無奈嗔道：「你那府裡還有什麼要緊的物件？才從賀蘭敏之那裡逃脫，不快逃，還等著他酒醒了，回來鬧事嗎？橫豎你兜裡有那麼多銀錢，缺什麼藍田再買不就是了？莫要再無事生非了，樓下那駕馬車給你們用，本宮會召張順來接。」

說罷，李弘連推帶搡地將他兩人轟出了房去，窗外殘雪未消，冷風呼嘯，薛訥忙將裘氅披在了樊寧肩頭，將她白璧無瑕的肌膚裹了起來。

兩人相視一眼，都沒有言聲，並肩向樓下馬棚處走去。

紅蓮聽得他們走遠，小聲問李弘道：「殿下，薛御史是不是喜歡寧兒啊？」

「何止是喜歡，是認了命交了心，魔怔了似的。」李弘含笑打趣，雙手卻不閒著，將那屏風搬回了遠處，「這小子挺明顯的，連妳也看出來了。」

「是啊，房中無論誰說話，薛御史就一直看著寧兒。」紅蓮忍不住覺得好笑，「我看他兩個倒是挺相配的，容貌、氣度暫且不說，兩個都像小孩子一樣，動輒就臉紅了，實在有趣。」

「是啊，希望這傻小子能早點得償所願。我們也快些收拾吧，今晚可能還要下雪呢。」

馬車自灞陵出長安，緩緩而行，越過驪山，便是藍田。

薛訥遙望著山頂上的烽火臺，想起一千四百餘年前周幽王在此烽火戲諸侯，只為紅顏一笑，心底不由得生出幾分唏噓。

估摸在薛楚玉眼裡，他的行為與周幽王無異，不過是色令智昏，才這般棄家人安危於不顧。但此事牽扯甚廣，難以與薛楚玉說得清，只希望他不要再藉機生事才好。

薛訥正心猿意馬，忽然感覺身上一熱，竟是樊寧打開了廂門，又將貂裘還與了他。薛訥半回頭道：「妳穿著吧，我不冷。」

「又下雪了，你手都凍紅了，還說不冷？你這裘裳大，能把我們兩個都蓋上，你就別逞強了。」

薛訥回頭一看，果然樊寧也在這裘裳裡鑽著，他回過身來，繼續打馬趕路，嘴角的笑意怎麼也藏不住。

這一段山路很耐走，加之風雪到訪，兩人抵達藍田時已近深夜。

樊寧急匆匆跳下馬車，哆嗦著推開院門，走進去卻放慢了腳步，「這裡好漂亮！怎的還有一架秋千啊，是從前住在這裡的人家留下的嗎？」

薛訥不好意思說，這是他專門找人為她扎的。他將馬兒牽入棚裡，背身將他們在街上採買的東西搬下地：「房裡有兩件厚大氅，妳先披上吧，我去生火做飯……」

「得了吧，堂堂薛家大郎君，十指不沾陽春水，你會做什麼呀。」樊寧嗤嗤一笑，先一步進了庖廚，添柴後打磨燧石，燃起了灶火。

薛訥收拾罷也忙趕來，想幫忙卻插不上手，只能一直跟著她。樊寧一轉身與他撞了個滿懷，薛訥探手一扶，堪堪落在她滑嫩纖細的腰部，兩人都窘得說不出話。

過了好半晌，薛訥才說道：「給我也派些活計吧，不然妳在做飯，我卻在旁邊站著，也太不像樣了。」

「我就煮個湯餅，不費事的，你若真的想做事，就把那兩個陶碗洗洗吧。」

薛訥按照樊寧的囑咐，洗淨碗盛出湯餅來。兩人肩並肩坐在灶爐旁的條凳上，樊寧抱著湯餅遲遲沒有開動，而是放在了膝蓋上，一股暖流很快湧遍全身，疲憊與寒冷皆被一掃而光了。

薛訥抬手揭去樊寧的面紗，在爐火照應下，他的神色極其溫柔：「戴著面紗怎麼吃飯啊？」

樊寧莞爾一笑，抖抖長睫，將面紗攥在了手中道：「戴著挺暖和的，一時竟忘了摘。」

「明日不要穿這個衣裳了，我去街上給妳買兩件新的，再買一副儺面來。」

「這話你說了三、四次了，這衣裳就這麼難看嗎？」樊寧扯著衣裾，語調裡帶著難以掩飾的失落。

這衣裳當然不難看，尤其是樊寧穿上，露出傲雪的肌膚與纖細的腰肢，美得勾魂攝魄，薛訥好幾次差點移不開視線。若是有朝一日，她肯只為他穿上該有多好，薛訥如是想著，嘴上卻說著：「妳從小脾胃就不好，這麼冷的天露著身子，凍壞了可怎麼是好。」

樊寧說不上來，為何此時她心中溢滿了濃濃的眷戀之感，許是從小到大，除了李淳風外，唯有薛訥這般關心她。樊寧暗罵自己貪婪，已經將薛訥拖累到如是地步，她卻還在貪戀他的好。昨夜在西市那未說出口的話，已經隨春雪一道，消弭不見，她眼下想知道的唯有與案情相關之事。

「對了，忘了與你說，薛楚玉應當與刑部之人有牽扯，今日我在地宮裡聽他與那管家說要去刑部告發你私藏我之事，我怕留下證據對你不利，所以才把地宮毀掉了一半……」

「我知道，今日他找我母親告狀來著，不知往後他還會生什麼事，眼下暫且也奈何他不得，只能抓緊時間破案。」

「其他的案子你三下五除二就破了，怎的這一件就拖了這麼久。」樊寧說不著急是假的，只是不想給薛訥太大壓力，所以一直沒有催。

「為何沈七只看到妳一個人躍下了藏寶閣，我依然想不通，待想通了這個，就能破案了。對了，『近之則不遜，遠之則怨』，李師父可有跟妳說起過嗎？昨日殿下收到一封密函，已對比過，正是李師父的字，就寫了這兩句話。」

「有師父的消息？你為何不早說！」終於有了李淳風的線索，樊寧登時紅了眼眶，說不出地激動。

「妳別心急，既然李師父送信來，就說明他是出於某種原因自行離開，現下不能現身……這兩句話應是他送來的線索，具體指代的什麼，妳可明白嗎？」

「師父是個道士，你又不是不知道，他何曾教過我這些儒家的學問？」樊寧托著腮，一副氣鼓鼓的模樣，好似在怪李淳風如是不辭而別，害她晝夜擔心。

聽樊寧說李淳風不曾提起，薛訥心裡更有了成算，看來這話確實是李淳風特意暗示太子李弘的，但這話究竟在指什麼？薛訥猶如丈二和尚摸不著頭腦，一點思緒也沒有。

「『唯女子與小人難養也，近之則不遜，遠之則怨。』師父不會被什麼女子捉走了，找我們求救呢吧？」樊寧果然開始胡思亂想，小腦瓜裡不知編排著什麼離奇戲碼。

「妳的功夫是李師父教授的，三十餘名羽林軍強弓手尚且奈何不了妳。李師父的功夫在妳之上，哪個女子能捉走他啊？倒是妳可曾聽李師父說起過什麼熟識的女子嗎？」

李淳風雖然酷愛與人交際，但也不過是為了多知曉民間傳說祕術，並沒有什麼過多交集，樊寧搖頭否認道：「師父最熟識的女子就是我和紅蓮姐姐，再也沒有旁人……」說罷，薛訥與樊寧一同陷入了沉思。

若說起女子，天下最不得了的女子莫過於天后，她與本案並無瓜葛，應當可以排除，難道李淳風是在提示樊寧與紅蓮會遇到什麼危險嗎？

薛訥毫無頭緒，旁側的樊寧亦起了焦躁，用燒火棍捅了捅爐中柴，氣鼓鼓道：「師父也真是的，給個提示還這般彆彆扭扭的，還不如不說。他就是個老道士，身邊沒幾個女的已經沒法猜了，若是旁的男人，不得數到明天早上去！」

「怎會，」薛訥接得極其自然，說完才發現竟有幾分曖昧的意味，「我相熟的女子比李師父還少，就只有妳一個……」

第二十五章 赴任明府

藍田一夜，樊寧睡得極其安穩，像是將那些擔驚受怕時日裡的失眠全部補了回來，晨起醒來整個人說不出地輕快，甚至感覺鏡中的自己都變得越加水靈了。她伸了個懶腰，走出房間，只見今日雖冷，卻是個難得的晴日，天光無限好。

昨日回來得晚，未來得及細看，現下才發覺這小小的院子裡竟種著四時花，春的桃花梨木、夏的芍藥薔薇、秋的幽蘭檻菊，還有冬日裡仍在綻放的白梅。看樣子薛訥並沒打算在這裡查完案便罷了，而是想在此地長住，難道這傢伙就安於做這個七品縣令，不想回長安了嗎？

樊寧站在秋千上迎風悠盪，嗅著若有若無的梅花香氣，她倏忽想起昨晚薛訥的話，依然是好笑裡夾帶著幾分說不清、道不明的滋味。

他說自己只與她相熟，她便反問：「那李郡主呢？你不是也與她從小一起長大嗎？相識得比你我還早。」

「一起長大，就一定相熟嗎？」薛訥倒是一改往日的不善言辭，反問樊寧道。

樊寧當下哽住，半晌無言以對。

確實了，一起長大又如何，或許還不如半道結識之人來的投契。若是那個人不是薛訥，她又怎會情根深種，不知所起，亦不知未來究竟如何能夠終了。

樊寧悵然地嘆了口氣，猜想著薛訥應已經去藍田縣衙赴任了，自己百無聊賴，不知當做些什麼。眼見堂屋的大門開著，樊寧起身走了進去，留下秋千獨自蕩悠悠，像個貪玩的孩子。

堂屋的桌案上放著一碗湯餅，高湯上飄著幾片燒糊的蔥花，看起來不甚美味，但已是平陽郡公府大郎君極致的水準。樊寧看了只想笑，才端起來要吃，目光又被旁側的包袱吸引，她隨手一翻，只見是兩套半臂襦裙，還有兩張寧淳恭的面皮，下面壓著一張字條：「已尋覓到落腳之處，皆安康無事，勿念，善自珍重，早日成爲一品誥命夫人」。

看字體，前面都是畫皮仙寫的，而那最後一句則是出自遁地鼠之手，樊寧羞得在堂屋裡來回亂轉，小臉兒又紅又燙。

不知薛訥看到這話會作何念想，樊寧氣得牙癢癢，只恨平日沒打死遁地鼠。但有了這面皮，行動還是方便了許多。且這一次的面皮不同於以往，彈性極佳，不用擔心掉落，還不怕水，可以反復擦洗、晾乾穿戴。未料到自己這些江湖小夥伴們關鍵時刻這般想著自己，還如此靠得住，樊寧捧著面皮，笑靨如花，似是滿意極了。

吃完湯餅，樊寧看了看桌上的襦裙，猶豫再三，還是去薛訥房裡拿了一件圓領袍，貼上了寧淳恭的面皮，輕快地出了門去。

是日一早，大雪初霽，薛訥便穿上了淺綠色的官服，戴上襆頭，收拾得利索俊朗，策馬去了藍田縣衙。

此處盛產美玉，早在一千多年前的春秋戰國，便已受到士大夫等貴族階級的熱切追捧，相傳秦始皇的傳國玉璽正是藍田水蒼玉所製。這裡的百姓多以採玉、雕刻為生，算得上是京畿之地最為富庶的小縣了。

薛訥來到縣衙時，天光尚早，除了守門的老叟外，衙門內外空無一人。薛訥進門後，先打掃了屋舍，而後坐在堂屋裡翻找著弘文館別院案的記載。

起火那日，他到達別院時，藍田的仵作已勘驗過了現場。他們比刑部來得更快，關於守衛長和諸位守衛的死因，以及現場的證物及其發現的位置，應當有更加翔實的記載。可任憑薛訥從頭到尾仔細翻找，所見都是語焉不詳，極其應付，沒有任何有用的訊息。

薛訥不禁有些困惑，這法曹如何查案，仵作如何勘驗，在大唐都有一套成規。但凡仵作在現場查驗傷情，要大聲說出傷口類別、深淺、位置等，由書記官當場記錄在冊，斷然不允許泛泛記錄，應付差事。此外，事發那天晚上曾淅淅瀝瀝地下起過小雨，若真是當場記錄的，則紙上必定會有雨打的痕跡，字跡也會潦草些，而這案卷紙面卻是嶄新的，字跡也工工整整，可見這案卷絕非當時所留下的。

事情果然沒那麼容易。薛訥合起案卷，準備等縣丞、主簿等人來了以後好好問上一問，誰知時近辰時，衙中依然不見人影。

薛訥不禁詫異，今日是正月十七，應是年後第一次點卯，怎的過了卯時近兩、三個時辰了，這些人還不來？

過了辰時，終於有稀稀拉拉的差役打著哈欠來到了此地，看到薛訥，他們也不打招呼，徑直鑽進了後院兩側的差役房裡。待日頭西偏，縣丞與主簿終於姍姍來遲，看到薛訥，他們嬉皮笑臉湊上前來，拱手禮道：「薛明府早安。下官乃藍田縣丞朱晨，這位是主簿陳翔，不知明府今日赴任，我等來遲，真是罪該萬死啊。」

嘴上說著罪該萬死，臉上卻寫著滿不在乎，薛訥無心與他們計較，只想著快點查清弘文館別院的案情，回了個微禮，問道：「弘文館別院案的卷宗何在？」

「就在縣衙的案卷庫。」那主簿指著薛訥身後的官廳，臉上仍舊沒有分毫肅穆之色，「無論大小事宜都記述在案了，薛明府可自行查看。」

「本官已經看過了，關於現場的情況描述過於簡單，敢問可有其他更翔實的記錄嗎？」

「不瞞薛明府，這裡的地勢低，前些時日山上降大雨，把我們這裡都淹了，案卷也都泡了水，待搶救回來時，只剩下這些字可辨認，便讓人謄抄了。」

此地確實地勢低，好發山洪，薛訥無從問責，只好退而求其次問：「當日前往別院勘察的仵作何在？」

「死了。」

「死了？如何死的？可報官了沒有？」

「我們這裡不比長安城裡，除了弘文館別院那事外，連耕牛都沒丟過，用的還是先前那老仵作，已六十有餘，病老歸西不是很正常，報什麼官呢？」那縣丞回著話，努嘴沖主簿一笑，好似在嘲諷薛訥的呆板。

薛訥一聽更是焦急，記檔遺失便罷了，仵作竟然也去世，若說背後沒有陰謀，他又如何能相信？

薛訥才想再問，忽聽不遠處房頂上傳來一陣嗤笑聲，三人皆被引去了目光，只見樊寧，應當說是寧淳恭正立在房頂上。

她輕快地躍向薛訥處，大聲說道：「主官，你莫心急，我方才去問過了，先前縣令在任時，每日點卯，各位各司其職，從不遲來，今日或許是家中有事吧，總不會是欺負我家主官年輕，又初來乍到才這般不配合吧？」

「這話又是怎麼說的，」兩人雖心裡鄙夷薛訥，卻不敢明著作亂，忙解釋道，「我等不過是家中有事這才來遲了，畢竟年節剛過，家中老小仍需打點，薛明府不會不給通融吧？」

這樣蠻橫的道歉，樊寧從小到大第一次聽說，她冷哼一聲，對薛訥一禮：「主官，昨日出長安時太子殿下親自相送，說主官為一方父母官，一定要體恤百姓與同僚。既然朱縣丞與陳主簿家中皆有大事，何不奏明殿下，讓他們賦閒回家，好好操持，等忙完了再任作要職，豈不更方便？」

縣丞與主簿聞之大驚，忙擺手道：「豈敢驚動太子殿下，家中已然安排好了，斷然不會耽誤薛明府查案的……只是那日弘文館別院的記述，確實是按照刑部肥主事的要求來的，絕不是擅自糊弄，更不敢對薛明府有所隱瞞啊！」

樊寧瞇了瞇眼睛道：「哦？肥主事的要求？你們之所以記得如此簡略，並不是因為案卷被毀，而是因為肥主事的要求咯？」

那主簿見自己說漏了嘴，忙用手捣住，縣丞則一個勁兒使勁瞟他，似乎對他頗為不滿。

薛訥忍不住輕笑，心想樊寧那張冷豔絕倫的小臉兒確實唬人，平素裡但凡她有所作色，除了李淳風外幾乎無人能保持鎮定。現下雖然貼了寧淳恭的面皮，但桃花眼裡的清澈冷冽如故，對人的威懾分毫不減，那主簿說漏嘴實屬正常。

眼見樊寧不僅來給自己壯聲勢，還幫自己詐出了突破口，薛訥心下極暖，同時又生愧疚，眼下只想快快破案，好讓她可以真正心安。

可案卷已無辦法找回，弘文館別院的現場，早已不是案發時的模樣，他到底要去何處找線索呢？若藍田縣衙裡都是這樣的下屬，自己又如何才能替樊寧申冤，為天下查明真相？

樊寧看出薛訥的疑惑，示意他湊上前來，附在耳邊道：「你這呆子，為官做宰得學會擺譜，且聽我說……」

約莫一盞茶的工夫後，樊寧手持銅鑼，在府衙內邊轉邊吆喝道：「薛明府前廳問話，大家速速集結，不得有誤！」

銅鑼敲了好一陣，終於震醒了這夥人的瞌睡蟲，不一會，衙內所有當值的大小官員便排著鬆散的隊陣，烏泱烏泱地站在了前廳中。

薛訥坐在正中之位，過於年輕俊秀的臉兒令他看起來不甚肅然。立在他身側的樊寧倒是滿臉端穆，抄起手邊的驚堂木，「啪」的一聲拍在案上，四下裡立刻鴉雀無聲，連那縣丞都忍不住脖子一縮，只聽她說道：「左邊這一隊，每人取一條鞭子來。」

眾人面面相覷，見此人陣仗頗大，卻身分不明，都愣著沒動。

「這位，」薛訥終於開了口，語調依舊溫和，「是太子殿下特派與本官的寧副官，曾在太子的禁衛軍中效力，爾等只管聽令就是了。」

沒想到眼前這瘦嶙嶙個子不高的小子竟來自太子殿下的禁衛軍，方才還在挖鼻子、摳屁股的眾人登時警醒，立直了身子，老老實實上前從樊寧手上接過了笞刑用的皮鞭，其間不乏交頭接耳之語。

「這新縣令，該不會是要我們整理這些刑具吧？」

「太子殿下施行仁政，縣令或許是要教我們統一笞刑的下手輕重。」

樊寧與薛訥相視一眼，薛訥微一頷首，輕咳兩聲，不慌不忙地背誦起了《永徽律》：「《職制律》第五條，『諸在官應值不值，應宿不宿，各笞二十。若點不到者，一點笞十』，諸位，請吧。」

眾人未料到薛訥叫他們來竟是讓他們互相施以笞刑，皆傻在了原地。

樊寧見狀，再是「啪」的一拍驚堂木：「怎麼？罪人就在眼前，難道你們身為衙官要枉法不成？輕縱罪人，依律笞五十。」說罷，樊寧手持皮鞭笑咪咪地走到了眾人面前，似是等待將薛訥所點之人從佇列中揪出，當眾施刑。

眾人見這新縣令並無玩笑之意，皆不敢再怠慢，用全力互相抽打了對方十下，唯恐薛訥說他們當中誰輕縱了對方，要再挨五十下。

一時間，堂上哀號聲四起，引得附近的百姓皆來看熱鬧，沒想到這些平素裡給別人行刑的衙官，被抽十下竟然如此之痛，一大半人直接癱倒在地，百姓無不拊掌大笑。而那縣丞和主簿挨了樊寧十下全力抽打，背後血肉模糊，竟然暈了過去，只能由其他衙官抬回屋，再請郎中來。

經此以後，那些衙官再也不敢不把薛訥放在眼裡，都排列整齊聽候薛訥發落。眼見礙事的都下去了，樊寧沖薛訥一拱手，示意他可以進入正題。

薛訥站起身，問道：「弘文館別院案發時參與現場勘查之人，向右一步。」

隊伍中約莫十人忍痛出列，薛訥將他們單獨招至書房，命他們當場憑藉回憶復原當日卷宗，這樣就算一人有所遺忘，彼此之間也能互相補充。眾衙役因畏懼樊寧，都爭先恐後補充細節，加之薛訥本身的把關，到放衙時分左右，案卷便復原了。

樊寧陪薛訥在此處待至放衙，兩人去街邊鋪子吃了碗葫蘆頭，策馬回到了家中。薛訥一直沉在案子裡，整個人木呆呆的，樊寧見他走到井邊，忙問：「你做什麼？」

「打水、燒水，給妳沐浴用。」

「你拿著廚房的瓢，燒什麼水呢，快放下吧，我自己來。」樊寧上前奪了木瓢，換成木桶，轉動軲轆，麻利地打上了水來，「我知道你在想弘文館別院的案子，哪裡顧得上別的。你不必照顧我的，從前在觀星觀都是我照顧師父……」

「我不是在想弘文館的事。」薛訥立在梨樹下，初春方至，綠葉便已按捺不住，結出細嫩的芽，襯著少年略顯稚嫩的面龐，有種說不出的美好，「那個『一品誥命夫人』究竟是什麼意思啊？妳有了心悅之人嗎？」

樊寧只覺自己臉紅得幾乎要滲過寧淳恭的面皮，故作輕鬆道：「遁地鼠向來喜歡胡言亂語，你又不是不知道，現下我還背著一身案子，師父還不知道哪去了，哪有時間去心悅旁人……」

聽樊寧說自己沒有心悅之人，薛訥不知是喜還是該憂，良晌沒有回應。

樊寧沉默地打完一桶水，見薛訥還在原地戳著，生怕他再問些什麼令自己露怯，先聲奪人道：「對了，你看了一下午的卷宗，看出些什麼名堂沒有？距離約定的日期，可只剩下二十多天了……」

正月十七，不單是藍田縣衙大開了南門，唐朝萬里疆域上的所有州府郡縣以及都護府皆重新運作周轉起來。

是日一早，幾乎在薛訥趕到藍田縣衙的同時，司刑太常伯李乾祐就來到了刑部衙門，收拾整理自己的桌案，很是勤謹。

去歲不太平，大案要案齊發，先是弘文館別院被付之一炬，再是龍門山燒死了許多工匠，李乾祐說不出地心煩，不知自己是犯了什麼太歲，去火神廟拜了好幾次。來年不圖大富大貴，飛黃騰達，只要不再出這些事便好。

哪知他凳子還沒坐熱，就聽屬下通報道：「太常伯，薛府小郎君薛楚玉求見……」

昨日才請高人占卦，說新歲不會犯小人，怎的一早就來了個業障，李乾祐說不出地煩躁，罵道：「薛仁貴這兩個兒子怎麼回事？無事就來我刑部攪亂，我若是薛仁貴，上沙場也要將他兩個帶上，省得日日惹是生非！不見不見，就說本官還沒來！」

「可是，」下屬面露猶疑之色，「薛小郎君說，他曾在元夕親眼看見弘文館別院案的凶嫌樊寧，就在西市上閒逛，還有人包庇她來著……」

李乾祐本正逗弄著桌案下竹編框裡的蟋蟀，聽了這話登時住了手。

上元節那日，高敏帶了羽林軍去捉捕樊寧，最終無功而返，氣得他大罵不止，生怕天皇、天后怪罪。若是薛楚玉有線索，說不定不單能助他脫罪，還能讓他立功，想到這裡，李乾祐忙道：「你讓他進來，再將通道門關上，沒有本官的命令，誰也不許進來。」

眨眼的工夫，薛楚玉便大步走入房中，沖李乾祐一禮道：「楚玉恭祝太常伯新歲大吉！」

「來來，快坐。」李乾祐笑呵呵地示意薛楚玉落座，目光裡卻帶著幾分猶疑，「不知楚玉郎君來訪，所為何事啊？」

「明人不說暗話，今日來，乃是有了那樊寧的線索。上元佳節那夜，楚玉去往西市看燈，看到一女子身量體貌都與那樊寧一模一樣，竟是與楚玉的兄長薛慎言在一處……」

「薛御史？」李乾祐右眼一跳，滿臉藏不住的震驚，「薛御史身為本案監察御史，怎會與那樊寧在一處？」

「太常伯有所不知，我兄長不單與此女是總角之好，更有私相授受、不清不白之嫌。我兄長看似靦腆寬厚，實則詭計叢生，一直在用各種手段為此女脫罪。上元節那日，他曾帶此女破獲〈蘭亭集序〉之案，只消問一問當時在場的各位，對一對體貌、特徵就明白了。」

李乾祐一聽這可是大事，即刻提起毛筆，在鋪好的公文專用成都麻紙上奮筆疾書，但他寫了沒幾個字，又有些不放心：「本官可是要上報中書省了，你所說的可都翔實嗎？」

「且慢。」薛楚玉抬手阻止，「楚玉以項上人頭擔保，所說並無錯漏，只是……太子殿下與我兄長交好，現下太子監國，太常伯這奏承報到中書省也無用，總該報去神都洛陽，請天皇過目才是啊。」

第二十六章　更隔蓬山

自從見了司刑太常伯李乾祐之後，薛楚玉無論是在崇文館學經，還是在校場打馬球，抑或是託名他父親到湯泉宮泡澡，都顯得十分煩躁不安，甚至晚上回到自己的房間內，仍尿急似的坐坐立立，來回踱步。

突然，院門處響起了敲門聲，薛楚玉一驚，聲音微微發顫道：「誰？」

「郎君是我啊，劉玉，送冰糖銀耳羹來了。郎君若是不方便，我就先放在石桌上……」

薛楚玉鬆了口氣，語氣恢復了平常：「無妨，進來吧。」

劉玉諂媚地捧著青瓷碗盞，躬身放在薛楚玉的案上，見薛楚玉一副心神不寧的模樣，劉玉忙來做他的解語花：「郎君為何事煩憂？若有什麼小人能夠幫得上忙的，定會赴湯蹈火。」

無人問便罷，一旦有人問，薛楚玉便覺得無限委屈，長吁短嘆起來：「也沒什麼，就是覺得這幾日還沒有消息傳來，心下有些惴惴。萬一那李乾祐是太子的人，反過來告我誣陷，又該如何是好。」

「郎君不似大郎，從不逾規越矩，沒有和什麼朝廷欽犯來往過，更沒有什麼不三不四的關係，有什麼好擔心的呢？」劉玉斜著眼葫蘆偷笑著，在他與薛楚玉看來，這些皆是薛訥的死穴。

「也是了，只是兄長那邊有太子撐腰，母親又不許我提地宮的事。」薛楚玉仍然有些不放心，踱來踱去，「要是能有個什麼謀反的證據，那就……」

說到這裡，薛楚玉霍然貫通，右手握拳捶在左手上，極其激動道：「對了！那個地宮裡的鎧甲！若我說那是大哥為了謀反而準備的，地宮也是大哥找人偷偷建造的，母親也就無須擔心家中受牽連……」他旋即又覺得不對，自己真這麼告了，天皇、天后派人來調查，他又該拿出什麼證據來證明這些是薛訥所為？薛訥又何從擁有這樣大的勢力，來神不知、鬼不覺修築這樣一個地宮？誣告朝廷命官，可也是要坐牢的啊！

看到薛楚玉這副猶猶豫豫不擔事的樣子，劉玉心生幾分鄙夷，卻仍耐著性子寬解他：「郎君莫急，太子之上，還有天皇、天后。太子監國，朝廷上下有無數雙眼睛盯著太子，太子必會謹小慎微。否則，一旦天皇、天后怪罪下來，不僅要撤銷他的監國之權，若是事情嚴重，恐怕連太子之位皆會動搖，又怎會為大郎君以身犯險……」

聽劉玉此言，薛楚玉這才放心了幾分，旋即又道：「可我還是要給自己找個靠山才是，否則何時才能越過我兄長去……以你之見，如今這朝廷上下，誰人能跟太子抗衡呢？」

劉玉微微一笑，指著薛楚玉身上的崇文館生員服道：「郎君還需要問小人嗎？當然是天后的外甥，累拜左侍極、蘭台太史的周國公了！」

劉玉所說的，正是弘文館大學士賀蘭敏之。上元之後，百官進封，賀蘭敏之被拜為左侍極、蘭台太史，襲父爵周國公，不僅如此，還賜姓為武，彰顯出天皇、天后對其不一樣的恩寵。去年太子李弘監國以來，文武百官多有些心向太子，認為天皇常發頭風，而太子幹練有謀斷，過幾年天皇或許會像太祖那樣，退位為太上皇。

可打從加封的消息從洛陽傳來，往來拜會賀蘭敏之的人幾乎要踏破門檻，甚至有不少太子屬官亦跟風前去，表面上太子仍穩坐東宮，可形勢的確與去年大不相同了。

「如今朝廷裡往上了說，是天皇、天后；次之，是太子與周國公。天皇寵愛天后，使得天后兄弟姐妹皆列土，現下這恩澤延續至下一代，賀蘭敏之又被賜了武姓，往後天后一家的宗祀可都少不了這賀蘭大學士的一份，至於再往後……究竟會如何，誰也無法預料。小人一介粗人，本不該妄議朝政，郎君冰雪聰明，自然可以參悟得透。」

與此同時，觀音寺的地宮內，頭戴「趙」字面具之人坐於高闊的石椅之上，俯視著面前半跪的女子，雖看不見他的容貌，但此人身上散發出的煞氣依舊令人心生畏懼，旁側陪侍的，則是個頭戴「萊」字面具之人。

這女子不是別個，正是西市上那裘皮店的西域女店主，此時此刻她的眉眼低垂，神情十分恭敬。

「妳當真看到了，薛訥帶著那通緝令上的女子前來挑選衣物？」頭戴「萊」字面具之人問道。

「千真萬確，那間房子我留得有暗洞，便是為了方便查探情況。雖說髮型完全不同，但那女子容色不俗，乃是長安城裡一等一的，與那通緝令上極其相似，我是斷然不會認錯的。」

「趙」字面具之人與那「萊」字面具之人相視一眼，示意那西域女店主退下。

女店主俯身再拜，屈身退了出去，頭戴「萊」字之人這才說道：「加上那薛家小郎君，便已湊齊三個人證了，依照《永徽律》已經滿足了彈劾薛訥的條件。」

座中之人發出了一絲喟嘆之聲，像是惋惜，又像是譏諷：「我是最惜英雄的，薛仁貴驍勇，萬夫難擋，只可惜兩個孩子皆沒有教好。一個膽大妄為，意欲瞞天過海；一個猥瑣不才，賣兄求榮。子不教，父之過，就等著抄家流放，去煙瘴之地等死吧。」

「教主的意思是……」

「即刻行動，此番定要馬到功成，不能再給薛訥留分毫餘地了！」

雖說已有了幾分初春的氣息，晨起天氣依然很寒，雞叫了三兩聲，薛訥便披上衣衫來到庖廚忙活，只為了樊寧醒來後能喝上一口溫水。

從前他有些擔心，生怕自己不懂如何照顧她，如今方知心中有她，這一切行為皆是出自本能，哪裡還有不懂不會的道理。

他才添了柴，忍著嗆咳將水煮上，就聽得一陣急促的叫門聲，薛訥詫異一大早不知何人來尋，警醒著上前，低聲道：「誰？」

「薛郎，是我……快開門。」

來人居然是李媛嫒，薛訥遲疑了一瞬，還是打開了大門：「郡主？熱孝在身，妳怎的來藍田了？」

李媛嫒身量小，一閃身進了院子：「快把門關上，我是連夜從長安城裡趕出來的，因為宵禁還險些被城門看守捉住。你且聽我說，昨天宵禁前，有兩個刑部的官員來尋我父親，拿著李司刑的手信，說今日凌晨要出城，來藍田抓捕要案嫌犯……」

薛訥神色一凜，急問道：「他可說是什麼犯人了？」

「勞師動眾半夜出城的，還能是什麼案子？就是你現下查的弘文館別院的案子！他們怎的忽然來藍田捉人，可是你最近露了什麼行蹤嗎？」

薛訥一下便想起了薛楚玉，既無奈又氣惱，嘆道：「那日破〈蘭亭集序〉那案子的時候，她一直在我旁側，聽府裡人說楚玉那日也去了西市，許是被他看到了……」

李媛嫒說不出地心急，抿了抿唇，出主意道：「若是你說那人是我呢？我雖然比她矮了不少，身量也不算差太多。那日我在你家與你母親說話來著，不妨我去求她，就當我那日沒來過，你母親怎麼說也會庇護你的。」

「無用的，那日除了母親外，還有家丁在，劉玉必然不會替我開脫，還會拖你們下水。」

臥房裡的樊寧睡意朦朧，迷糊間轉醒，不是因為他兩人低聲的交談，而是因為庖廚裡那隱隱傳來的焦糊味。

薛訥與李媛嬡這等出身的孩子對糊味不那般敏感，樊寧則全然相反。小時候在道觀，李淳風時常看著書，擺弄著渾天儀就忘了時間，好幾次灶房裡的鐵鍋都燒穿了，若非小小的樊寧發現，這位大唐第一神算子只怕早已沒命，故而樊寧對焦糊味異常警覺，嗅到之後一個鯉魚打挺起身，顧不上披衣衫就箭步衝出了房去，舀起一瓢水澆向了燒乾的鐵鍋。

隨著「刺啦」一聲響，庖廚裡散出滾滾濃煙，薛訥與李媛嬡目瞪口呆地望向庖廚處，只見只著褻衣的樊寧氣定神閒走了出來，絲髮散落兩肩，絲薄的衣衫裹著婀娜玲瓏的身子，紅潤的小臉兒俏皮美豔，滿是說不出的嫵媚溫柔。她揾汗之間抬眼，與那驚呆的兩人四目相對，愣了一瞬後，高呼一聲「天哪」，腳底抹油，飛快地竄回了臥房。

李媛嬡自詡已經想通了，但親眼所見，心底翻騰的醋意還是實難控制，她忍不住含酸問道：「你們倆……睡一起了？」

「啊，怎會？」薛訥面色爆紅，比喝了三罈酒的醉漢有過之而無不及，磕巴道，「我、我睡在那邊的書房……」

「算了，不說這些，眼下的事你到底打算怎麼辦，讓她躲去別處嗎？即便躲了，上元節那晚上又破了案子，在場多少人證，眼見你帶了個姑娘，雖然戴著儺面，你也不大好去找與她身量相似之人。況且你這性子，從小到大能說上話的女子恐怕只有我與她，即便找來了人，旁人也是不會信的啊。」

「噓。」薛訥擺擺手，示意李媛嬡噤聲，兩人皆屏住呼吸，只聽長街盡頭有隱隱的鐵履聲傳來，由遠及近，最終停在了家門前。

刑部果然動作不慢，已率武侯來到了此地。

李媛嬡聽到了動靜，起身欲出，被薛訥一把拉住：「郡主！英國公還未發喪，妳阿爺尚未襲爵，萬萬不可因為薛某捲入風波之中……」

「那你呢？你可知道，若是你鋃鐺入獄，不單不能為她脫罪，自己也是死路一條啊！」

「不管是什麼後果，總該由我去直面，我若不擋在她身前，她又能倚靠誰？」薛訥清澈的眼眸寫著一種無法名狀的溫柔，彷彿無論前路是刀山還是火海，為了她都甘之如飴，「一會子我去應付他們，郡主只消將門從內拴起來就是了。」

李媛嬡點頭應允，待薛訥離開，她按照吩咐將門從內拴死，心下卻依舊十分不安，踟躕兩下向樊寧的房間走去。

樊寧尚不知情，邊穿外裳邊思量著被李媛嬡看到妨事與否。想到上元那夜，薛訥曾向李媛嬡借兵來救自己，樊寧微微鬆了一口氣，自嘲除了被人看到肚兜外，應當沒什麼妨礙。只是想不通，李媛嬡尚在守孝之期，為何會大老遠從長安城趕來此處呢？

樊寧正困惑之際，李媛嬡風風火火走了進來，因為薛訥，這兩人也是打小相識，只是第一次見面就掐架了。

彼時李媛嬡思念薛訥，來觀星觀探望他，看到薛訥對那穿著道袍的小丫頭片子言聽計從，李媛嬡說不出的不痛快，去挑釁樊寧，誰知被她反揍了。李媛嬡哭著回家向曾祖父李勣告狀，給他看自己頭上的包，李勣只是笑著抱起了她，哄著她去長街上買回了飴糖。待李媛嬡終於止住了哭泣，李勣方告訴她，要做個大氣端慧的姑娘，盡全力與人真誠相交，不怨怪、不妒恨才好。

故而今日李媛嬡站在樊寧面前，雖然羨慕她能得到薛訥青睞，卻沒有什麼嫉恨之心，只是說出話來的語氣還是一如平常地不饒人：「妳怎的還在這裡磨蹭著打扮呢？好端端不知自己是逃犯嗎？還跟薛郎去看什麼燈，看就罷了，出了案子也不知道避諱，現下被人看到堵上了門，薛郎正在門口應付，若今日拿不出個身量體貌與妳相當之人，恐怕要被捉去刑部衙門受審的就是薛郎了！」

「妳說什麼？」樊寧瞪著桃花眼，滿臉驚詫，難怪李媛嬡要風風火火趕來，原是元夕那夜露了行蹤。樊寧的小腦瓜轉得極快，心想若真要找個體貌相似之人倒也不難，紅蓮就是現成的人選，但紅蓮與薛訥並無交際，若再被賀蘭敏之聽說，前來找紅蓮的麻煩就糟了，屆時還可能會牽連出李弘。若是李弘失勢，受委屈的便不只是薛訥與她，更牽連著大唐的國祚。

樊寧焦灼不已，怎麼也想不到破敵之法，李媛嬡性子更急，嗔道：「兩情相悅，自己在屋裡點燈看不行嗎？非要出去找死！」

「誰想到會出案子，他是什麼人，妳又不是不知道。」樊寧快人快語，隨口一接，反應過來後方覺得不對，「誰兩情相悅了，我戴著儺面出去，怎想到會有人這般多事啊。」

李媛嬡「嘁」的一聲，滿臉鄙夷道：「別裝了，妳又不是什麼矜持的人，薛郎早就與我說了，他心悅於你多年，有什麼不敢承認的？連報官之人都說，你們兩個手牽手濃情蜜意，還想唬我？」

樊寧本正沉浸在極其緊張的氛圍中，聽了這話，卻像猛然被人托舉至天際，腳下輕飄飄的，身側滿是瑰麗的雲霞，整顆心都又軟又輕，說不出一字一句，只能怔怔發呆。

李媛嬡見她怔怔的，臉上兩團可疑的紅暈，驀地明白了幾分，自嘲著笑道：「原來他還沒與妳說，我倒成來給你們保媒拉纖的媒婆神漢了……算了，妳快想對策啊，難不成要兩個一起進刑部大牢做苦命鴛鴦嗎？」

樊寧整個人像是鍍上了一層粉紅，雀躍又歡喜，滿是小女兒家的心事。但想起薛訥曾說他有喜歡的人，還要在結案後帶她去見，樊寧又是茫然，多想親口去問問他，但眼下是沒這個機會了。

樊寧定了定神，插手沖李媛嬡一禮道：「郡主，我有一個不情之請，還要勞煩郡主妳幫忙。」

薛訥開門而出，只見自家小院已被武侯圍得鐵桶一般，彷彿一隻蒼蠅也飛不出，帶頭來的則是那肥主事，看他烏黑的眼窩，應當是操勞了一夜，從長安城坐車趕來，身子快顛散了架，走起路來顫顫巍巍，比平日裡更像個餓死鬼了。

看來那日高敏辦事不力，此番被司刑太常伯李乾祐棄用了，而那肥主事當日又與自己照過面，只怕還記得他身側姑娘的身量衣著，派他前來，應是經過深思熟慮的。

果然，那肥主事看到薛訥，笑得十分邪乎：「喲，這不是我們薛明府嗎？一大早出門，與往何處去啊？」

「肥主事說笑了。」薛訥不卑不亢道，「要案在身，無心貪睡，早些去衙門辦案罷了。」

「薛明府才是說笑啊，嫌犯不就在你身側，你又去何處辦案呢？」這肥主事笑起來，滿臉的鬆皮堆出了層層褶皺，令人看了滿是說不出的不適之感，但他自己並不這般認為，只覺自己此時此刻滿身正氣，替天行道，堪稱大唐棟梁之材。

「我身側？我身側只有肥主事，何來什麼嫌犯？」

肥主事笑得越加猖獗，一聲音效卡在喉頭間，好似隨時會斷氣：「明人不說暗話，敢問薛御史，那日上元節與你在一處的女子究竟是誰？聽聞你從小到大皆不愛與女子交往，怎的忽然有了親密的紅顏知己了？何名何姓家在何處，肥某前去一問便知！」

這話薛訥自然答不出來，他平視著肥主事，也不言聲，就這般擋在門前，與他相持著。

肥主事知道樊寧武藝高強，恐怕再與薛訥糾葛下去，樊寧就逃了，揮手示意武侯道：「搜！今日掘地三尺，本官就不信翻不出這女子的物件來，無論是大活人還是鞋襪、頭髮，一樣也不許放過！」

「我看誰敢！」薛訥抬起眼，掃視著一群欲上前來的武侯，「本官身為監察御史、藍田縣令，不歸刑部管轄，若當真要定本官的罪，拿京兆府的批文或太子殿下的手諭來！」

「呵！那日高主事率兵去鬼市圍剿時，便聽說薛明府一箭開釋了嫌犯同黨，今日這般相護也不足為奇了！方才薛御史出門時，我等皆聽見門內響動，聽聞你沒有請一個僕役，那房中之人必定是嫌犯同黨無疑了，薛御史若還是執迷不悟，莫怪本官無禮，打傷掘爛了你那張小白臉，將來莫要找你爹哭去！」

就在這劍拔弩張時，大門「吱呀」一聲，李媛嫒從房門中探出了半個腦袋，嘖嘖兩聲，整個人鑽了出來喊道：「誰啊？吵吵鬧鬧的有完沒完？」

這些武侯不認得李媛嫒，肥主事卻是見過的，只見他臉上的神情極其滑稽的一轉，上前拱手道：「李郡主？呃，郡主怎會在此，下官失敬……」

「思念曾祖父，來找兒時舊友喝酒敘舊，不行嗎？方才我哭得正厲害，就聽你們在外吵吵鬧鬧，你們到底什麼意思？薛郎就不能去看花燈嗎？即便有了什麼相好，不願告訴家裡，不想人知就不行嗎？」

「郡主，這話可不是這麼說的。」肥主事賠著笑，眼底的戾氣卻一點也藏不住，「李司刑既然派下官來此，便是有了十足的證據。薛御史身為太子殿下親命的監察御史、天皇、天后首肯的藍田縣令，竟然知法犯法、包庇嫌犯，其心可誅。嫌犯一日不落網，我大唐的危機便一日難以革除，英國公方仙逝，我等雖難以望其項背，卻也想著為國盡力盡忠，郡主可莫要搞不清狀況，保了心存歹念之人，令英國公的忠貞節義蒙羞啊……」

這鬼似的肥主事竟還敢拿李勣說事，李媛嫒忍著將他嘴撕爛的沖動，冷笑兩聲，譏諷的話還沒說出口，就見昨日那挨了打的主簿踉蹌著從長街盡頭跑來：「主官、主官，那弘文館別院案的要犯樊寧……來衙門擊鼓鳴冤，說她有重大冤情，現下已被縣丞收監，等著主官快去看看呢！」

——永徽迷局（上）完

高寶書版集團
gobooks.com.tw

DN 280
永徽迷局（上）
作　　者　滿碧喬
責任編輯　高如玫
封面設計　林政嘉
內頁排版　賴姵均
特別策劃　趙建華
企　　劃　鍾惠鈞

發 行 人　朱凱蕾
出　　版　英屬維京群島商高寶國際有限公司台灣分公司
Global Group Holdings, Ltd.
地　　址　台北市內湖區洲子街88號3樓
網　　址　gobooks.com.tw
電　　話　(02) 27992788
電　　郵　readers@gobooks.com.tw（讀者服務部）
傳　　真　出版部(02)27990909　行銷部 (02)27993088
郵政劃撥　19394552
戶　　名　英屬維京群島商高寶國際有限公司台灣分公司
發　　行　英屬維京群島商高寶國際有限公司台灣分公司
初版日期　2023年02月

國家圖書館出版品預行編目(CIP)資料

永徽迷局（上）/滿碧喬著. -- 初版. -- 臺北市：
英屬維京群島商高寶國際有限公司臺灣分公司,
2023.02
　面；　公分. --

ISBN 978-986-506-616-1（上冊：平裝）
ISBN 978-986-506-617-8（下冊：平裝）

857.7　　111020407